RESURRECTION WALK

회생의 갈림길

RESURRECTION WALK

마이클 코넬리
장편소설

한정아 옮김

샘 웰스를 추모하며 그에게 이 책을 바칩니다.

면회객 주차장에 가족이 모여 있었다. 호르헤 오초아의 어머니와 남동생 그리고 나. 오초아 부인은 흰 소맷동과 깃이 달린 연노란 원피스를 입고 두 손에 묵주를 감고 있어서 마치 성당에 온 것처럼 보였다. 오스카 오초아는 영락없는 촐로[1]의 옷차림을 하고 있었다. 허리선이 엉덩이에 걸친 헐렁한 청바지가 검은 닥터마틴 워커를 덮고 있고, 지갑 사슬이 청바지에 늘어져 있으며, 흰 티셔츠를 입고, 검은 레이밴 선글라스를 끼고 있었다. 푸른 잉크로 새긴 문신이 목을 휘감고 있었는데, 그가 속한 바인랜드 보이스라는 갱단에서 불리는 별명인 "더블오[2]"가 눈에 확 띄었다.

그리고 나는 이탈리아산 스리피스 정장을 입고 있어서, 카메라 앞에서 권위 있는 법조인으로 보일 터였다.

1 스페인계와 아메리카 원주민의 피가 섞인 라틴 아메리카인

2 OO

뉘엿뉘엿 지는 해가 6미터 높이의 교도소 철조망을 뚫고 거의 평각으로 비추어 우리의 모습이 카라바조 작품의 인물들처럼 명암이 뚜렷하게 대비돼 보였다. 보초 망루를 올려다보니 불투명 유리 안에서 긴 총을 들고 있는 사람들의 실루엣이 보이는 듯했다.

지금은 흔치 않은 순간이었다. 코코란 주립교도소는 제 발로 걸어 나오는 수감자가 거의 없는 곳이었다. 이곳은 가석방 없는 무기징역을 선고받은 사람들을 위한 시설이다. 찰리 맨슨[3]이 고령으로 사망한 곳이 바로 여기였다. 그러나 수감자들 대부분은 고령이 될 때까지 살지 못했다. 감방에서 살인사건이 흔하게 일어났다. 몇 년 전엔 호르헤 오초아의 옆의 옆의 옆의 방에서 수감자가 목이 잘리고 신체가 훼손돼 살해된 사건이 있었다. 자칭 악마숭배자인 감방 동기가 그의 귀와 손가락을 잘라 실에 꿰어서 목걸이를 만들었다. 코코란 주립교도소는 그런 곳이었다.

그러나 호르헤 오초아는 살인 누명을 쓰고 이곳에서 14년을 복역했지만 어떻게든 살아남았다. 그리고 오늘은 그의 날이었다. 법원이 실질적 무죄를 선고해서 무기징역형이 무효화된 것이다. 그가 일어나서 산 자들의 땅으로 돌아오고 있었다. 출소하는 오초아를 교도소 정문 앞에서 맞기 위해 나는 링컨 차에 그의 가족을 태워 로스앤젤레스에서 올라왔고, 중계 차량 두 대가 우리를 따라왔다.

5시 정각, 교도소에 울려 퍼지는 뿔나팔 소리가 우리의 관심을 끌었다. 로스앤젤레스 뉴스 방송국 두 곳의 카메라 기자들은 장비를 어깨

---

3 맨슨 패밀리라는 사이비 광신도 집단의 우두머리이자 연쇄살인범으로 영화감독인 로만 폴란스키의 아내와 그 친구들을 살해하도록 사주했다.

에 둘러멨고 기자들은 마이크를 들고 머리를 매만졌다.

보초 망루 밑에 있는 초소의 문이 열리더니 제복을 입은 경비원이 걸어 나왔다. 호르헤 오초아가 그 뒤를 따라 나왔다.

"디오스 미오(어이구, 이런)." 아들을 본 오초아 부인이 탄성을 내뱉었다. "디오스 미오."

그녀가 전혀 예상하지 못했던 순간이었다. 사실 그 누구도 예상하지 못했던 순간이었다. 내가 이 사건을 맡기 전에는.

경비원이 철조망에 있는 정문의 자물쇠를 풀고 호르헤를 내보냈다. 석방될 때 입으라고 내가 사서 넣어준 옷이 참 잘 어울렸다. 검은색 폴로셔츠에 황갈색 치노[4] 바지 그리고 흰색 나이키 운동화. 나는 그가 동생과 같은 모습으로 카메라 앞에 서는 것을 원하지 않았다. 부당한 유죄판결에 관한 손해배상 청구소송이 곧 있을 것이므로 로스앤젤레스카운티의 잠재적 배심원들에게 메시지를 보내는 일을 지금 바로 시작해도 결코 빠르지 않았다.

호르헤가 우리를 향해 걸어오다가 막판엔 뛰기 시작했다. 그는 허리를 굽히고 왜소한 어머니를 부여잡고 번쩍 들어 올렸다가 조심히 내려놓았다. 그러고는 족히 3분은 끌어안고 있었고, 그동안 카메라는 그들이 흘리는 눈물을 모든 각도에서 찍었다. 그다음엔 더블오와 포옹하고 남자답게 서로의 등을 두드렸다.

이젠 내 차례였다. 내가 손을 내밀자, 호르헤는 나를 와락 끌어안았다.

---

4 군복이나 작업복용으로 주로 쓰이는 튼튼한 면직물

"할러 변호사님, 무슨 말을 해야 할지 모르겠네요." 그가 말했다. "감사합니다."

"미키라고 불러." 내가 말했다.

"당신이 나를 구했어요, 미키."

"세상으로 돌아온 걸 환영해."

그의 어깨 너머로 카메라가 우리의 포옹을 기록하는 것이 보였다. 그러나 그 순간엔 갑자기 그런 것이 전혀 중요하게 생각되지 않았다. 오랫동안 내 마음속에 있던 구멍이 메워지기 시작하는 것을 느꼈다. 내가 이 남자를 죽은 자들 가운데서 부활시켰다. 나는 이런 자각과 함께 법조인으로 일하면서 혹은 이제까지 살면서 단 한 번도 느껴보지 못했던 성취감을 느꼈다.

차례

제1부 3월—건초더미 013
제2부 바늘 081
제3부 부작용 145
제4부 레이디 X 187
제5부 10월—최종 준비 215
제6부 진실의 덫 241
제7부 확실한 증거 323
제8부 문서 제출 명령 349
제9부 진정한 신봉자 385
제10부 교활한 연막술사 409
제11부 경적의 합창 435
제12부 입증의 공간 445
제13부 검은 옷을 입은 남자 467
제14부 엘 캐피탄 479

작가의 말 507

제1부

3월—건초더미

1

보슈는 편지를 운전대 위에 펼쳐놓았다. 글자는 알아볼 만했고 여백은 깨끗했다. 영어로 적혀 있었지만 완벽하진 않았다. 철자를 잘못 쓴 것도 있었고 적절치 않게 쓴 단어도 있었다. 동음이의어로군, 그는 생각했다.

내가 그러지 않았고 당신을 더 높여서[5] *내 혀미*[6]*를 벗고 싶어요.*

그의 관심을 끈 것은 그 문단의 마지막 문장이었다.

변호사는 내가 유죄를 인정해야 한댔어요. 안 그러면 법집행관 살인

5 '고용하다'라는 뜻의 'hire' 대신 '더 높은'이라는 뜻의 'higher'를 잘못 쓴 것

6 '혐의'를 뜻하는 단어의 오류

혀미로 무기징역을 받을 거랬어요.

보슈는 편지를 뒤집어 뒷면에도 뭐가 적혀 있는지 봤다. 상단에 숫자 도장이 찍혀 있었는데, 그것은 치노[7] 정보팀의 교도관이 편지 발송을 허락하기 전에 훑어보기라도 했다는 뜻이었다.

보슈는 조심스레 목청을 가다듬었다. 최근에 받은 치료 때문에 목이 따가웠고 더 나빠질까 봐 걱정됐다. 그는 편지를 다시 읽었다.

그를 좋아하진 않았지만 내 아이의 아빠였어요. 그를 죽이다니요.
거짓말이에요.

편지를 수임 가능성 있는 편지 더미에 놓을지 거절할 편지 더미에 놓을지 망설여졌다. 그가 결정하기 전에 조수석 문이 열리더니 할러가 타면서 읽지 않은 편지 더미를 좌석에서 집어 들고 계기판 위로 던졌다.

"문자 못 받았어?" 할러가 물었다.

"미안, 못 들었어."

보슈는 그 편지를 계기판에 놓고 링컨 차에 시동을 걸었다.

"어디로?"

"공항 법원." 할러가 말했다. "늦었어. 앞으로 데리러 오라고 문자했는데."

7 캘리포니아 치노에 있는 여자교도소

"미안."

"그래, 그런데 심리에 늦으면 판사한테 그 말이 먹힐까?"

보슈는 변속기어를 드라이브에 놓고 도로경계석에서 떨어졌다. 브로드웨이로 달려가다가 북행 101번 고속도로 진입로로 들어갔다. 로터리에는 텐트와 판지를 깐 거처가 줄을 잇고 있었다. 최근에 치러진 시장 선거는 이 도시에 넘쳐나는 노숙자 문제에 대해 어느 후보가 더 좋은 해결안을 제시하느냐가 관건이었다. 보슈가 보기에 지금까지는 아무런 변화가 없었다.

보슈는 즉시 남행 110번 고속도로로 갈아탔다. 그 길을 쭉 달려가다가 센추리 고속도로로 들어서서 그 길로 곧장 가면 공항이 나올 터였다.

"좋은 사건 좀 찾았어?" 할러가 물었다.

보슈는 루신더 샌즈의 편지를 그에게 건넸다. 할러가 읽기 시작하더니 수감자의 이름을 확인했다.

"여자네." 할러가 말했다. "재밌네. 어떤 사연이야?"

"전남편을 죽였어." 보슈가 말했다. "전남편이 경찰이었나 봐. 가석방 없는 무기징역을 받을 수 있다니까 고의적 살인[8] 혐의에 대해 공소사실을 인정했고."

"인간의 웃음[9]이라……."

---

8 살인(homicide)에는 사전계획과 의도가 있는 살인(murder)과 의도적이지 않은 살인(manslaughter)이 있다. 의도적이지 않은 살인에는 감정이 격해서 우발적으로 저지른 살인인 고의적 살인(voluntary manslaughter)과 과실에 의한 살인인 과실치사(involuntary manslaughter)가 있다.

9 고의적 살인을 뜻하는 manslaughter를 man's laughter라고 끊어 읽으면서 하는 말장난

할러는 편지를 마저 읽은 후 아까 계기판에 던져놓은 편지 더미 위로 던졌다.

"저게 제일 괜찮은 거야?" 할러가 물었다.

"지금까지는." 보슈가 말했다. "읽을 것 아직 더 있어."

"자기가 죽이진 않았다면서 누가 죽였는지는 말을 안 하네. 이걸로 우리가 뭘 할 수 있지?"

"범인을 모르는 거겠지. 그래서 네 도움을 요청하는 거고."

보슈가 말없이 운전하는 동안 할러는 휴대전화를 확인한 후 사무장인 로나에게 전화를 걸어 일정을 협의했다. 통화가 끝나자, 보슈는 다음 장소에서는 얼마나 있을 것인지 물었다.

"의뢰인과 감경을 위한 증인에 달려 있어." 할러가 말했다. "의뢰인은 내 충고를 무시하고 자기 죄가 그렇게 중하지 않은 이유를 판사에게 직접 설명하고 싶어 해. 난 차라리 아들이 나서서 자비를 구걸하는 편이 낫다는 생각이고. 하지만 아들이 나타날지, 증언을 할지, 증언을 한다면 일이 어떻게 될지 잘 모르겠어."

"어떤 사건인데?" 보슈가 물었다.

"사기. 8년에서 12년 정도 나올 것 같아. 들어와서 볼래?"

"아니, 거기 간 김에 발라드를 보러 갈까 해. 있는지는 모르겠지만. 법원에서 멀지 않거든. 법원 일 끝나면 문자 보내, 데리러 갈 테니까."

"문자 오는 소리를 들어야 말이지."

"그럼 전화해. 그건 들리니까."

10분 후 보슈는 라 시에네가에 있는 법원 앞에 차를 세웠다.

"이따가 봐." 할러가 차에서 내리면서 말했다. "전화기 볼륨 좀 키우고."

할러가 문을 닫은 뒤, 보슈는 할러의 지시대로 휴대전화의 음량을 조절했다. 그는 청력 상실에 대해 할러에게 완전히 털어놓지 않은 상태였다. UCLA에서 받은 항암 치료가 청력에 영향을 미쳤다. 지금까지 목소리나 말하는 데는 아무 문제가 없는데, 전자음은 잘 들리지 않았다. 다양한 신호음과 문자 알림음을 실험해 봤지만 딱 맞는 것을 아직 찾지 못했다. 그러는 동안, 문자 알림음이나 전화의 신호음을 듣기보다는 뒤따라오는 진동에 더 의존했다. 그러나 아까는 휴대전화를 차의 컵홀더에 놓아뒀기 때문에 할러가 시내 법원 앞으로 태우러 오라고 문자를 보냈을 때 그 소리와 진동을 모두 놓친 것이다.

보슈가 출발하면서 르네 발라드의 휴대전화로 전화를 걸었다. 그녀가 금방 전화를 받았다.

"보슈 선배님?"

"여어."

"잘 지내시죠?"

"그럼 그럼. 지금 어맨슨에 있어?"

"네. 어쩐 일이세요?"

"근처에 있거든. 잠깐 들러도 될까?"

"그럼요, 오세요."

"갈게."

2

어맨슨 센터는 차로 10분 정도 가면 되는 맨체스터에 있었다. 그곳은 로스앤젤레스 경찰국의 인력개발원이었다. 그곳에는 경찰국의 미해결 사건 기록보관소도 있는데, 1960년부터 현재까지 해결하지 못한 6천 건의 살인사건 기록을 보관하고 있었다. 살인사건 기록을 꽂아놓은 많은 줄의 서가 끝에는 여덟 명의 미해결 사건 전담반이 근무하는 사무실이 있었다. 전에도 그곳에 온 적이 있는 보슈는 그곳을 신성한 곳이라고 생각했다. 보류된 정의가 모든 서가와 모든 기록의 주위를 떠돌고 있기 때문이다.

보슈는 안내데스크에서 방문증을 받아 주머니에 달고 발라드를 만나러 들어갔다. 그는 가는 길을 안다면서 안내를 거절했다. 기록보관소 문을 열고 들어간 그는 줄줄이 늘어선 서가를 따라 천천히 걸으면서 서가 옆면에 테이프로 붙여놓은 색인 카드에 적힌 사건 발생 연도들을 훑어봤다.

발라드는 서가 너머 사무공간 뒤쪽에 있는 책상에 앉아 있었다. 다른 칸막이 자리 중 사람이 있는 곳은 딱 한 군데뿐이었다. 거기엔 이 전담반의 법유전계보학 전문가이자 자칭 심령술사인 콜린 해터러스가 앉아 있었다. 해터러스는 다가오는 보슈를 보고 반가운 표정을 지었다. 하지만 보슈는 반갑지 않았다. 그 전해에 자원봉사자들로 꾸려진 미해결 사건 수사팀에 잠깐 합류했을 때, 해터러스가 지나치게 감정이입을 해서 부딪친 적이 있었기 때문이다.

“해리 보슈 선배님!” 해터러스가 소리쳤다. “웬일이세요, 너무 반가워요.”

“콜린.” 보슈가 말했다. “웬일이야. 이렇게 반가워해 주고.”

보슈가 까칠하게 구는 것을 느끼면서도 해터러스는 미소를 잃지 않았다.

“여전하시네요.” 그녀가 말했다.

정다운 인사가 신경전으로 바뀌기 전에 발라드가 회전의자를 돌려 앉아 대화에 끼어들었다.

“선배님, 어쩐 일이세요?” 그녀가 말했다.

보슈는 발라드에게 다가가 살짝 돌아서서 해터러스를 등지고 칸막이벽에 기대섰다. 그러고는 가능한 한 발라드만 들을 수 있도록 목소리를 낮췄다.

“할러 변호사를 공항 법원에 내려주고 오는 길이야.” 그가 말했다. “여긴 일이 어떻게 돼가나 궁금해서 들러봤지.”

“잘 돌아가고 있어요.” 발라드가 말했다. “올해 들어 지금까지 아홉 건을 종결했어요. 상당수가 법유전계보학과 콜린의 수고 덕분이었고요.”

“잘했네. 범인들을 감옥에 처넣었어? 아니면 다른 방식으로 종결됐나?”

미해결 사건을 수사하다 보면 DNA가 일치하는 용의자를 찾아내더라도 오래전에 사망했거나 다른 범죄를 저질러 무기징역형을 받고 이미 투옥돼 있는 경우가 허다했다. 물론 사건은 해결됐다고 볼 수 있지만 기소로 이어지진 않았기 때문에, 기록상에는 "다른 방식으로 종결" 이라고 적혔다.

"몇 명 집어넣었어요." 발라드가 말했다. "절반 정도요. 중요한 건 유족에게 알리는 거죠. 용의자가 살았든 죽었든 사건이 종결됐다는 걸 알면 한시름 놓을 테니까요."

"그래, 맞아." 보슈가 말했다.

그러나 보슈가 미해결 사건을 수사할 땐 사건은 해결됐어도 범인으로 밝혀진 용의자가 사망했다는 사실을 유족에게 알리는 것이 항상 힘들었다. 그것은 범인이 단죄받지 않고 무사히 빠져나갔다는 것을, 정의가 구현되지 않았다는 것을 인정하는 꼴이었기 때문이다.

"뭐예요, 진짜?" 발라드가 물었다. "진짜로 안부나 묻고 콜린을 괴롭히려고 들르신 거예요?"

"아니, 그건 아니고……." 보슈가 중얼거렸다. "물어보고 싶은 게 있어서."

"그럼 물어보세요."

"이름이 두 개 있는데, 복역 중인 사람들이야. 사건 번호를 알고 싶어, 가능하다면 사건 자료도 얻고 싶고."

"복역 중이라면, 미해결 사건이 아니네요?"

"그래, 맞아."

"그럼, 제가 뭘 도와……, 선배님, 지금 농담하시는 거죠?"

"아니, 왜?"

발라드는 회전의자를 돌려 앉아 허리를 곧추세우고 칸막이 너머로 해터러스를 흘끗 쳐다봤다. 해터러스는 컴퓨터 화면을 보고 있었고, 그것은 그들의 대화를 엿듣고 있다는 뜻이었다.

발라드가 일어서더니 기록보관소 앞쪽에 있는 큰 복도를 향해 걸어가기 시작했다.

"커피나 한잔하러 가시죠." 그녀가 말했다.

발라드는 보슈의 대답을 기다리지 않았다. 그녀는 계속 걸었고 보슈가 뒤를 따라갔다. 그가 뒤돌아봤을 때, 해터러스는 그들이 가는 것을 지켜보고 있었다.

휴게실에 들어가자마자 발라드가 돌아서서 정색하고 보슈를 쏘아봤다.

"선배님, 지금 농담하세요?"

"그게 무슨 말이야?"

"선배님은 지금 변호사 밑에서 일하고 계시잖아요. 그런데 저더러 변호사를 위해서 이름을 검색해 달라고요?"

보슈는 말문이 막혔다. 이 순간까지 그런 식으로는 생각해 본 적이 없었다.

"아니, 그런 생각은 안 해봤고……."

"그러시겠죠, 물론. 그런데 선배님이 링컨 차 변호사를 위해서 일하고 있다면 이름 검색 못 해드려요. 위에서 인권위원회도 열지 않고 저를 해고할 수 있어요. 그리고 경찰국 내에 저에게 총질할 사람이 없다고 생각하진 마세요. 있거든요."

"알지, 알지. 미안해, 거기까진 생각 못 했어. 내가 여기 왔었다는 것도 잊어줘. 그만 갈게."

보슈가 문을 향해 돌아서자 발라드가 그를 잡았다.

"아뇨, 이왕 오셨는데, 커피 드시고 가세요."

"그래도 돼?"

"그럼요. 앉으세요. 제가 가져올게요."

휴게실엔 벽쪽으로 탁자가 한 개 있었다. 벽에 붙지 않은 삼면에는 의자가 놓여 있었다. 보슈는 의자에 앉아서 발라드가 일회용 컵에 커피를 따라 들고 오는 것을 지켜봤다. 발라드는 보슈도 블랙커피를 마신다는 것을 알고 있었다.

"그래서 요즘 어떠세요, 선배님?" 발라드가 의자에 앉고 나서 물었다.

"어, 좋아." 보슈가 말했다. "불만 없어."

"일주일 전쯤 할리우드 경찰서에 갔다가 선배님 따님을 만났어요."

"응, 매디한테 들었어. 유치장에 있는 사람을 만나러 갔다면서."

"1989년 사건 때문에요. 강간 살인. DNA가 일치하는 사람을 찾았는데 행방을 알 수가 없더라고요. 그래서 수배령을 내렸는데 교통법규 위반으로 검거돼 거기 있었어요. 우리가 자길 찾고 있는지도 모르고 있더라고요. 그건 그렇고, 매디한테 들으니까 UCLA에서 무슨 임상실험 프로그램에 참여하신다면서요?"

"응, 임상실험. 그 주사를 맞으면 연장률이 70퍼센트 정도 된다고 하더라고."

"연장요?"

"수명연장. 운이 좋으면 차도가 있을 거라는 얘기지."

"와, 좋은 소식이네요. 그래서 차도가 좀 있어요?"

"어떻다고 말하기엔 아직 일러. 그리고 진짜 약을 맞는 건지 가짜 약을 맞는 건지 얘길 안 해줘. 그러니 누가 알겠어."

"그건 좀 별로네요."

"그러니까. 그런데…… 부작용이 있는 걸 보니까, 진짜 약을 맞고 있는 것 같아."

"어떤 부작용요?"

"목이 많이 따갑고 이명과 청력 상실이 있어. 돌아버리겠다, 진짜."

"병원에서는 대처를 해주고 있나요?"

"애쓰고 있지. 그런데 그런 건 임상실험 그룹에 들어가면 당연히 겪는 거야. 의사들은 이런 걸 관찰하면서 부작용 줄이는 방법을 찾고 있어."

"그렇군요. 매디한테 얘기 듣고 좀 놀랐어요. 지난번엔 순리를 따를 거라고 하셔서."

"마음을 바꿨어."

"매디 때문에요?"

"응, 그 이유가 크지. 그 얘기는 그만하고……."

보슈는 몸을 앞으로 기울여 컵을 집어 들었다. 목이 많이 상한 상태고 커피는 아직 너무 뜨거워서 마실 수 없었다. 무엇보다 병 이야기를 그만하고 싶었다. 발라드는 그가 병에 걸린 것을 알린 몇 안 되는 사람들 중 한 명이어서 병세가 어떤지 들을 자격이 있다고 생각했지만 그는 현재 상황과 미래의 여러 가능성에 대해 깊이 생각하지 않으려고 애쓰고 있었다.

"그럼, 할러 변호사 얘기 좀 해주세요." 발라드가 말했다. "그 일은 어떻게 되고 있어요?"

"뭐 그럭저럭." 보슈가 말했다. "의뢰가 계속 들어와서 항상 바쁘지."

"지금은 선배님이 변호사를 태우고 다니고요?"

"항상 그런 건 아니고. 하지만 차를 몰면서 수임 요청을 받은 건들에 대해 애기할 시간이 있어서 좋아. 사건이 끊임없이 들어오고 있거든."

그 전해에 보슈는 미해결 사건 전담반에서 자원봉사자로 발라드와 함께 일하면서 몇 년간 은밀히 자행된 연쇄살인사건을 해결했다. 또한 그 연쇄살인범이 호르헤 오초아라는 무고한 시민이 누명을 쓰고 투옥된 살인사건의 진범이라는 사실도 밝혀냈다. 지방검찰청이 오초아를 즉시 석방하지 않고 정치적 계산을 하면서 머뭇거리자, 발라드는 할러에게 그 사건 정보를 흘렸다. 할러가 그 사건을 맡아 언론에 널리 알리면서 인신보호구제청구를 했고, 법원은 오초아의 무죄를 선언하고 즉시 석방하라고 명령했다. 이 사건이 언론의 큰 주목을 받자, 캘리포니아와 애리조나, 네바다에 있는 교도소의 수감자들에게서 편지와 수신자 부담 전화가 쏟아졌다. 다들 자신의 무죄를 주장하면서 도움을 요청했다. 할러는 이른바 '무죄 프로젝트'를 시작했고, 수임을 요청한 사건의 1차 검토를 보슈에게 맡겼다. 경륜 있는 형사의 눈을 가진 수문장이 필요했던 것이다.

"검색해 달라고 하셨던 두 사람요, 무죄라고 생각하세요?" 발라드가 물었다.

"판단하기엔 아직 일러." 보슈가 말했다. "내가 가진 건 교도소에서 날아온 그들의 편지뿐이거든. 하지만 이 일을 시작한 후로 이 두 사람의 편지만 빼고 다 거절했어. 이 두 사람 사건은 왠지 더 들여다볼 필요가 있겠다는 생각이 들어."

"그러니까 선배님의 육감을 근거로 검색하시려는 거군요."

"육감만 갖고 그러는 건 아니고. 그들의 편지에는…… 절박한 무언가가 있어. 설명하긴 힘든데. 교도소에서 나오려는 절박함이 아니라…… 남들이 자기를 믿어주길 바라는 절박함이랄까. 그래서 사건들을 살펴볼 필요가 있겠다고 생각한 거야. 보고 나면 다 개소리였다는 결론이 날 수도 있겠지만."

발라드가 바지 뒷주머니에서 휴대전화를 꺼냈다.

"이름이 뭐라고요?" 그녀가 물었다.

"아냐, 됐어." 보슈가 말했다. "그런 부탁 하지 말았어야 했는데."

"이름만 알려주세요. 지금은 콜린이 사무실에 있으니까 아무 일도 안 할 거예요. 이름을 적어서 제 이메일로 보내놓으려고요. 나중에 뭐라도 건지면 연락드릴게요."

"콜린은 아직도 온갖 일에 참견하고 그래?"

"그런 건 많이 줄었지만, 이 일에 대해서는 알게 하고 싶지 않아요."

"진짜? 콜린이 어떤 느낌이나 영감을 받아서 그들이 유죄인지 아닌지 말해줄 수도 있잖아. 그럼 우리 둘 다 시간을 많이 절약할 수 있고."

"선배님, 이제 그만 좀 하시죠?"

"미안해. 입이 방정이라."

"콜린은 유전계보 분석을 잘해요. 제게 중요한 건 그것뿐이에요. 그것만으로도 그녀의 '영감'을 오래도록 견딜 가치가 충분히 있죠."

"그렇겠군."

"사무실로 돌아가야 해요. 이름 알려주실 거예요, 말 거예요?"

"루신더 샌즈. 치노에 있어. 그리고 에드워드 데일 콜드웰. 코코란에 있고."

"칼드웰이요?"

"아니, 콜드웰."

발라드는 양손 엄지로 휴대전화에 이름을 입력하고 있었다. "생년월일은요?"

"그 사람들이 편지에 그걸 적을 생각은 못 했나 봐. 도움이 된다면 수형번호는 알려줄 수 있어."

"아뇨, 됐어요."

그녀는 휴대전화를 주머니에 도로 밀어 넣었다.

"뭐라도 건지면 연락드릴게요."

"고마워."

"하지만 이번 한 번뿐이에요."

"알았어."

발라드는 커피를 들고 문을 향해 걸어갔다. 보슈가 질문으로 그녀를 멈춰 세웠다.

"그래서 누가 총질하는데?"

"네?"

"아까 그랬잖아, 총질하는 사람들이 있다고."

"아, 별일 아니에요. 제가 실패하길 바라는 사람들이 있다고요. 여자가 책임자인 게 마음에 안 드는 거죠."

"엿 먹으라 그래."

"네, 엿 먹으라 그럴게요. 또 봬요, 선배님."

"그래, 그러자."

3

할러가 선고공판이 끝났다고 문자를 보냈을 때, 보슈는 이미 라 시에네가의 법원 앞으로 돌아와 있었다. 보슈는 법원 앞에 있다고 답장을 보냈다. 그가 링컨 내비게이터를 유리로 된 출입문 앞에 대는데 할러가 걸어 나왔다. 보슈가 버튼을 눌러 문을 열자, 할러가 뒷좌석 문을 열고 올라탔다. 그가 문을 닫고서도 보슈는 SUV를 출발시키지 않고 백미러로 그를 물끄러미 쳐다봤다.

등받이에 편안히 기대앉은 할러는 그제야 차가 움직이지 않고 있다는 것을 깨달았다.

"아, 맞다, 잠깐만……."

할러는 실수를 깨닫고 문을 열고 내렸다. 앞좌석 문이 열리고 그가 조수석에 올라탔다.

"미안." 그가 말했다. "습관이 돼놔서."

그들이 합의한 것이 있었다. 보슈가 링컨 차를 운전할 땐 나란히 앉아 대화할 수 있도록 할러가 앞좌석에 타기로 했다. 보슈의 입장은 단호했다. 변호사의 운전사 역할을 하지는 않겠다는 것이었다. 비록 그 변호사가 이복동생이고 보슈가 민간의료보험에 가입해 UCLA에서 임상실험에 참여할 수 있도록 그를 고용해 줬다고 해도 말이다.

자기 견해를 일관되게 관철한 것에 만족한 보슈는 차를 출발시키면서 물었다. "어디로?"

“웨스트할리우드.” 할러가 말했다. “로나네 아파트.”

보슈는 유턴해서 북쪽으로 가기 위해 왼쪽 차선으로 끼어들었다. 할러가 로나와 만나는 자리에 태워준 적이 여러 번 있었다. 그녀의 집으로 가기도 했고 식사할 땐 휴고스로 태워주기도 했다. 이른바 링컨 차를 타는 변호사는 사무실 대신 차에서 일을 했기 때문에 사무장인 로나는 킹스로드에 있는 자신의 아파트에서 사무를 봤다. 그곳이 실질적인 사무실이었다.

“선고공판은 어떻게 됐어?” 보슈가 물었다.

“어, 내 의뢰인은 법이 허락하는 최고형을 받았다고만 말할게.” 할러가 말했다.

“유감이군.”

“판사가 개자식이었어. 선고 전 보고서도 안 읽은 것 같아.”

보슈가 현직 경찰이었을 땐 선고 전 보고서가 피고인에게 이롭지 않은 경우가 허다했는데, 할러는 왜 담당 판사가 보고서를 열심히 읽었으면 형을 감해줬을 거라 생각하는지 이유를 알 수가 없었다. 보슈가 물어보기 전에 할러가 계기판 중앙에 붙은 스크린을 향해 팔을 뻗더니 연락처에서 즐겨찾기 목록을 불러내 마이클 할러 법률사무소의 주니어 변호사인 제니퍼 애런슨에게 전화를 걸었다. 블루투스 시스템 덕분에 통화 내용이 차량 스피커로 흘러나와 보슈는 양측의 말을 다 들을 수 있었다.

“대표님?”

“어디야, 젠?”

“집요. 시 법무관실에서 방금 돌아왔어요.”

"어떻게 됐어?"

"이제 1라운드 끝났어요. 서로 눈치만 보다가요. 누구도 금액을 먼저 말하려고 하지 않아요."

보슈는 할러가 호르헤 오초아 사건 협상을 애런슨에게 맡긴 것을 알고 있었다. 할러 법률사무소는 오초아가 겪은 부당한 유죄평결과 수형생활에 대해 시 정부와 LA경찰국을 상대로 손해배상 청구소송을 제기했다. 시 정부와 경찰국은 주 정부가 정한 손해배상금 상한액 제도에 의해 보호를 받았다. 그렇더라도 수사가 미흡했거나 불공정했을 가능성도 있어서 오초아는 다른 금전적 배상을 청구할 수 있었다. 시 정부는 협상과 합의를 통해 그 배상 청구를 미연에 막고 싶어 했다.

"물러서지 말고 버텨." 할러가 말했다. "합의할 거야."

"그러길 바라요." 애런슨이 말했다. "공항 법원 건은 어떻게 됐어요?"

"최대로 때려 맞았어. 7년. 어린 시절에 겪은 트라우마 얘기는 판사가 읽지도 않은 것 같아. 그 얘길 꺼내려고 했더니 딱 잘라버리더라고. 그리고 피고인이 사실 사기칠 의도는 없었다면서 자비를 구했는데 그것도 도움이 안 됐어. 그래서 작살이 났지. 더 선을 넘지 않는다면 7년 살고 나오겠지."

"대표님 빼고 또 누가 왔어요?"

"나밖에 없었어."

"그 사람 아들은요? 불렀다고 하시지 않았어요?"

"안 나타났어. 그건 그렇고, 30분쯤 후에 로나 만나서 앞으로의 일정을 논의할 건데. 올래?"

"못 가요. 방금 집에 왔거든요, 뭐 좀 먹으려고. 오늘 실마로 올라가서 앤서니 면회하겠다고 언니하고 약속했어요."

"그렇구나. 행운을 빌어. 내가 도울 일이 있으면 알려줘."

"감사합니다. 대표님 지금 보슈 조사관님하고 함께 계세요?"

"바로 옆에 있어."

할러가 보슈를 쳐다보더니 조금 전에 뒷좌석에 올라탄 것을 만회하려는 듯이 고개를 끄덕였다.

"스피커 켜져 있어요?" 애런슨이 물었다. "조사관님과 통화할 수 있어요?"

"그럼." 할러가 말했다. "말해."

그가 보슈에게 손짓했다.

"말해, 듣고 있어." 보슈가 말했다.

"보슈 조사관님, 변호 업무는 안 하신다고 선을 그으신 거 아는데요." 애런슨이 말했다.

보슈는 고개를 끄덕이다 애런슨이 그 모습을 볼 수 없다는 것을 곧 깨달았다.

"맞아, 그랬지." 그가 말했다.

"사건 하나만 봐주실 수 있을까요?" 애런슨이 말했다. "조사를 부탁드리는 건 아니고요. 지금까지 검찰에서 넘겨받은 기록만 한번 봐주세요."

보슈는 산페르난도밸리의 실마에 북부 카운티 소년원이 있다는 것을 알고 있었다.

"소년 사건이야?" 그가 물었다.

"네, 언니 아들이에요." 애런슨이 말했다. "이름은 앤서니 마커스. 나이는 열여섯. 검찰은 성인으로 재판하겠대요. 다음 주에 심리가 있는데, 너무 절박해요. 제가 도와줘야 해요."

"혐의가 뭔데?"

"경찰을 쐈다는데, 그런 일을 할 만한 성격이 아니에요."

"어디서? 어디가 맡았는데?"

"LA경찰국요. 웨스트밸리 사건이에요. 우드랜드힐스에서 발생했거든요."

"살았어, 죽었어? 경찰관 말이야."

"살았어요. 다리인지 어딘지에 총을 맞았대요. 앤서니는 그런 짓을 할 아이가 절대 아니에요. 자기가 그런 거 아니라고 제게 말했고요. 진범이 따로 있다고 하더라고요."

보슈가 계기판 스크린으로 손을 뻗어 음소거 버튼을 눌렀다. 그러고는 할러를 돌아봤다.

"지금 장난해?" 보슈가 말했다. "LA경찰을 쏜 어린애를 도와주라고? 지금 살펴보고 있는 사건도 있잖아. 법집행관을 쏘고 치노에서 복역 중인 여자 사건. 이런 일이 내게 어떤 영향을 미칠지 알아?"

"여보세요?" 애런슨이 말했다. "제 목소리 안 들리세요?"

"조사해 달라고 내가 부탁하는 거 아니잖아." 할러가 말했다. "제니퍼가 하는 거지. 제니퍼가 원하는 건 사건 자료 한번 봐달라는 거야. 그뿐이라고. 사건 기록을 읽고 형의 의견을 말해주는 거. 그럼 끝이야. 더 이상 할 일도 없을 거고, 그런 일을 했다는 걸 아는 사람도 없을 거고."

"하지만 내가 알잖아." 보슈가 말했다.

“여보세요?” 애런슨이 다시 말했다.

보슈는 고개를 절레절레하더니 버튼을 다시 눌러 음소거를 해제했다.

“미안해.” 그가 말했다. “몇 초 안 들렸어. 어떤 종류의 기록을 갖고 있어?”

“수사관의 수사 일지가 있어요.” 애런슨이 말했다. “사건 조서와 피해자 의료 기록도 있고요. 증거물 목록도 있는데, 별거 없더라고요. 이따가 담당 검사에게 전화해서 다음번 증거개시는 언제 할 건지 물어보려고요. 문제는 뭔가 잘못됐다는 생각이 든다는 거예요. 앤서니를 태어날 때부터 쭉 지켜봐왔는데 폭력적인 아이가 아니거든요. 점잖아요. 그리고…….”

“참고인 진술조서도 있어?” 보슈가 물었다.

“아뇨, 목격자는 한 명도 없어요.” 애런슨이 말했다. “기본적으로 앤서니와 경찰관들의 상반된 진술뿐이에요.”

보슈는 침묵했다. 들어보니 결코 가까이 가고 싶지 않은 사건이었다. 할러가 침묵을 깼다.

“이렇게 하자, 제니퍼.” 그가 말했다. “갖고 있는 자료를 이메일로 로나에게 보내고 출력해 놓으라고 해. 보슈 조사관이 30분 후에 볼 거야. 지금 그리로 가는 중이거든.”

할러가 보슈를 쳐다봤다. “형이 거절하지 않는다면.” 그가 말했다.

보슈는 천천히 고개를 가로저었다. 이런 일을 하고자 했던 것이 아니었다. 그는 수사관 생활 막바지에 범죄자를 돕고 싶진 않았다. 할러가 말하는 이른바 ‘건초더미 작업’은 괜찮았다. 수많은 기결수 중에서 결백한 사람을 찾아내는 것이 보슈에게는 자신이 직접 경험해서 완벽하지 않다는 것을 알고 있는 시스템에 대한 점검 작업으로 느껴졌다. 그러나 피고인 변호를 돕는 것은 다른 문제였다.

“한번 볼게.” 보슈가 마지못해 말했다. “하지만 후속 작업이 필요하면, 그건 시스코에게 부탁해.”

데니스 ‘시스코’ 보이체홉스키는 오랫동안 할러 법률사무소에서 일해온 조사관이었고 로나 테일러의 남편이기도 했다.

“감사합니다, 보슈 조사관님.” 애런슨이 말했다. “훑어보시고 바로 연락 좀 주세요.”

“그럴게.” 보슈가 말했다. “언니는 왜 자네한테 거기 가서 아들을 만나달라고 하는 거야?”

“잘 지내지 못하고 있다네요.” 애런슨이 말했다. “거기서 다른 애들한테 괴롭힘을 당하고 있대요. 저와 있는 한 시간만큼은 두려워할 필요가 없는 시간이니까 그런 것 같아요.”

“그래, 알았어. 자료 받으면 바로 읽어볼게.” 보슈가 말했다.

“감사합니다, 보슈 조사관님.” 애런슨이 다시 말했다. “정말, 정말 감사드려요.”

“뭐 또 다른 일은 없고, 제니퍼?” 할러가 물었다.

“없어요, 말씀드린 게 다예요.” 애런슨이 말했다.

“시 법무관하고는 또 언제 만나?” 할러가 물었다.

“내일 오후에요.” 애런슨이 말했다.

“잘됐네.” 할러가 말했다. “계속 압박을 가해. 만난 다음에 얘기하자.”

할러는 전화를 끊었고 두 사람은 잠깐 침묵했다. 보슈는 불쾌한 기분이 들었고 그런 감정을 굳이 숨기려고 하지 않았다.

“형, 그냥 자료나 한번 보고 아무것도 못 찾았다고 해.” 할러가 말했다. “제니퍼가 그 사건에 너무 감정적으로 몰입해 있어. 그러면 안 된다는 걸 배워야……”

“감정이 개입됐다는 거 나도 알아.” 보슈가 말했다. “그걸 비난하는 건 아니고. 하지만 지금 이 일은 일어나길 원하지 않는다고 내가 말했던 바로 그런 일이야. 이런 일이 한 번만 더 있으면, 난 빠진다. 알겠냐?”

“알았어.” 할러가 말했다.

그들은 웨스트할리우드에 예상보다 일찍 도착했는데, 애런슨과 통화한 후 차 안에 차가운 정적이 흘렀기 때문에 보슈에게는 다행스럽게 느껴졌다. 보슈는 샌타모니카대로에서 차를 돌려 킹스로드로 들어서서 남쪽으로 두 블록을 내려갔다. 할러가 곧 도착한다고 문자 메시지를 보내놓아 로나가 자료를 들고 붉은 도로경계석에 서서 기다리고 있었다. 내비게이터의 창문은 회색 불투명 유리로 돼 있었다. 보슈가 차를 세우자 로나가 경계석에서 내려서서 SUV의 뒤를 돌아와 운전석 뒷좌석에 탔다.

“어머나, 늘 있는 자리에 있는 줄 알았지.” 로나가 할러에게 말했다.

“형이 운전할 땐 아니야.” 할러가 말했다. “제니퍼가 보낸 자료 출력했어?”

“여기 갖고 왔어.”

“형한테 줘, 한번 읽어보게. 나는 뒷좌석으로 갈게.”

보슈는 자료를 건네받았다. 할러가 법원 출석 일정을 비롯해 사건과 관계된 여러 문제들을 로나와 논의하기 시작하자, 보슈는 자료를 펴고 그들의 대화를 무시하고 집중하려고 노력했다. 우선 사건 조서부터 읽기 시작했다.

피의자의 이름은 앤서니 마커스였다. 실마에 있는 소년원에서 곧 17세 생일을 맞을 예정이었다. 그는 카일 덱스터라는 순찰 경찰관을 그 경찰관의 총으로 쏜 혐의를 받고 있었다. 사건 조서에 따르면, 덱스터와 파트너 이본 개리티는 우드랜드힐즈의 칼리파스트리트에 있는 가정집에서 절도 사건이 발생했고 진행 중이라는 신고 전화를 받고 출동했다. 그들은 사건현장에 도착하자마자 집의 외부를 살폈고 집 뒤쪽 수영장 데크에 있는 미닫이문이 열려 있는 것을 발견했다. 그들은 지원을 요청했고, 다른 경찰관들이 도착하기 전에 어두운색 옷을 입은 인물이 집 안에서 뛰어나와 수영장 뒤에 있는 벽을 타넘고 칼리파와 평행으로 가는 밸리서클대로로 뛰어내리는 것을 덱스터가 봤다. 덱스터는 개리티에게 순찰차를 가져오라고 지시한 후 도망가는 용의자를 쫓았다. 그도 벽을 타넘어 추격했다. 몇 블록이나 이어진 추격은 덱스터가 용의자를 따라 밸러리애비뉴의 모퉁이를 도는 순간 끝이 났다. 추격자를 따돌렸다고 생각했는지 멈춰 서 있던 용의자는 모퉁이를 돌아온 덱스터와 맞닥뜨렸다. 덱스터는 권총을 꺼내 들고 용의자에게 무릎을 꿇고 두 손을 머리 뒤로 올려 깍지 끼라고 지시했다. 용의자는 순순히 지시에 따랐고 덱스터는 파트너와 지원 나온 경찰관들에게 무전으로 자신의 위치를 알렸다. 덱스터가 수갑을 채우려고 용의자에게 다가가자, 용의자가 달려들어 몸싸움이 벌어졌고 덱스터가 총에 맞았다. 그러자 용의자가 도주했지만, 덱스터의 '경찰관 피격' 무전을 듣고 달려온 다른 경찰관들에게 금방 검거됐다.

검거된 용의자의 신원은 앤서니 마커스로 밝혀졌다. 그는 그 가정집을 턴 일이나 경찰로부터 도망친 일을 부인했다. 근처에 있는 자기 집에서 몰래 빠져나와 여자 친구를 만나러 그녀의 집으로 걸어가다가 갑자기 덱스터와 맞닥뜨린 거라고 주장했다. 덱스터를 쏜 일도 부인했다. 다만 총격이 있었고 덱스터가 쓰러진 후 현장에서 도주한 것은 인정했는데, 무슨 일이 벌어지고 있는지 그리고 누가 그들을 향해 총을 쏘고 있는지 알지 못했기 때문에 도망친 거라고 말했다.

보슈는 사건 조서를 두 번 읽은 후 휴대전화에서 구글맵을 켰다. 추격 경로의 지도와 거리 사진을 보면서 조서에 담긴 자세한 내용과 비교했다. 이 과정을 통해 추격의 방향과 지형, 추격 거리 등을 더 잘 이해할 수 있었다. 그런 다음 경찰관 수사과가 작성한 의료 기록을 펼쳤다. 경찰관 수사과는 경찰관이 피해자가 된 사건까지 포함하여 경찰관이 관련된 모든 총격사건을 수사했다. 의료 기록에 따르면 덱스터는 같은 탄환에 의해 두 번 부상을 입었다. 탄환이 오른쪽 종아리 뒷부분을 하향 각도로 뚫고 들어가 신발과 발을 관통했다. 그는 워너 메디컬 센터 응급실에서 치료를 받고 퇴원했다.

보슈는 뒷좌석에 앉은 할러가 로나에게 중국산 펜타닐 유포 혐의로 기소된 잠재적 고객의 의뢰를 거절하라고 지시하는 것을 들었다. 그 고객이 링컨 차를 타는 변호사의 서비스에 대한 착수금으로 10만 달러를 제시했는데도 말이다.

"펜타닐은 내 수임 금지 목록에 올라 있어." 할러가 말했다. "안 되겠다고 말해."

"알지." 로나가 말했다. "착수금으로 얼마를 제시했는지는 말해야 할 것 같아서 한 것뿐이야."

"피 묻은 돈보다 더 나빠. 다음."

로나는 다른 사건의 개요를 설명했다. 잠재적 의뢰인은 존 레논이 서명한 기타라고 속이고 기타를 팔았다가 사기죄로 기소됐다. 구매자는 거래가 끝난 후 그 기타가 레논의 사후에 제작된 것으로 레논이 서명할 수 없었을 거라는 사실을 알게 됐다. 피고인은 인터넷상에서 록앤롤 기념품을 거래하는 사람이었는데, 검찰은 이전에도 그가 지미 헨드릭스와 커트 코베인 같은 이제는 죽고 없는 록스타들이 서명한 기타라고 주장하며 기타를 판 사례들을 들여다보고 있었다. 따라서 사건은 더욱 심각해질 수 있었다.

할러는 로나에게 착수금 2만 5천 달러를 낸다고 하면 사건을 맡겠다고 말했다.

"너무 많나?" 할러가 물었다.

"물어보고 알려줄게." 로나가 말했다.

보슈는 마커스 사건의 보고서들을 다시 읽기 시작했다. 경찰관 수사과 수사관들이 진행한 수사 내용을 단계별로 간략히 적어놓은 수사 일지가 있었다. 거의 마지막 부분에 수사관들이 칼리파스트리트에 있는 그 집에서 지문 감식 전문가를 만났다는 내용이 있었다. 보슈는 그간의 경험으로 이것은 그들이 마커스를 이 모든 사건의 발단이 된 가정집 절도와 연결하려 하고 있다는 뜻임을 알았다. 마커스가 그 집에 있었던 것을 증명할 수 있다면, 마커스는 덱스터와 개리티가 도망가는 것을 목격한 그 절도범이 아니라는 변호인 측의 주장을 무력화할 수 있었다. 수사 일지에는 지문 감식 결과가 적혀 있지 않았다.

파일 안에는 검거 당시 마커스가 가지고 있었던 물품의 목록과 입고 있던 옷을 설명한 기록도 있었다. 그는 청바지에 서던캘리포니아대학교(USC) 후드티를 입고 검은색 나이키를 신고 있었다. 주머니에는 집 열쇠와 콘돔 한 통, 구취 제거를 위한 민트캔디 한 줄이 있었다. 용의자에게 실시된 발사 잔여물 검사 보고서도 있었는데, 그의 두 손과 후드티 오른 소매에서 발사 잔여물 양성 반응이 나왔다.

파일에 든 마지막 서류는 사건이 진행되는 동안 덱스터와 개리티가 한 무전 연락의 녹취록이었다. 최초의 무전은 개리티의 지원 요청이었고, 그다음엔 개리티가 도주하는 용의자를 발견했고 용의자가 짙은 색 바지와 짙은 색 후드티를 입었다고 설명하는 무전이었다. 보슈는 얼마 후 덱스터가 보낸 몇 차례의 도움 요청에 주목했고, 덱스터가 현장 위치와 용의자의 제압을 알리는 무전을 보낸 후 경찰관 피격 무전을 보낼 때까지 8초밖에 안 걸렸다는 사실에 주목했다.

01:43:23 덱스터 경관: 용의자 코드 4, 밸리서클 서쪽 밸러리

01:43:31 덱스터 경관: 경찰관 피격, 경찰관 피격……

01:43:36 덱스터 경관: 놈이 나를 쐈다. 놈이 나를 쐈어……

01:43:42 덱스터 경관: 용의자 GOA. 밸러리 서쪽으로 도주. 고동색 USC 후드티

보슈가 파일에 든 모든 자료를 읽고 나니, 총격사건에서 무슨 일이

있었는지 어느 정도 윤곽이 잡혔다. 그는 백미러를 올려다봤다. 할러와 로나는 제공한 법률서비스에 대해 수임료를 완납하지 않은 의뢰인들에 관해 이야기를 나누고 있었다. 공간이 너무 좁아서 통화를 하기가 힘들 것 같았다.

"내려서 제니퍼와 통화 좀 하고 올게." 보슈가 말했다.

"고마워, 형." 할러가 말했다.

4

보슈는 마커스 사건 자료가 든 파일을 내비게이터의 엔진 후드 위에 놓고 애런슨에게 전화를 걸었다. 그녀는 즉시 전화를 받았다.

"보슈 조사관님, 소년원에서 앤서니를 면회하려고 기다리는 중이에요. 금방 불려 들어갈 것 같아요."

"알았어, 나중에 전화해. 자네가 보내준 기록 다 살펴봤어."

"정말 감사합니다. 뭐 좀 찾으셨어요?"

"그보다 먼저, 난 이 일에 내 이름이 오르내리는 거 원하지 않아. 그건 분명히 이해했지? 내가 해준 이야기를 갖고 자네가 무슨 일을 하든, 나를 끌어들이지는 마, 알았지?"

"물론이죠. 그렇게 하겠다고 이미 말씀드렸잖아요. 이 통화로 끝이지 더 나아가지 않아요."

보슈는 오랫동안 침묵하면서 그녀의 말을 믿을지 고민했다.

"조사관님?" 애런슨이 말했다.

"응, 여기 있어." 보슈가 말했다. "검사한테 전화해서 다음 증거개시는 언제 있는지 물어보겠다고 했잖아. 물어봤어?"

"아뇨, 아직."

"수사 일지를 보니까 자네 의뢰인이 침입했다는 그 집에 경찰이 지문 감식 전문가를 불렀더라고."

"앤서니는 침입하지 않았대요."

"그래. 그런데 지문 감식 결과는 수사 일지에 나와 있지 않아. 경찰이 그 집에서 자네 의뢰인의 지문을 찾고 있었던 건 분명해. 그러면 그가 절도 사건과 연결이 되고 최초 진술이 거짓말이었다는 뜻이 되니까. 그러니까 지문 감식 결과 보고서를 구해야 해, 그런 게 있다면 말이지만."

"알았어요, 찾아볼게요. 또 다른 것은요?"

"구글맵에서 이 사건이 일어난 지역을 찾아봤는데 문제의 그 집은 밸리서클과 밸러리애비뉴의 모퉁이에 있어. 그 집에는 울타리가 쳐져 있고."

"그게 무슨 뜻인데요?"

"덱스터는 절도 용의자를 쫓아 밸리서클을 달려가다가 용의자가 왼쪽으로 꺾어 밸러리로 갈 때도 쫓아갔어. 그렇게 모퉁이를 돌 때 울타리 때문에 용의자의 모습이 보이지 않았을 거야."

"그건 자기는 덱스터가 쫓는 절도범이 아니라는 앤서니의 주장에 힘을 실어주는 얘기네요."

"그렇지, 아마도."

"좋은 정보네요. 하지만 절도 사건은 가장 작은 걱정거리에 불과해요. 앤서니 인생을 망치려고 갖다 붙이는 총격사건이 진짜 큰 걱정거리죠. 또 뭘 더 보셨어요?"

"피의자 소지품 목록. 앤서니는 주머니에 콘돔을 갖고 있었더라고, 민트캔디와 집 열쇠도 있었고."

"그것도 앤서니에게 이로운 증거네요. 검찰이 아니라."

"하지만 중요한 건 앤서니가 갖고 있지 않았던 거야. 범행 도구가 없잖아, 장갑도 없고. 증거물 목록에 장갑이 없어. 그래서 지문 감식 전문가를 부른 거야. 앤서니가 장갑을 끼고 있지 않았다면, 거기서 그의 지문을 찾아냈어야 하지. 만약 찾아내지 못했다면, 그건……."

"아, 정말 좋은 정보예요, 보슈 조사관님. 검사를 만나면 그것부터 물어볼게요."

"여기 있는 무전 녹취록도 중요해. 추격이 시작되자, 덱스터의 파트너 개리티가 용의자 인상착의를 외치지. 용의자는 짙은 색 옷을 입은 백인 남자라고. 그러고 나서 피격당한 덱스터는 무전기에 대고 용의자는 GOA이고 USC 후드티를 입었다고 말해."

"GOA요?"

"'도착해 보니 사라짐(gone on arrival)'이라는 뜻의 경찰 코드야. 도주했다는 뜻이지. 하지만 여기서 중요한 것은 후드티야. USC 후드티는 보통 고동색이고 금박으로 글자가 박혀 있지. 개리티가 그 친구를 처음 봤을 때 어떻게 USC 글자를 보지 못했을까?"

"어쩌면 그들을 등지고 있어서 보지 못했는지도 모르죠."

"그럴지도 모르지. 어쨌든 뭔가 맞지 않는 부분이야. 또 하나는 집 안에서 앤서니의 지문이 발견되지 않았다면 그건 뭐냐는 거지."

"그러네요. 좋은 출발이에요, 보슈 조사관님. 말씀하신 걸 가지고 파고들어 볼게요. 또 다른 것은요?"

보슈는 망설였다. 경찰 보고서에 심각한 모순점이 더 많이 있고, 그날 밤 밸러리애비뉴에서 일어난 일에도 뭔가 더 이상한 점이 있다고 믿었다. 그러나 그는 이런 정보를 변호사에게 제공하는 것에 대해 왠지 모를 죄책감을 느꼈다. 그때 애런슨이 그가 가장 대답하고 싶지 않은 질문을 던졌다.

“그러면 누가 덱스터를 쐈을까요?” 애런슨이 말했다. “진짜 절도범이 뒤에서 나타나서 쐈다고 생각하세요? 앤서니는 다른 사람은 아무도 못 봤다고 하더라고요.”

“아니, 그런 것 같진 않아.” 보슈가 말했다. “진범은 집들 사이의 좁은 틈으로 숨어 들어가 상황이 종료될 때까지 어느 집 뒷마당에 숨어 있었을 거야.”

“그럼 무슨 일이 있었던 거죠? 보고서에는 앤서니의 두 손에서 발사 잔여물이 검출됐다고 나와 있잖아요.”

“발사 잔여물은 설명할 수 있어. 덱스터가 자신을 쏴놓고는 직장에서 잘릴까 봐 앤서니에게 뒤집어씌웠을 가능성도 있다고 봐.”

“조사관님, 진짜 천재세요.”

“내가 지금 자네한테 변호 전략을 짜주는 게 아니야. 이 보고서들을 읽어보니까 일이 그렇게 된 것일 수도 있겠다는 생각이 든다는 거야.”

“알았어요.” 애런슨이 매우 심각한 어조로 말했다. “말씀해 주세요.”

“다시 한번 말하지만, 일이 진짜로 그렇게 된 거라고 말하는 게 아니야, 알겠어?” 보슈가 말했다. “무슨 일이 있었는지는 나도 몰라. 하지만 멍청한 경찰관이 자신을 쏘고 다른 사람에게 뒤집어씌운 경우가 이번이 처음은 아닐 거야. 실수로 자신을 쐈다고 인정하면, 경찰국 내에서는 완전 찍히니까. 새 일자리를 찾아봐야 할 정도로.”

“알겠어요. 어떤 일이 일어났을 가능성이 있는지만 말씀해 주세요. 거기서부턴 제가 할게요.”

“앤서니는 덱스터가 권총을 꺼내 자기를 겨눴다고 진술했어. 덱스터에겐 아드레날린이 솟구치는 추적이었을 거고 체포였을 거야. 앤서니에게 다가가기 전에 덱스터는 무릎을 꿇고 두 손을 머리 뒤로 돌려 깍지 끼라고 명령했어. 통상적으로 그다음 절차는 한 손으로 용의자의 두 손목을 꽉 잡고 다른 손으로는 권총을 권총집에 넣는 거야. 그런 다음에 수갑을 채우고. 무전 녹취록에 따르면, 덱스터는 용의자가 코드 4라고 했어. 제압된 상태라는 뜻이지. 그래 놓고 8초 후엔 경찰관 피격을 외치고."

"어머나 세상에, 덱스터가 스스로를 쐈군요!"

조카를 성공적으로 변호할 최고의 작전을 발견한 것처럼 애런슨의 목소리엔 기쁨이 넘쳤다.

"정확하게 무슨 일이 있었는지는 나도 몰라." 보슈가 말했다. "자네도 모르는 거고. 하지만 기억할 사항이 두 가지 있어. 첫째, 나중에 앤서니가 잡혔을 때 두 손에 덱스터의 수갑을 차고 있지 않았다는 사실. 그러니까 무슨 일이 일어났든, 덱스터가 수갑을 채우기 전에 일어났다는 얘기야. 둘째는 발사된 탄환의 탄도."

"밑으로 내려가 발을 관통했죠." 애런슨이 말했다.

"오른쪽 종아리 뒷부분을 뚫고 들어간 후에 그랬지. 분명히 하향 탄도야. 자네가 알아내야 할 것은 덱스터가 오른손잡이고 권총을 오른쪽에 차느냐는 거야. 그렇다면 권총을 권총집에 넣다가 실수로 총을 발사했을 수도 있다는 거거든. 아까도 말했지만, 긴장감이 넘치고 아드레날린이 솟구치는 순간이었어. 그런 일은 전에도 있었고."

"자기가 사고친 걸 덮으려고 열여섯 살짜리 애를 감옥에 보낸다고요?"

"그럴 수도 있다는 얘기야. 자네가 준 자료에는 덱스터의 로스앤젤레스 경찰국 근무 연수가 안 나와 있어. 내 추측이지만 그리 오래되진 않았을 거야. 오발 사고는 보통 신참들이 하는 실수거든. 그리고 이런 가설은 앤서니에게서 발사 잔여물이 검출된 사실도 설명할 수 있어. 앤서니는 무릎을 꿇고 두 손을 머리 뒤로 돌려 깍지 끼고 있었어. 덱스터는 바로 뒤에 있었고. 덱스터의 키가 얼마냐에 따라 다르겠지만, 이런 자세면 오른손잡이가 총을 발사할 때 앤서니의 두 손과 오른팔이 가까이 있게 되지."

"어머나 세상에…… 오늘 하루가 끝나기도 전에 이 모든 정보를 다 얻다니."

"잊지 마, 자네가 사건을 이런 식으로 보고 있다면, 경찰관 수사과도 마찬가지일 거야. 그래서 지문 감식 보고서가 중요하다는 거야."

"보슈 조사관님, 어떻게 감사 인사를 드려야 할지 모르겠어요."

"감사하다면 이 일에 더 이상 나를 끼어 들이지 않으면 돼."

"걱정하지 마세요. 완전히 놓아 드릴 테니까요. 그만 끊어야겠어요. 앤서니를 변호인 접견실에 데려다 놨다고 교도관이 신호를 보내네요."

"그래, 행운을 빌어."

애런슨이 전화를 끊었다. 보슈는 파일을 엔진 후드에서 집어 들고 내비게이터의 운전석에 다시 탔다. 할러와 로나는 업무 논의를 끝내고 할러의 딸 헤일리에 관해 이야기를 나누고 있었다. 헤일리는 서던캘리포니아대학교 로스쿨을 졸업한 후 변호사 시험을 준비하고 있었다.

"곧 사무소 이름을 할러와 할러 법률사무소로 바꿔야겠네." 로나가 말했다.

"걔는 형법 전문으로 가고 싶진 않은가 봐." 할러가 말했다. "환경법을 전문으로 하면서 지구를 구하는 데 도움이 되고 싶대."

"의도는 좋은데, 엄청 지루하겠다."

"자기 길을 찾아가겠지."

"자, 여러분, 저는 이만 내리겠습니다. 미키, 기타 사기사건은 다시 보고할게. 착수금을 낼 수 있다고 하면 좋겠다."

"그러게."

보슈는 로나가 차에서 내리려고 문손잡이를 잡아당기는 소리를 들었다.

"잠깐만." 그가 말했다.

그는 사이드미러를 보면서 로나가 문을 열어도 위험하지 않은지 살폈다.

"좋아요, 열어요." 그가 말했다.

"고마워요, 해리." 로나가 말했다.

그녀가 내린 후 문을 닫았다.

"내려서 문을 열어주면 큰일났을까?" 할러가 물었다.

"아니." 보슈가 말했다. "내가 잘못했네. 이제 어디로?"

"집." 할러가 말했다. "오늘 업무는 끝났어. 집으로 데려다주면 돼."

보슈는 계기판에 달린 시계를 봤다. 아직 2시도 안 됐으니, 오늘은 일찍 업무를 끝내는 모양이었다. 그는 기어를 넣지 않고 기다렸고, 할러는 곧 그 이유를 알아차렸다.

"아, 맞다." 할러가 말했다.

그는 차에서 내려 조수석에 타면서 앤서니 마커스 파일을 계기판으로 옮겼다.

"이 사건에서 뭘 찾아냈어?" 할러가 물었다. "아까 통화할 때 주로 형이 말을 하던데."

"그런 것 같아." 보슈가 말했다. "방향을 제시해 줬다고 할 수 있겠지."

"잘했네. 그랬다고 영혼이 어두워지지 않았기를 바라."

"조금 어두워졌지. 하지만 견딜 수 있어. 그래도 잊지 마, 딱 한 번으로 끝난 거야, 믹. 어려운 사건도 아니었고. 하지만 이제부턴 건초더미로 돌아갈 거야."

"형이 있어줘야 하는 곳이 바로 거기야. 바늘을 찾아줘."

보슈는 사이드미러를 확인한 뒤 도로경계석에서 떨어져 나와 할러의 집을 향해 달려갔다. 몇 분간 침묵이 흐른 뒤, 보슈가 말했다.

"시 법무관과 오초아 사건 협상해서, 넌 어느 정도를 받냐?"

"그런 건들은 변동 요율로 정해. 첫 백만 달러에 대해서는 표준적으로 25퍼센트를 받고, 그 이상이면 최대 33퍼센트까지 받아. 대다수의 변호사들은 일괄적으로 3분의 1이나 그 이상의 고정 요율로 받고 있어. 하지만 내 경우엔, 고객이 받는 돈이 많아지면 내 몫도 커지지."

"오초아 사건처럼 슬램덩크 사건일 땐 나쁘지 않네."

"그게 보이는 것만큼 쉽지가 않아."

"하지만 건초더미 건은 그런 2단계 요율을 바라고 하는 건 아니지?"

"우리가 들이는 노력에 비하면 그건 거의 무료 변호야. 하지만 누군가를 석방시키면, 내가 정한 표준 요율로 손해배상 청구소송을 기꺼이 대리하지. 그래도 그건 그림의 떡 같은 돈이야. 대개의 경우 주 정부가

배상액에 상한선을 정해놓거든. 그래도 거기서 돈을 벌 수 있을까? 응, 벌 수 있어. 하지만 이건 돈을 벌려고 하는 일이 아니야. 내가 왜 로나하고 사건들에 대해 논의했는지 알아? 탱크에 기름을 넣기 위해서야. 형이 건초더미를 뒤지게 하려면 돈 되는 사건들을 맡아야 하거든."

"그래. 확실히 해두고 싶었어."

"걱정 안 해도 돼. 오초아와의 거래는 이 편지들이 쏟아져 들어오기 전에 한 거고, 나만의 무죄 프로젝트[10]를 시작하라고 제안한 건 헤일리였어. 차이점이라면 진짜 무죄 프로젝트는 목적을 이루기 위해 기부금을 받지만, 난 안 받는다는 것."

"그래, 알았어."

이후로 그들은 침묵했고 보슈는 페어홀름에 있는 언덕을 오르기 시작했다. 그는 할러의 집을 지나 언덕 꼭대기에서 유턴해서 다시 내려와 할러의 집 현관 계단 앞에 있는 도로경계석에 차를 바짝 붙여 세웠다.

두 사람 다 차에서 내렸다.

"고마워, 형." 할러가 말했다.

"이제 뭐 할 거야?" 보슈가 물었다.

"몇 달 동안 반나절도 제대로 쉬어본 적이 없어. 허비하고 싶지 않아. 윌셔에 가서 골프나 치려고."

"골프 치냐?"

"레슨 받고 있어."

"윌셔 회원이야?"

10 1999년 제임스 브룩스 변호사와 동료들이 억울하게 누명을 쓰고 수감된 사람들의 구명을 위해 만든 비영리기관

"몇 달 전에 가입했어."

"잘했네."

"어째 어조가 이상한데?"

"이상하긴. 클럽에 가입한 것 잘했다는 건데. 넌 그렇게 즐길 자격 있어."

"국선변호인실의 친구 한 명이 거기 회원이거든. 그 친구가 날 보증해 줬어."

"잘됐네."

"형은 오늘 오후에 뭐 할 건데?"

"모르겠어. 낮잠이나 자지, 뭐."

"그래, 그게 좋겠다."

보슈는 할러에게 링컨 차 열쇠를 건네준 뒤 자신의 체로키를 주차한 곳을 향해 거리를 걸어 내려가기 시작했다. 할러가 뒤에서 소리쳤다.

"새 차는 어때?"

"좋아." 보슈가 말했다. "아직도 옛날 차가 그립긴 하지만."

"보슈답군."

보슈는 그 말이 무슨 뜻인지 알 수 없었다. 전년도에 발라드와 함께 수사하다가 충돌사고로 몰던 차를 폐차하게 돼 1994년산 지프 체로키를 새로 샀다. 이 "새" 중고차는 마일리지가 옛날 차보다 적었고 서스펜션도 더 좋았다. 타이어는 새것으로 갈아끼웠고 최근에 페인트칠을 다시 했다고 했다. 내비게이터에 있는 멋진 부가기능은 없었다. 그래도 보슈를 집으로 데려다주기에는 성능이 충분했다.

5

긴 낮잠에서 깬 보슈가 휴대전화를 보니 여러 통의 문자 메시지가 들어와 있었다. 그는 딸과 발라드, 애런슨, 캐털리나 바앤드그릴의 바텐더가 보낸 문자 메시지를 읽었다. 그러고는 일어나 세수를 하고 식당으로 들어갔다. 오래전부터 식탁을 책상으로 사용하고 있었다. 그는 턴테이블 옆 음반꽂이 앞에 멈춰 서서 모아놓은 음반을 뒤적이다 어머니가 좋아했던 오래된 음반 한 장을 꺼냈다. 어머니가 돌아가시기 전해인 1960년에 출시된 그 앨범은 아주 깨끗한 상태로 보관돼 있었다. 보슈는 어머니와 그 아티스트에 대한 존경의 마음에서 오랜 세월 동안 앨범을 애지중지해 왔다.

그는 〈인트로듀싱 웨인 쇼터〉 음반의 두 번째 트랙에 조심스레 바늘을 올렸다. 리더로서 음반을 녹음하기 위해 아트 블래키의 재즈 메신저 그룹에서 탈퇴한 쇼터는 곧 마일스 데이비스와 허비 행콕과 어깨를 나란히 하는 테너 색소폰 연주자가 됐다. 캐털리나 바의 테오가 보낸 문자 메시지는 쇼터의 사망 소식을 전하고 있었다.

보슈는 스피커 앞에 서서 쇼터의 움직임에 귀를 기울였다. 두 번째 트랙에는 그의 호흡과 손가락 기교가 고스란히 담겨 있었다. 보슈가 이 곡을 처음 들은 후로 60여 년이 흘렀다. 쇼터의 사망 소식을 듣자 그에게는 아직도 큰 의미가 있는 이 곡이 불현듯 떠올랐다. 곡이 끝나자 조심스레 바늘을 들어 뒤로 가서 '해리스 라스트 스탠드'에 놓았다. 그러고는 일을 시작하기 위해 식탁으로 걸어갔다.

매디는 짧은 메시지로 매일의 안부를 물었다. 보슈는 답장 대신 나중에 전화를 걸 생각이었다. 발라드는 이메일을 보냈다고 문자로 알려왔다. 보슈는 로그인해서 그녀가 5년 전 〈로스앤젤레스 타임스〉 기사 두 건의 링크를 걸어 보낸 것을 확인했다. 그는 앞서 나온 기사부터 읽기 시작했다.

영웅 보안관 부관 살인 혐의로 전처 기소

스콧 앤더슨, 〈로스앤젤레스 타임스〉 기자

쏟아지는 탄환 속에서도 용맹함을 보여 찬사를 받은 바 있는 로스앤젤레스카운티 보안관 부관의 전처가 쿼츠힐에 있는 자택에서 말다툼 끝에 부관을 살해한 혐의로 기소됐다.

루신더 샌즈(33)는 전남편인 로베르토 샌즈가 한때 두 사람이 어린 아들과 함께 살았던 집의 앞마당을 걸어가고 있을 때 그의 등을 쏘아 살해한 1급살인 혐의로 지난 월요일 기소됐다. 보안관국 수사관들은 사건 발생 직전 이 두 사람이 격렬한 언쟁을 벌였다고 말했다. 루신더 샌즈는 5백만 달러의 보석금이 책정된 상태로 카운티 구치소에 구금돼 있다.

수사관들에 따르면 살인사건은 쿼츠힐로드 4500블록에서 일요일 저녁 8시쯤 발생했는데, 이때는 로베르토 샌즈가 이혼 시 양육 관련 합의에 따라 주말 면접 교섭을 마치고 아들을 전처의 집에 데려다준 직후였다. 댈러스 퀸토 경사는 그 두 사람이 집 안에서 언쟁을 벌인 후 로베르토 샌즈가 현관문을 열고 나갔다고 말했다. 잠시 후 거리에 주차한 픽업트럭을 향해 잔디밭을 가로지르던 샌즈는 등에 탄환 두 발을 맞고 쓰러졌다. 이들의 어린 아들은 총격을 목격하지 않았다고 퀸토 경사가 말했다.

피격 당시 로베르토 샌즈는 근무 중이 아니었기 때문에 방탄조끼를 입고 있지 않았다.

"이런 일이 생겨서 대단히 유감입니다." 퀸토 경사가 말했다. "로베르토는 거리에서 임무를 수행하고 지역사회를 보호하면서 지속적인 위협을 받았습니다. 그런데 그를 죽음으로 내몬 궁극적인 위협을 자신의 가족에게서 받은 것을 생각하면 가슴이 너무 아프네요. 그는 동료들로부터 많은 사랑을 받았습니다."

로베르토 샌즈(35)는 소방관국 앤털로프밸리 지서 갱단 진압팀 소속이었다. 그 전에는 교정부에서 일했다. 1년 전엔 샌즈가 플립스 햄버거 가판대 앞에 서 있다가 랭커스터 갱단 조직원들의 기습공격을 받아 총격전을 벌였고, 그 일로 팀 애쉬랜드 보안관으로부터 칭찬과 함께 무공훈장을 받았다. 그 총격전에서 갱단 조직원 한 명이 총에 맞아 사망하고 다른 한 명은 부상을 당했지만, 샌즈는 무사했다. 다른 조직원 두 명은 도주했고, 아직까지 신원이 파악되지 않았다.

보슈는 기사를 다시 읽었다. 쿼츠힐은 팜데일이라는 교외 지역의 교외 지역으로, 로스앤젤레스카운티의 광활한 북동부 지역에 자리하고 있었다. 한때 작은 사막 마을에 불과했던 쿼츠힐은 세기가 바뀔 무렵 똑같이 작은 마을이었던 인근의 랭커스터와 함께 엄청난 인구 성장을 경험했다. 당시 로스앤젤레스의 주택가격이 폭등해 수천 명이 매입 가능한 집을 찾아 카운티의 먼 외곽 지역까지 진출했기 때문이다. 사막에서 소도시로 성장한 팜데일과 랭커스터에서는 도시 생활에 따르는 모든 문제가 나타났다. 범죄조직과 마약도 물론 포함돼 있었다. 그곳의 보안관국은 이 모든 문제들로 눈코 뜰 새 없이 바빴다.

퀴츠힐은 팜데일과 랭커스터 근처에 있었다. 보슈는 그곳에 수사차 몇 번 가본 적이 있었고, 회전초와 모래가 날리는 거리를 기억했다. 지금은 많이 달라졌을 터였다.

보슈는 발라드가 한 일에 감탄이 절로 나왔다. 그녀는 경찰국 컴퓨터에서 뽑은 사건 기록을 그에게 보내 해고의 위험을 무릅쓰는 대신, 사건 기록을 찾아본 후 누구나 접근 가능한 신문 기사의 링크를 걸어 보내줬다. 사실 보슈는 발라드에게 가기 전에 〈로스앤젤레스 타임스〉 인터넷판에서 루신더 샌즈의 이름을 검색할 생각을 하지 못한 자신에게 화가 났다.

그가 두 번째 링크를 클릭하자, 샌즈 사건에 관한 다른 기사가 다운로드됐다. 첫 번째 기사가 나오고 아홉 달 후에 나온 것이었다.

영웅 보안관 부관을 살해한 전처 유죄판결

스콧 앤더슨, 〈로스앤젤레스 타임스〉 기자

용맹함으로 찬사를 받은 바 있는 로스앤젤레스카운티 보안관 부관의 전처가 어린 아들에 대한 양육권 이행을 놓고 언쟁을 벌이다가 전 남편을 살해한 혐의로 목요일 징역형을 선고받았다.

루신더 샌즈(34)는 로스앤젤레스 고등법원에서 한 건의 고의적 살인 혐의에 대해 유무죄를 다투지 않겠다고 답변했다. 유죄 인정 거래 합의 조항에 따라 애덤 캐슬 판사는 샌즈에게 징역 11년을 선고했다.

이전까지 샌즈는 로베르토 샌즈 보안관 부관을 살해한 혐의에 대해 결백을 주장했었다. 로베르토 샌즈는 전처와 아들이 사는 쿼츠힐의 집에서 나가다가 등에 탄환 두 발을 맞고 집 앞마당에서 사망했다. 그의 아들은 아버지가 살해되는 모습을 목격하지 않았다.

피고인 측 변호인 프랭크 실버는 자신의 의뢰인은 검사가 제안한 거래를 받아들이는 것밖에 다른 선택안이 없었다고 설명했다.

"제 의뢰인이 줄곧 무죄를 주장해 왔다는 것 알죠, 물론." 실버가 말했다. "하지만 그녀에게 불리한 증거가 쌓여 있었어요. 어느 순간 그녀는 두 개의 갈림길 앞에 서 있게 됐고요. 하나는 모든 것을 걸고 재판으로 가서 평생을 감옥에서 썩을 수 있는 길이고, 다른 하나는 언젠가는 햇빛을 볼 수 있는 길이었죠. 아직 젊잖아요. 잘만 하면, 감옥에서 나와 자유로운 삶을 살 수 있고 엄마를 기다리는 아들을 만나볼 수 있게 되겠죠."

샌즈 부부는 오래전부터 가정불화를 겪으면서 법원의 접근금지 명령을 받은 적도 여러 번 있었고, 법원이 지정한 아동 면접 교섭을 실시했으며, 루신더 샌즈가 폭행으로 체포됐다가 불기소처분으로 풀려난 일도 있었다. 살인사건 당일에는 그녀가 전남편에게 문자로 협박 메시지를 여러 차례 보냈다. 현장에서 범행 도구는 수거되지 않았지만, 보안관국 수사관들은 피고인에겐 총을 숨길 시간이 충분히 있었고, 그녀의 두 손과 옷에서 발사 잔여물 양성 반응이 나왔다고 말했다.

"총은 어디 있었을까?" 실버가 말했다. "그 의문이 항상 저를 따라다니며 괴롭히겠죠. 재판을 했다면 그 의문을 가지고 뭐라도 해볼 수 있었겠지만, 의뢰인의 바람대로 해야 했어요. 의뢰인은 거래를 받아들이고 싶어 했고요."

911에 최초로 신고한 사람은 루신더 샌즈였고, 수사관들은 신고를 받고 출동하기까지 9분이 걸렸으므로 그녀가 총을 숨길 시간이 충분히 있었을 거라고 말했다. 그 집과 주변 지역을 여러 차례 수색했지만 총은 나오지 않았고, 수사관들은 총을 숨겨준 공범이 있을 가능성을 배제하지 않았다.

로베르토 샌즈(35)는 보안관국의 11년 차 베테랑으로, 앤털로프밸리 지서의 갱단 진압팀 소속이었다. 그가 사망하기 1년 전엔 햄버거 레스토랑에서 네 명의 갱단원들로부터 기습공격을 받고 총격전을 벌인 후 보안관으로부터 무공훈장을 받았다. 샌즈가 총을 쏴서 갱단원 한 명이 사망했고 다른 한 명은 부상을 당했다. 그러나 다른 두 명은 신원이 파악되거나 검거되지 않았다.

재판에서 유무죄를 다투지 않기로 함으로써—전문용어로는 불항쟁 답변이라 한다—루신더 샌즈는 법정에서 전남편을 살해했다고 인정하지 않아도 되게 됐다. 그녀의 어머니와 남동생이 그녀가 교도소로 이송되는 것을 지켜봤다. 유죄 인정 거래 합의 내용에 따라 그녀는 아들을 비롯한 가족들과 가까운 거리에 있을 수 있도록 캘리포니아 치노 여자교도소에 수감됐다. 그녀의 아들은 외할머니가 돌볼 것으로 알려졌다.

"어떻게 이런 일이 있을 수 있나요." 루신더 샌즈의 어머니 뮤리얼 로페즈가 법정 밖에서 말했다. "루신더가 아들을 키워야 하는데. 로베르토는 루신더에게서 아들을 뺏어가겠다고 항상 협박했어요. 결국 죽음으로써 뜻을 이뤘네요."

보슈는 이 기사도 한 번 더 읽었다. 이 기사에는 범죄에 관한 세부 정보가 더 많이 들어 있었다. 이 두 번째 기사에 드러난 새로운 정보들이 마음에 걸렸다. 여러 차례에 걸쳐 샅샅이 수색했을 텐데도 범행 도구가 발견되지 않았다. 그 말은 범행 도구가 어떤 식으로든 현장에서 멀리 치워졌다는 뜻이었다. 로베르토 샌즈가 보안관 부관이었기 때문에 수사관들이 굉장한 압박을 받았을 것이고, 1차 수색이 끝난 후에는 다른 팀들이 다른 눈으로 적어도 두 번은 더 수색했을 것이다. 그런데도 총은 거기 없었고, 그것은 사전계획과 고의를 시사한다는 사실에 보슈는 만족감을 느꼈다.

그러나 로베르토 샌즈가 앞마당을 가로질러 차를 향해 걸어가고 있을 때 그의 등을 쏜 것은 분노에서 나온 충동적인 행동을 시사했다. 그것은 살인이 미리 계획됐다는 추정과는 상반되는 이야기였다. 그것과 사라진 살인 무기가 검찰이 공소장을 변경해 루신더 샌즈에게 적용할 기소 죄명의 등급을 낮춰주는 거래를 타진한 이유일 가능성이 컸다.

프랭크 실버는 보슈가 아는 사람이었고, 재판에서 한 번 만난 적도 있었다. 실버는 최상급 엘리트 변호사들 축에는 들지 못했다. 링컨 차를 타는 변호사는 아니었다. 그래도 꽤 잘나가는 B급 정도는 되니까 재판으로 가면 승소할 수 없을 것임을 알았을 것이다. 신문기자에게 뭐라고 말했든, 검사의 처분 제안을 환영했을 것이고 의뢰인을 열심히 설득했을 것이다.

보슈는 휴대전화를 들고 발라드에게 고맙다는 문자 메시지를 보냈다. 왜 고마운지는 말하지 않았다. 그러고는 과욕인 줄 알면서 다른 것에 대해서도 찾아낸 게 있는지 모호하게 물었다. 발라드에게 준 다른 이름에 대해서도 알아낸 것이 있느냐는 뜻이었다.

그는 답장을 기다리면서 〈타임스〉 검색엔진에서 '에드워드 데일 콜드웰'을 검색했다. 검색 결과는 0건으로 나왔다. 중간 이름을 빼고 다시 시도해도 결과는 마찬가지였다.

휴대전화를 확인했다. 발라드는 조용했다.

보슈는 정보를 기다리는 것을 좋아하지 않았다. 기다리는 동안 초조하고 불안해지기 때문이다. 수사관으로 살아온 그 오랜 세월은 가속도가 붙는 것이 중요하고 탄력을 잃으면 수사가 영원히 교착상태에 빠질 수도 있다는 것을 그에게 가르쳐줬다. 주로 수사관의 머릿속에서 가속도가 붙거나 떨어지는 미해결 사건의 경우에도 마찬가지였다. 보슈는 지금 탄력이 떨어진 것 같은 느낌이 들었다. 그러나 샌즈 사건에 관한 신문 기사에서 본 모순점과 루신더에게서 받은 편지가 곧 그의 마음에 불을 지폈다. 콜드웰 사건에 아무런 진전이 없다면 샌즈 사건을 계속 파보고 싶었다.

그는 전화기를 들었지만 발라드에게 전화를 걸지 못하고 망설였다. 친구이며 정보통인 그녀를 잃고 싶지 않았다. 만약 규칙을 어기라고 요구하는 전화를 자꾸 해서 성가시게 하면 잃게 될 것이 분명했다.

그는 전화기를 내려놓고 액정화면에서 시간을 확인했다. 오후 내내 늘어지게 낮잠을 잔 자신에게 화가 났다. 지금 시내 법원에 갈 수 있다고 해도 지하의 기록보관소에 있는 루신더 샌즈 사건 자료를 열람할 시간은 거의 없었다. 그 일은 내일 아침까지 기다려야 했다.

그는 다시 전화기를 들고 딸에게 전화를 걸었다. 딸의 목소리를 듣고 딸의 세상에서는 무슨 일이 일어나고 있는지 아는 것이 루신더 샌즈와 떨어진 가속도로 인한 좌절감에서 그를 끌어내줄 터였다. 그러나 전화는 음성사서함으로 넘어갔다. 실망한 보슈는 자신은 잘 지내고 있고 미키 할러를 위해 두 건의 사건을 조사하느라 바쁘다고 형식적으로 안부를 전했다.

전화를 끊고 난 후, 제니퍼 애런슨에게서 온 문자 메시지가 생각났다. 전화 부탁한다고 했었다. 전화를 건 보슈는 애런슨이 운전 중에 전화를 받았다는 것을 알 수 있었다.

"조사관님, 검사와 이야기했는데, 칼리파의 그 집에서 앤서니의 지문이 발견되지 않았다고 인정했어요."

"그 집 사람들 것이 아닌 다른 지문이 있었대?"

"물어봤더니 다음번 증거개시 때까지 기다리래요. 앤서니의 지문이 거기 없었다고 인정하게 만드는 것만으로도 너무 힘들었어요."

"그래서 다음번 증거개시는 언제야?"

"검사 말로는 앤서니를 성인으로 재판할 것인지 판사가 결정할 때까지 기다리고 있는 중이래요."

"그렇군. 또 다른 건? 덱스터가 자신을 쐈을 거라는 자네의 시나리오를 말해줬어?"

"네. 들으면 깜짝 놀라서 앤서니를 성인 재판에 넘기겠다는 생각을 버릴 거라고 예상하면서 말했어요. 이 사건을 상급 법원으로 가져가면 공개재판이 될 것이고, 이 모든 사실이 다 드러날 거거든요. 소년 법정은 일반시민들과 언론에 비공개지만요."

"그랬더니 뭐래?"

"'시도는 좋았어요.'라고 말하면서 웃어넘기더라고요. 제가 자기를 떠보고 있다고 생각했나 봐요."

"검사가 누구야?"

"셰이 라킨요. 저보다 어려요."

"떠보는 게 아니라는 걸 알게 되겠지. 앤서니는 어때?"

"잔뜩 겁을 먹었어요. 데리고 나와야 하는데 할 수 있는 일이 없어요, 적어도 법적으로는."

"그게 무슨 뜻이야?"

"기자회견을 열고 싶어요. 덱스터가 자신을 쐈을 가능성을 제기하고 덱스터를 조사하도록 압력을 넣으려고요. 그러면 그냥 떠보는 정도가 아니라는 걸 알게 되겠죠."

"그건 자네 변론의 핵심을 그들에게 미리 알려주는 셈이 되지 않을까?"

"네, 하지만 그렇게 해서라도 앤서니를 빼낼 수만 있다면…… 그리고 대표님이 기자회견을 하시면 더 좋을 것 같아요. 기자들이 개떼처럼 대표님을 쫓아다니잖아요. 대표님이 이 사건에 대해 언론의 관심을 끌어주실 거예요."

"그것도 좋은 방법이군."

"그리고 보슈 조사관님 같은 분이, 형사 생활을 오래 한 경륜 있는 분이 대표님 옆에 서 계시면 제 주장에 대한 신뢰도가 확 높아질 게 분명해요."

보슈는 눈을 감고 내 이럴 줄 알았다고 혼잣말을 했다.

"제니퍼, 그런 일은 없을 거야." 그가 말했다. "이미 약속했잖아. 나는 자료만 보고 빠진다고."

"네, 알죠, 알고말고요." 애런슨이 말했다. "하지만 제 조카예요, 보슈 조사관님, 언니의 아들요. 그 아이가 결백하다는 걸 알면서도 그 안에 갇혀 있는 걸 보고 있자니 견딜 수가 없어요."

"결백하다면, 자네가 빼내겠지."

"결국에는 그렇게 되겠죠. 하지만 그 전에 무슨 일이 일어나면요? 그 안에서 다칠 수도 있잖아요. 아니면 더 심한 일을 당할 수도 있고."

"그러면 기자회견을 열어서 그 일이 어떤 결과를 가져오는지 보든가. 미키를 거기 세워, 하지만 나한테는 부탁하지 마. 그동안 내가 이 도시에서 맺은 인간관계와 쌓아놓은 명성을 이 사건에 대해 한 시간도 안 되게 조사한 일로 무너뜨릴 수는 없어. 다른 방법을 찾아봐."

잠깐 침묵이 흘렀고, 마침내 애런슨이 입을 열었을 땐 겨울비처럼 차가운 어조였다.

"알았어요." 그녀가 말했다. "이만 끊을게요."

애런슨이 전화를 끊은 후에도 보슈는 오랫동안 전화기를 귀에 대고 있으면서 왜 자신이 겁쟁이라는 느낌이 들까 궁금해했다.

보슈는 실마 소년원에 갇혀 있는 앤서니 마커스를 생각했다. 그가 어렸을 때 위탁가정에서 도망쳤다가 소년원에 갇힌 적이 몇 번 있었다. 십 대 땐 덩치가 아주 작아서 몇 년 후 베트남전에 참전했을 땐 터널 탐

사팀에 배치됐다. 그의 작은 덩치가 베트콩이 사용하는 어둡고 좁은 터널 속을 움직이는 데는 장점이 됐다. 하지만 그 작은 덩치 때문에 소년원에서는 쉬운 공격 대상이 됐다. 온갖 폭행을 당했고 온갖 것을 빼앗겼던 그때 기억을 떠올리고 싶지 않았다. 하지만 실마에 있는 앤서니 마커스를 생각하니 그때의 기억이 되살아났다. 보슈는 할러와 애런슨에게 단호한 입장을 취하면서도 앤서니가 괴롭힘을 당한다는 애런슨의 말에 가슴이 아팠다. 소년원은 살벌한 약육강식의 세계라는 것을 그는 직접 경험을 통해 너무나도 잘 알고 있었다. 그래서 자신이 준 도움을 토대로 애런슨이 조카를 구해낼 수 있기를 진심으로 바랐다.

6

다음 날 오전 9시, 보슈는 루신더 샌즈 사건 자료를 열람하기 위해 시내 로스앤젤레스 고등법원 기록보관소의 접수 창구 앞에 서 있었다. 기록보관소는 관청가 지하에 있었는데, 정확히는 그랜드파크의 거대한 잔디밭과 분홍색 의자들 밑 지하 3층에 위치해 있었다. 지난 수십 년간 형사 기소된 사건들의 자료와 법정에 제출된 증거물들을 누구나 열람할 수 있도록 모아둔 창문 없는 콘크리트 벙커가 공원 밑에 있다는 사실을 아는 사람은 거의 없었다.

보슈는 접수직원이 투명 플라스틱 창문을 열고 업무를 시작했을 때 제일 먼저 창구 앞에 서서 기다리고 있었다. 그는 전날 밤 카운티 법원 인터넷 사이트 데이터베이스에서 사건 번호를 미리 찾아놓았고, 기록보관소에 오자마자 '캘리포니아주 대 루신더 샌즈 사건'과 관련된 모든 자료에 대한 열람 신청서를 작성해서 들고 있었다.

직원은 열람 신청서를 살펴보더니 보슈에게 앉아서 기다리라고 말한 후 거대한 서고로 사라졌다.

이 사건은 재판으로 가지 않았기 때문에 보슈는 많은 것을 기대하진 않았다. 재판으로 갔다면 배심원단 앞에 소개됐을 사진이나 서면 같은 증거물이 전혀 없을 거라고 생각했다. 그러나 보호관찰 가석방국이 제출한 선고 전 보고서는 볼 수 있기를 바랐다. 판사는 루신더 샌즈의 유죄 인정을 받아들이고 선고를 내리기 전에 선고 전 보고서를 제출하라고 요구했을 것이다. 보슈가 예전에 본 선고 전 보고서들은 보통 사건 조서들과 형량을 권고하는 다른 서면들과 함께 보관돼 있었다. 그가 원하는 건 그런 보고서들이었고, 사건의 기본적인 내용을 파악할 만한 자료가 남아 있기를 바랐다.

보슈는 기다리는 동안 UCLA 암센터에 전화를 걸어 예약 시간을 오후로 미루려고 휴대전화를 꺼냈다. 그러나 강화 콘크리트 벽으로 둘러싸인 지하 3층에 있어서 그런지 휴대전화가 터지지 않았다. 지상으로 올라가 전화를 걸까 생각했지만 직원이 돌아오는 순간을 놓치고 싶지 않았다.

10분 후 직원은 식빵 한 쪽 두께밖에 안 되는 마닐라 폴더 한 개를 들고 서고에서 나왔다. 그는 보슈의 마음을 읽었다.

"이게 다예요." 직원이 말했다. "불항쟁 답변 사건이던데요. 재판도, 증거물도, 녹취록도 없더라고요. 파일이라도 하나 있었던 게 다행인 줄 아세요."

보슈는 자료를 들고 서면과 증거물 열람을 위한 칸막이 책상 좌석이 있는 열람실로 가져갔다. 파일을 열자, 안쪽 커버에 붙은 색인 카드에 손 글씨로 쓴 서면 목록이 있었다. 여섯 건에 불과한 서면은 법원에 제출된 날짜순으로 정리돼 있었다. 맨 위의 서면이 가장 최근 것으로, 캐슬 판사가 루신더 샌즈에게 징역형을 선고하는 판결문이었다. 그 밑에는 피고인의 감형을 요구하는 취지로 판사에게 제출된 탄원서 세 통이 있었다. 루신더 샌즈의 어머니와 남동생 그리고 첫 문단에 자신은 루신더가 여러 해 동안 포장 및 선적 창고에서 일했던 랭커스터의 양파 농장 주인이라고 소개한 남자가 보낸 거였다.

보슈는 이 탄원서들을 재빨리 훑어본 후 다음 서면으로 넘어갔고, 그것은 루신더 샌즈가 서명한 고의적 살인 혐의에 대한 불항쟁 답변 합의서였다. 사건을 담당한 앤드리아 폰테인 지방검사의 서명도 있는 그 서면에는 총기 사용에 관한 가중처벌 조항을 적용하여 장기의 징역형을 요구하는 내용도 있었다. 이 모든 것을 종합하면 샌즈는 7년에서 13년까지 언도받을 수 있었다. 경찰관을 살해한 혐의를 받는 피고인에게는 상당히 유리한 거래로 보였다.

마지막 서면은 선고 전 보고서였다. 보고서를 부채꼴 모양으로 펼치니까 분량이 상당히 많았고 적어도 절반 정도는 경찰의 사건 조서와 부검 감정서였다. 이것이 그가 바라던 것이었다. 수사가 어떻게 진행됐는지 알 수 있게 해주는 수사의 요약본.

선고 전 보고서의 작성자는 로버트 코후트라는 보호관찰관이었다. 그 보고서는 이야기 서술식으로 작성됐고, 루신더 샌즈의 삶을 유년기, 가족관계, 청소년기 전과, 학력, 근로 경력, 주거 이력, 성년기 전과, 심리치료 기록 등 구체적인 항목으로 나누어 심도 있게 기술했다.

코후트의 보고서는 대체로 루신더 샌즈에게 호의적이었다. 그녀를 어린 아들과 먹고살려고 랭커스터의 데저트 펄 농장에서 한 주에 60시간씩 일한 싱글맘으로 묘사했다. 살인죄로 기소되기 전까진 전과가 전혀 없었다. 대신 가정불화로 쿼츠힐의 자택에 보안관 부관들이 출동했던 사건이 두 건 있었다. 첫 번째 경우에는, 그녀가 체포됐지만 지방검사가 불기소처분을 내렸다. 두 번째 사건 때는, 그녀도 남편도 체포되지 않았다. 두 건 다 이혼 전의 일이었고, 보슈는 로베르토 샌즈가 보안관 부관이었기 때문에 당국이 가볍게 넘어가 줬을 거라고 추측했다.

보고서에 따르면 루신더 샌즈는 정신 병력이나 마약 전과도 갖고 있지 않아서, 코후트는 그녀를 갱생과 궁극적 보호관찰의 유력한 후보라고 판단했다. 그러나 코후트는 범죄 정황 때문에 고의적 살인죄의 형량 범위 중 높은 쪽으로 선고할 것을 권고했다. 로베르토 샌즈가 등에 탄환 두 발을 맞았고, 한 발은 이미 쓰러지고 난 뒤에 맞았다는 사실 때문이다.

보슈는 선고 전 보고서는 복사를 부탁하기로 하고, 보충 자료에 들어 있는 공식 기록으로 옮겨갔다. 그는 수사관으로서 이런 공식 기록을 읽으며 수십 년을 살았다. 그래서 보고서를 소화하고 사건을 모든 각도에서 볼 수 있는 능력이 있었다. 보고서들 사이의 차이점과 모순점뿐만 아니라 논리적 비약까지도 찾아낼 수 있었다. 그는 루신더 샌즈의 무죄 주장에 대해 결론을 내리는 데 도움을 줄 단서가 여기에 있을 거라고 생각했다.

그는 로베르토 샌즈 피살사건의 1차 조서부터 읽었다. 개요에는 루신더 샌즈가 출동한 경찰관들에게 전남편이 양육권 합의를 어기고 주말 면접 교섭 이후 아들을 두 시간 늦게 데리고 와서 그와 언쟁을 벌였다고 진술한 것으로 적혀 있었다. 언쟁이 계속되자 로베르토 샌즈는 더 이상의 언쟁을 피하려는 심산인 듯 돌아서서 집을 나갔다. 루신더 샌즈는 그가 나간 후 현관문을 쾅 닫고 잠갔고, 잠시 후 집 앞쪽 바깥에서 총성 같은 것을 들었다. 그녀는 전남편이 집을 향해 총을 쏜 건지도 모른다는 생각에 아들과 함께 아들 방으로 숨었고 현관문을 열어보지 않았다. 그녀는 아들 방에서 자신의 휴대전화로 911에 전화해 총성을 들었다고 신고했다. 출동한 경찰관들은 앞마당에 엎어져 있는 로베르토 샌즈를 발견했다. 구조대가 출동했지만 그는 현장에서 사망 선고를 받았다.

법의관이 작성한 로베르토 샌즈의 부검 감정서도 보충 자료에 들어 있었다. 보슈는 부상의 정확한 위치를 표시한 인체도를 보기 위해 자료를 들춰 부검 감정서를 찾았다.

한 장짜리 인체도에는 남자 신체의 앞뒤 모습을 그린 윤곽선 그림이 나란히 있었다. 거기에는 부검을 실시한 법의관이 수기로 적은 표시와 치수, 주석이 있었다. 보슈는 후면도의 등 위쪽에 있는 두 개의 엑스자에 먼저 눈길이 갔다. 메모에는 상처 사이의 거리가 14.5센티미터라고 적혀 있었다.

인체도에는 또한 탄환의 사입 각도가 표기돼 있었다. 이를 통해 탄환 두 발이 상당히 다른 탄도를 그리며 날아왔다는 것을 알 수 있었다. 첫 번째 탄환으로 추정되는 것은 비교적 평각으로 날아왔는데, 이는 피해자가 뒤쪽에서 날아온 이 탄환에 맞았을 때 서 있었다는 것을 의미했다. 두 번째 탄환은 예각으로 신체를 뚫었고, 이는 두 번째 탄환이 발사됐을 때 피해자는 이미 쓰러져 있었음을 뜻했다. 두 번째 탄환은 뒤에서 앞으로 그리고 아래에서 위쪽으로 뚫고 들어가 우쇄골을 부러뜨린 후 위쪽 큰가슴근에 박혔다.

보슈가 보기에는 두 번째 탄환이 중요했다. 그것이 오발과 자기방어, 흥분상태였다는 주장을 무력화하기 때문이다. 범인은 첫 번째 탄환에 맞아 이미 쓰러진 피해자를 다시 한번 정조준했다. 확인 사살이었다.

보슈는 휴대전화를 꺼내 인체도를 찍었다. 파일 전체를 복사할 계획이었지만 언제 될지 알 수 없었고, 할러와 이 사건에 대해 의논할 때 이 인체도를 보여 주고 싶었다.

그는 휴대전화를 탁자에 놓은 후 부검 감정서를 쭉 들춰봤다. 9밀리미터 탄환 두 개가 시신에서 회수됐다고 적혀 있었다. 또한 부검 전에 시신을 찍은 사진들의 흑백 복사본도 들어 있었다. 시신은 벌거벗은 상태로 철제 부검대에 누워 있었다. 사진에는 탄환 사입구 상처를 근접 촬영한 것은 물론이고 시신의 앞과 뒷모습을 찍은 것들도 있었다.

사진 복사본들을 빠르게 넘기다가 눈길을 끄는 것이 있어서 그 페이지에서 멈췄다. 왼쪽 엉덩이의 허리선 밑에 문신이 있었다. 보슈는 필기체로 쓰인 그 문구를 쉽게 읽을 수 있었다.

꿰 비에네 엘 꾸꼬(Que Viene el Cuco)

보슈는 다시 전화기를 집어 들고 사진을 찍었다. 이번에는 몸의 다른 부분은 노출하지 않고 문신이 잘 보이게 확대해서 찍었다. 그는 그 문신이 무슨 뜻인지 알았다. 문자 그대로 해석할 수 있을 뿐만 아니라, 그 문구가 지닌 더 큰 함의까지도 알고 있었다.

귀신이 온다.

7

지상의 그랜드파크로 올라온 보슈는 형사법원 건물 앞 잔디밭에 흩어져 있고 '올드 페이스풀(Old Faithful)'이라 불리는 친숙한 시청 타워의 그림자가 드리워진 분홍색 의자에 앉아 있었다. 그는 할러에게 문자 메시지를 보냈다. 할러의 소송 일정을 알고 있던 그는 오늘 심리가 있다는 것을 기억해 냈다.

형사법원에 있어? 얘기 좀 할 수 있나?

그는 메시지를 보낸 후, 휴대전화의 인터넷 브라우저로 들어가 '로스앤젤레스카운티 보안관국 내 사조직'을 입력했다. 결과가 뜨기도 전에, 할러에게서 전화가 왔다.

"응, 형사법원이야." 할러가 말했다. "형은 UCLA?"

"아니." 보슈가 말했다. "전화해서 뒤로 미루려고."

"그렇게 마음대로 미루고 그러지 마. 그 치료 받게 하려고 내가 얼마나 애를 썼는데."

"그래, 고맙게 생각하고 있어. 그런데 일이 생겼어. 기타 사기 사건 심리 끝났니?"

"응, 방금. 내가 운전하려니까 정말 힘들다. 링컨을 가지러 배심원 주차장까지 가야 하다니."

"난 바깥 공원에 있어. 분홍색 의자에. 주차장 가려면 이리로 지나가겠네. 샌즈 사건에 대해 할 말이 있어."

"알았어, 그러면 지금 나갈게. 근데 엘리베이터가 얼마나 걸릴지는 모르겠어."

"여기서 기다릴게."

보슈는 전화를 끊고 휴대전화의 인터넷 브라우저로 돌아갔다. 결국 그는 보안관국의 부패에 관해 FBI가 광범위한 수사를 벌이고 있다고 보도한 〈타임스〉의 7년 전 기사를 찾아냈다. 보안관국에는 보안관 부관들이 일부 지서나 순찰지역뿐만 아니라 구치소와 교도소에서 사조직을 만들어 활동하는 문화가 깊이 뿌리를 내리고 있었다.

보슈는 기사를 읽으면서 '사형집행인들', '규제자들', '약쟁이 잡는 사람들', '노상강도들', '귀신들' 같은 이름을 가진 사조직 목록을 발견했다. 보안관국이 운영하는 카운티의 거대한 교정 시스템 안에서 부적절한 행동이 자행된다는 소문에 관한 조사로 시작된 FBI의 수사는 점차 그 규모가 확대됐다. FBI는 교정부에 소속된 보안관 부관들이 교정시설마다 사조직을 만들었다는 사실을 알아냈다. 사조직에 소속된 보안관 부관들은 수용자들의 싸움에 돈 내기를 하거나, 외부의 갱단 두목들이 수감된 자기네 조직원들에게 보내는 메시지를 전달해 주는 일부터 갱단 조직원들의 싸움과 암살을 조장하거나 눈감아 주는 일에 이르기까지 다양한 불법행위를 저질렀다.

FBI는 또한 보안관 부관들이 교정시설에서 대민 업무를 보는 지서로 근무지를 옮겼을 때, 새로운 곳에서 새로운 사조직을 만들었고, 결국 그곳에서도 다양한 불법행위를 자행했다는 사실도 밝혀냈다.

FBI나 보안관국은 이런 집단들을 공개적으로 언급할 때 '사조직'이라고 지칭했다. 그러나 보슈에게는 이런 집단들이 거리의 갱단과 별반 다르지 않아 보였다. 이들은 보안관국 배지를 단 조직폭력배들이었다. 그리고 이제 그는 로베르토 샌즈가 그들 중 한 명이었다고 믿었다.

"새똥이 있나 확인하고 앉았어?"

보슈가 휴대전화에서 고개를 들었다. 할러가 분홍색 의자 한 개를 들고 다가오고 있었다.

"응." 보슈가 말했다.

할러는 보슈 옆에 의자를 내려놓고 공원 너머의 시청사를 바라보며 나란히 앉았다. 얇은 서류 가방은 다리 사이 잔디밭에 내려놓았다.

"어젯밤에 젠 애런슨과 흥미로운 통화를 했어." 할러가 말했다.

보슈는 고개를 끄덕였다. 이 이야기가 나올 거라고 생각했었다. "조카 사건에 관해 기자회견을 하고 싶다고 하지?" 그가 물었다.

"응." 할러가 말했다. "그리고 형은 안 끼고 싶다고 말했다던데."

"응."

"형, 씨앗은 심어놓고 그 씨앗에서 자란 나무는 나 몰라라 하려고?"

"무슨 말인지 모르겠네. 루신더 샌즈에 대해 얘기할까? 지금 내가 살펴보고 있는 사건은 그거거든."

"하자, 그 전에 이것부터 확실히 해두고. 형이 UCLA에 가는 것."

"이따가 오후에 갈 거야."

"좋아, 그럼. 뭘 얻었는데?"

보슈가 마음의 트랙을 바꿔 루신더 샌즈 사건으로 돌아가기까지 잠깐 시간이 걸렸다. 할러가 보슈에게 감옥에서 보낸 수임 의뢰 건들을 검토하고 걸러내 달라고 요청했을 때, 그가 정한 규칙들 중 하나는 그의 허락 없이 보슈 단독으로 의뢰인에게 연락을 취해서는 안 된다는 것이었다. 이런 사건들은 뒤집을 가망이 별로 없었기 때문에 수감자들에게 헛된 희망을 주고 싶지 않았다. 할러는 자신이 보슈의 생각을 먼저 들어보고 다음 할 일에 대해 동의하기 전에 보슈가 먼저 움직이는 것을 원하지 않았다.

"법정에 제출된 사건 자료." 보슈가 말했다. "굉장히 얇긴 해도 치노에 가서 루신더 샌즈를 만나보고 싶다는 생각이 들 만큼 충분히 흥미로워."

"남편을, 그러니까 보안관 부관을 죽였다는 여자?" 할러가 말했다.

"전남편이야."

"그래서 뭘 알아냈는데? 그 여자 불항쟁 답변 하지 않았어? 그럼 올라가기 험한 산인데. 엘 캐피탄[11]이 뭔지 알지?"

"요세미티에 있는 거? 알지."

"불항쟁 답변을 뒤집는 건 엘 캐피탄을 오르는 것과 마찬가지야."

"그래, 알아, 하지만 그땐 링컨 차를 타는 변호사가 옆에 없었잖아. 차이나타운에 있는 변호사 조합 출신의 이류 변호사를 썼더라고."

보슈가 로스앤젤레스 경찰국에서 근무할 때 루신더 샌즈를 변호한 프랭크 실버 변호사의 사무실에 가본 적이 있었다. 그의 사무실은 오드 스트리트에 있는 벽돌 건물에 있었다. 그 건물은 '변호사 조합'이라는 별명으로 불렸다. 단독 개업한 변호사들 여럿이 접수, 인터넷, 복사, 커

11 요세미티 국립공원에 위치한 높은 암벽. 정상의 높이는 2308미터

피, 사무 보조 서비스 등 제반 경비를 공평하게 분담할 수 있는 저렴한 공간에 작은 사무실을 차려놓고 일했기 때문이다. 그리고 그 건물은 형사법원까지 걸어갈 수 있는 거리에 있었다.

"나라면 차에서 일하겠구먼." 할러가 말했다. "변호사가 누구였어? 내가 아는 사람일 수도 있겠네."

"프랭크 실버라고, 전에 사건 한 번 같이 한 적 있어." 보슈가 말했다. "할리우드 경찰서 강력반에서 일할 때. 그저 그런 수준이었어. 딱히 인상적이진 않았지."

"실버…… 난 모르겠네. 2등한테는 은메달[12]을 주잖아. 그런데 재판에서 2등은 유죄평결이야."

"그런 식으로는 생각해 본 적 없는데."

"그래도 사무실이 리틀 주얼과 하울링 레이스 근처네."

그 두 곳은 차이나타운뿐만 아니라 시내 전체를 통틀어 코로나 팬데믹 이후에도 살아남은 몇 안 되는 최고의 식당에 속했다.

"그러게, 그래도 난 차이니스 프렌즈가 그립다." 보슈가 말했다.

"거기 문 닫았어?" 할러가 물었다. "영원히?"

할러의 어조에 놀람과 실망이 묻어 있었다. 형사법원 근처에, 특히 팬데믹 이후로는, 맛있는 점심을 빠르게 먹을 수 있는 식당이 그리 많지 않았다.

"작년에." 보슈가 말했다. "50년이나 영업한 곳인데."

보슈는 그 50년 내내 차이니스 프렌즈를 즐겨 찾았다는 사실을 깨달

---

12 영어로는 the silver medal. '실버'라는 이름에서 은메달을 연상한 것이다.

았다. 작년 8월의 어느 날에도 그곳에 갔다. 잠긴 유리문에 '모든 좋은 일에는 끝이 있다'라는, 점괘가 든 과자에서 나온 메시지 같은 말이 적힌 종이가 붙어 있었다. 그는 항상 계산대 앞에 있던 주인 남자와 말해본 적이 한 번도 없었다. 언어 장벽이 있을 거라 추측하고 계산할 때 가볍게 고개를 끄덕이기만 했었다.

"그건 그렇고." 할러가 말했다. "그 사건 자료에서 뭘 알아냈어?"

보슈는 다시 정신을 차리고 루신더 샌즈 사건으로 돌아왔다.

"이 사건에서 석연찮은 점이 몇 가지 있어." 보슈가 말했다. "좀 더 파보고 싶은 생각이 들 정도로. 첫째, 실버. 난 그가 유죄 인정 거래를 받아들이라고 루신더 샌즈를 설득했다고 생각해. 재판으로 가면 전방위적 압박을 받을 것을 분명히 알았을 거야. 피해자가 보안관 부관이었잖아. 그래서 유죄 인정 거래를 추진했고 피고인에게는 그걸 받아들이라고 강요한 거지."

"오케이, 이해했어." 할러가 말했다. "또 다른 건?"

"기록보관소 자료에 선고 전 보고서도 들어 있었어. 거기에 부검 감정서와 사건 조서가 몇 개 있었는데, 도무지 이해가 안 되는 것들이 좀 있더라고."

"이를테면?"

"이를테면, 범행 도구. 발견되지 않았어. 보안관국은 이 사건이 말다툼하다가 선을 넘은 것이라고, 감정이 폭발해서 발생한 우발 범죄라고 규정했지만, 총은 찾아내질 못했어. 그러고는 총을 제출하지 않고 루신더가 유죄를 인정하게 만들었지."

"루신더가 가지고 있지 않았을 수도 있지. 어딘가에 버렸거나 파괴

했거나 어떤 식으로든 회수할 수 없게 만든 거지."

"그럴 수도. 하지만 모두가 서명한 유죄 인정 거래 합의서를 읽어봤는데, 총이 분실됐다는 말은 없어. 범행 도구로 인정되지도 않았고. 루신더에게 그 총을 어떻게 했는지 밝히라고 요구하지도 않았고."

"오케이, 알아들었어. 또 다른 건?"

"총의 입수 경로."

"무슨 말이야?"

"루신더 샌즈는 총기 소유자로 등록돼 있지 않았어. 그 말은 훔쳤거나 불법으로 샀다는 뜻이 되지. 그렇게 한 유일한 이유는……"

"사전에 범행을 계획했다는 거네. 그를 살해하려고 총을 구했다는 거잖아."

"그렇지. 계획을 세웠던 것 같아. 그런데 그다음에 벌어진 일은 사전 계획과 어울리지 않아. 로베르토가 집을 뛰쳐나가고, 분노한 루신더는 총을 집어 들고 집 밖에서 차를 향해 걸어가는 그를 쏘지. 앞마당에서. 그러고는 그가 쓰러지자 다시 한번 쏘는 거야."

할러는 분홍색 플라스틱 의자에 등을 기댄 채 시청사 꼭대기를 바라봤다.

"독수리다." 할러가 말했다. "저 위엔 항상 독수리가 있더라."

보슈도 고개를 들고 첨탑 꼭대기를 맴돌고 있는 새들을 바라봤다.

"독수리인지 어떻게 알아?" 보슈가 물었다. "저렇게 멀리 있는데."

"맴돌고 있으니까." 할러가 말했다. "독수리는 항상 맴을 돌거든."

"하나 더 있어, 관심이 있는지 모르겠지만. 샌즈 사건에 관한 것."

"말해봐."

"부검. 로베르토 샌즈는 등에 두 발을 맞았어. 이거 좀 봐봐."

보슈는 휴대전화를 꺼내 부검 감정서에 있는 인체도를 찍은 사진을 열었다. 그러고는 전화기를 할러에게 건넸다.

"이게 뭐야?" 할러가 물었다.

"탄착점을 보여주는 그림." 보슈가 말했다. "두 발 다 등 위쪽에 맞았어. 완벽한 위치에. 두 발의 간격이 좁아. 14.5센티미터밖에 안 돼."

"그게 뭐?"

"사격 솜씨가 좋다는 거야. 움직이는 표적이고 주변은 어두웠는데도 등을 맞히고 쓰러지니까 다시 한번 쏴. 사입구 사이의 거리는 15센티미터도 안 되고."

"총을 소유하지도 않았는데."

"그렇지, 총을 소유하지도 않았는데."

"로베르토가 사격을 가르쳤나? 함께 살 때?"

"응, 선고 전 보고서에는 그들이 결혼 생활을 유지할 때 사격연습장에서 찍은 사진 몇 장이 증거로 제출됐다고 적혀 있어. 자료에는 없더라고. 실버가 갖고 있는지 모르지."

보슈는 할러가 굉장히 흥미로워한다는 것을 느낄 수 있었다. 할러는 휴대전화에 있는 인체도 사진을 계속 쳐다보고 있었다. 재판 때 짓는 표정을 짓고 있는 걸 보니 보슈가 해준 이야기를 가지고 법정에서 무엇을 할 수 있을지를 골똘히 생각하고 있는 듯했다.

"치정에 얽힌 우발적 범죄가 아니라 계획된 살인 같은데." 할러가 혼잣말을 했다.

"응, 그리고 마지막으로 하나 더." 보슈가 말했다. "이 사건이 발생했을 때, 기자들은 로베르토 샌즈가 조폭들과 총격전을 벌이고 무공훈장을 받은 영웅이었다고 떠들어 대기 바빴어. 자, 이제 화면을 옆으로 밀어서 다음 사진을 봐."

할러가 한 손가락으로 휴대전화 액정화면을 옆으로 밀었다. 보슈가 그에게로 몸을 기울이고 보니 한쪽 눈에 멍이 든 매디의 사진이 나와 있었다.

"반대 방향으로 밀어야지." 보슈가 말했다.

"앤 또 왜 이래?" 할러가 놀라서 물었다.

"잠복근무 중이야. 요 전날 밤에 멜로즈에서 지갑을 소매치기하던 놈을 잡았대. 놈은 매디가 여자니까 한 방 날리면 벗어날 수 있을 거라고 생각했나 봐. 사람을 잘못 본 거지."

"멋진데, 매디. 멍든 눈이 멋지다는 건 아니고."

"그러게. 매디한테 화장으로 가리기 전에 사진 찍어서 보내라고 했어. 얼마나 심한지 보고 싶었거든. 어쨌든 반대 방향으로 밀어."

할러가 지시대로 하자 로베르토 샌즈의 문신을 찍은 사진이 화면에 나타났다. 그는 그 문구를 더듬거리며 읽었다.

"'꿰 비에네…… 엘 꾸꼬.' 뭐야, 이게?"

"무슨 뜻인지 알지?"

"아니."

"반은 멕시코계잖아, 너."

"베벌리힐스에서 자랐다고."

"온 시내 광고판과 버스정류장 벤치 광고에 쎄 하블라 에스빠뇰(스페인어 가능)이라고 적어놨잖아."

"하블로 에스빠뇰, 그렇다고 문신이나 구어체 문구에까지 능통하다는 뜻은 아니야. 엘 꾸꼬가 뭔데? 아니면 누군데?"

"멕시코 민속 설화에 나오는 귀신이야. 침대 밑이나 벽장 속에 숨어 있는 괴물이지. 나타나서 나쁜 아이를 잡아간대. 엘 꾸꼬에 관한 노래도 있어. 귀신이 온다, 널 잡아먹을 거다, 어쩌구 저쩌구. 소년원에 있을 때 형들이 이 노래 불렀던 거 기억나. 베벌리힐스에서는 못 들어봤겠구나."

"당연하지. 그러니까 어른들이 애들한테 그 노래를 불러준다는 거야?"

"응, 애들이 말 잘 듣게 하려고."

"그렇겠네. 그가 이 문신을 하고 있었다고? 로베르토 샌즈가?"

"허리선 밑 엉덩이에. 거긴 지서 로커룸에 있을 때 아니면 다른 사람들이 볼 수 없는 데지. 샌즈는 사조직에 속해 있었던 거야. 보안관국 내의 갱단."

할러는 다시 입을 다물고 생각에 잠겼고 변호사의 표정이 돌아와 있었다. 보슈는 그가 지금 법정에 서서 배심원단 앞에 그 사진을 들어 보이는 자신을 상상하고 있을 거라고 추측했다. 로베르토 샌즈가 꾸꼬스, 다시 말해 귀신들 소속이었을 거라는 가정은 사건의 판도를 완전히 바꿔 놓았다.

결국 보슈가 할러의 몽상을 방해했다.

"그래서 어떻게 생각해?"

"그 가정이 많은 가능성을 제기한다고 생각해. 우리 치노에 가봐야겠어."

"우리?"

"응, 내일. 루신더 샌즈를 만나보고 싶어. 일정 비워 놓을게. 형은 오늘 꼭 UCLA에 갔다 오고."

"알았어. 실버는 어떡할까?"

"내가 만나볼게. 그의 자료가 필요할 것 같아."

보슈는 고개를 끄덕였다. 할 이야기는 다 끝났다. 지금으로서는. 보슈와 할러는 의자에서 일어섰다. 할러가 보슈에게 몸을 기울였다.

"알다시피 이 일은 조용히……." 할러가 말했다.

그가 말끝을 흐렸다.

"알아." 보슈가 말했다.

"조심하자고." 할러가 말했다. "준비될 때까지 발자국을 남기면 안 돼."

할러는 허리를 굽히고 서류 가방을 집어 들었다. 보슈는 고개를 들어 시청사 꼭대기를 바라봤다.

독수리들이 아직도 맴을 돌고 있었다.

제2부

바늘

8

변호사 조합 건물 안 오른쪽엔 변호사 사무실들이 길게 늘어서 있었고 왼쪽의 개방형 공간엔 사무직원들을 위한 사무공간이 마련돼 있었다. 다만 사무직원은 한 명도 보이지 않았다.

변호사 사무실마다 문 오른쪽엔 명함을 넣었다 뺐다 할 수 있게 작은 명패 틀이 부착돼 있었다. 이곳은 법조계의 단기 체류자들, 즉 사건과 의뢰인을 쫓아다니는 변호사들을 위한 공간이었다.

나는 복도를 걸어가며 명함들을 살펴봤다. 모든 명함에 정의의 저울 그림이 있었다. 미소를 짓거나 심각하게 노려보는 변호사의 작은 사진을 담고 있는 것들도 있었다. 그러나 돋움 인쇄를 한 명함은 없었다. 모든 명함의 품질은 여기 변호사들이 공유하는 사무공간에서 성공과 존엄의 분위기를 풍기면서도 비용을 절감하려고 애쓰고 있다는 느낌을 줬다.

사무실 여섯 개를 지나가자 은색으로 돋움 인쇄를 한 명함이 처음으로 보였다. 물론 프랭크 실버의 명함이었고, 좋았던 시절에 쓰다가 남은 것이거나 이 조합에 있는 변호사들 사이에서 튀어보려는 노력으로 보였다. 사무실 문은 열려 있었지만 나는 다가가서 문을 노크했다. 가짜 원목 책상 뒤에 앉아 있던 남자가 노트북 화면에서 고개를 들었다.

"프랭크 실버 변호사님?"

"네, 전데요."

그의 눈에 나를 알아보는 기색이 떠올랐다가 사라졌다. 마른 체형에 짙은 색 곱슬머리인 그는 나보다 15년 어렸다. 그는 여기서 법원까지 걸어 다니면서 투사의 몸매를 유지하는 것 같았다.

"당신. 링컨 차를 타는 변호사님이군요."

나는 사무실로 들어가서 손을 내밀었다. 우리는 악수를 했다.

"미키 할러입니다. 전에 사건 같이 한 적이 있었던가요?"

"프랭크 실버입니다. 아뇨, 광고판에서 봤어요. '합리적 수임료에 합리적 의혹을'. 변호사협회가 그런 문구를 쓰게 내버려둔다는 게 놀랍던데요. 앉으세요."

좁아터진 사무실에 딱 한 개 있는 손님용 의자를 내려다보니 파일이 30센티미터는 되게 쌓여 있었다.

"아, 죄송합니다, 잠깐만요." 실버가 말했다. "치워드릴게요."

실버가 책상을 돌아서 왔다. 나는 좁은 공간에서 그가 의자로 갈 수 있게 뒤로 물러섰다. 그는 파일 더미를 들고 다시 책상을 돌아가 컴퓨터 옆에 내려놓았다.

"자, 이제 앉으세요. 무엇을 도와드릴까요? 점검이 필요하십니까?"

실버가 소리 내어 웃었다.

"네?" 내가 앉으면서 되물었다.

"링컨 차를 타는 변호사시잖아요." 실버가 말했다. "엔진 점검이 필요하시냐고요."

그는 자기가 한 농담에 다시 웃음을 터뜨렸다. 나는 웃지 않았다. 그의 뒤에 있는 벽에 눈길이 갔다. 벽에는 법률 서적과 형법전이 줄줄이 꽂힌 책장이 있었고, 책은 모두 멋진 가죽 장정이고 책등에는 돋움 인쇄를 한 제목이 적혀 있었다. 그러나 모두 가짜였다. 법률 도서관 그림이 있는 벽지였다. 실버는 내 눈길이 벽지에 가 있는 것을 알아차리고 자신도 벽지를 돌아봤다.

"아, 이거요." 실버가 말했다. "줌(Zoom)에서는 진짜처럼 보여요."

나는 고개를 끄덕였다.

"그렇군요." 내가 말했다. "좋은데요."

나는 그가 방금 책상으로 옮긴 뒤죽박죽된 파일 더미를 가리켰다.

"파일 정리를 도와주러 왔어요." 내가 말했다.

그는 고개를 갸웃했고, 내가 진지해서 재미없고 걱정스럽다는 표정으로 나를 쳐다봤다.

"어떻게요?" 실버가 물었다.

"파일 한 개를 가져갈게요. 종결된 사건인데, 당신의 예전 의뢰인이 나한테 한번 봐달라고 부탁을 했거든요."

"진짜요? 무슨 사건이죠?"

"루신더 샌즈. 기억합니까?"

실버가 놀라는 표정을 지었다. 그가 예상했던 이름이 아닌 듯했다.

"루신더…… 물론 기억하죠. 그런데……."

"맞아요, 불항쟁 답변을 했죠. 이젠 내가 검토해 주길 바라더군요. 그 사건자료를 주면, 바로 사라져 드리고 내가 잘……."

"우와, 잠깐만요. 무슨 말씀을 하시는 거죠? 불쑥 찾아와서 내 사건을 가져가려 하다니, 어림도 없는 말씀을 하시네."

"아뇨, 무슨 말을 하는 거냐고 오히려 내가 묻고 싶군요. 종결된 사건이잖아요. 그녀가 공소사실을 인정했고 치노에서 5년 가까이 복역하고 있는데."

"하지만 여전히 내 의뢰인이죠."

"당신 의뢰인이었죠. 하지만 내게 연락을 해왔어요. 내가 사건을 검토해 주길 바라고 있고요. 그 사건을 기억한다면, 그녀가 자기가 죽였다고 말한 적이 없다는 것도 기억하겠군요. 지금도 그런 말을 하지 않고 있고요."

"네, 하지만 내가 굉장히 유리한 거래를 성사시켜 줬는데. 내가 그런 처분을 받아내지 않았다면 가석방 없는 무기징역형을 살고 있을걸요. 고의적 살인죄에 중기 징역형이면 감지덕지지."

나는 이 말이 무슨 뜻인지 알았다. 혹은 안다고 생각했다.

"이봐요, 프랭크." 내가 말했다. "걱정하지 말아요. 그것 때문에 이러는 거 아니니까. 난 실질적 무죄를 증명할 수 있느냐에만 관심이 있어요. 이 사건은 내게는 인신보호 구제청구 사건이에요. 그게 아니면 아무것도 아니죠. 이 사건 안 맡기로 하면 자료는 곧바로 돌려보낼게요."

형사소송 변호사로 일할 때 가장 실망스럽고 좌절감을 주는 것 중 하나는 변호인의 비효과적인 조력, 다시 말해 허접한 변호를 근거로 유죄판결의 무효를 요구하는 504조 인신보호 구제청구소송 소장에 이름을 올리는 것이다. 변호사 본인은 의뢰인을 아무리 잘 변호했다고 생각하고 결과가 좋다고 생각하더라도 의뢰인이 감방에 오래도록 앉아 있으면, 변호사는 유죄판결을 뒤집으려는 절박한 노력의 희생양이 될 수 있다. 물론 그것을 원하는 변호사는 아무도 없다. 그것이 직업적 명성을 훼손할 수 있을 뿐만 아니라, 변호사 자신이 사건에서 취한 조치들을 확인하고 방어하는 데 시간이 소모되기 때문이다.

"그럼 그 여자가 왜 당신한테 갔죠?" 실버가 물었다. "비효과적인 조력을 주장할 생각이 아니라면 나한테 왔어야 하잖아요."

"작년에 내가 사건을 하나 맡았어요." 내가 말했다. "그게 언론에 꽤 크게 보도가 됐죠. 인신보호 구제청구로 수감자를 감옥에서 빼냈거든요. 실질적 무죄를 입증했죠. 루신다가 치노에서 그 기사를 보고 내게 편지를 보냈더군요. 많은 수감자가 내게 편지를 보냈죠. 내 조사관이 루신다 샌즈 사건에 관해 1차 조사를 했고, 내게 다음 단계로 넘어가라고 권고했죠. 그러기 위해서는 자료가 필요해요. 당신이 가진 자료 전부. 사건에 대해 알아야 할 것은 전부 다 알아야 하니까."

실버는 오랫동안 말이 없었다.

"그래서, 자료를 받을 수 있을까요?" 내가 말했다. "오늘 안으로 전부 복사하고 원본은 돌려줄게요. 크게 문제 안 될 것 같은데."

"그럴 필요가 없겠죠." 실버가 말했다. "우린 파트너니까."

"네?"

"파트너요. 당신과 내가. 무슨 일이 있든, 당신이 그 사건을 어디로 끌고 가든, 우리는 파트너라고요."

"어, 아뇨, 파트너라니, 당치도 않아요. 루신다 샌즈는 나에게 이 사건을 맡겼어요. 당신이 아니라, 우리가 아니라, 나에게. 그리고 돈이 나오는 것도 아니고. 수임료를 한 푼도 받지 않을 생각이거든요. 무료 변호 사건이에요."

"지금이야 무료 변호죠. 하지만 당신이 루신더를 빼내면, 국가를 상대로 한 손해배상 청구소송의 수임료는 엄청나겠죠."

"이봐요, 원한다면 루신더가 사건을 맡아달라며 내게 보낸 편지 사본을 내 조사관을 통해서 이메일로 보내줄게요. 루신더는 자기 자료를 열람할 권리가 있어요. 그런데도 당신이 자료를 넘겨주지 않는다면 윤리강령을 위반하는 거죠. 변호사협회의 경고를 받을 거고 그 기록이 5년간 따라다닐 거예요."

실버는 싱긋 웃으면서 한심하다는 듯 고개를 가로저었다.

"변호사협회 경고 같은 건 신경 안 써요." 실버가 말했다. "지난번에 들은 바로는 캘리포니아 변호사협회는 코로나 때문에 밀린 업무 처리하느라고 아직도 바쁘다던데. 그러니까 민원 넣어봐요. 바로 처리해 줄 겁니다. 한 3년쯤 후에?"

졌다. 나는 입을 꾹 다물고 반격할 방법을 찾으려고 애를 썼다. 나는 나와 자신의 예전 의뢰인을 갈취하려는 비윤리적인 변호사에 대처할 준비가 돼 있지 않았다.

"변호사님, 내가 상도덕을 몰라서 이러는 게 아닙니다, 아시겠어요?" 실버가 말했다. "하지만 나는 이 일이 어떤 일인지 알고 있다고요. 당신이 무슨 일을 하고 있는지 안다니까요."

"정말요?" 내가 말했다. "내가 무슨 일을 하고 있죠?"

"그 엄청난 광고비를 벌고 있는 거잖아요, 맞죠? 버스 외부광고, 벤치 등등. 작년에 기결수의 살인죄를 벗겨줬잖아요. 그다음에 국가를 상대로 한 손해배상 청구소송에서 얼마나 받아냈어요? 시 정부가 섭섭지 않게 줬을 텐데. 50만 달러는 훌쩍 넘죠?"

"틀렸어요. 그 사건은 아직 합의가 안 됐어요."

"상관없어요. 그 사건이 화수분이라는 건 당신도 알고 나도 알죠. 그게 나쁜 것도 아니고. 하지만 지금 당신은 나를 찾아와서 내 사건과 내가 한 일을 가지고 돈벼락을 맞겠다는 거잖아요. 그러니 좋은 게 좋은 거라고 함께하자는 거죠."

"당신이 한 일? 루신더가 감옥에 걸어 들어가게 만들었잖아요. 무슨 일을 얼마나 했다는 거죠?"

"보안관 부관을 죽였는데 고의적 살인죄를 받아줬잖아요. 그건 기적이었다고요, 빌어먹을."

"아하."

"난 내 몫을 원하는 것뿐이에요."

"어림도 없는 소리. 루신더는 불항쟁 답변을 했어요, 기억하죠? 의뢰인이 불항쟁 답변을 했을 땐 손해배상 청구소송에서 변호인이 할 수 있는 일이 별로 없어요. 검찰은 피고인이 감옥에 가는 것에 동의했고 그건 당신의 충고에 따른 거였다고 주장할 테니까."

"하지만 당신은 링컨 차를 타는 변호사잖아요. 당신이 오는 것을 보면 다들 당장 수표책을 꺼내 들잖아요. 무서워서 줄행랑을 치고."

그의 진지함은 그의 뒤에 있는 벽지에 그려진 법률 서적만큼이나 진짜처럼 보였다.

"난 당신이 이 사건 근처에 얼씬거리는 걸 원하지 않아." 내가 말했다. "그러니 당신을 치워버리려면 어떻게 해야 할까?"

실버는 자기가 이긴 것을 기뻐하며 고개를 끄덕였다. 나는 비틀거리면서 그에게 틈을 보인 것을 후회했다.

"파트너가 되자니까요." 그가 말했다. "절반씩 나눕시다."

"말도 안 되는 소리." 내가 말했다. "그럴 바엔 안 하고 말지. 10퍼센트 줄게, 그 이상은 안 돼."

나는 가려고 일어섰다.

"25퍼센트." 실버가 말했다.

나는 문을 향해 걸어갔다.

"잘 생각해 봐요." 실버가 말했다. "25 대 75면 당신한텐 엄청 이득이죠. 난 그 사건에 투자를 많이 했는데 한 푼도 못 건졌구먼. 그 정도는 받을 자격이 있다고요."

나는 문 앞에 서서 그를 돌아봤다.

"받을 자격 좋아하시네." 내가 말했다. "중요한 건 다 놓치고 의뢰인을 감옥에 보냈으면서. 루신더가 유죄라면 좋은 거래였겠지. 하지만 죄가 없잖아. 내가 점유물 양도소송을 낼 수도 있어. 그러면 캘리포니아 변호사협회에서 문제 삼을걸."

실버가 나를 노려보는 것을 보니 점유물 양도가 무슨 뜻인지 잘 모르는 눈치였다.

"판사에게 가서 당신이 자료를 넘기라고 명령해 달라고 요구할 수 있다고." 내가 말했다. "하지만 솔직히 말해서 당신을 적으로 만드는 건 루신더에게 도움이 안 되지."

내가 샌즈 사건을 인신보호 구제청구소송으로 몰고 가면, 실버가 판사 앞에서 자신이 취한 조치들을 설명해야 할 수도 있었다.

"이렇게 하자고." 내가 말했다. "비용을 제한 수임료의 25퍼센트를 줄게. 받든지 말든지 알아서 해."

"받을게요." 실버가 말했다. "비용 내역을 내게 보여주는 조건으로."

그는 로나 테일러가 비용 내역 작성에 있어 얼마나 창의적인지 알지 못했다.

"얼마든지." 내가 말했다. "자, 자료는 어디 있지?" 5년 전에 종결된 사건의 자료가 사무실 안에 있을 것 같지는 않았다.

"몇 분 걸려요." 실버가 말했다. "여기 차고 로커에 있어서."

"좋아." 내가 말했다. "기다릴게."

실버가 일어서서 책상을 돌아 나왔다.

"조건이 하나 더 있어요." 그가 말했다.

"안 돼, 거래 끝났잖아." 내가 말했다.

실버가 주머니에서 무언가를 꺼내고 있었다.

"긴장 풀어요, 돈 드는 거 아니니까. 링컨 차를 타는 변호사랑 셀카 하나 찍읍시다."

실버가 휴대전화를 꺼냈다. 그러고는 재빠르고 능숙하게 카메라 앱을 열더니 각도를 맞춰 전화기를 들고 내게 가까이 와서 자유로운 팔로 내 등을 감싸 안았다. 내가 그를 밀어버릴 새도 없이 그가 사진을 찍었다.

"사진 문자로 보내줄게요." 실버가 말했다.

"고맙지만 사양할게." 내가 말했다. "가서 자료나 갖고 와."

그가 출입구로 향했다. 나는 사무실 문 바깥쪽 벽에 있는 명함 틀로 팔을 뻗어 은색 돋움 인쇄를 한 그의 명함을 꺼내 주머니에 넣었다. 조만간 쓸 데가 있을 것도 같았다.

9

보슈가 탄 링컨 차는 건물 앞 도로경계석에 바짝 붙어 서 있었다. 나는 실수가 아니라 의도적으로 조수석 뒷좌석 문을 열었고 그 자리에 흰 종이가방이 놓여 있는 것을 봤다. 그것을 옆으로 밀어놓고 차에 탄 후 백미러를 보니 보슈가 마음 상한 표정으로 나를 보고 있었다.

"자료를 받아왔는데 여기 뒷자리에 펼쳐놓고 봐야 해." 내가 말했다. "형을 무시해서 이러는 게 아니라고. 치노에 도착할 때까지 알아야 할 게 있으면 알아야지."

"그러니까 치노로 가는 거야?" 보슈가 물었다.

"형이 가겠다고 하면. 보통…… UCLA 갔다 오면 힘들어하잖아."

"위약을 줬나 봐. 컨디션이 괜찮아."

나는 보슈의 말을 믿지 않았다. 보통 땐 드러내던 피곤한 기색을 숨기고 있는 건지도 몰랐다. 아니면 사건 때문에 아드레날린이 솟구쳐 평소보다 기운이 나는 것일 수도 있었다.

"형이 괜찮겠으면, 가자. 거기 도착하기 전에 이거 다 훑어보면 차를 세우고 자리를 바꾸자고. 형도 다 읽어보게. 어때?"

"좋아."

보슈는 차를 출발시켜 남쪽으로 알라미다를 향해 달렸다.

"가는 길은 알지?" 내가 물었다.

"많이 가봤어." 보슈가 대답했다. "배고프면, 거기 그 종이가방 안에 리틀 주얼에서 사 온 포보이 샌드위치 있어."

"깔고 앉을 뻔했네. 굴이야, 새우야?"

"새우. 굴샌드위치 사러 다시 갈까?"

"아냐, 굴 안 좋아해. 확인차 물어본 거야."

"나도 굴 별로야."

치노 여자교도소는 로스앤젤레스 시내에서 자동차로 한 시간 거리에 있었다. 보슈가 동쪽으로 가려고 10번 고속도로를 향해 달리는 동안, 나는 실버에게서 무엇을 받았는지 알아보기 위해 포켓 파일의 밴드를 끄르고 포켓 파일을 벌렸다. 내가 속았다는 것을 금방 깨달았다. 앞쪽 포켓 세 개에는 서면이 들어 있었지만, 그 뒤의 포켓 네 개에는 빈 리걸패드가 들어 있었다. 실버가 파일을 내게 건넬 때 중량감을 주기 위해 포켓 폴더에 백지를 집어넣은 것이다. 서류의 양이 사건에 들인 시간과 노력의 지표였다. 실버가 자료를 내게 넘기면서 자신이 루신더 샌즈를 위해 한 일이 별로 없다는 것을 숨기려고 했던 것이 분명했다. 내가 사무실을 나오기 전에, 그는 샌즈에 관한 자료 전체를 내게 넘겼다는 것을 확인하는 영수증에 서명할 것을 요구했다. 실버 1득점. 이런 일이 생길 줄 알고 잘 살펴본 뒤에 서명했어야 했다.

"족제비 새끼 같으니라고."

보슈가 백미러로 다시 나를 쳐다봤다.

"누가?"

"은메달 실버."

"왜?"

"자료 파일에 리걸패드 백지를 잔뜩 넣어서 줬어. 내게 건네주는 자료가 많은 것처럼 사기를 친 거지."

"왜? 실버와 거래했니?"

"자료를 받는 대신 수임료에서 비용 제하고 25퍼센트를 주기로 했어. 어쨌든 총수입에서 비용으로 뺄 수 있는 것은 다 뺄 거야. 형한테 줄 급료를 포함해서."

백미러로 보슈를 보니 그가 싱긋 웃고 있는 것 같았다.

"재밌어?"

"아이러니해서. 변호사가 동료를 족제비라고 부르다니. 40년 동안 내가 변호사를 그렇게 불렀는데."

"응, 고마워. 급료를 주고 임상 실험에 밀어 넣어준 사람이 누구였는지 잊지는 마쇼."

"걱정하지 마, 절대 안 잊을 거니까."

"말이 나왔으니 말인데, 어제 UCLA에서 치료 잘 받았어?"

"정맥주사 맞고, 피 뽑고, 그러고는 나왔어."

"갔다 왔다니 안심이 되네. 주사액이 임상 실험한다는 그 약인가?"

"응, 동위원소래. 그게 든 링거액 주머니를 걸고, 내 팔에 주사를 꽂고, 링거액을 주입하는 거야. 20~30분이면 끝나, 처방 용량에 따라 다르지만. 일주일에 한 번씩 갈 때마다 달라지더라고."

"그러고는 효과가 있는지 혈액 검사를 하고?"

"그건 아니고. 혈소판 수치가 너무 낮지 않은지 보는 거래, 그게 무슨 말인지는 잘 모르겠지만. 그리고 신장과 간의 손상이 있는지 확인하고. 30일쯤 후에 골수 생체검사를 하는데, 그게 진짜 검사라고 하더라고."

"소식 계속 알려줘, 형."

"그럴게. 샌즈 사건으로 돌아가서, 실버에게 25퍼센트를 주기로 했다면, 그 사건이 돈이 될 거라고 생각하는 거네?"

"그런 건 아니고. 샌즈의 유죄판결이 무효가 되면, 잘못된 유죄판결에 대해서 법이 정한 배상금을 받을 수 있겠지만, 거기서 변호인에게 돌아오는 몫은 많지 않아. 샌즈가 징역형을 받아들이는 유죄 인정 거래를 했기 때문에 국가를 상대로 하는 손해배상 청구소송에서 승소할 가능성도 크지 않고. 은메달 실버는 의뢰인의 징역형을 막아준 경험이 별로 없고, 징역형을 받은 의뢰인을 교도소에서 빼낸 경험은 전혀 없어. 그러니까 절대로 일어나지 않을 것이고 바랄 자격도 없는 횡재를 바라고 있는 거지."

나는 포켓 파일에 든 자료로 관심을 돌렸다. 세 개의 포켓 중 첫째 포켓에는 의뢰인의 정보를 담은 서식이 들어 있었다. 새 의뢰인의 이름과 주소, 친척들 이름, 신용카드 정보 등을 담은 표준 서식으로, 언제든 의뢰인의 행방을 파악하고 수임료를 확보하기 위해 주로 사용됐다. 이 사건에서는 루신더 샌즈가 보석을 허가받은 적이 없었기 때문에 그녀의 행방은 문제가 되지 않았다. 그리고 실버가 수임료를 거의 받지 못했다고 했으니까, 서식에 적힌 두 개의 신용카드는 한도가 낮게 설정돼 있을 것이고 이미 다 소진됐을 터였다.

루신더 샌즈가 중간급 변호사에게 수임료를 지불하는 대신 왜 국선변호인을 요구하지 않았는지 궁금했지만 이미 다 끝난 일이었다. 두 번째 포켓에서 꺼낸 자료는 로베르토 샌즈 피살사건을 담당한 보안관국 수사관들이 루신더를 조사한 내용을 담은 피의자 신문 녹취록이었다.

나는 루신더가 어리석게도 진술거부권을 포기하고 가브리엘라 새뮤얼스와 개리 바넷이라고 신원을 밝힌 수사관들의 조사에 응하기로 합의한 순간부터 녹취록을 쭉 읽어 내려갔다. 수사관들은 일반적이고 다양한 질문을 했고 루신더가 대답을 통해 제 발등을 찍게 만들었다. 뻔한 수법이었다. 구치소와 교도소는 입을 잘못 놀려 스스로 걸어들어온 사람들로 가득 차 있었다. 입을 꾹 다물고 있지 않고 자신들의 행동이나 이유를 설명하기로 결심한 것이 문제였다. 진술거부권을 포기한 순간 이미 승패는 결정 났다.

조사를 받는 동안 루신더는 보슈가 선고 전 보고서에서 읽은 것과 같은 이야기를 했다. 그나마 다행이었다. 그날 밤 쿼츠힐에서 무슨 일이 있었는가에 관해 시간이 지나도 일관적인 진술을 했다는 뜻이었기 때문이다.

새뮤얼스: 그가 현관문으로 나갔어요?

샌즈: 네, 현관문으로요.

새뮤얼스: 그런 다음 당신은 무엇을 했죠?

샌즈: 문을 쾅 닫고 잠금장치를 걸었어요. 그가 다시 들어오기를 원하지 않았거든요. 열쇠를 갖고 있으면 안 되는데도 계속 갖고 있다는 걸 알고 있었어요.

새뮤얼스: 그런 다음에는요?

샌즈: 거기 서 있다가 총성을 들었어요. 잠시 후에 또 한 발의 총성을 들었고요. 너무 무서웠어요. 그가 집을 향해 총을 쏘고 있다고 생각했어요. 그래서 아들 방으로 뛰어 들어가서 같이 숨었어요. 911에 신고한

다음 기다렸죠.

새뮤얼스: 총성이라는 건 어떻게 알았죠?

샌즈: 모르겠어요. 확신은 못했지만, 전에도 총성을 들어본 적이 있었거든요. 자라면서. 그리고 신혼 때 로비와 함께 사격연습장에 간 적도 몇 번 있고요.

새뮤얼스: 두 발의 총성 말고 다른 소리도 들었어요? 목소리나 뭐 그런 거?

샌즈: 아뇨, 다른 소린 못 들었어요. 총성만 들었어요.

새뮤얼스: 현관문에 작은 구멍이 있던데, 총성을 들은 후에 거기로 밖을 내다 봤어요?

샌즈: 아뇨, 그가 문을 향해 총을 쏘고 있는지도 모른다고 생각했어요. 그래서 뒤로 물러났죠.

새뮤얼스: 확실합니까?

샌즈: 네, 내가 어떻게 행동했는지는 알고 있어요.

바넷: 총을 소유하고 있습니까, 샌즈 부인?

샌즈: 아뇨, 난 총을 싫어해요. 이혼할 때 로비에게 총을 다 가져가라고 했어요. 원하지 않으니까.

바넷: 그러니까 집 안에 총이 한 자루도 없었다, 그 말인가요?

샌즈: 네, 한 자루도 없었어요.

새뮤얼스: 911에 신고한 다음엔 어떻게 했죠?

샌즈: 아들과 함께 아들 방에서 기다렸어요. 한참 후에 사이렌 소리를 듣고 아들에게 방에 가만히 있으라고 말한 뒤 밖으로 나왔어요. 앞쪽 창문 밖을 내다보니까, 보안관 부관들이 있었고, 로비가 쓰러져 있었

어요.

바넷: 당신이 그를 쐈습니까?

샌즈: 아뇨. 절대 아니에요. 내가 왜 그런 짓을 하겠어요. 내 아들의 아버지인데.

바넷: 하지만 우리가 무슨 생각을 하고 있는지 알죠? 두 사람이 다툰 뒤 로비가 집을 나가고, 현관문에서 3.5미터 떨어진 곳에서 등에 총을 맞아요. 그걸 어떻게 이해해야 할까요?

샌즈: 내가 그런 거 아니에요.

바넷: 부인이 아니라면 누가 그랬죠?

샌즈: 그야 모르죠. 우리 이혼한 지 3년이나 됐어요. 그가 누구와 사귀었는지, 혹은 무슨 일을 했는지 내가 어떻게 알겠어요.

바넷: 총은 어디 있죠?

샌즈: 말했잖아요, 총이 없다고.

바넷: 우리가 찾아낼 겁니다. 하지만 당신이 자백하고 지금 당장 이 문제를 해결한다면 더 유리할 텐데요.

샌즈: 내가 그러지 않았다니까요.

새뮤얼스: 그가 차에 가서 총을 가져올까 봐 무서웠어요?

샌즈: 아뇨. 그가 이미 총을 갖고 있고 집을 향해 쐈다고 생각했다니까요.

새뮤얼스: 하지만 아까 무서웠다고 했잖아요. 그 순간에 무엇 때문에 무서웠죠?

샌즈: 계속 말했잖아요. 그가 집을 향해 총을 쏘고 있다고 생각해서 무서웠다고. 우린 그 직전에 크게 싸웠어요. 로비가 에릭을 너무 늦게 데려와서 에릭을 데리고 친정집에 가지 못했고 저녁 약속을 놓쳤거든요.

새뮤얼스: 로비가 왜 늦었는지 말해줬어요?

샌즈: 일과 관련해 회의가 있었다고 말했는데, 난 거짓말이란 걸 알았어요. 갱단 진압팀은 일요일엔 절대 일하지 않거든요.

새뮤얼스: 그래서 그에게 소리를 질렀어요?

샌즈: 조금요. 네, 화가 나서.

새뮤얼스: 그도 당신에게 소리를 질렀고요?

샌즈: 네. 나보고 개 같은 년이라고 했어요.

새뮤얼스: 그래서 화가 났어요?

샌즈: 아뇨, 아뇨, 왜 자꾸 헛갈리게 하실까…… 내가 화가 났던 건 로비가 너무 늦었기 때문이에요. 그뿐이에요.

새뮤얼스: 루신더, 당신이 위협을 느꼈다고 하면, 당신에게 유리하게 잘 처리해 줄게요. 당신은 겁이 났어요. 그에게 총이 있으니까. 로비가 차에 가서 총을 가져오겠다고 말했어요?

샌즈: 말했잖아요, 아니라고. 그는 집을 떠나고 있었어요. 내가 나가라고 했고 그는 집을 나갔어요. 내가 문을 잠갔고, 그게 끝이라고요.

바넷: 말이 안 되잖아요, 루신더. 협조 좀 해주시죠. 그가 당신 집에 있어요. 그가 걸어 나가고 뒤에서 날아오는 탄환에 맞습니다. 집 안에 다른 사람이 있었나요?

샌즈: 아뇨, 아무도 없었어요. 나와 에릭만 있었죠.

바넷: 발사 잔여물이 뭔지 아시죠?

샌즈: 아뇨.

바넷: 총을 쏘면, 미세한 입자가 총에서 뿜어져 나오죠. 그 입자가 눈에 보이지는 않지만 손과 팔과 옷에 묻고요. 보안관 부관 한 명이 당신한

테서 시료를 채취한 것 기억하시죠? 그가 작고 둥근 패드로 당신의 두 손을 문질렀을걸요?

샌즈: 여자였어요. 시료 채취한 보안관 부관.

바넷: 네, 그 검사 결과가 양성으로 나왔습니다. 당신 손에 발사 잔여물이 묻어 있었고, 그건 당신이 총을 쐈다는 뜻이라고요, 루신더. 그러니까 거짓말 그만하고 다 털어놓으세요. 협조 좀 하시라고요. 무슨 일이 있었죠?

샌즈: 말했잖아요, 나 아니라고. 왜 내가 그를 쏘겠어요.

바넷: 그러면 발사 잔여물은 어떻게 설명할 거죠?

샌즈: 몰라요. 설명 못 해요. 이젠 변호사를 부르고 싶네요.

바넷: 진심이에요? 지금 당장 여기서 모든 걸 해결할 수 있는데. 그러면 당신은 집으로, 아들 곁으로 돌아갈 수 있고요.

샌즈: 내가 죽이지 않았다니까요.

새뮤얼스: 마지막 기회예요, 루신더. 변호사를 부르면 더 이상 당신을 도와줄 수가 없어요.

샌즈: 변호사를 불러주세요.

바넷: 좋아요, 이걸로 끝이군요. 당신을 로베르토 샌즈 살해 혐의로 체포합니다. 자……

샌즈: 아뇨, 내가 안 죽였어요.

바넷: 자, 일어서세요. 당신을 입건하겠습니다. 그리고 변호사가 당신을 만나러 올 겁니다.

나는 녹취록을 옆에 내려놓고 창밖을 내다봤다. 지금 차는 고가도로를 지나고 있어서 사무건물들의 꼭대기 층들과, 달리는 차 안에 있는 사람들이 볼 수 있을 만큼 높이 매단 광고판들을 볼 수 있었다. 아직 루신더 샌즈를 만나보진 못했지만, 그녀가 경찰관과 결혼했음에도 불구하고 경찰이 용의자를 다루는 방식에 대해 잘 몰랐다는 것을 알 수 있었다. 그녀는 조사받는 내내 일관되게 자기 주장을 펼쳤다. 전남편 살해를 부인했다. 그러나 수사관들이 그녀를 범인으로 모는 데 필요한 많은 것들을 제공하기도 했다. 그녀야말로 입을 잘못 놀려 스스로 구치소 문을 열고 들어간 것이다.

"이 친구들…… 썩 독창적이지는 않네." 내가 말했다.

"누구?" 보슈가 물었다.

"보안관국 수사관들, 새뮤얼스와 바넷."

"왜 그렇게 생각해?"

"거짓말과 거짓 공감으로 루신더를 호도하고 있을 뿐이야. 우리가 해결해 줄 수 있다고 장담하는 낡은 수법으로. 그래서 화가 나."

"그게 실제로 얼마나 잘 먹히는지 알면 놀랄 거다. 대다수의 살인자들은…… 이해받고 싶어 하거든."

"그래서 입을 잘못 놀려 감옥으로 걸어 들어가잖아."

"수사관들이 무슨 거짓말을 했는데?"

"거짓말이 아닌 걸 찾는 게 빠를 것 같아. 우선 그들은 루신더에게 발사 잔여물 미끼를 던졌어. 그녀가 물진 않았지만."

"검사 결과가 양성으로 나왔다고 말했다면 단순한 미끼가 아닐 수도 있지."

"단순한 미끼인 게 낫지. 아니면 우리가 완전한 결백을 주장하기 어렵잖아. 왜 그들이 루신더를 떠본 게 아니라고 생각해?"

"내가 읽은 신문 기사 한 군데에 나와 있었거든. 예전에 내가……, 우린 거짓말은 언론 보도자료에 싣지 않았어. 그러니까 그 부분은 사실일 거야. 그래서 루신더가 발사 잔여물 검사에서 양성 판정을 받은 거고."

"다음번 출구로 나가자."

"왜?"

"돌아가려고. 이 사건에 시간 충분히 낭비했어."

"발사 잔여물 때문에?"

"내가 찾는 건 인신보호 구제청구 사건이야. 말했잖아, 형. 루신더의 두 손에서 발사 잔여물이 검출됐다면, 더 볼 것도 없어."

"발사 잔여물은 정확한 과학이 아니야. 예전에 맡은 사건들 중에…… 변호인이 전문가를 증인으로 불러서 온갖 종류의 가정용 제품들을 패드로 문질러 발사 잔여물 검사를 해도 양성이 나온다고 주장한 사건이 꽤 있었어."

"그래, 하지만 그건 부정확한 과학에 근거한 주장이었지. 배심원단의 마음에 의심의 씨앗을 심으려는 절박한 노력이었고. 하지만 인신보호 구제청구소송에선 그런 걸로는 법정 문도 못 열어."

"치노까지 10분만 더 가면 돼. 일단 가서 만나보자."

나는 녹취록을 다시 내려다보면서 고개를 가로저었다. 마음속에서는 은메달 실버에 대한 평가가 달라지고 있었다. 어쩌면 그가 루신더 샌즈에게 최선의 결과를 가져다준 건지도 몰랐다.

"그래, 이건 분명히 하자고." 내가 말했다. "루신더의 항소 청구 소멸

시효는 적어도 2년 전에 끝났을 거야. 이 사건을 다시 들여다볼 수 있는 유일한 방법은 인신보호 구제청구를 통해서 실질적 무죄를 입증하는 새로운 증거를 제시하는 것뿐이야. 무죄를 입증하거나 아니면 아예 입 다물고 빠져야 한다고. 오초아 때 했듯이 루신더가 무죄라는 걸 우리가 입증해야 한다고. 그러니까, 좋아, 포보이 샌드위치 먹고 들어가서 만나보자. 하지만 가능성이 별로 없을 것 같으면, 잊어버리고 다음 사건으로 넘어가자고."

보슈는 아무 말도 하지 않았다. 나는 백미러에 그의 눈이 나타나기를 기다렸다.

"어때, 그렇게 할래?" 내가 물었다.

"물론." 보슈가 말했다. "그렇게 하자."

10

우리는 치노 여자교도소 변호인 접견실의 탁자 앞에 앉아 교도관들이 루신더 샌즈를 데려오기를 기다렸다. 철문이 쾅쾅거리는 소리와 교도관들이 스피커로 지시하는 소리가 작게 들렸다. 여자교도소의 소음이라고 해도, 콘크리트 벽과 강철 문에 막혀 소음의 크기가 줄어들었다고 해도, 감옥의 소음은 결코 유쾌하진 않았다.

"어떻게 시작하려고?" 보슈가 물었다.

"평소대로." 내가 말했다. "일반적인 질문부터 시작해서 구미가 당기는 이야기가 있으면 초점을 좁혀가야지. 하지만 그전에 수임 계약서에 루신더의 서명부터 받아야 해. 안 하면 그냥 가는 거고."

보슈가 더 묻기 전에 문이 열리더니 여자 교도관이 루신더 샌즈를 앞세워서 접견실로 들어왔다. 나는 일어서서 루신더를 향해 활짝 웃으면서 고개를 끄덕여 인사했고, 보슈는 그대로 앉아 있었다. 교도관은 탁자를 가운데 두고 우리 맞은편 의자에 루신더를 앉힌 후, 한쪽 손목에 수갑을 채워 탁자 옆에 고정된 철봉에 연결했다.

"고마워요, 교도관." 내가 말했다.

교도관은 아무 말 없이 접견실을 나갔다. 나는 루신더를 바라보면서 자리에 앉았다. 그녀는 체구가 작았고 청색 반팔 수의를 입고 있었다. 피부는 옅은 갈색이었고 눈과 뒤로 넘겨 하나로 묶은 짧은 머리카락은 짙은 갈색이었다. 수의 속에 긴팔 티셔츠를 입고 있었는데 보온용인 듯했다. 그녀는 우리를 형사라 생각하는지 웃음으로 화답하지 않았다. 보슈는 그 나이에도 그런 분위기를 풍겼다. 법원 일정이 없는 날이어서 나는 넥타이를 매지 않았다.

"루신더, 내게 편지를 보냈더군요. 내가 바로 변호사 마이클 할러입니다."

그제야 그녀가 웃으면서 고개를 끄덕였다.

"아, 네." 그녀가 말했다. "링컨 차를 타는 변호사님. 제 사건을 맡아 주실 거죠?"

"그 얘길 하려고 온 겁니다." 내가 말했다. "우선 상황 정리부터 하고 시작할까요? 먼저, 이쪽은 해리 보슈 씨, 내 조사관이자 당신의 무죄 주장에 귀 기울일 가치가 있을 것 같다고 생각하는 사람이죠."

"오, 감사합니다." 샌즈가 말했다. "저는 결백해요."

보슈는 고개를 끄덕이기만 했다. 나는 샌즈의 말투에서 지방 억양이 약간 있는 것을 느꼈다.

"그리고 솔직하게 말할게요." 내가 말했다. "당신에게 아무것도 약속할 수 없어요. 당신이 나를 대리인으로 선임하면 우린 당신 사건을 열심히 조사할 것이고, 법원으로 갈 소송 사유를 찾아내면 소송으로 갈 겁니다. 하지만 아무것도 약속해 줄 수는 없어요. 알겠지만, 법정에서는 결백한 것만으로는 충분하지 않죠. 당신 상황에서는 당신이 결백을 입증해야 해요. 사실 현재로선 당신은 유죄죠, 결백을 입증할 때까지는."

내가 말을 끝내기 전부터 루신더 샌즈는 고개를 끄덕이고 있었다.

"알아요." 그녀가 말했다. "하지만 저는 남편을 죽이지 않았어요."

“전남편이겠죠.” 내가 말을 고쳐 줬다. “우선 내 말부터 끝까지 들어요. 내가 이 사건에서 당신을 대리하기를 바란다면, 수임 계약서에 서명부터 해요. 당신의 대리인으로서의 권한을 나에게 주고, 이 사건에서 파생될 수 있는 모든 민형사 소송에서도 내가 당신을 대리하게 한다는 내용이죠. 그 말은 이 형사소송이 민사소송으로 이어지면, 그때도 내가 당신의 대리인이라는 뜻이에요. 이해했어요?”

“네, 서명할게요.”

나는 이곳에 도착하자마자 탁자에 놓아둔 파일을 열어 수임 계약서를 꺼냈다.

“계약서에 수임료 결제 일정이 첨부돼 있는데 서명하기 전에 한번 봐요.” 내가 말했다.

“전 돈이 없는데요.” 샌즈가 말했다.

“알아요. 지금 당장은 없어도 돼요. 당신이 돈을 받으면 나도 받는 겁니다. 당신이 돈을 받게 해준 내 공로에 대한 대가로 일정 부분을 받는 거죠. 하지만 지금은 그런 생각 할 필요 없어요. 현재로선 아주 먼 미래니까. 지금 중요한 것은 우리가 당신을 여기서 꺼내줄 가능성이 있는지 알아보는 것이죠.”

나는 탁자에 놓인 계약서를 그녀에게로 밀었다.

“서명하기 전에 하나만 더.” 내가 말했다. “수임 계약서가 영어로 돼 있어요. 영어로 된 서류를 읽고 우리와 의사소통하는 것 괜찮아요?”

“네.” 루신더가 말했다. “여기서 태어났어요. 평생 영어를 썼고요.”

“좋아요. 약간 억양이 있는 것 같아서 확인하는 거예요.”

"부모님이 과달라하라[13]에서 오셨어요. 제가 클 때 집에선 스페인어를 썼죠."

나는 펜을 꺼내 계약서 위에 놓았다. 루신더 샌즈의 한쪽 손이 탁자 옆에 있는 철봉에 수갑으로 묶여 있었기 때문에 서명할 때 종이가 밀리지 않도록 내가 한 손으로 계약서를 누르고 있었다.

"먼저 읽어볼래요?" 내가 물었다.

"아뇨." 샌즈가 말했다. "변호사님을 믿어요. 호르헤 오초아를 위해서 무슨 일을 하셨는지 다 알고 있어요."

그녀가 계약서에 서명했고 나는 그것을 다시 끌어와 파일에 넣었다. 펜도 받아서 챙겼다.

"감사합니다." 내가 말했다. "이제 우리는 대리인과 의뢰인의 관계가 됐군요. 거기에는 여기 보슈 조사관도 포함돼요. 지금부터 당신은 무슨 얘기라도 할 수 있고, 그 얘기가 이 방 밖에서 공개되는 일은 없을 거예요."

"네." 샌즈가 말했다.

"그리고 또 지금이 어떤 위험한 상황인지 알려줘야 할 것 같군요. 그래야 그럼에도 우리가 일을 진행하기를 바라는지 결정할 수 있을 테니까요."

"저는 이미 감옥에 있는데요."

"그렇죠, 하지만 그건 이미 선고받은 징역형을 살고 있는 것이고 결국에는 형기를 마치고 석방되겠죠. 우리가 당신 사건을 재심사해 달라

13 멕시코 중서부 할리스코주의 주도

고 소장을 제출하면, 그걸 인신보호 구제청구라고 하는데요, 거기에는 위험이 따라요. 세 가지 결과가 나올 수 있죠. 첫째, 청구가 기각되고 남은 형기를 마저 채우는 거예요. 두 번째는 유죄판결이 무효화되고 당신이 석방되는 거죠. 하지만 제삼의 가능성도 있어요. 판사가 당신의 유죄판결은 무효라고 판결하지만 구속된 상태로 재심을 받게 하는 거죠. 그렇게 되면, 당신은 배심원단에 의해 유죄평결을 받고 훨씬 더 가혹한 형량을 선고받을 수 있어요. 어쩌면 가석방 없는 무기징역까지도."

"상관없어요. 저는 결백해요."

나는 잠깐 말을 멈추고 그녀가 얼마나 빨리 대답했는가에 대해 생각했다. 위험에 대해 들으면서도 망설임이 없었다. 눈을 깜박이지 않았고 나에게서 눈을 떼지도 않았다. 그런 모습을 볼 때 이 사건이 결국 재심으로 간다면 루신더가 피고인석에서건 증인석에서건 지금처럼 거침없이 배심원단을 바라볼 수 있겠다는 생각이 들어서 안심이 됐다.

"좋아요." 내가 말했다. "그래도 일을 진행하면서 생길 수 있는 위험을 미리 알고 있는 게 좋아요."

"감사합니다." 그녀가 말했다.

"좋아요, 그럼, 아까도 말했듯이 이제 우린 변호인과 의뢰인의 관계이기 때문에 당신이 하는 말은 무엇이든 비밀이 유지될 거예요. 그래서 우선 물어보고 싶은 게 있는데. 이 사건과 관련해서 내게 해줄 말이나 내가 알아야 할 필요가 있는 것이 있나요?"

"저는 그를 죽이지 않았어요. 변호사님이 알아야 할 필요가 있는 건 그거예요."

나는 말을 잇기 전에 오랫동안 그녀의 눈을 바라봤다. 이번에도 그녀는 거짓말쟁이들이 흔히 그러듯이 내 눈을 피하지 않았다. 또 하나의 좋은 신호였다.

"그러면 다행히도 우리가 당신을 위해 할 수 있는 일이 있겠군요." 내가 말했다. "먼저 내가 몇 가지 질문을 하고 그 다음엔 보슈 조사관이 좀 더 물어볼 거예요. 접견 시간이 40분 정도 남았는데 최대한 잘 활용합시다. 괜찮죠, 루신더?"

"네, 그럼요. 다들 저를 신디라고 불러요."

"좋아요. 신디, 우선 당신이 체포됐을 때 실버 변호사를 대리인으로 선임하게 된 경위부터 말해줄래요?"

샌즈는 잠깐 생각을 정리하고 나서 대답했다.

"변호사를 선임할 돈이 없었어요." 그녀가 말했다.

"그럼 실버가 국선변호인으로 지정된 거예요?" 내가 물었다.

"아뇨, 국선변호인은 따로 있었어요. 그런데 실버 변호사가 찾아가서 자원했대요. 자기가 내 사건을 맡겠다고 했대요."

"돈이 없었다면서요. 당신 서명과 신용카드 정보가 있는 수임 계약서가 있던데."

"실버 변호사가 그러더라고요, 자기가 내 명의로 신용카드를 발급받아 줄 테니 그걸로 결제하라고요."

나는 실버를 족제비로 생각했던 내 판단이 정확했음을 깨닫고 고개를 끄덕였다. 루신더 샌즈는 처음부터 문제를 안고 시작했다.

"좋아요." 내가 말했다. "자, 이제 당신 형량을 보면, 중기 징역형에 총기 사용으로 인한 가중처벌이 적용돼 총 11년형을 받았군요. 생활 태도가 좋으면 최대 9년 정도 살고 나올 수 있고요. 그러면 지금까지 형기의 절반 이상을 채웠는데, 내게 보낸 편지를 보면 여길 나가야 한다는 절박함이 느껴지더라고요. 이 안에서 무슨 일이 있어요? 위험한 상황인가요? 다른 곳으로 옮겨줄까요?"

"아뇨, 여기 좋아요. 가족하고도 아주 가까이 있고. 하지만 아들에겐 지금 제가 필요해요."

"아들요? 에릭 맞죠? 에릭에게 무슨 일이 있어요?"

"오래된 동네에서 제 어머니와 함께 살아요."

"에릭이 몇 살이죠?"

"곧 열네 살이 돼요."

"그 오래된 동네는 어디 있죠?"

"보일하이츠요."

로스앤젤레스 동쪽. 나는 화이트 펜스라는 갱단이 보일하이츠를 근거지로 활동하면서 열두 살밖에 안 되는 어린아이들도 조직원으로 선발한다는 것을 알고 있었다. 나는 보슈를 돌아보며 고개를 살짝 끄덕였다. 루신더 샌즈는 아들이 그런 길을 가는 것을 막기 위해 감옥에서 나가고 싶어 한다는 것을 우리 둘 다 이해했다.

"당신도 보일하이츠에서 자랐어요?" 내가 물었다. "어떻게 팜데일에서 살게 됐죠?"

"정확히 말하면 쿼츠힐이에요." 샌즈가 말했다. "남편이 교정부에서 앤털로프밸리로 전근 명령을 받았어요. 그래서 이사를 갔죠."

"남편도 보일하이츠 출신입니까?" 보슈가 물었다.

"네." 샌즈가 답했다. "우린 함께 자랐어요."

"남편이 화이트 펜스 조직원이었나요?" 보슈가 물었다.

"아뇨." 샌즈가 말했다. "하지만 시동생과 시아버지는…… 거기 조직원이었어요."

"남편이 보안관국에서 일하기 시작했을 땐 어땠죠?" 보슈가 물었다. "보안관 부관들 사조직에 가입했나요?"

샌즈는 오랫동안 말이 없었다. 보슈가 그 질문을 좀 다듬어서 했으면 좋았을 텐데 하는 아쉬움이 남았다.

"친구들이 있었어요." 그녀가 말했다. "그들이 사조직에 속해 있다고 하더라고요."

"로베르토가 사조직에 가입했어요?" 보슈가 물었다.

"결혼 생활을 할 땐 아니었어요." 샌즈가 말했다. "이혼 뒤엔 무슨 일이 있었는지 모르죠. 하지만 그가 바뀐 건 확실해요."

"그가 사망하기 얼마 전에 이혼했죠?" 내가 물었다.

"3년요." 샌즈가 말했다.

"왜 이혼했어요?" 내가 물었다.

나는 샌즈의 표정을 읽었다. 그녀는 이혼이 자신의 결백 여부와 무슨 관련이 있는지 모르겠다는 표정을 짓고 있었다. 나야말로 좀 더 세련되게 표현했어야 했다는 생각이 들었다.

"신디, 우린 당신과 피해자의 관계에 대해 최대한 많이 알고 있어야 해요." 내가 말했다. "이런 이야기를 전부 털어놓는 것이 고통스럽겠지만, 당신에게 직접 들어야 해요."

그녀가 고개를 끄덕였다.

"우린…… 그에게 여자가 있었어요. 그것도 여러 명." 샌즈가 말했다. "보안관 부관이라고 하면 따르는 여자가 많았어요. 그런 짓을 시작하더니 사람이 변하더라고요. 우리 둘 다 변했죠. 그래서 제가 그만 끝내자고 했어요. 그 이야긴 더 하고 싶지 않아요."

"미안해요." 내가 말했다. "지금은 그만하도록 하죠. 하지만 나중에 다시 얘기해야 할 수도 있어요. 그 여자들 이름 알아요?"

"아뇨, 알고 싶지 않았어요." 샌즈가 말했다.

"그 여자들에 대해서는 어떻게 알았죠?"

"그냥 알았어요." 샌즈가 말했다. "사람이 달라졌으니까."

"그것이 이혼 후에도 싸움거리가 됐나요?"

"이혼 후에요? 아뇨. 이혼 후엔 그가 무슨 짓을 하든 신경 안 썼어요."

"그러면 그날 밤에 싸운 것은 그가 에릭을 늦게 데려다줬기 때문이군요."

"항상 늦었어요. 의도적이었죠."

나는 고개를 끄덕이고는 보슈를 쳐다봤다.

"질문 더 있어?" 내가 물었다.

"몇 개 있어." 보슈가 말했다. "보안관국과 지서에 있는 그의 친구들은 누구였죠?"

"그는 갱단 진압팀 소속이었어요." 샌즈가 말했다. "그 팀원들이 친구였죠. 이름은 몰라요."

"엉덩이에 문신이 있던데." 보슈가 말했다. "허리선 밑에. 문신을 언제 했는지 알아요?"

샌즈가 고개를 가로저었다.

"문신이 있는 줄 몰랐어요." 그녀가 말했다. "우리가 함께 지낼 땐 문신이 없었어요."

교도소에 도착하기 전에 샌즈에게 물어볼 내용을 미리 조율하지 않았기 때문에, 로베르토 샌즈가 문신을 한 시기를 보슈가 왜 그토록 알려고 하는지 나로서는 알 수가 없었다. 기다렸다가 돌아가는 길에 물어봐야겠다고 생각했다.

보슈는 내가 전혀 예상하지 못한 질문을 하나 더 던졌다.

"제가 에릭을 만나볼 수 있을까요?"

"왜요?" 샌즈가 되물었다.

"아버지에 대해서 무엇을 기억하는지 알아보려고요." 보슈가 말했다. "그리고 그날 밤에 대해서도."

"안 돼요." 샌즈가 단호하게 말했다. "그건 싫어요. 에릭을 이 일에 끌어들이고 싶지 않아요."

"하지만 이미 끌려 들어와 있어요, 신디." 내가 말했다. "그날 밤에 거기 있었잖아요. 더 중요한 건 당신 집에 오기 전에 하루 종일 아버지와 함께 있었다는 사실이죠. 우리가 알기로는 에릭에게 그날 무슨 일이 있었느냐고 물어본 사람이 아무도 없어요. 아버지가 왜 두 시간이나 늦게 아들을 집에 데려다줬는지 알아야 해요."

"이제 열세 살이잖아요." 보슈가 말했다. "그날 일에 대해서 우리에게 도움이 되는 뭔가를 기억하고 있을 수도 있어요. 그건 당신에게도 도움이 될 거고요."

샌즈는 허락해 주지 않을 것처럼 입을 꾹 다물고 완강하게 버텼다. 그러나 곧 마음을 바꿨다.

"에릭에게 물어볼게요." 그녀가 말했다. "에릭이 좋다고 하면, 좋아요, 만나보세요."

"고마워요." 내가 말했다. "에릭이 혼란스러워하지 않게 최선을 다할게요."

"두 분이 그 애 아버지의 죽음에 대해서 물어볼 수는 없을 거예요." 샌즈가 말했다. "에릭은 아버지를 사랑했거든요. 제가 제일 고통스러운 것은 그 애가 아버지를 죽인 죄로 감옥에 있는 어머니를 가졌다는 거예요. 내가 그러지 않았다는 것을 나는 알고 있지만요."

"이해해요." 내가 고개를 끄덕이며 말했다. 그러고는 다음 질문으로 넘어갔다. "에릭하고는 얼마나 자주 이야기를 나누죠?"

"일주일에 한두 번요." 샌즈가 말했다. "전화를 쓸 수 있을 땐 더 자주 하고요."

"에릭이 면회를 오나요?"

"한 달에 한 번요. 제 어머니와 함께요."

이 여자가 결백의 여부와 상관없이 얼마나 많은 것을 잃었는가에 생각이 미치자 잠시 말문이 막혔다. 보슈가 그 틈을 비집고 들어와 이번에도 거침없이 질문을 던졌다.

"총은 나타나지 않겠죠?" 그가 물었다.

루신더는 질문 방향이 갑자기 바뀌어서 당황한 듯 보였다. 나는 반응을 이끌어내고 조사 대상자가 너무 편안해지는 걸 막기 위해서 순서나 맥락과 상관없이 질문하는 것이 경찰의 전술이라는 것을 알고 있었다.

루신더가 대답하지 않자, 보슈가 좀 더 밀어붙였다.

"당신 전남편을 살해하는 데 사용된 총이 아직 안 나타났잖아요." 보슈가 말했다. "이제 와서 나타나진 않겠죠?"

"몰라요!" 샌즈가 소리쳤다. "그걸 내가 어떻게 알아요?"

"저도 알 수 없어서 물어본 겁니다." 보슈가 말했다. "조사 진행 중에 총이 나타나서 당신과 우리에게 큰 문제가 될까 봐 걱정이 돼서 말이죠."

"전 제 남편을 죽이지 않았고 누가 그랬는지 몰라요." 샌즈가 날이 선 목소리로 말했다. "그리고 총을 갖고 있지도 않고요."

그녀가 보슈를 계속 노려보자 그가 고개를 돌렸다. 이번에도 그녀는 눈 한번 깜박이지 않았다. 나는 그녀를 믿기 시작하고 있었다. 그리고 경험으로 볼 때 그것은 위험한 일이었다.

11

돌아올 땐 내가 운전했다. 보슈는 조수석에 앉아서 프랭크 실버가 준 포켓 파일을 살펴봤고, 조수석에 앉은 것은 굳이 뒷좌석에서 자료를 다 펼쳐놓지 않고도 검토를 할 수 있다는 것을 보여주기 위함인 듯했다. 나는 모른 척하고 전방의 도로를 주시하면서 루신더 샌즈를 구할 방법을 고민했다.

교도소에 가본 것은 잘한 일이었다. 감옥에 있는 루신더 샌즈를 직접 보고, 그녀의 목소리를 듣고, 그녀의 눈을 본 것이 내 마음을 바꾼 결정적인 계기가 됐다. 샌즈는 나에게 법적 소송의 중심에 있는 인물 이상의 존재가 됐다. 그녀는 진짜가 됐고, 그녀의 진지한 말에서 나는 진실을 감지했다. 그녀가 세상에서 가장 희귀한 존재, 즉 결백한 의뢰인일 수도 있겠다는 생각이 들었다.

그러나 그런 믿음은 도시로 돌아오는 나에게 공허감을 줬다. 내 육감이 나에게 해주는 말은 법정에서 아무런 의미가 없었다. 방법을 찾아야 했다. 수임 초기였지만 실패하면 나에게 깊은 상처를 남길 힘든 일이 내 앞에 놓여 있다는 것을 알고 있었다.

보슈와 나는 샌즈를 접견실로 데려왔던 웃음기 하나 없는 교도관이 그녀를 데려가기 위해 돌아올 때까지 그녀와 함께 있으면서 다양한 질문을 던졌다. 루신더는 사건을 검토해서 진행 여부를 빨리 결정하겠다는 우리의 약속과 함께 우리 휴대전화 번호가 적힌 쪽지를 들고 접견실을 나갔다. 그렇게 해놓고도 내가 할 수 있는 일이 아무것도 없어서 결국 아무 일도 하지 않기로 결정한다면 그것도 공허하기 짝이 없는 일이 될 터였다.

나는 보슈를 돌아봤다. 우리는 교도소를 떠난 이후로 샌즈에 대해 말하지 않고 있었다. 내가 운전하겠다고 말하자 보슈는 운전대를 내게 맡겼다. 그러고는 출발하자마자 포켓 파일 검토에 착수했다. 그는 줄곧, 내가 몇 번 브레이크를 밟고 경적을 울릴 때도 고개를 들지 않았다.

"어떻게 생각해, 형?" 마침내 내가 물었다.

"난 수십 년 동안 수많은 살인자와 마주 앉아 봤어. 대다수는 범죄 혐의를 부인하면서도 내 눈을 똑바로 쳐다보지 못했지. 그런 점에서는 루신더가 점수를 땄어."

나는 고개를 끄덕였다.

"나도. 아까 그 방에서 루신더가 자기가 죽이지 않았다고 말할 때 별희한한 생각이 다 들더라고."

"무슨 생각?"

"루신더를 증인석에 앉히고 판사를 직접 설득하게 해보자는 생각."

"넌 항상 그 반대를 주장하지 않았니? 웬만하면 의뢰인을 증인석에 앉히지 말아야 한다고 하지 않았나? 사람들이 입을 잘못 놀려서 스스로 감옥으로 걸어 들어간다며."

"그랬지, 그리고 보통의 경우에는 그게 맞는다고 생각해. 내 의뢰인이 증언을 하게 되는 유일한 경우는 내가 태클을 당해 휘청거릴 때뿐이지. 그런데 루신더는 이길 수 있겠다는 생각이 들어. 판사는 배심원과 달라. 판사는 거짓말쟁이를 수도 없이 봐. 그래서 언젠가는 진실을 듣게 되기를 바라지. 실버는 루신더가 유죄 인정 거래를 하지 못하게 막고 재판으로 갔어야 했어. 그러지 않은 것만으로도 504조의 충분한 사유가 된다고 생각해."

"504조?"

"변호인의 비효과적인 조력 관련 조항. 실버에게 그 길로는 가지 않겠다고 말했지만, 이젠 장담을 못하겠네. 그걸 하면 시간을 좀 벌 수 있을 것 같아서."

"어떻게 그렇지?"

"변호인의 비효과적인 조력을 근거로 인신보호 구제청구소송을 제기하면, 그게 우리가 법정에 서는 명분이 되는 거잖아. 판사 앞에 설 때까지 더 나은 것을 생각해낼 시간을 벌어주는 거야."

"더 나은 것이 있다면 말이지."

"아까 어떻게 생각하느냐고 물었을 때 궁금했던 게 그거야. 루신더가 아니라 자료에 대해서 물은 거였어. 우리의 명분에 도움이 될 만한 게 있어?"

"파일에 많은 게 들어 있진 않지만, 수사 일지는 꽤 흥미로운 정보를 담고 있네."

"어떻게 그렇지?"

"터널시야를 주장할 수 있을 것 같아. 루신더에 대한 발사 잔여물 검사 결과가 양성으로 나오니까, 다른 사람은 조사할 생각도 안 했다고."

"루신더에게만 초점을 맞췄어?"

"그랬던 것 같아. 수사 일지를 보면 처음에는 로베르토 샌즈가 소속된 갱단 진압팀의 팀장을 소환했더라고. 스톡턴 경사. 그 전해에 있었던 총격에서 갱단원을 죽인 것에 대한 보복으로 로베르토가 살해됐을 가능성이 있나 알아보려고 했던 거지. 그런데 발사 잔여물 검사 결과가 루신더를 가리키니까 그쪽 방향 수사는 바로 접은 것 같아."

"좋아. 앞으로 써먹을 수 있는 내용 같다. 또 다른 건?"

"그게 다야. 발사 잔여물 검사 결과를 받자마자 다른 모든 방향의 수사를 그만뒀어."

나는 고개를 끄덕였다. 터널시야는 변호사의 가장 친한 친구였다. 경찰관들이 다른 가능성을 보지 않았다는 것을 입증할 수 있다면 배심원단이 의심하게 만들 수 있다. 수사관들의 성실성에 대해 존경심을 잃게 하고 배심원들의 마음속에 의심의 씨앗을 심는 것이다. 합리적인 의심. 물론 인신보호 구제청구소송은 배심원단이 아니라 판사가, 변호사들의 술수를 잘 알고 있고 확신을 주기가 훨씬 더 어려운 판사가 판결할 것이다. 그러나 보슈가 관찰한 내용은 만일을 위해 뒷주머니에 넣어 둘 만한 것이었다.

"그쪽을 파볼게." 보슈가 말했다. "복수극 가능성."

"아니." 내가 말했다. "그건 우리 일이 아니야. 의뢰인의 결백을 입증하는 것이 우리 일이지. 담당 수사관들이 게을렀거나 터널시야를 갖고 있었다고 지적하는 것이 우리의 목표를 이루는 데 도움이 되는 건 맞아. 하지만 대체 이론까지 만들려고 애를 쓰진 말자고. 그럴 시간이 없어."

"알았다."

"이건 다른 일이야, 형. 형은 살인사건 담당 형사가 아니라고. 우리는 그 범죄를 해결하려는 게 아니야. 루신더가 범인이 아니라는 걸 입증하려는 거지. 그건 다른 일이야."

"알았다고 했잖니."

보슈가 다시 자료를 읽기 시작했다. 몇 분 후에 그는 읽기를 멈췄다. "이야기가 바뀌지 않았어." 그가 말했다. "지금 피의자 신문 녹취록 읽고 있는데, 그 당시에 한 진술과 오늘 한 진술이 정확히 일치해. 이건 중요한 의미가 있겠어."

"그래, 하지만 충분치는 않아. 진실성을 보여주는 지표는 되지, 시선을 피하지 않는 것처럼. 하지만 그것 가지고는 부족해. 더 많은 것이, 훨씬 더 많은 것이 필요해. 그건 그렇고 아까 왜 로베르토가 언제 문신을 했는지 아느냐고 물었어?"

"그걸 아는 게 중요하다고 생각하거든. 문신은 삶의 선언 같은 거니까."

"그래서 형이 팔에 쥐 문신을 했구나."

"그건 딴 얘기고. 다른 사람들이 볼 수 없는 곳에 문신을 한다는 건, 그건 뭔가 있는 거야. 그래서 물어봤는데, 둘이 헤어진 다음에 했다더구먼."

"그랬군."

보슈는 자료를 계속 읽었다. 로스앤젤레스까지 절반 정도 왔다. 나는 이 사건과 관련해 앞으로 어떤 조치들을 취할 것인지, 그리고 이 사건을 연방법원으로 가져갈 것인지 아니면 주 법원으로 가져갈 것인지를 고민하기 시작했다. 연방판사들은 유권자들의 눈치를 볼 필요가 없기 때문에 결백의 증거가 있으면 유죄평결을 받은 살인자라도 주저 없이 석방할 것이다. 그러나 업무량이 상대적으로 적어서 각종 신청과 청구 건들, 증거들을 심리하는 과정에서 일반적으로 더 깐깐했다.

내 휴대전화가 차의 블루투스와 연결이 돼 차의 스피커로 전화벨이 울렸다. 루신더 샌즈가 교도소에서 수신자 부담으로 전화를 걸었다. 나는 전화를 받았고 보슈와 내가 LA로 돌아가는 중이어서 스피커로 함께 듣고 있다고 말했다.

"어머니한테 전화했더니 에릭을 바꿔주셔서 통화했어요." 샌즈가 말했다. "에릭이 두 분을 만나보겠대요."

"언제요?" 내가 물었다.

"언제든 두 분 편하실 때요." 그녀가 말했다. "지금 집에 있어요."

옆을 보니 보슈가 고개를 끄덕였다. 샌즈의 아들을 만나보자는 건 그의 아이디어였다.

"어머니도 괜찮다고 하시고요?" 내가 물었다.

"네, 괜찮대요." 샌즈가 말했다.

"좋아요, 어머니 연락처 알려주면 전화해서 지금 그곳으로 가겠다고 말할게요."

"오늘요? 정말요?"

"그게 낫겠어요, 신디. 오늘은 시간이 있으니까. 내일은 어떻게 될지 모르겠고."

샌즈가 번호를 불러주자, 보슈가 받아 적었다. 나는 계기판 화면에 있는 음소거 버튼을 눌렀다. "뭐 물어보고 싶은 거 있어?" 내가 물었다.

보슈가 잠시 망설이더니 고개를 끄덕였다. 나는 음소거를 해제했다.

"신디?" 내가 그녀를 불렀다.

"네." 그녀가 대답했다.

"보슈 조사관이 물어보고 싶은 게 있다네요." 내가 말했다. "해, 형."

보슈는 계기판 중앙을 향해 몸을 기울였다. 마치 그렇게 하면 자기 목소리가 더 잘 들릴 거라고 생각하는 듯했다.

"신디, 당신의 두 팔과 두 손에서 발사 잔여물 양성 반응이 나왔다고 형사들이 말했던 것 기억해요?" 보슈가 물었다.

"그렇게 말했지만 거짓말이에요." 루신더가 말했다. "난 총을 쏘지 않았으니까요."

"알아요, 그리고 당신이 그들에게도 그렇게 말했죠. 내가 물어보고 싶은 건 검사에 대해서예요. 형사들이 당신을 조사하면서 남자 보안관 부관이 당신을 검사했다고 말했더니, 당신이 여자였다고 정정했죠. 기억해요?"

"그 여자 보안관 부관이 다가오더니 총을 만졌나 검사를 해야 한다고 했어요. 그러고는 제 두 손과 두 팔과 재킷의 앞자락을 닦았어요."

"그러니까 여자인 것이 확실하네요?"

"네."

"아는 여자였어요, 아니면 이름을 들어본 적이라도 있었어요?"

루신더 샌즈가 대답하기 전에 전자음 목소리가 통화에 끼어들어 1분 후에 통화가 종료될 거라고 선언했다. 선언이 끝나자, 보슈가 샌즈에게 대답을 재촉했다.

"신디, 당신을 검사한 보안관 부관이 누구였죠?"

"모르겠어요. 이름을 말해주지 않은 것 같아요. 로비와 함께 일한다고 했어요. 그건 기억해요."

"형사였어요, 그 여자?"

"모르겠어요."

"보안관국 제복을 입었던가요? 아니면 사복?"

"평상복을 입고 있었어요. 사슬에 배지를 걸고 있었고요."

"목에요?"

"네."

"그 여자를 다시 보면 알아보겠어요?"

"어, 별로 자신은 없지만……네, 알아볼 수 있을 것……."

통화가 끊겼다.

"빌어먹을, 끊어졌어." 보슈가 말했다.

"그건 왜 물어본 건데?" 내가 물었다.

"지금 읽고 있는 피의자 신문 녹취록에서 형사들이 발사 잔여물 얘기를 하면서 보안관 부관이 검사를 위해 시료를 채취했다고 말해. 이름은 말 안 하고 '그'라고 부르면서. 그러니까 샌즈가 '그'가 아니라 '그녀'라고 정정해."

"그래, 그런데 그게 왜 문제가 되지?"

"말이 안 된단 말이지. 보안관국의 범죄 현장 행동 수칙이 어떤지 모르겠지만 로스앤젤레스 경찰국 것과 많이 다르진 않을 거거든. 로스앤젤레스 경찰국에서는 발사 잔여물 검사를 형사가 해. 아니면 적어도 과학수사대원이 하거나. 분명한 것은 피해자의 직장 동료가 하지는 않는다는 거야."

나도 녹취록에서 그 부분을 읽은 것이 이제야 기억났다. 보슈가 본 문제점을 나는 보지 못했다. 보슈는 그런 사람이었다. 전에도 그런 경우를 본 적이 있었다. 그는 사건의 세부 사실과 증거를 파악하는 능력과, 그 모든 것이 어떻게 잘 부합되는지 혹은 부합되지 않는지를 파악하는 능력이 출중했다. 대다수가 체커[14]를 둘 때 그는 체스를 두고 있었다.

"흥미롭네." 내가 말했다. "그래서 여형사였단 말이지?"

"아닐 수도 있어." 보슈가 말했다. "집에 있다가 출동하느라고 제복을 입을 시간이 없었을 수도 있지. 하지만 이야기를 들어보면 로베르토가 소속된 팀의 동료 같아. 형사들은 보통 허리띠에 배지를 달고 다니거든. 사슬 목걸이에 배지를 걸고 다니는 것은 갱단이나 마약 전담팀 같은 사복 팀이라는 뜻이야. 그들은 사슬 목걸이를 숨기고 있다가 급습을 하거나 범죄 현장에 출동하는 상황이 발생하면 겉으로 꺼내지."

"그렇군."

보슈는 무릎에 놓인 파일의 포켓을 하나하나 들여다봤다. 내가 흘끗 쳐다봤을 땐 무슨 서류를 꺼내고 있었다.

"이게 1차 사건 조서야. 제일 먼저 출동한 보안관 부관 두 명의 이름이 나와 있어. 구티에레스와 스페인."

"흠, 그들을 만나볼 필요가 있겠군."

"지금 당장은 아니고. 네가 그랬잖아, 준비 끝날 때까지 발자국을 남길 필요는 없다며?"

내가 고개를 끄덕였다. "맞아."

보슈가 또 다른 서류를 꺼냈다.

"그건 뭔데?" 내가 물었다.

---

14 체스판과 말을 가지고 하지만 체스보다 훨씬 더 단순하고 쉬운 게임

"증거물 목록." 보슈가 말했다. "증거물 관리의 연속성을 추적할 수 있지."

보슈는 그것을 잠시 훑어보다가 다시 말을 이었다.

"여기엔 발사 잔여물 검체가 묻은 둥근 패드를 키스 미첼이라는 보안관 부관이 수거했다고 적혀 있어."

"그쪽을 계속 파봐야겠군."

"별게 없을 수도 있지만, 그러려고."

"그래서 에릭을 만나면 어떤 식으로 이야기할 건데?"

"아직 모르겠어. 일단 자료부터 다 읽고 얘기하자. 신디 어머니한테 전화해서 가는 중이라고 알려놓는 게 어때?"

"좋은 생각이야."

12

루신더 샌즈의 친정집은 보일하이츠, 머트 거리에 있었다. 그곳은 깡패들의 낙서와 방치로 황폐해진 동네였다. 주택의 상당수는 흰색 말뚝 울타리가 앞마당을 에워싸고 있었는데, 이것은 몇 세대에 걸쳐 그 동네를 장악한 갱단에 대한 충성과 그 갱단의 보호를 상징했다. 샌즈의 어머니는 뮤리얼 로페즈라는 여인이었다. 그녀의 집에도 흰색 말뚝 울타리가 쳐져 있었고, 이와 어울리는 젊은 깡패 두 명이 있었다. 치노 바지에 흰색 러닝셔츠를 입고 팔뚝의 문신을 과시하는 두 청년이 현관문 앞에 서서 도로경계석에 바짝 붙여 차를 대는 우리를 지켜보고 있었다.

"오, 이런." 내가 말했다. "환영객들이 있는 것 같은데."

보슈가 읽고 있던 보고서에서 고개를 들고 두 청년을 쳐다봤고, 그들도 우리를 계속 노려보고 있었다.

"주소 맞아?" 보슈가 물었다.

"응." 내가 말했다. "여기야."

"알고 있겠지만, 나 비무장이야."

"별문제 없을 것 같은데."

우리는 차에서 내렸고 내가 보슈보다 먼저 말뚝 울타리에 있는 대문을 통과해 들어갔다.

"여어, 친구들, 우린 로페즈 부인을 만나러 왔는데." 내가 말했다. "안에 계시나?"

두 남자는 30대 초반으로 보였다. 한 명은 키가 컸고 다른 한 명은 땅딸막했다.

"변호사 양반?" 키 큰 남자가 물었다.

"맞아." 내가 말했다.

"그럼 옆에 있는 분은?" 그가 말했다. "경찰 같은데. 경찰관 어르신."

"내 조사관이야." 내가 말했다. "그래서 함께 온 거고."

긴장감이 더 커지기 전에 현관문이 열리더니 머리가 하얗게 센 여자가 밖을 내다보며 내가 알아듣기에는 너무 빠른 스페인어로 말했다. 마치 20년 후의 샌즈를 보고 있는 듯했다. 로페즈와 샌즈는 똑같이 짙은 갈색 눈에 옅은 갈색 피부를 갖고 있었고 턱 모양도 똑같았다. 머리색은 은회색으로 달라도, 뒤로 넘겨 하나로 묶고 이마에 브이 자 머리선이 드러난 것은 딸과 똑같았다.

두 남자가 그녀에게 대꾸를 하진 않았지만 테스토스테론이 몇 눈금 줄어든 것 같아 보였다.

"할러 변호사님." 여자가 말했다. "뮤리얼이에요. 들어오시죠."

우리는 계단을 올라가 현관문을 향해 갔다. 두 남자가 길을 터주며 현관문 양쪽에 섰다. 다시 입을 연 사람은 키 큰 남자였다.

"루신더를 빼낼 거요?" 그가 물었다.

"노력은 해보려고." 내가 말했다.

"얼마나 받을 건데?"

"한 푼도 안 받을 거야."

나는 잠깐 그의 눈을 쳐다보다가 집 안으로 들어갔다. 보슈도 그들 곁을 지나 따라 들어왔다.

"아무래도 경찰 같은데." 키 큰 남자가 말했다.

보슈는 대꾸하지 않고 집 안으로 들어왔고 로페즈가 문을 닫았다.

"에릭을 데려올게요." 그녀가 말했다.

"운 모멘또(잠깐만요), 뮤리얼." 내가 말했다. "저 친구들은 누구고, 우리가 오는 것을 어떻게 알았죠?"

"변호사님과 말한 아이는 제 아들 카를로스예요. 루신더 동생이죠. 케사르는 루신더의 사촌이고요."

"우리가 에릭을 만나러 올 거라고 저 친구들에게 알려주셨어요?"

"변호사님이 오신다고 전화하셨을 때 저 아이들이 여기 있었어요."

"여기 사나요?"

"아뇨, 저 길 아래쪽에 살죠. 하지만 자주 들러요."

나는 샌즈가 왜 그렇게 필사적인지 이제야 이해가 돼 고개를 끄덕였다. 그녀는 아들이 갱단 조직원이 되는 것을 막으려면 감옥에서 나가야 한다고 생각했던 것이다.

로페즈는 우리를 거실로 안내한 후 자기 방에 있는 에릭을 데리고 나오겠다고 했다. 기다리는 동안 그들의 말소리가 작게 들리더니 잠시 후 로페즈는 에릭 샌즈의 손을 잡고 돌아왔다. 에릭은 녹색 반바지에 흰색 폴로 셔츠를 입고 빨간색과 검은색이 섞인 운동화를 신고 있었다. 나는 그 아이에게서 유전의 강력한 힘을 목격했다. 짙은 색 눈과 옅은 갈색의 피부와 브이 자 머리선까지 모두 그 아이에게 있었다. 불과 두세 시간 만에 나는 이 가족의 삼대를 봤다. 그러나 소년은 내가 상상했던 열세 살 소년의 모습보다 더 작고 허약해 보였다. 셔츠는 적어도 두 치수는 더 컸고 뼈가 드러나 보이는 어깨에 늘어져 있었다.

소년이 너무 허약해 보이니까 아버지의 죽음과 어머니의 유죄판결에 대해 이 작은 소년에게 물어보겠다고 샌즈에게 허락을 구한 것이 후회되기 시작했다. 보일하이츠에 근접했을 때 나는 보슈와 의논해서 내가 소개를 한 후에는 보슈가 질의응답을 진행하기로 결정했다. 나는 보슈도 소년에 대해 나와 같은 느낌을 받아서 조사를 부드럽게 진행해 주기를 바랐다.

거실은 벽과 탁자에 놓인 가족사진과 가구들 때문에 비좁게 느껴졌다. 샌즈와 더 어렸을 때의 에릭을 찍은 사진이 많았다. 에릭이 어머니가 범죄자라고 믿으면서 자랐다면 사진들이 이렇게 전시돼 있지는 않을 거라는 생각이 들었다.

보슈와 나는 낡고 찌그러진 쿠션이 있는 초콜릿색 소파에 앉았고 에릭과 외할머니는 우리 맞은편에 있는 둘이 앉을 만큼 충분히 넓은 초콜릿색 의자에 앉았다. 로페즈는 우리 의뢰인의 아들 옆에 청중으로 있어줄 뿐 우리에게 커피나 물이나 다른 어떤 것도 대접하지 않았다.

"에릭, 내 이름은 미키 할러야." 내가 입을 열었다. "네 어머니의 변호인이지. 그리고 이분은 해리 보슈 조사관이고. 우린 네 어머니를 집으로 돌아오게 하려고 노력하고 있어. 사건을 재판에 넘겨서 사람들이 어머니가 했다고 말하는 일을 하지 않았다는 것을 판사에게 증명해 보이려고 해. 무슨 말인지 이해했니, 에릭?"

"네." 소년이 작고 소심한 목소리로 말했다.

"우리랑 이야기하는 게 힘들 수도 있어." 내가 말했다. "그러니까 잠깐 쉬고 싶거나 그만하고 싶다는 생각이 들면 언제라도 말해줘. 그만할 테니까. 어때, 괜찮겠니?"

"네."

"좋아. 우린 가능하다면 네 어머니를 돕고 싶어, 진심으로. 너도 어머니가 집에 돌아오길 바랄 것 같은데."

"네."

"좋아. 그럼 이제부턴 해리 아저씨가 너랑 얘기할 거야. 우리를 만나줘서 고마워, 에릭. 해리?"

내가 돌아보니 보슈는 펜과 메모장을 꺼내 들고 있었다.

"해리, 메모는 하지 마." 내가 말했다. "얘기만 하자고."

보슈가 고개를 끄덕였다. 내 지시가 소년에게 편안한 분위기를 만들어 주고 싶은 바람에서 나왔다고 생각하는 듯했다. 메모는 증거개시 절차를 통해 상대편에 전달될 수 있다는 사실을 나중에 설명해야겠다고 생각했다. 메모도 없고 증거개시도 없다. 이것이 내가 일하는 방식이었다. 보슈가 변호사 조사관 일을 계속하려면 조사 방식을 조정할 필요가 있었다.

"자, 에릭, 몇 가지 기본적인 질문부터 할게." 보슈가 말했다. "나이가 열세 살인가?"

"네."

"어느 학교에 다니니?"

"홈스쿨링 해요."

나는 확인을 위해 로페즈를 돌아봤다.

"맞아요, 내가 에릭을 가르쳐요." 그녀가 말했다. "학교 친구들이 잔인하게 굴어서."

나는 그 말을 에릭이 덩치가 작아서, 혹은 어머니가 아버지를 살해한 죄로 감옥에 있다는 사실을 다른 아이들이 알고 있어서, 친구들에게 괴롭힘이나 놀림을 당했다는 뜻으로 받아들였다. 보슈는 더 캐묻지 않고 다음 질문으로 넘어갔다.

"스포츠 좋아하니, 에릭?" 보슈가 물었다.

"축구 좋아해요."

"어떤 축구? 그냥 축구, 아니면 미식축구? 램스[15)]?"

"차저스[16)] 좋아해요."

보슈가 웃으면서 고개를 끄덕였다.

"나도 차저스 좋아하는데. 작년에는 더럽게 못하더라. 직관한 적 있니?"

"아뇨, 아직."

보슈가 고개를 끄덕였다.

"그래, 그건 그렇고, 할러 변호사님이 말했듯이, 우린 네 어머니를 돕고 싶어서 왔어." 그가 말했다. "아버지를 잃고 어머니가 붙잡혀 간 그날이 너에게 얼마나 끔찍한 날이었을진 알지만, 그 이야기를 좀 할 수 있을까? 그날을 기억하니, 에릭?"

소년은 무릎 사이에 있는 깍지 낀 두 손을 내려다봤다.

"네." 에릭이 말했다.

"그렇구나." 보슈가 말했다. "그날 네가 뭘 봤거나 무슨 소리를 들었는지 보안관 부관들이 너에게 물어봤니?"

---

15 미식축구 팀 LA 램스를 가리킴

16 미식축구 팀 LA 차저스를 가리킴

“여자 보안관 부관이 물었어요. 그분이 저와 얘기했어요.”

“보안관국 제복을 입고 있었어? 배지도 달고 있었고?”

“제복은 안 입었어요. 배지는 사슬 목걸이에 걸고 있었고요. 나쁜 사람들을 잡아서 처넣는 차 뒷자리에 저를 태웠어요.”

“체포될 때 타는 자리?”

“네, 하지만 우린 아무 잘못도 하지 않았어요.”

“물론이지. 아마 너를 안전하게 지켜주려고 거기 태운 걸 거다.”

에릭이 어깨를 으쓱거렸다. “글쎄요.”

“그 여자 보안관 부관이 차에서 너를 조사했니?”

“엄마 아빠에 대해 물었어요.”

“네가 뭐라고 말했는지 기억하니?”

“둘이 소리 지르며 싸웠고 엄마가 저에게 제 방으로 가라고 했다고 말했어요.”

“다른 무엇을 봤거나 소리를 들었니?”

“아뇨. 그 사람들은 엄마가 아빠를 쐈다고 했지만, 저는 못 봤어요.”

로페즈는 한 팔로 소년을 감싸 꽉 끌어안았다.

“미호(얘야), 아니야.” 그녀가 말했다. “네 엄마는 이노센떼(결백)하단다.”

고개를 끄덕이는 소년이 곧 울음을 터뜨릴 것만 같았다. 내가 나서서 조사를 끝내야 할지 고민이 됐다. 에릭이 말한 것 중 이미 알려진 내용에서 벗어나는 정보는 하나도 없었다. 우리가 실버에게서 받았거나 법원 자료보관소의 사건 자료에서 모아놓은 불완전한 기록 중에 에릭을 조사한 녹취록은 없었기 때문에, 에릭을 조사한 여자 보안관 부관에 대해 호기심이 생겼다. 아마도 에릭은 나이 때문에—당시 에릭은 여덟 살이었다— 그리고 자기 방에 있었고 총격을 목격하지 않았다는 사실 때문에 핵심 증인으로 간주되지 않았던 것 같다.

보슈가 실제 살인사건 이야기는 건너뛰고 새로운 방향의 질문을 시작했다.

"그 주말에 아버지와 함께 있었지?" 보슈가 물었다.

"네." 에릭이 대답했다.

"아버지와 뭘 했는지 기억나니?"

"아빠 아파트에 있었어요. 첫날 밤엔 매티가 저녁을 만들어줬고, 그 다음 날은……"

"잠깐만, 에릭. 매티가 누구야?"

"아빠 여자 친구요."

"그렇구나. 매티가 저녁을 준비한 게 토요일이었니?"

"네."

"그럼 일요일엔 뭐 했어?"

"처키 치즈에 갔어요."

"처키 치즈가 아빠가 사는 곳 근처에 있었어?"

"그런 것 같아요. 잘 모르겠어요."

"아빠와 단둘이 갔어? 아니면 매티도 함께?"

"매티도 갔어요. 아빠가 어딜 가야 했을 때 매티가 저를 봐줬어요."

"아빠는 왜 어딜 가야 했지?"

"전화를 받고는 일 때문에 회의가 있어서 가야 한다고 했어요. 그리고 저는 아빠가 돌아올 때까지 거기서 놀고 있어야 했고요."

"그래서 엄마 집에 늦게 온 거야?"

"그건 기억이 안 나요."

"괜찮아, 에릭. 아주 잘 하고 있어. 그날 아빠와 매티와 함께 처키 치즈에 간 것 말고 또 기억나는 게 있니?"

"아뇨, 죄송해요."

"아냐, 죄송하긴. 우리에게 많은 정보를 줬는데. 마지막 질문. 아빠가 집으로 너를 데려다줄 때 매티도 함께 왔어?"

"아뇨, 아빠가 매티를 아파트에 먼저 데려다줬어요. 매티를 보면 엄마가 화낼 거라고 했어요."

"그렇구나. 그래서 아파트에 도착하자 매티가 내렸고."

"아빠도 같이 내려서 안으로 들어갔고 저는 차에 있었어요. 잠시 후에 아빠가 나왔고 집으로 돌아왔어요. 어두울 때요."

"둘이 집으로 돌아올 때, 아빠가 왜 일하러 갔다 와야 했는지 얘기해줬니?"

"아뇨. 기억 안 나요."

"그날 차에서 너와 얘기한 여자 보안관 부관에게 아빠의 회의 얘기 했어?"

"그것도 기억 안 나요."

"그래, 에릭. 고맙다. 나나 할러 변호사님한테 물어보고 싶은 것 있니?"

소년이 어깨를 으쓱거리더니 보슈에게서 내게로 눈길을 돌렸다가 다시 보슈를 돌아봤다.

"엄마를 감옥에서 나오게 해주실 거죠?" 에릭이 물었다.

"어떤 것도 장담은 못 한다. 하지만 아까 할러 변호사님이 말했듯이, 분명히 노력은 할 거야."

"엄마가 그랬다고 생각하세요?"

드디어 나왔다. 소년이 날마다 품고 살았던 의문.

"내 얘기 잘 들어봐, 에릭." 보슈가 말했다. "너한테 거짓말은 절대로 안 할 거다. 그래서 이렇게밖에 말을 못 하겠다. 아직은 모르겠어. 하지만 그 사건과 관련해서 이해가 안 되고, 퍼즐이 안 맞춰지는 것들이 꽤 있단다. 내 말이 무슨 뜻인지 아니? 그래서 나는 그들이 네 엄마에 대해 실수를 했고 엄마가 범인이 아닐 가능성이 있다고 생각해. 그걸 더 조사해 볼 거고, 나중에 다시 와서 내가 알아낸 것을 알려줄게. 그리고 거짓말 안 할게. 어때, 괜찮니?"

"좋아요." 에릭이 말했다.

조사가 끝났다. 우리 모두 일어섰고, 로페즈는 에릭에게 방으로 돌아가서 컴퓨터를 해도 된다고 말했다. 에릭이 자리를 뜬 후 나는 로페즈를 쳐다봤다.

"매티가 누구인지 아세요?" 내가 물었다.

"마틸다 랜더스라고 로베르토의 상간녀예요." 그녀가 말했다.

로페즈는 침을 뱉듯 말을 내뱉었다. 딸보다 억양이 더 세서 그런지 말이 날카롭고 신랄하게 들렸다. 남편의 여자 문제 때문에 이혼했다고 샌즈가 한 말이 기억났다.

"결혼이 깨지기 전부터 로베르토가 그 여자와 관계를 맺고 있었나요?" 내가 물었다.

"그건 아니라고 하데요." 로페즈가 말했다. "하지만 로베르토는 거짓말쟁이였어요."

"그 이후로 그 여자한테서 연락이 오거나 그 여자를 본 적이 있습니까?" 보슈가 물었다.

"어디 사는지 몰라요." 로페즈가 말했다. "알고 싶지도 않고. 뿌따(창녀)!"

"네, 그럼, 이 정도로 하죠." 내가 말했다. "시간 내주셔서 감사합니다, 뮤리얼. 에릭을 만나게 해주신 것도요. 똑똑한 아이 같더라고요. 할머니께서 잘 가르쳐 주시나 봐요."

"그 아이를 잘 키우는 것이 제 일이에요." 그녀가 말했다. "하지만 힘이 드네요. 깡패들이 아이를 원해서."

"이해합니다." 내가 말했다.

에릭이 카를로스와 케사르 삼촌을 만나지 못하게 하는 게 어떻겠느냐고 제안할까 하다가 그만두었다.

"루신더를 꼭 좀 빼내주세요. 에릭을 데리고 여길 뜰 수 있게." 로페즈가 말했다.

"애써보겠습니다."

"감사합니다."

로페즈의 눈은 딸이 곧 집에 올 거라는 희망으로 반짝였다. 보슈와 나는 그녀에게 다시 한번 감사를 표한 후 현관문을 향해 걸어갔다.

로페즈가 우리 뒤에서 문을 닫은 후, 나는 아까 본 환영객 남자 한 명이 현관 앞에 놓인 담요를 씌운 의자에 앉아 있는 것을 봤다. 그가 일어섰다. 아까 말을 걸었던 남자, 샌즈의 동생 카를로스였다.

"링컨 차를 타는 변호사." 그가 말했다. "광고판에서 봤는데. 그 벤체

데호(우라지게 멋진) 차에 앉아 있는 게 딱 광대 같더구먼."

"제일 잘 나온 사진은 아니야." 내가 말했다. "하지만 그건 견해의 문제겠지."

그가 우리에게 다가오면서 두 손을 맞잡고 문신으로 뒤덮인 이두박근을 과시했다. 곁눈질로 보니 보슈가 긴장한 것이 보였다. 나는 분위기를 풀려고 미소를 지었다.

"자네가 에릭의 삼촌 카를로스?" 내가 말했다.

"일을 망치지 마쇼, 링컨 차를 타는 변호사 양반." 그가 말했다.

"그럴 생각은 없는데."

"약속해, 그럼."

"원래 약속은 안 해. 변수가 너무 많……."

"일을 망치면 대가가 따를 거야."

"그럼 지금 그만둘 테니까 누나한테 그렇게 말해."

"지금 와서 그만두면 안 되지, 링컨 차를 타는 변호사 양반. 이미 시작해 놓고."

그는 내가 계단을 내려가도록 옆으로 비켜섰다.

"기억하쇼, 대가." 그가 내 등에 대고 말했다. "일 똑바로 하라고, 아니면 내가 똑바로 하게 만들 테니까."

나는 뒤를 돌아보지 않은 채 손을 흔들었다.

13

보슈가 내비게이터 운전대를 잡았고 우리는 머트 거리를 벗어났다. 그는 다른 화이트 펜스 조직원들이 링컨 차를 타는 변호사를 만나고 싶어 할지도 모르니 피해서 가겠다고 말했다. 나는 그에게 케사르차베스 애비뉴를 타고 이스턴으로 가라고 지시했다. 예정에는 없었지만 평화의 집 추모 공원에 잠깐 들렀다. 나는 보슈에게 예배당 방향을 알려준 뒤 진입로 옆에 차를 세워달라고 말했다.

"오래 걸리진 않을 거야."

나는 차에서 내려 예배당으로 들어간 후 고인의 이름이 적힌 명판이 벽에 줄지어 붙어 있는 복도를 걸어갔다. 거의 1년 만에 왔더니 내가 결제한 황동 명판을 찾기가 쉽지 않았다. 하지만 결국 몇 분 만에 뉴펠드라는 명판과 카츠라는 명판 사이에서 찾아냈다.

데이비드 "리걸" 시걸

변호사

1932-2022

"모든 좋은 것에도 끝이 있다."

그가 원했던 대로, 그가 유서에 써놓았던 그대로 만든 명패였다. 나는 내 뒤의 벽에 있는 채색유리창을 통해 들어오는 은은한 빛을 맞으며 명패 앞에 조용히 서 있었다.

그가 너무도 보고 싶었다. 나는 법정 안팎에서 이제까지 알았던 어떤 부모나 교수, 판사, 변호사보다도 리걸 시걸에게서 더 많은 것을 배웠다. 그는 나를 보호해 줬고 변호사와 인간이 되는 법을 가르쳐 줬다. 호르헤 오초아가 어떤 법적 단서도 붙지 않은 완전한 자유인으로 감옥에서 걸어 나오는 모습을 그가 함께 보지 못한 것이 아쉬웠다. 기쁘게 추억할 무죄평결과 음미할 반대신문과 배심원들이 내 말에 온전히 빠져들어 설득당하고 있다는 것을 느낄 수 있는 흥분되는 순간들이 떠올랐다. 지난 수십 년간 그런 순간들을 경험했다. 그것도 많이. 그러나 그 어떤 순간도 부활의 발걸음을 내딛는 순간을 능가할 순 없었다. 수갑이 풀리고 마지막 철문이 천국의 문처럼 스르르 열리면 결백을 인정받은 남자 혹은 여자가 삶과 법에서 부활해서 기다리고 있는 가족의 품으로 걸어오는 그 순간. 가족들 옆에 서서 그런 일을 가능하게 만든 사람이 나 자신이라는 생각을 할 때보다 더 기분 좋은 순간은 이 세상에 없었다.

프랭크 실버는 내가 하고 있는 일에 대해 잘못 알고 있었다. 물론 무지개의 끝에 돈이 생길 가능성이 희박하지만 있긴 있었다. 그러나 내가 추구하는 것은 돈이 아니었다. 나는 호르헤 오초아 사건으로 부활의 발걸음이 주는 전율을 느꼈고 이제 그것에 중독돼 있었다. 변호사 일을 하면서 겨우 한두 번 정도 경험할 수 있는 일이라 해도 상관없었다. 나는 그 순간을 다시 경험하길 간절히 바랐고, 그러기 위해서 무슨 일이라도 할 작정이었다. 나는 교도소 문밖에 서서 산 자들의 땅으로 돌아오는 내 의뢰인을 기쁘게 맞이하고 싶었다. 루신더 샌즈가 그런 의뢰인이 될지는 알 수 없었다. 그러나 링컨 차를 타는 변호사는 연료탱크를 가득 채웠고 부활의 도로를 다시 달려갈 준비가 돼 있었다.

예배당 문이 열리는 소리가 나더니 곧 보슈가 내 옆에 서 있었다. 그는 내 눈길을 좇아 벽에 붙은 명판을 바라봤다.

"리걸 시걸." 보슈가 말했다. "이분은 왜 보일하이츠에 계시는 거야?"

"여기서 태어나셨어." 내가 말했다.

"웨스트사이드 출신인 줄 알았는데."

"1930년대, 40년대에 보일하이츠엔 라틴계보다 유대인들이 더 많았어. 알고 있었어? 여긴 이스트 로스앤젤레스가 아니라 로어 이스트사이드라고 불렸지. 그리고 케사르차베스애비뉴는 브루클린애비뉴였고."

"역사 좀 아는구나."

"리걸 시걸이 잘 알고 계셨어. 그 지식을 내게 물려주셨지. 150년 전엔 이 묘지가 차베스 라빈[17)]에 있었어. 그 후에 전부 이리로 이장한 거래."

"지금은 차베스 라빈이 계곡도 아니지. 야구장이잖아."

"이 도시에선 아주 오랫동안 똑같은 모습을 유지하는 것이 하나도 없어."

"그러게."

우리는 경건한 마음으로 침묵하며 서 있었다. 잠시 후 보슈가 입을

---

17 라빈(ravine)은 '계곡, 협곡'이라는 뜻

열었다.

"이분 마지막엔 어떠셨어?" 그가 물었다. "치매 말이야."

"극에 달했었어." 내가 말했다. "처음에는 자신이 치매라는 걸 알고 극도로 겁을 냈는데 나중에는 정신을 완전히 놓더라고."

"널 알아보셨니?"

"나를 내 아버지라고 생각하셨어. 이름이 같아서 그랬을 수도 있지만 나를 30년간 파트너로 함께 일했던 내 아버지라고 생각하신다는 걸 알 수 있었어. 들려주시는 이야기들이 처음에는 사실이라고 생각했는데 나중에 생각해 보니까 영화에 나오는 장면들이더라고. 이를테면, 세탁실 셔츠 상자 속에 몰래 숨겨둔 비상금 같은 것."

"사실이 아니었다고?"

"〈좋은 친구들〉 봤어?"

"못 봤어."

"좋은 영화야."

우리는 다시 입을 다물었다. 나는 혼자 좀 있고 싶어 보슈가 차로 돌아가기를 바랐다. 내가 리걸 시걸을 마지막으로 봤을 때가 생각났다. 캔터스에서 산 콘비프샌드위치를 몰래 숨겨서 호스피스에 있는 그의 병실로 들어갔었다. 그는 그 식당도 샌드위치도 기억하지 못했고 그걸 먹을 기력도 없었다. 그리고 2주 후에 돌아가셨다.

"캔터스도 여기 있었어." 내가 말했다. "식품점. 백 년 전부터. 결국에는 페어팩스로 이전했지. '셸리 대 크레머' 사건이 많은 것을 바꿔놓았어."

"'셸리 대 크레머' 사건?"

"75년 전에 대법원이 판결한 사건이야. 자산 매매에 있어 인종적 민족적 편견과 제약을 철폐했지. 그 판결이 나온 후엔 유태인이든 흑인이든 중국인이든 어디서나 자신이 원하는 집을 매입할 수 있게 됐고 원하는 곳 어디서나 살 수 있게 됐어. 물론 많은 용기가 필요했지. 같은 해에 냇 킹 콜은 핸콕 파크에 있는 집을 매입했는데 인종차별주의자들이 그의 집 마당에서 십자가를 불태웠어."

보슈는 고개를 끄덕이기만 했다. 나는 즉흥 연설을 좀 더 했다.

"어찌 됐든, 그 당시엔 법원이 우리를 앞으로 나아가게 했어. 위대한 사회를 향해서. 그런데 지금은 우리를 뒷걸음질 치게 만드는 것 같아."

잠깐 더 침묵이 흐른 후, 보슈가 명판을 가리켰다.

"모든 좋은 것에도 끝이 있다는 저 문구 말이야." 그가 말했다. "식사하러 차이니스 프렌즈에 마지막으로 갔을 때 잠긴 문에도 저 문구가 붙어 있었어."

나는 명판으로 다가가서 리걸의 이름을 한 손으로 만지며 잠깐 그대로 서 있었다. 그러고는 고개를 숙여 절을 했다.

"이 말이 맞는 것 같아." 내가 말했다.

우리는 내비게이터로 돌아와 차에 타고 나서야 카를로스 로페즈의 위협에 대해서 의견을 나눴다.

"그래서 우리가 일을 똑바로 하지 않으면 자기가 똑바로 하게 만들겠다는 말은 무슨 뜻일까?" 보슈가 물었다.

"모르지." 내가 말했다. "놈은 남자답게 폼 잡고 싶어 안달이 난 깡패야. 무슨 뜻으로 그런 말을 했는지 본인도 모를걸."

"넌 협박이라고 생각 안 해?"

"심각한 거라고 생각하진 않아. 나에게 겁을 줘서 변호를 더 잘하게 만들 수 있다고 생각한 사람이 그 친구가 처음은 아니야. 마지막도 아닐 거고. 어서 출발하자, 형. 집으로 데려다줘."

"알았어."

제3부

부작용

14

보슈는 동위원소가 몸 안에서 움직이는 것을 느낄 수 있었다. 댐이 무너져 물이 쏟아지듯 차가운 기운이 정맥을 지나고 어깨 위로 올라갔다가 가슴을 가로지르며 휘몰아치고 있었다. 그는 앞에 펼쳐놓은 자료에 집중하려고 애를 썼다. 에드워드 콜드웰, 57세, 4년 전 동업자 살해 혐의로 유죄평결을 받았고, 최근에 항소까지 마쳤으며, 링컨 차를 타는 변호사에게 기적을 일으켜 달라고 요구하고 있었다.

보슈는 법원 기록보관소에서 가져온 사건 자료들을 절반 정도밖에 검토하지 못했다. 콜드웰은 재판까지 갔고 배심원단은 그의 부인보다는 죄를 입증하는 증거를 믿었다. 이제 이 사건이 링컨 차를 타는 변호사의 시간과 노력을 들일 만한 가치가 있는지 결정하는 것은 보슈에게 달려 있었다.

보슈가 콜드웰 사건을 더 깊이 들여다보기로 결정한 것은 유죄평결을 받은 살인범 콜드웰이 할러에게 보낸 편지 때문이다. 할러 변호사의 조력을 구하는 편지들은 거의 다 자신은 결백하고 검찰이 직권을 남용했으며 증거를 놓쳤거나 부당하게도 채택되지 않았다는 주장을 담고 있었다. 콜드웰의 편지도 그런 주장을 어느 정도 담고 있었다. 한편으론 진범을 잡아야 추가 살인을 막을 수 있지 않겠느냐는 진정성이 느껴지는 설득도 담고 있었다. 검토했던 다른 수임 요청 편지에서는 그런 내용을 보지 못했던 터라 보슈는 깊은 감명을 받았다. 그가 40년 넘게 살인사건 담당 형사로 열심히 뛰어다닐 수 있었던 데는 콜드웰의 설득과 같은 감정이, 살인범을 잡을 수 있다면 또 다른 피해자와 또 다른 유족을 구해내는 것이라는 사명감이 기여한 부분도 컸다.

콜드웰 사건은 로스앤젤레스 경찰국이 수사를 맡았다. 수사 책임자는 거스토 가르시아라는 유능한 형사였는데, 보슈도 잘 알고 존경하는 인물이었다. 보슈가 특수살인사건 전담반에 들어가기 전부터 거기서 일했고 보슈가 떠난 뒤에도 남아 있던 경험 많은 형사였다. 보슈는 1차 사건 조서 작성자란에서 가르시아라는 이름을 보고는 검토를 중단하려고 했다. 가르시아가 수사를 망쳤을 리는 없었다. 다시 말해, 결백한 사람에게 살인 누명을 씌워 감옥에 보냈을 것 같지는 않았다. 그러나 들고 온 파일이 이것밖에 없었고 병원 임상실험팀에게서 벗어나기까지 30분 이상 시간이 있었다.

그는 계속 읽었다. 가르시아가 깔끔하고도 상세하게 작성한 수사 일지는 보슈 같은 경험자에게는 즐거운 읽을거리가 되기에 충분했다. 그러나 페이지를 넘기면서 아무리 찾아봐도 잘못된 부분이 없었다. 확인하지 않은 단서가 없었고 취하지 않은 조치가 없었으며 참고인 조사도 빠짐없었다. 콜드웰이 미키 할러에게 보낸 최초의 편지에서 그는 자신이 투자한 실버 레이크에 있는 식당의 주인인 스피로 아포다카의 살해를 사주한 누명을 썼다고 주장했다. 보슈가 이미 살펴본 보고서와 증거물에 따르면, 두 사람은 아포다카가 그 투자금을 어디에 어떻게 사용했느냐 하는 문제를 놓고 언쟁을 벌였고 그것이 살인으로 이어졌다. 콜드웰은 아포다카를 살해하기 위해 고용한 살인청부업자의 진술을 토대로 유죄평결을 받았다. 가르시아의 수고 덕분에 정체가 밝혀지고 검거된 살인청부업자 존 멀린은 감형을 조건으로 자신을 고용한 남자에게 불리한 진술을 하기로 검사와 거래를 했다.

보슈가 보기에 콜드웰이 결백할 수 있는 유일한 길은 아포다카를 죽이라고 자신을 고용한 사람이 누구인가에 대해 멀린이 거짓말을 했을 경우밖에 없었다. 보슈가 법원 자료보관소에서 가져온 파일에는 멀린이 재판에서 했던 증언의 녹취록이 들어 있었다. 아직 자세히 읽어보지는 못했지만 대강 훑어는 봤는데, 멀린은 콜드웰의 변호인이 신문하는 동안 거센 공격을 받았지만 자신의 주장을 바꾸지 않았다. 콜드웰이 중개인을 통해 자신에게 연락해서 아포다카를 죽여주는 대가로 현금 2만 5천 달러를 착수금으로 주고 일이 성사된 뒤에 같은 금액을 잔금으로 주겠다며 자신을 고용했다고 말했다. 멀린은 콜드웰이 잔금을 주지 않았다고 증언했고, 이것이 그가 콜드웰에게 불리한 진술을 하게 된 계기를 설명해 줬다.

보슈는 콜드웰이 멀린에게 줬다고 추정되는 현금을 어떻게 모았는지에 대해 가르시아와 파트너가 수사 일지에 상세히 기록해 놓은 것을 몰두해서 읽었다. 콜드웰은 모두 합쳐서 2만 5천 달러가 될 때까지 수표를 현금화하고 현금 입출납기에서 소액을 여러 번 인출했다. 그 액수들이 수사 일지에 세로로 기재돼 있었다. 보슈는 계산이 맞는지 확인하느라고 병실 문이 열리는데도 고개를 들지 않았다. NMT[18]가 정맥주사액 주머니를 확인하러 온 것이겠거니 생각했다.

"안녕, 아빠."

보슈가 고개를 들고 딸을 봤다. 매디는 딱 달라붙는 트레이닝복을 입고 나이키 운동화를 신고 있었다.

"매디, 어떻게 들어왔어?" 그가 말했다. "여긴 안전한 곳이 아닌데."

"괜찮다던데." 매디가 말했다. "다시 걸어 나오면 된댔어."

"정말이야? NMT가 그렇게 말했다고?"

"접수대에 있는 간호사가. NMT가 뭐야?"

"핵의학 기술자. 내 팔에 주삿바늘을 꽂고 수액 주머니를 달고 치료를 시작하는 사람. 하지만 그 여자는 여기 들어올 때 납조끼를 입는 걸로 아는데." 보슈가 말했다.

"항상 노출되니까 그러겠지." 매디가 말했다. "아니면 아기를 갖고 싶거나."

"적어도 예순 살은 돼 보이던데."

"아. 어쨌든 그렇게 오래 있진 않을 거야. 의료진이 아빠한테 뭘 어떻게 하고 있는지 한 번쯤은 와서 보고 싶었어. 그리고 아빠를 집까지 태워다 주고."

"우버택시 타면 돼. 늘 그렇게 하는데 뭐. 아무래도 너 여기 있으면 안 될 것 같다. 차도 같이 타면 안 되고. 언젠가 아기를 갖고 싶어질 수

---

18 Nuclear Medicine Technician의 약자.

도 있잖니."

"아빠, 내 일은 내가 알아서 할게, 알았지?"

"그래, 알았다. 와줘서 고맙다. 이래도 괜찮은지 의사에게 물어보자."

"좋아. 마음대로 하셔요."

매디가 정맥주사액 주머니를 가리켰다.

"저거구나." 매디가 말했다. "저 안에 정확히 뭐가 들어 있어?"

"그냥 식염수." 보슈가 말했다. "저기서 방사성 동위원소로 바뀌어서 내 몸으로 들어가는 거야. 암세포를 죽일 만큼 충분히, 하지만 환자인 나를 죽일 만큼은 안 되게 주입하는 거지. 양 조절이 중요해."

매디는 잠깐 망설이는 듯하더니 중요한 질문을 툭 내뱉었다.

"효과가 있대, 어떻대?" 매디가 물었다.

"아직은 모르겠대." 보슈가 말했다. "이번이 마지막으로 맞는 거고 두 달 후에 검사해서 결과를 봐야 한대."

"미안해, 아빠, 이런 일을 겪게 해서. 아빠가…… 원하지 않았던 것 알아."

"아냐, 내가 원해서 결정한 거야. 그리고 좀 더 살면 네가 경찰관이 되는 것도 보고, 내가 좋은 일도 좀 하고, 얼마나 좋으니."

보슈는 협탁에 있는, 자신이 읽고 있었던 자료를 가리키며 말했다.

"저게 그 무죄 프로젝트 사건이야?" 매디가 물었다.

"응." 보슈가 말했다. "하지만 그렇게 부르면 안 돼, 진짜 '무죄 프로젝트'라는 기관이 열받을 수도 있으니까."

"알았어. 그러면 뭐라고 불러?"

"좋은 질문이야. 미키가 이름이나 지었는지 모르겠다."

"저건 무슨 사건인데?"

"한 남자가 살인청부업자를 고용해 동업자를 살해한 혐의로 유죄평결을 받았어. 그런데 자기는 살인청부업자를 고용하지 않았다는 거야. 다른 사람이 했다는 거지. 문제는 그 살인청부업자가 재판에서 그에게 불리한 증언을 했다는 거야."

"그런데 왜 보고 있어?"

"나도 잘 모르겠어. 그 남자가 미키에게 보낸 편지를 보니까 한번 살펴볼 가치가 있겠다는 생각이 들더라고. 하지만 내가 속은 것일 수도 있어. 어쨌든 법원 기록보관소에서 자료 전체를 갖고 나왔어. 다 읽어본 다음에 더 조사할 가치가 있는지 결정하려고. 이런 거라도 안 하면 여기 앉아서 뭐 하겠냐? 휴대전화로 게임?"

"에이, 설마. 다른 사건은 어떻게 됐어? 그 여자 수형자, 어느 교도소였더라?"

"치노? 미키가 인신보호 구제청구소송을 제기할 거고, 지금 열심히 준비 중이야. 아직 메워야 할 구멍이 많아. 미키의 조사관 시스코가 핵심 증인을 찾아냈어. 내가 가서 만나보려고."

매디가 정맥주사액 주머니를 다시 가리켰다.

"하지만 이걸 맞으면 며칠은 힘을 못 쓸 텐데, 괜찮겠어?"

"하루 정도 힘들다 말겠지. 잘은 모르겠지만. 치료받을 때마다 주사량을 늘려왔으니까, 그래, 조금 누워 있기는 해야 할 것 같다. 적어도 오늘은 계속."

"아빠, 미키 삼촌을 위해 일하는 거 그만두고 건강 관리에 집중해. 치료에 온전히 집중하라고."

"괜찮아, 매디, 난……."

"진지하게 하는 말이야, 아빠. 건강이 우선이지."

"하지만 이 일을 하고 바쁘게 사는 것이 내 인생의 소중한 일부야. 이런 일을 할 때 기쁨을 느끼거든. 이 일을 하지 않는다면 내가 쓸모없다고 느끼게 될 거고 우울해질 것 같단 말이지."

"내 말은 좀 쉬엄쉬엄 하란 뜻이야. 이 치료가 효과가 있으면, 그때 다시 하면 되잖아. 이 사람들이 어디 가지도 않을 거고……."

문이 열리고 하늘색 실험복을 입은 남자가 들어오자 매디는 말을 멈췄다. 그는 늘씬한 체격에 안경을 꼈고 머리숱이 많지 않았다. 나이가 많아 봐야 서른 살 정도로 보였다. 실험복 안에 납조끼를 입은 것 같지는 않았다.

"아, 손님이 계신 줄은 몰랐어요, 해리." 그가 말했다.

"내 딸 매디야." 보슈가 말했다. "선생님이 안전하다고 하면 이 아이가 나를 집에까지 태워준다는데."

남자가 매디에게 악수를 청했다.

"오스틴 페러스입니다." 그가 말했다. "아버님의 담당 의사죠."

"어머나." 매디가 말했다.

"무슨 문제 있으신가요?" 페러스가 말했다. "이따가 올까요?"

"아뇨, 문제없어요." 매디가 말했다. "전 그냥…… 좀 더 나이 드신 의사 선생님을 예상하고 있었거든요."

"다들 그러세요." 페러스가 말했다. "하지만 걱정 마세요, 저희가 아버님을 잘 관리하고 있으니까요. 저를 비롯해서 많은 사람이 보살피고 있죠. 그리고 아버님을 태워다 드려도 안전합니다. 아버님이 심술을 부리실 수는 있지만 특별히 방사성을 띠고 있진 않거든요."

페러스가 보슈에게로 돌아섰다.

"오늘은 기분이 어떠세요, 해리?"

"지루해." 보슈가 말했다.

페러스가 링거대로 다가가서 정맥주사액 주머니를 살펴봤다. 팔을 뻗어 한 손가락으로 주머니를 톡톡 쳤다.

"거의 다 맞았네요." 그가 말했다. "글로리아 시켜서 주삿바늘 뺄 테니까 조금만 안정을 취하다가 가세요."

링거대에 붙은 주머니에 클립보드가 들어 있었다. 페러스는 그 클립보드를 꺼내 NMT가 적어놓은 메모를 확인했다. 그가 눈으로 읽으면서 말했다.

"혹시 부작용 있으세요?" 페러스가 물었다.

"어, 늘 느끼는 거." 보슈가 말했다. "구역감이 좀 있어. 토할 것 같은데 토하진 않네. 여기 온 이후로 일어서려고 하진 않았지만, 일어서는 게 대단한 모험이 될 것 같아."

"현기증…… 네, 상당히 흔한 부작용이죠. 오래가지는 않겠지만 귀가하셔도 괜찮겠다고 우리가 판단할 때까지 좀 계시다가 가세요. 이명은요?"

"이명에 대해서 생각하거나 말이 나오면 아직도 느껴져."

"이런, 죄송합니다. 하지만 확인하는 게 제 일이라서."

"괜찮다면 주삿바늘 빼는 대로 가고 싶은데. 내가 운전하지 않고 매디가 집에 데려다줄 거니까."

페러스는 확인을 원하는 듯 매디를 쳐다봤다.

"제가 모셔다 드릴 거예요." 매디가 말했다.

"그렇다면 좋습니다." 페러스가 말했다.

페러스는 클립보드에 뭐라고 쓴 뒤 다시 주머니에 넣었다. 그러고는 치료실을 나가려고 돌아섰다.

"만나서 반가웠어요, 매디." 그가 말했다. "아버님을 잘 돌봐 드리세요."

"그럴게요." 매디가 말했다. "그런데 가시기 전에…… 지난 몇 주간 보셨으니 아빠가 의사소통에 뛰어난 분은 아니라는 것 아시겠네요. 지금 아빠가 어떤 치료를 받고 있고 이 임상실험이 어떤 목적으로 어떻게 이뤄지고 있는지 쉽게 설명해 주시겠어요? 아빠가 별말이 없으셔서……."

"너 걱정할까 봐 그랬지." 보슈가 끼어들었다.

"그럼요, 설명해 드려야죠." 페러스가 말했다. "아시겠지만, 아버님은 골수암이에요. 이 임상실험에서 우리는 다른 여러 암을 치료하는 데 효과가 있는 것으로 입증된 매체를 아버지의 골수암에 써보고 있어요."

"매체?" 매디가 되물었다. "그게 무슨 뜻이죠?"

"동위원소예요." 페러스가 말했다. "구체적으로는 루테튬177이라고 부르죠. 최근 몇 년간 전립선암을 비롯한 각종 암을 치료하는 데 사용해서 효과를 봤어요. 그래서 우리 연구와 임상실험은 루테튬177이 아버님의 골수암에도 똑같이 긍정적인 효과를 낼 수 있는지 알아내려고 하는 거예요. 곧 결과가 나올 거고요."

"그러면 그 결과를 어떻게 측정하죠?" 매디가 물었다.

"4주에서 6주 후에 생체검사를 할 거예요." 페러스가 말했다. "그땐 반드시 집까지 모셔다 드려야 합니다. 결과를 보면 현재 어떤 상태인지 알 수 있을 거예요."

"생체검사는 어떻게 하는데요?" 매디가 물었다.

"뼈에 주삿바늘을 꽂아서 골수를 빼내 검사할 거예요." 페러스가 말했다. "굉장히 아프고 불편할 겁니다. 이 검사를 위해서는 큰 뼈에 주삿바늘을 꽂아야 해서 엉덩이뼈에 꽂을 거고요."

"그 얘긴 그만하면 안 될까?" 보슈가 말했다. "지금은 그런 생각 하고 싶지 않은데."

"죄송해요, 해리." 페러스가 다시 말했다.

"마지막 질문이요." 매디가 말했다. "생체검사 하면 결과는 언제 나오죠?"

"어, 그리 오래 걸리진 않아요." 페러스가 말했다. "결과에 따라 다르지만, 3개월 후에 생체검사를 다시 할 수도 있어요."

매디가 돌아서서 보슈를 날카롭게 쳐다봤다.

"나한테도 꼭 말해줘야 해." 매디가 말했다. "나도 알고 싶으니까."

보슈는 항복의 표시로 두 손을 들어 보였다.

"약속할게." 보슈가 말했다.

"약속은 전에도 해놓고." 매디가 말했다.

매디는 보슈의 집으로 운전해 가면서 의사소통의 중요성을 다시 한 번 강조했다.

"아빠, 진심으로 하는 말인데, 아빠가 아는 건 내게도 알려줘야 해." 매디가 말했다. "이런 일은 아빠 혼자 하는 게 아니야. 아빠가 혼자라고 느끼는 걸 원하지 않아.”

“알았다, 알았다고.” 보슈가 말했다. “결과…….”

보슈는 주머니 속에서 휴대전화의 진동을 느꼈다. 전화기를 꺼내 확인하니 제니퍼 애런슨에게서 온 전화였다. 조카 사건을 도와달라고 다시 부탁하려는 전화일 것 같았다. 전화를 받고 싶지 않았지만 받아야 했다. 그러나 딸에게 하던 말부터 마저 끝내야 했다.

“결과 나오면, 꼭 알려줄게.” 그가 말했다. “이 전화 좀 받아도 되냐? 길진 않을 거야.”

“받아.” 매디가 말했다. “지금 아빠의 건강에 대해서 나랑 얘기하고 싶진 않은 거잖아.”

보슈는 못 들은 척하고 통화 버튼을 눌렀다.

“제니퍼.” 그가 말했다. “지금 무슨 일을 하는 중인데 나중에…….”

“아뇨, 괜찮아요.” 제니퍼가 끼어들었다. “정말 감사하다고 말씀드리려고 전화했어요. 검찰이 앤서니 사건의 공소를 취소했어요. 지금 실마에서 앤서니를 기다리고 있어요.”

검찰이 앤서니를 기소하지 않기로 결정했다는 뜻이었다.

“우와, 잘됐네.” 보슈가 말했다.

“이게 다 조사관님 덕분이에요.” 애런슨이 말했다. “조사관님이 말씀해 주신 시나리오를 제기했거든요. 아, 걱정 마세요, 조사관님 이름은 말하지 않았어요. 그 경찰관이 발사 잔여물 검사를 받았느냐고 물었더니, 이 사건이 재판으로 가면, 특히 앤서니를 성인으로 취급해서 공개법정에서 재판을 열면, 제가 어떤 식으로 방어할 것인지를 알아차렸나 봐요. 종이 냅킨 접듯 사건을 접어버렸어요. 앤서니가 조사관님께 큰

빚을 졌어요."

"효과가 있었다니 다행이야. 하지만 앤서니는 자네한테 고마워해야지. 검사에게 그 주장을 확실히 전달한 사람은 자네니까."

"전 증거에 대한 조사관님의 해석을 따랐을 뿐이에요."

"어……."

보슈는 무슨 말을 해야 할지 난감했고, 경찰관인 딸이 이 대화를 들을까 봐 신경이 쓰였다.

"바쁘신 것 아니까 이만 끊을게요." 애런슨이 말했다. "일이 어떻게 됐는지 알려드리고 앤서니와 저의 감사한 마음을 표현하고 싶었어요."

"그래, 잘 끝났다니 다행이야." 보슈가 말했다.

"곧 뵈어요, 조사관님."

"그러자고."

보슈는 통화를 끝낸 후 전화기를 주머니에 집어넣었다.

"미안." 보슈가 말했다.

"누구야?" 매디가 말했다. "여자 목소리던데."

"미키의 주니어 변호사 제니퍼. 자기가 맡은 사건 이야기하는 거야."

"아빠 사건 같던데?"

"보고서 몇 개 읽고 의견을 말해줬어. 별일 아니야."

보슈는 매디가 그 사건에 대해 꼬치꼬치 캐묻고 결국에는 자기 아버지가 로스앤젤레스 경찰관에게 총을 쏜 혐의를 받는 피의자를 변호하는 일을 도왔다는 사실을 알게 될까 봐 걱정됐다. 그러나 다행히도 매디가 화제를 바꿨다.

"헤일리가 변호사 시험에 합격해도 미키 삼촌이 헤일리를 채용하지 않을 거라던데 왜 그러는지 아빠 알아?" 매디가 사촌인 미키의 딸에 대해 물었다.

"형사소송 변호를 하고 싶지 않은가 보지." 보슈가 말했다. "미키 삼촌 말로는 환경법을 전문으로 하고 싶어 한대. 아빠보다는 네가 헤일리하고 더 친하잖니. 그런 얘기 안 해봤어?"

"통화 안 한 지 꽤 됐어. 내가 아빠 뒤를 쫓아가니까 헤일리도 삼촌 뒤를 따를 거라고 생각했지, 난."

보슈는 대꾸하기 전에 잠깐 생각했다. 매디는 카후엥가 대로에서 우드로윌슨 드라이브로 방향을 바꿔 그의 집을 향해 가파른 언덕길을 오르기 시작했다.

"내 뒤를 쫓아오는 게 아니야, 매디. 넌 너만의 경찰관이 돼야 한다. 네 길은 네가 개척해야지."

"알지, 난 경찰 배지 이야기를 하는 거야. 우리 둘 다 경찰 배지를 달았잖아. 난 그게 자랑스러워, 아빠."

"나도 기뻐, 매디. 그건 그렇고, 네 눈이 시퍼렇게 멍들어 있는 사진, 미키 삼촌이 봤다. 내 휴대전화로 사진을 보다가 실수로 열었어. 삼촌이 너한테 그 얘길 할 수도 있을 것 같아서 미리 알아두라고."

"상대방을 봤어야 한다고 말해주지 그랬어."

"그러게, 그럴걸. 만약 삼촌 의뢰인들 중 한 명이면?"

부녀가 웃음을 터뜨렸지만 매디는 보슈가 할러에 대해 빈정대는 말투였다는 것을 놓치지 않았다.

"아빠, 미키 삼촌이 UCLA 임상실험 프로그램에 아빠를 넣어준 거 알아. 하지만 그렇다고 아빠의 남은 인생을 삼촌을 위해 일해야 하는 건 아니지 않나?"

"알아. 그럴 생각도 없고. 그런데 뭔가가 있어."

"뭐가?"

"글쎄, 잘 모르겠어. 예를 들면, 지금 우리가 검토하는 이 사건…… 이 여자가 저지르지도 않은 일 때문에 감옥에서 5년을 산 거라면, 그녀를 빼내는 일이…… 죄인 백 명을 풀어주는 것이 무고한 사람 한 명을 감옥에서 고통받게 하는 것보다 낫다는 말과 같은 맥락이 아닐까 싶어. 이 일이 그런 가치 있는 일이 될 수 있을 것 같단 말이지."

"결백하다면 말이지."

"그렇지, 굉장히 큰 가정이지."

매디는 차를 보슈의 집 앞 도로경계석에 바짝 붙여 세웠다.

"들어갈래?" 보슈가 물었다. "서드맨 볼트[19]에서 마일즈 데이비스 트리플 앨범[20]을 보내줬어. 1970년에 나온 〈라이브 앳 필모어 이스트〉. 최근에 사망한 위대한 웨인 쇼터가 색소폰을 맡았더라고. 오늘 그걸 들을 건데."

크리스마스에 매디가 내슈빌에 있는 희귀 앨범 판매업체의 회원권을 보슈에게 선물했다.

"고맙지만 사양할게." 매디가 말했다. "저수지로 가서 좀 뛰려고. 아빠 괜찮겠어?"

"물론이지. 내일 전화할게. 오늘 병원에 와주고 태워다줘서 고맙다.

---

19 서드맨 레코드사에서 운영하는 회원제도. 가입하면 레코드 앨범과 포스터, 사진 등을 랜덤 박스 형태로 보내준다.

20 레코드 세 장짜리 앨범

큰 힘이 된다.”

“언제라도 불러줘, 아빠. 사랑해.”

“사랑한다.”

차에서 내린 보슈는 간이 차고에서 집으로 통하는 문으로 다가갔다. 부엌으로 들어가는 옆문을 열면서 그는 딸이 없다면 인생이 참으로 공허하게 느껴지겠다고 생각했다. 딸이 아버지를 따라 경찰의 길을 걷는다는 사실이 주는 뿌듯함 이상의 무언가가 있었다. 신성한 느낌. 매디는 그의 유산이었다. 매디는 그가 한 모든 일을 가치 있게 만들어 준 존재였다.

15

보슈는 월요일이 돼서야 다리에 힘이 들어가서 설 수 있었고, 루신더 샌즈 사건으로 돌아가도 될 만큼 집중력이 돌아온 것을 느꼈다. 처음에는 할 일 목록을 길게 작성했지만 피해자의 여자 친구 마틸다 '매티' 랜더스를 찾아서 조사하는 것보다 더 다급한 일은 없었다. 보슈는 그녀의 행방과 그녀에게 접근할 방법을 알아내기 위해 경찰 배지가 없는 남자가 사용할 수 있는 모든 수단을 다 동원했다. 르네 발라드가 징계를 받거나 심지어 해고될 수 있는 일을 부탁한 경험에서 교훈을 얻은 그는 발라드나 딸 매디에게 전화를 걸어 도움을 청하는 일은 자제했다. 보슈가 실패했다고 보고하자, 할러는 다른 조사관을 시켜서 마틸다를 찾겠다고 말했다.

그리고 데니스 '시스코' 보이체홉스키가 들어와서 하루도 채 걸리지 않아 예전엔 마틸다 랜더스라고 알려졌던 여자를 찾아냈다. 그는 컴퓨터 검색을 위해 경찰관에게 뇌물을 먹이거나 자신의 덩치와 힘을 써서 누구를 위협하지 않았다. 랜더스가 선거인명부와 부동산 등기기록, 공공서비스 사용기록에서 검색되지 않자, 시스코는 그녀가 결혼하면서 혹은 샌즈 사건 이후 두려움을 느껴 개명했을 거라고 추측했다. 로스앤젤레스카운티에서 이런 추측을 입증하는 기록을 찾지 못하자, 그는 할리데이비슨에 올라타고 샌버너디노카운티로 달려가 출생기록을 확인해서 랜더스가 헤스페리아라는 마을에서 태어난 사실을 알아냈다. 캘리포니아주에서 법적으로 개명하기 위해서는 법원에 개명 신청을 하고 그 신청 건을 지역 신문에 게재해야 했다. 랜더스가 두려움 때문에 개명하려는 거라면, 로스앤젤레스에서 자신의 개명 계획을 광고할 것 같지는 않았다. 시스코는 그녀가 고향으로 갈 거라고 생각했다. 개명에 관한 법무를 도와줄 변호사 지인이 그곳에 있을지도 몰랐다. 〈더 헤스페리안〉은 인터넷 기록보관소를 운영하지 않는 주간신문이었다. 그래서 시스코는 그 신문사 사무실로 찾아가서 모아놓은 예전 신문을 뒤진 지 채 한 시간도 지나지 않아 마틸다 랜더스가 매디슨 랜던으로 개명한다는 공고를 발견했다. 그 후 그는 빅터빌 법원에 가서 그로부터 3주 후에 개명을 허락하는 법원 명령이 내려진 사실을 확인했다. 매티가 매디가 된 모양이었다.

개명은 로베르토 샌즈가 살해되고 일곱 달 뒤에 이뤄졌다.

매디슨 랜던이라는 이름을 확보한 시스코는 로스앤젤레스로 돌아와 사람을 찾는 통상적인 방법을 이용해 그녀를 추적했다. 그 결과 랜던은 민주당원이고, 사우스패서디나에 담보대출을 받은 주택을 보유하고 있으며, 운전면허증의 주소도 그곳으로 돼 있다는 사실을 알아냈다.

시스코는 이 정보를 보슈에게 전달했고, 이젠 그녀를 만나봐야 할 때였다. 보슈는 자기가 회복하는 동안 느슨하게나마 랜던을 감시하고 있었던 시스코에게 전화를 걸었다.

"나 지금 나갈 건데." 보슈가 말했다. "그 여자 어디 있어?"

"서점에 있어요." 시스코가 말했다. "브로먼 서점. 알아요?"

"응, 콜로라도대로에 있잖아."

"뒤쪽 주차장에 차를 대고 들어간 지 몇 분 안 됐어요."

"거기까지 가려면 한 30분 걸릴 거야. 그 여자 서점에서 나오면 다시 전화해 줘."

"그럴게요. 컨디션이 안 좋으면 내가 만나서 조사해도 돼요."

"괜찮아. 미키는 내가 하길 바라. 공판 때 증언할 경우를 대비해서."

"알았어요. 어쨌든 난 여기 있을게요."

"오토바이 타고?"

"아뇨, 감시할 땐 오토바이 안 타요. 너무 눈에 띄어서. 로나의 테슬라에 앉아 있어요."

"어디서 만날까?"

"그 중고 체로키 타고 올 거죠?"

"응, 중고지만, 내게는 나름 새 차야."

"브로먼 주차장으로 들어와서 차 대요. 그때 봅시다."

"갈게."

30분 뒤 보슈는 서점 뒤쪽 주차장으로 들어갔다. 차를 세우고 시동을 끄고 내리자, 시스코가 체로키 뒤에서 기다리고 있었다.

"그 여자 어떻게 생겼는지 알아요?" 시스코가 물었다.

"자네가 찾아낸 운전면허증 사진 봤지." 보슈가 말했다.

"지금은 달라졌어요. 머리를 염색했고 안경을 끼고 있어요."

"음."

시스코가 휴대전화를 들고 금발에 검은테 안경을 낀 여자가 지금 그들이 서 있는 주차장을 걸어가는 모습을 찍은 사진을 보슈에게 보여줬다. 조금 전에 찍은 사진이 분명했다.

"그 여자라고?" 보슈가 물었다.

"아뇨, 그냥 아무나 찍었어요." 시스코가 말했다.

"바보 같은 질문을 했군, 미안. 이봐, 같이 들어가고 싶으면 들어가서 함께하자고. 미키도……."

"아뇨, 당신이 해요. 나를 보면 겁을 낼 수도 있으니까."

보슈는 고개를 끄덕였다. 합리적인 걱정이었다. 할러는 위협적인 분위기를 풍기고 싶거나 자신을 보호할 필요가 있을 때 시스코의 도움을 받았다. 그러나 시스코는 망설이는 증인을, 자신을 보호하기 위해 개명하고 외모를 바꾸기까지 한 사람을 설득해서 입을 열게 하는 데는 재능이 없었다.

"알았어, 그럼, 간다." 보슈가 말했다. "그 사진 문자로 보내줄 수 있지?"

"보낼게요." 시스코가 말했다. "행운을 빌어요."

보슈는 서점으로 향했다. 계단을 내려가 콘크리트 바닥에 다양한 작가들의 핸드프린팅이 찍혀 있는 인도로 내려섰다. 서점으로 들어간 그는 왼쪽 계산대에 서 있는 여직원에게 고개를 까딱하며 인사를 했다. 서점은 2층으로 이뤄진 널찍한 공간이었다. 또한 콜로라도대로 쪽으로도 출입구가 있었다. 보슈는 랜던을 찾기 힘들 수도 있겠다는 생각이 퍼뜩 들었다. 서점 안에 있지 않고 주차장에 차를 댄 후 손님처럼 서점으로 들어왔다가 콜로라도대로 쪽 출입구로 바로 나가 근처 상점이나 식당으로 들어갔을 가능성이 얼마든지 있었다. 그녀가 서점으로 들어가는 것을 시스코가 본 지도 거의 한 시간이 다 돼갔다. 보슈에게는 그 한 시간이 서점에서 책을 뒤적이며 보내기에는 너무 길게 느껴졌다.

보슈는 2층부터 시작해서 재빨리 서점 전체를 둘러본 후 시스코에게

경보를 울리기로 마음먹었다. 중앙에 있는 넓은 계단으로 올라간 그는 한곳에 서서 2층 전체를 훑어볼 수는 없다는 것을 깨달았다. 서고가 너무 높았다. 그는 중앙 복도를 걸으면서 양쪽으로 늘어선 서가를 번갈아 확인했다. 2층 전체를 확인하는 데 5분이 걸렸고 다시 한번 확인하는 데 또 5분이 걸렸다. 매디슨 랜던의 흔적은 전혀 없었다.

그는 1층을 둘러보기 위해 계단을 내려갔고, 시스코의 사진 속에 있는 여자가 책을 여러 권 쌓아서 들고 계산대 앞에 서 있는 것을 봤다. 그는 베스트셀러 판매대에서 아무 책이나 한 권 집어 들고 매디슨 랜던 뒤에 섰다.

그는 랜던이 두 손으로 들고 있는 책들의 책등을 살펴봤다. 모두 육아에 관한 책이었다. 랜던이 임산부의 모습은 아니었지만 고른 책 제목으로 판단컨대 곧 엄마가 될 준비를 하고 있는 듯했다. 한 권의 제목은 《혼자서 아이 키우기》였다.

"나도 아이를 혼자 키웠죠." 보슈가 말했다.

랜던이 그를 돌아봤다. 그녀가 미소를 지었지만, 자신이 고른 책들에 대한 추가적인 의견을 허용하는 웃음은 아니었다.

"십 대가 되니까 힘들더라고요." 보슈가 말했다.

그녀가 다시 그를 쳐다봤다.

"그래서 어떻게 됐어요?" 그녀가 물었다.

"꽤 잘됐어요." 보슈가 말했다. "경찰관이 됐으니까."

"그럼 항상 걱정이시겠네요."

"네, 늘 그렇죠."

랜던의 눈길이 보슈가 들고 있는 책을 향해 내려갔다.

"저도 그 책 재밌게 읽었어요." 그녀가 말했다.

보슈는 자신이 들고 있는 책을 내려다봤다. 《내일, 또 내일, 또 내일》[21]. 들어본 적도 없는 책이었다. 코로나 팬데믹 이전부터 서점에는 얼씬도 하지 않았던 그였다.

"재밌다고들 하길래." 그가 말했다. "한번 읽어보고 딸한테 주려고요."

"따님은 좋아할 거예요." 랜던이 말했다. "선생님은 잘 모르겠지만요."

"왜요?"

"세 사람에 관한 이야기이면서 비디오 게임 개발과 그에 필요한 창의력에 관한 이야기거든요."

"흠, 적어도 매디는 좋아할 것 같네요."

랜던은 그 이름을 들으면서 미소를 지었지만 자기 이름도 매디라고 말하지는 않았다.

"먼저 계산하세요." 그녀가 말했다. "전 책이 많은데 선생님은 한 권뿐이니까."

"그래도 괜찮겠어요?" 보슈가 말했다. "제가 괜히……."

"그럼요, 먼저 하세요, 전 또 책 한 권을 주문까지 해야 하거든요."

"고맙습니다. 아주 친절하시군요."

그녀가 뒤로 물러서고 보슈가 앞으로 나서는데 마침 앞에 있던 손님이 계산을 마치고 떠났다. 보슈는 카운터에 책을 내려놓았고 직원이 책

---

21 2022년 아마존 올해의 책 1위에 선정된 개브리얼 제빈의 장편소설

의 바코드를 스캔했다. 보슈는 현금으로 계산했다. 그러고는 랜던을 향해 돌아서서 책을 들어 보이며 말했다. "고마워요."

"따님이 좋아하길 바라요." 랜던이 말했다.

보슈는 서점을 나가 주차장으로 올라가는 계단 옆 벽에 기대섰다. 그러고는 조금 전에 산 책을 펴고 읽기 시작했다. 몇 분 후 랜던이 구매한 책들을 담은 가방을 들고 서점에서 나왔다. 보슈가 책에서 고개를 들자 랜던이 재빨리 고개를 돌렸다. 보슈가 들어주겠다고 어색하게 나설까 봐 피하는 것 같았다.

"매디, 맞죠?" 보슈가 말했다.

랜던은 계단 앞에서 걸음을 멈췄다.

"네?" 그녀가 되물었다.

"아니 매디슨인가?" 보슈가 물었다.

그가 벽에서 몸을 떼고 똑바로 서서 책을 덮었다.

"누구시죠?" 랜던이 말했다. "뭘 원하세요?"

"난 결백한 여자가 감옥에서 나오게 하려고 노력하는 사람이에요." 보슈가 말했다. "그녀가 아이를 키울 수 있게 말이죠."

"무슨 말씀을 하시는 건지 모르겠네요. 저를 그냥 내버려두세요." 그녀가 계단을 향해 돌아섰다.

"내가 무슨 이야기, 누구 이야기를 하는 건지 알잖아요." 보슈가 말했다. "그리고 당신을 그냥 내버려둘 수 없다는 것도."

그녀가 멈춰 섰다. 보슈는 그녀의 눈이 탈출로를 찾아 주변을 살피는 것을 지켜봤다.

"로베르토 샌즈 알죠?" 보슈가 말했다. "개명을 했더군요, 이사도 가고. 그 이유를 알고 싶군요."

"말하고 싶지 않은데요." 랜던이 쌀쌀맞게 말했다.

"그 마음 이해해요. 하지만 내 조사에 응하지 않으면 법원 소환장이 날아갈 거고 판사가 내 조사에 응하라고 명령할걸요. 그리고 그 조사 내용이 대중에게 공개될 수 있어요. 하지만 지금 나에게 이야기해 주면, 공개되지 않게 애써볼게요. 이름, 주소 등등……, 아무것도 공개되지 않게."

랜던이 자유로운 손을 들어 두 눈을 가렸다.

"당신이 나를 위험에 빠뜨리고 있어요." 그녀가 말했다. "모르시겠어요?"

"누구로부터의 위험이요?" 보슈가 물었다.

"그 사람들요."

지금까지 보슈는 깜깜한 어둠 속을 더듬거리며 걸어왔다. 조금 전 그가 한 말은 본능적 직감에 따라 한 말이었다. 그러나 지금 랜던이 보여준 반응은 그가 옳은 길을 걸어왔다고 말해줬다.

"꾸꼬스요?" 그가 물었다. "꾸꼬스 사람들 말인가요? 우리가 그들로부터 당신을 보호해 줄 수 있어요."

보슈의 입에서 보안관국 사조직 이름이 나오자 그녀는 몸서리를 쳤다.

이제까지는 보슈가 신중하게 거리를 유지했다. 그러나 이제는 태연하게 한 걸음 다가갔다.

"앞으로 일어날 일에 당신이 말려들지 않게 해줄 수 있어요." 보슈가 말했다. "당신의 새 이름이나 주소를 아무도 모르게 해줄 수 있다고요.

하지만 그전에 당신이 나를 좀 도와줘야 해요."

"당신이 나를 찾아냈잖아요." 랜던이 말했다. "그들도 나를 찾을 수 있겠죠."

"그들이 누구든 어떻게 알겠어요. 이건 당신과 나만의 일인데. 하지만 말해줘야 해요, 로베르토가 총에 맞은 날에 대해서. 무슨 일이 벌어지고 있었고, 로베르토가 무슨 일을 하고 있었는지에 대해서."

"맥아이재 요원과는 이야기해 보셨어요?"

"아뇨, 아직. 하지만 곧 할 겁니다. 당신 이야기를 들은 다음에."

처음 듣는 이름이었지만 보슈는 내색을 하지 않았다. 만약 그랬다면 그가 방금 한 약속에 대해 그녀의 믿음이 흔들릴 것 같았다. 그러나 그녀가 맥아이잭을 요원이라고 부른 것을 듣고 무슨 이야기인지 금방 알아차렸다. 맥아이잭은 연방 요원이었고, 그 말은 미지의 연방 기관이 로베르토 샌즈와 관련이 있었을 가능성이 있다는 뜻이다. 랜던이 협조를 거부한다고 해도 새로운 단서 하나는 건진 셈이다.

"생각 좀 해봐야 할 것 같아요." 랜던이 말했다.

"왜죠?" 보슈가 말했다. "얼마나?"

"오늘 하루만 시간을 주세요." 그녀가 말했다. "전화번호를 주시면 내일 오전에 전화 드릴게요."

보슈는 잠재적 증인에게 생각할 시간을 줘서는 안 된다는 것을 알고 있었다. 두려움이 증폭될 수 있고, 법률 자문을 받아 결정할 수도 있다. 물고기에게 꽂힌 낚싯바늘을 떼어 주면 안 된다.

"그냥 지금 얘기할까요, 비공개로?" 보슈가 말했다. "기록 안 할 겁니다. 메모도 안 할게요. 그날 일에 대해 알아야 해서 그래요. 결백할지도 모르는 여자가, 한 아이의 엄마가 감옥에 있어요. 그 여자에겐 하루하루가, 매시간 시간이 악몽이죠. 당신도 알죠, 에릭, 그 여자 아들 말이에요. 그 여자는 그 아이를 올바로 키우기 위해서 그 아이 곁에 있어야 해요."

"하지만 제가 그 사건이 어떻게 됐나 계속 찾아봤는데, 유죄를 인정했던데요." 랜던이 말했다. "그래 놓고 이젠 결백하다고요?"

"검찰이 1급 살인죄보다 가벼운 고의적 살인죄를 적용해 주겠다고 하니까 유무죄를 다투지 않고 공소사실을 그냥 인정한 거예요. 재판으로 가면 무기징역형을 받을 수도 있으니까요."

랜던은 루신더 샌즈의 곤경을 이해한다는 듯 고개를 끄덕였다.

"좋아요." 그녀가 말했다. "지금 빨리 끝내버리죠. 어디서요?"

"내 차에 앉아서 할까요?" 보슈가 말했다. "아니면 당신 차도 괜찮고. 그것도 아니라면 어디 커피숍에라도 가죠."

"제 차가 좋겠어요. 공개된 장소에서 얘기하고 싶진 않아요."

"그럼 당신 차로 갑시다."

16

보슈가 집에 가서 잠시 쉴 생각으로 우드로윌슨 드라이브를 달리고 있을 때까지도 할러는 전화를 걸어오지 않았다. 매디슨 랜던이 로베르토 샌즈가 살해된 날 이야기를 시작했을 때 솟구쳤던 아드레날린도 점차 사그라들고 보슈는 완전히 녹초가 됐다. 그는 브로먼 서점 주차장을 떠나기 전에 시스코에게 문자 메시지를 보내 랜던을 찾아줘서 고맙다고 다시 한번 인사를 했다. 그런 다음 할러에게 전화를 걸었지만 받지 않았다. 40분 후 보슈가 한 시간 정도 누워 있을 요량으로 집에 거의 다 왔을 때 할러에게서 전화가 왔다.

"미안해, 법정에 있었어. 무슨 일이야?"

"로베르토 샌즈가 아들을 루신더의 집에 늦게 데려간 건 FBI를 만났기 때문이야."

오랫동안 침묵이 흘렀다.

"여보세요, 믹?"

"응, 형이 한 말을 곱씹고 있었어. 누가 그래? 여자 친구?"

"응. 비공개로. 이 일에 관여하고 싶지 않대. 엄청 겁을 내더라고."

"누구를?"

"꾸꼬스."

"FBI 요원들은 누구였는데? 이름을 들었어?"

"한 명의 성만. 맥아이잭 요원이래. 이름 전체와 소속 직책을 알아내는 건 어렵지 않을 거야. 집에 도착하자마자 전화 좀 돌려보려고."

"이러면 상황이 완전히 바뀌는데."

"어째서?"

"맥아이잭이 형을 만나주진 않을 거야. 그건 거의 확실해. 그리고 연방 요원들은 주 법원 소환장을 무키 베츠[22]가 패스트볼을 쳐내듯이 쳐내 버리지. 그 여자 친구가……, 그 여자 개명한 이름이 뭐라고?"

"매디슨 랜던."

"매디슨 랜던은 로베르토 샌즈와 맥아이잭 요원이 만난 이유를 알고 있었어?"

"아니, 그냥 심각한 일 때문이었다고만 알고 있더라고. 샌즈가 그랬대, 무슨 일에 관해 '이러지도 저러지도 못하게 돼서', FBI를 만나야 한다고. 랜던이 맥아이잭이라는 이름을 알게 된 건 전화로 그날 만날 약속을 하면서 샌즈가 말하는 걸 들었기 때문이라 하고."

할러는 다시 입을 다물었다. 그는 이 새로운 정보가 제시하는 법적 시나리오들을 생각하고 있을 것이 틀림없었다. 보슈는 체로키를 운전해 자기 집 간이차고로 들어간 다음, 시동을 끄고 전화기를 귀에 댄 채 앉아 있었다.

"무슨 생각해?" 보슈가 물었다.

"FBI가 상황을 완전히 바꿔놓네." 할러가 말했다. "이 일을 연방 법정으로 끌고 갈 방법을 찾아야 할 것 같아, 주 법정에서 우리 패를 먼저 보여주지 말고 곧장."

---

22 LA다저스의 외야수

"그게 무슨 말인지 모르겠다."

"아까도 말했지만, 맥아이잭을 주 법원으로 불러들일 수는 없을 거야. 하지만 연방법원으로 불러들일 수는 있지. 문제는 연방지방법원에 소송을 제기하기 전에 주 법원에서 1심하고 항소하고 하느라고 힘을 다 빼야 한다는 사실이지. 우리가 그 길을 가면, 연방 요원들은 우리가 다가오는 걸 1킬로미터 밖에서부터 알게 될 거야. 그러면 문 걸어 잠그고 총 들고 우리를 맞을 준비를 하겠지. 난 우리가 다가오는 걸 맥아이잭이 모르고 있을 때 짠 하고 나타나서 묻고 싶어. '맥아이잭 요원, 로베르토 샌즈가 살해되기 두 시간 전에 그와 무슨 이야기를 나눴죠?' 라고."

이제는 보슈가 입을 다물고 그들이 루신더 샌즈 사건에서 어느 길에서 있는지를 생각해 봤다.

"맥아이잭에게 접근하는 것은 조금 더 두고 볼 필요가 있겠어." 할러가 말했다.

"하지만 샌즈가 살해된 날 맥아이잭이 샌즈와 함께 있었던 이유는 꼭 알아야 해." 보슈가 맞받았다.

"그래야지. 하지만 조금 돌아서 가자고. FBI 문을 두드리기 전에 찾아낼 수 있는 다른 것을 먼저 찾아보자."

"어디로 돌아가자는 건지 모르겠다."

"그건 형이 변호인 조사관이 아니라 경찰관처럼 생각하기 때문이야."

"무슨 차이가 있는데?"

"차이는 저쪽은 짜고 치는 게임이라는 거지. 경찰이나 검찰은 막강한 주 정부의 권력을 등에 업고 있어. 주 정부의 모든 자원에 무제한의 접근권을 누리지. 하지만 변호인 측은 달랑 변호사 한 명뿐이야. 이건 다윗과 골리앗의 싸움이야, 형. 변호사는 다윗이고. 그렇기 때문에 승소가 그렇게 특별한 거야. 너무나 드물기도 하고."

"지나치게 단순화시켜서 말하는 것 같다. 특히 복잡한 사법절차와 규정은 피고인 측에 이롭게 기울어져 있다고들 하는데. 어쨌든 무슨 말인지는 알겠어. 그래서 FBI는 아직 건드리지 말고, 대신 뭘 할까?"

"형이 생각해 봐, 뭘 할지. 연방 요원들을 어떻게 다룰지는 며칠만 생각할 시간을 줘. 이 사건을 연방법원으로 바로 갖고 갈 수 있을지 자문을 구해봐야겠어."

보슈는 차 안에 앉아 앞을 노려보며 다음에 할 일들을 생각해 봤다. 그는 FBI가 샌즈의 약점을 잡았고 그래서 일요일 오후에 은밀하게 만난 거라고 추측했다. 샌즈가 이러지도 저러지도 못하는 처지가 됐고, 맥아이잭은 그런 그를 정보원으로 만들려고 압력을 행사했다. 널리 알려진 최근의 역사를 보면, FBI는 샌즈가 살해될 당시 보안관국의 부패에 굉장히 주목하고 있었고, 보안관 부관들이 만든 사조직이 맹위를 떨치는 것에 특별한 관심을 갖고 있었다. 맥아이잭을 만나 이야기를 들어보지 않아도 이 정도는 알고 있었다.

문제는 FBI가 파악한 샌즈의 약점이 과연 무엇이었을까 하는 점이었다. 사조직에 소속돼 있다는 사실보다 더 심각하고 소송을 초래할 수 있으며, 그래서 그가 피살된 원인이 됐을 약점이 과연 무엇이었을까? 보슈는 할러가 자신의 의무를 행하기 위해 그 모든 사실을 다 알 필요는 없다는 걸 알고 있었다. 대다수 변호사들은 '아니 땐 굴뚝에 연기 나랴'는 신조에 따라 행동했다. 그들은 의심의 씨앗을 심을 필요가 있었지만 심은 의심의 씨앗을 반드시 믿어야 할 필요는 없었다. 그러나 보슈는 변호사를 위해 일하고 있다고 해도 그런 식으로 행동할 수는 없었다. 그는 연기를 헤집고 불을 찾아가야 했다. 불이 있다면.

보슈는 마음이 연기를 헤집고 나아가는 동안 이제 무슨 일을 해야 할지 깨달았다. 맥아이잭에게 직접 다가갈 수 없다면, 누구에게로 뛰어가면 좋을지 생각이 났다.

그는 멍하니 앞을 노려보던 시선을 거둬들이면서, 자신이 앞유리 너머로 부엌문을 보고 있었으면서도 알아차리지 못한 것이 있다는 사실을 깨달았다.

부엌문이 7~8센티미터 정도 열려 있었다.

"형, 거기 있어?" 할러가 말했다. "고지대라 전화가 끊겼나?"

"여기 있어." 보슈가 말했다. "잠깐만 있어봐."

보슈는 시동장치에서 열쇠를 빼서 열쇠로 사물함을 열었다. 권총을 꺼내 한 손에 쥐고 다른 손에는 휴대전화를 들고 차에서 내렸다. 그러고는 낮은 목소리로 할러에게 말했다.

"방금 집에 도착했는데 부엌문이 열려 있어. 내 기억으로는 저렇게 열어두지 않았는데."

"그럼 전화 끊고 경찰 불러."

"내가 먼저 확인하고."

"형, 형은 경찰이 아니야. 경찰이 확인하게 해."

"잠깐만."

보슈는 전화를 끊지 않은 채 주머니에 넣었다. 권총을 두 손으로 맞잡고 부엌문으로 다가가 총구로 문을 활짝 밀어젖혔다. 들어가기 전에 가만히 서서 잠깐 귀를 기울였지만 아무 소리도 들리지 않았다. 그가 서 있는 곳에서 보이는 갤리 키친[23]도 이상한 점이 전혀 없었다. 그날 아침 시스코에게서 전화를 받고 집을 나왔던 순간을 떠올려 봤다. 서둘러서 집을 나오긴 했지만, 문을 열어 놓았을 만한 상황은 전혀 떠오르지 않았다. 그 집에서 30년 이상을 살았다. 잠금장치가 딸깍하고 잠길 때까지 문을 잡아당겨 닫는 것은 근육이 기억해서 자동으로 하는 일이었다.

그는 간이차고로 한 걸음 물러서서 집에 들어올 때 딸의 차가 거리에 주차돼 있는 것을 혹시 놓친 건 아닌지 확인했다.

매디의 차는 보이지 않았고 보슈의 의심을 살 만한 다른 차도 없었다. 그는 부엌문을 향해 돌아서서 권총을 들어 사격 자세를 취하며 조용히 집 안으로 다시 들어갔다. 지금 그에게 가장 귀중한 도구는 청력이었지만 왼쪽 귀가 약한 이명을 앓고 있었다. 그는 무슨 소리라도 들으려고 애를 썼다. 부엌을 나가 현관문 옆 복도로 들어갔다. 거기 서자 거실과 식당이 보였다. 거실로 걸어가면서도 이상한 것은 전혀 눈치채지 못했는데 거실에 들어서자 레코드판이 턴테이블 위에서 돌아가는 것이 보였다.

음관이 올라가 있어 음악은 나오지 않았다. 보슈는 플레이어의 전원을 끄고 레코드가 돌기를 멈출 때까지 노려봤다. 그가 며칠 전에 들었던 마일즈 데이비스의 〈라이브 앳 더 필모어 이스트〉 앨범이었다. 턴테

---

23 일자형 조리대와 싱크대 등을 병렬로 배치한 방식의 주방

이블 위에 그 레코드를 올려둔 것은 기억하고 있었다. 그리고 분명히 플레이어의 전원을 껐었다.

"형, 무슨 일이야?"

보슈는 주머니 속에서 나오는 할러의 카랑카랑한 목소리를 들었다. 그는 전화기를 꺼내 대답했다.

"지금까지 뭐 특별히 이상한 것은 없어. 하지만 누군가가 집에 들어왔었어. 그리고 그 사실을 내게 알리고 싶어 했고."

"확실해?"

보슈는 누군가가 집 안에서 담배를 피웠다는 사실을 깨달았다. 20년째 금연하고 있지만 최근에 누군가가 폐쇄된 공간에서 담배를 피웠을 때 공기 중에 남아 있는 담배 냄새를 맡을 수 있었다.

"확실해." 보슈가 말했다.

"누구?" 할러가 물었다.

"모르지. 아직은."

"경찰에 신고해. 기록으로 남기라고."

"집 안 확인이 아직 안 끝났어. 이따가 다시 전화할게."

"알았어. 하지만 신고부터 해……."

보슈는 전화를 끊고 전화기를 주머니로 떨어뜨린 후 집 안 확인을 계속했다. 침실과 욕실을 점검해 봐도 침입의 추가 흔적은 발견하지 못했다. 그는 침대에 앉았다. 자신이 부엌문을 열어두고 턴테이블이 돌아가는 상태로 두고 나갔을 수도 있을까 다시 생각해 봤다. 담배 냄새도 어쩌면 과거의 니코틴 중독으로 인한 환각이거나 현재 받는 치료의 부작용일 수 있었다. 단기 기억상실과 후각이나 미각이 예민해지거나 둔

해지는 부작용이 생길 수 있다는 걸 알고 있었다.

보슈는 닥터 페러스에게서 받은 개인 휴대전화 번호로 전화를 걸까 생각하다가 곧 단념했다. 보슈가 서명한 치료 동의서에 작은 글씨로 적힌 내용 말고 그가 무슨 말을 더 해줄 수 있겠는가? 건망증은 치료의 부작용일 수 있었다.

보슈는 지치고 늙어버린 느낌이 들었다. 그리고 패배감도 들었다. 그는 총을 협탁에 올려놓았다. 베개가 어서 누우라고 유혹했다. 그는 딸에게 전화해서 집에 들렀다가 문을 열어놓고 갔느냐고 물어볼까 생각했다. 보슈가 알기로 매디는 담배를 피우지 않아도 매디의 남자 친구는 담배를 피웠다. 나중에 전화를 걸기로 결심했다. 경찰에 신고할 건지도 나중에 생각해 보기로 했다. 지금은 휴식이 필요했다.

침대에 눕자 죽음에 관한 음울한 생각이 곧 사라지고 젊은 시절의 그가 다 꺼져가는 손전등을 들고 어두운 터널을 걸어가는 모습이 눈앞에 떠올랐다.

17

차를 다섯 시간 운전해서 가야 하는 거리여서 보슈는 교통혼잡 시간대를 피하고 면회 시작 시간인 오전 10시까지 교도소에 도착하기 위해 동이 트기도 전에 집을 나섰다. 에인절 아코스타가 면회를 거절한다면 왕복 열 시간의 여행이 무위로 돌아가고 하루를 온전히 날릴 위험이 있다는 것을 잘 알고 있었다. 그러나 그는 수십 년간의 경찰 생활 경험과 스물아홉 살의 무기징역수는 앞으로 40~50년간 자주 있지 않을 일상의 방해와 일정의 변경을 환영할 것이라는 논리를 바탕으로 육감에 따라 행동하고 있었다. 계획대로 하면 그를 만났을 때 입을 열게 할 수 있을 터였다.

운전하면서 그는 캐넌볼 애덜리에서 조 자비눌에 이르기까지 좋아하는 재즈연주가들의 곡을 계속 들었다. 코코란 주립교도소의 방문객용 주차장에 들어설 때는 자비눌이 작곡한 퓨전재즈 대표곡인 웨더 리포트의 '버드랜드'를 듣고 있었다. 재즈음악은 사흘 전 부엌문이 열려 있는 것을 본 이후로 마음을 짓눌렀던 걱정을 깨끗이 씻어내 줬다. 그는 치매의 전조 증상이 아니라 차라리 침입자가 있었기를 바라는 비정상적인 심리 상태에 있는 자신을 발견했다. 경찰에 신고는 했지만 이런 종류의 범죄는 LA경찰국 노스할리우드 경찰서 절도사건 전담팀의 주목을 거의 받지 못하리라는 것을 알고 있었다. 보슈가 없어진 것이 있는지 확실히 말하지 못했기 때문에 신고를 받은 경찰관도 정말로 누가 침입을 했었다고 확신하지 못했다. 그 경찰관은 굳이 지문 감식 전문가를 불러들일 필요도 느끼지 못했다. 보슈는 자신이 확신하지 못하는 상황이라 그 경찰관을 나무랄 수 없었다.

보슈는 경찰 배지를 단 형사로서 코코란 주립교도소를 수도 없이 드나들었지만 민간인 신분으로 방문하는 것은 이번이 처음이다. 에인절 아코스타를 찾는 일은 매디슨 랜던을 찾는 일만큼 어렵진 않았다. 보슈는 〈타임스〉 디지털 자료보관소로 들어가서 랭커스터 햄버거 자판대에서 로베르토 샌즈와 갱단 조직원 간에 벌어졌던 총격사건에 대한 후속 기사들을 샅샅이 뒤졌다. 조직원 한 명은 피살됐고, 한 명은 부상을 입고 체포됐으며, 다른 두 명은 도주했다. 후속기사를 읽어보니 체포된 조직원은 에인절 아코스타로 신원이 밝혀졌다. 그는 복부에 한 발의 총을 맞았다. 그 후 카운티 구치소 병동에서 회복했고, 총격이 있고 1년 후에는 경찰관을 공격한 혐의에 대해 유죄를 인정했다. 보안관 부관을 총으로 쐈는데 장기 5년 단기 3년의 징역형이라니, 보슈에게 그 판결은 그야말로 솜방망이 처벌로 보였다. 게다가 아코스타는 동료 조직원의 죽음에 대해 연대 책임을 지지도 않았다. 보통 조직폭력배들이 범죄를 저지르는 중에 누가 살해되면 가중처벌 됐다. 캘리포니아주 검사들은 항소에서 불리한 판결이 나왔기 때문에 더 이상 이런 관행을 따르지 않았지만 6년 전에는 피고인에 대한 가중처벌이 불문율이었다. 그런데 아코스타가 처음 체포됐을 땐 왜 가중처벌 되지 않았는지 그 이유가 불분명했다.

그 가벼운 형량이 결국에는 중요치 않게 된 것은 나중에 아코스타가 동료 수용자를 살해한 혐의로 유죄평결을 받았기 때문이다. 이 유죄평결로 인해 그는 가석방 없는 종신형을 선고받았다. 코코란 교도소로 이감됐고, 이곳에서 평생을 살 가능성이 컸다.

보슈가 아코스타를 만나고 싶은 데는 몇 가지 이유가 있었다. 그는 아코스타가 첫 번째 징역형을 선고받은 경위에 대해 궁금한 것이 많았다. 당시의 신문 기사들은 짧았고 그의 변호인이나 담당 검사를 언급하지 않았다. 이에 더해 로베르토 샌즈가 맥아이잭 요원과 접촉했다는 새로운 정보도 있었다. 보슈는 FBI의 조사가 보안관국 내에 널리 퍼져 있었던 사조직들의 부패 관행에 대한 광범위한 조사와 관계가 있을 거라고 생각했다. FBI가 샌즈와 꾸꼬스와의 관계에 주목했다면 샌즈를 영웅으로 만든 총격사건에 대해서 살펴봤을 것이 틀림없었다. 아코스타가 입을 열게 할 수 있다면 그 부분에 대해서 물어보고 싶었다.

예약 없이 면회 온 사람들은 면회신청서를 작성한 후 대기실에서 기다려야 했고 그동안 교도관은 수용자에게 면회에 응할 것인지 물었다. 정해진 일정은 없었다. 보슈에게서 면회신청서를 건네받은 교도관은 신청서를 들고 아코스타를 찾기 위해 수용동으로 달려가지 않았다. 신청서를 서류 더미 위에 올려놓더니 보슈에게는 이름이 불릴 때까지 대기실에서 편안히 기다리라고 말했다.

보슈는 거의 두 시간을 기다린 후 이름이 불리는 것을 들었다. 아코스타가 면회에 응한 것이다. 거기까지는 쉬운 부분이었다. 아코스타가 입을 열게 하는 것이 어려운 부분이었다.

보슈가 안내를 받아 들어간 방에는 한쪽 편으로 등받이 없는 걸상 스무 개와 면회 부스가 늘어서 있었고 반대편에는 보행자용 통로가 있었다. 교도관이 그 통로를 오가며 면회 부스를 감시했다.

보슈는 7번 부스를 배정받았다. 그는 강철 걸상에 앉았고 그 앞에는 두껍고 스크래치가 많이 있는 플렉시 글래스 가림막이 있었으며 가림막 한쪽 옆에 수화기가 걸려 있었다. 10분을 더 기다리자, 청색 수의를 입은 마르고 강단 있게 생긴 남자가 가림막 반대편에 나타났다. 남자는 망설이다가 수화기를 들 뿐 앉지는 않았다. 보슈도 수화기를 들었다. 다음 30초가 그가 하루를 허비했는지를 판가름해 줄 터였다.

"경찰이쇼?" 아코스타가 물었다. "경찰 같은데."

"예전에." 보슈가 말했다. "지금은 자네 같은 사람들을 위해서 일하고 있지."

아코스타의 목은 감옥에서 새긴 듯 단색의 문신으로 덮여 있었다. 그 문신은 캘리포니아 교정시설 내에 있는 모든 라틴계 갱단을 통제하는 멕시코 마피아인 '라 에메'에 대한 충성심을 나타내는 상징이다. 왼쪽 눈가에는 눈물 한 방울이 문신으로 새겨져 있었고 머리를 박박 밀고 수염도 다 깎은 모습이었다. 아코스타는 보슈의 대답에 흥미를 느낀 듯 그를 노려보면서 천천히 걸상에 앉았다.

"누구쇼?" 아코스타가 물었다.

"교도관이 보여준 종이에 적혀 있었잖아." 보슈가 말했다. "이름은 보슈. 사설탐정이야."

"사설탐정? 개소리 말고. 원하는 게 뭐요?"

"루신더 샌즈라는 여자를 감옥에서 빼내려고 노력 중이야. 그 이름 알아?"

"안다고 할 수도 없고, 관심도 없는데."

"6년 전에 자넬 쏜 보안관 부관의 아내였어. 이제 기억나?"

"그 여자가 옳은 일을 했다는 건 기억하지. 그 새끼를 쓰러뜨린 것. 얘기 다 들었어. 그게 나랑 무슨 상관이지? 난 완벽한 알리바이가 있다고. 그 일이 일어났을 때, 그 거짓말쟁이 새끼 덕분에 난 이미 감옥에 있었거든."

"로베르토 샌즈가 거짓말을 했어? 왜 자넨 죄를 인정했지?"

"다른 선택지가 없었다고 해두자고, 카브론(귀찮은 사람). 더 이상 할 말 없어."

그는 귀에서 전화기를 떼더니 수화기 걸이에 걸려고 팔을 뻗었다. 보슈는 마치 '마지막 질문'이라고 말하듯 한 손가락을 들어 보였다. 아코스타가 다시 수화기를 귀에 댔다.

"경찰이나 전직 경찰하곤 얘기 안 해, 뻰데호(멍청이)." 그가 말했다.

"내가 들은 얘기하고 다르네." 보슈가 말했다.

"그래? 무슨 말을 들었길래?"

"FBI하고 얘기했다는 말."

아코스타의 눈이 순간적으로 살짝 커졌다.

"누가 그런 개소리를." 그가 말했다. "한마디도 안 했구먼."

아코스타의 대답은 그가 말을 했든 안 했든 FBI가 그에게 접근했었다는 것을 사실로 확인시켜 줬다. 보슈의 육감이 맞아가고 있었다.

"맥아이재 요원이 작성한 보고서는 다른 말을 하던데." 보슈가 말했다. "그날 플립스 햄버거 가판대에서 진짜로 무슨 일이 있었는지 자네가 말해줬다고."

보슈는 별다른 대비책 없이 아코스타를 떠보고 있었다. 플립스에서의 총격전이 보안관국이 공식 발표한 대로 일어나지는 않았을 거라는 육감을 믿고 해본 말이었다. 이제까지 로베르토 샌즈에 대해 알아낸 바를 고려하면 그날 플립스에서 영웅이 탄생했을 것 같지는 않았다.

"기습공격이 아니었어, 그렇지?" 보슈가 말했다.

아코스타가 고개를 가로저었다. "난 경찰이랑 말 안 해, FBI하고도 말 안 하고, 뺀데호 사설탐정하고도 말 안 하고."

"맥아이잭하고는 말했잖아. 기습공격이 아니었다고. 사실은 부패한 경찰관하고 만난 건데 일이 틀어졌다고. 그렇게 정보를 줘서 자넨 솜방망이 처벌을 받게 된 거고."

아코스타는 귀에서 전화기를 뗐다가 잠시 망설이더니 다시 귀에 댔다.

"솜방망이 처벌?" 그가 말했다. "평생을 여기서 썩어야 하는데?"

"원래 거래 내용은 그게 아니었잖아." 보슈가 말했다. "FBI에게 협조한 후에 교도소에 잠깐 들어가 있다가 나오기로 돼 있었지. 그런데 샌즈가 피살됐고 그래서 거래가 끝난 거야. 그다음엔 감옥에서 라 에메를 위해서 동료 수용자를 죽이는 바람에 눈물방울 문신도 하고 가석방 없는 종신형을 살게 된 거면서."

"자기가 무슨 말을 하는지 쥐뿔도 모르면서 함부로 지껄이지 마."

"아직 전체 그림은 파악하지 못했는지 모르겠지만, 곧 파악할 거야. 그래도 자네가 맥아이잭을 만났고, FBI와 거래를 했다는 건 알고 있지."

"틀렸어. 그 거래는 내 변호사가 물어다 준 거야. 실버가 그랬어, 협조할 필요 없다고. 그래서 협조 안 했지. 입을 꽉 다물고 있었다고, 지금처럼 말이야."

보슈는 할 말을 잃고 아코스타를 오래도록 노려봤다. 그의 육감이 성과를 내기 시작했지만 그가 예상했던 방향이 아니었다.

"자네 변호사가 프랭크 실버였어?" 마침내 보슈가 물었다.

"응, 맞아." 아코스타가 말했다. "그러니까 그 사람을 만나보면 내가 끄나풀이 아니라는 걸 알게 될 거야. 맥아이잭이든 다른 누구든 만난 적이 없다고."

"하지만 실버에겐 얘기한 거네, 그렇지? 자네 변호인이었으니까. 자네가 그에게 한 모든 이야기는 비밀이 유지됐고. 그에게 플립스 얘기도 했어? 그래서 실버가 그런 거래를 따낸 거구먼."

"그만하자고, 사설탐정. 난 아무하고도 얘기 안 했고 당신하고도 얘기 안 할 거야."

아코스타가 갑자기 전화를 끊었다. 수화기를 어찌나 세게 내려놓았는지 보슈의 귀에는 총성처럼 들렸다. 아코스타는 걸상을 뒤로 물리더니 면회실을 나갔다.

보슈는 오랫동안 가만히 앉아서 방금 들은 이야기를 곱씹어 봤다. 프랭크 실버 변호사는 루신더 샌즈를 변호한 바로 그해에 에인절 아코스타도 변호했다. 보슈는 실버가 자기 사건을 맞게 된 경위에 대해 루신더가 한 말을 떠올려 봤다. 실버가 변호를 자원했고, 국선변호인에게서 그 사건을 빼어와 자기가 맡았다고 했다.

보슈는 수화기를 수화기 걸이에 걸고 걸상에서 일어섰다. 그는 사건에서 우연의 일치가 정말로 있다는 걸 알고 있었다. 그러나 이 경우는 우연의 일치라고는 생각되지 않았다.

제4부

레이디 X

18

프랭크 실버는 지난번에 봤을 때와 마찬가지로 오드스트리트에 있는 변호사 조합 건물의 작은 개인 사무실에 앉아 있었다. 내가 명함을 가져간 명패 틀에는 새 명함이 끼워져 있었다. 이전과 마찬가지로 문이 열려 있었지만, 이번에는 노크하지 않고 들어갔다. 실버는 리걸패드에 무언가를 쓰느라고 고개를 들지 않았다. 방에서 포장해 온 중국 요리 냄새가 났다.

"무엇을 도와드릴까요?" 실버가 말했다.

나는 대답하지 않고 스테이플러로 찍은 서류를 실버 앞에 내려놓았다. 그가 고개를 들어 흘끗 쳐다보더니 누가 자기 책상 앞에 서 있는지 알아보고는 놀라서 다시 쳐다봤다.

"링컨 차를 타는 변호사." 그가 말했다. "어쩐 일이죠, 파트너?"

"사건을 맡아서 재판까지 간 적은 있어, 프랭크?" 내가 물었다.

"난 항상 재판을 피하는 변호사가 유능한 변호사라고 생각해 왔어요. 법정에 가면 별 험한 일이 다 벌어지잖아요, 안 그래요?"

"늘 그런 건 아니지."

실버가 서류를 집어 들고 등받이에 등을 기대더니 읽기 시작했다.

"이게 다 뭐죠?" 실버가 물었다.

"인신보호 구제청구소송 소장." 내가 말했다. "내일 제출하려고. 언론에서 냄새 맡을 경우를 대비해서 자네도 한 부 갖고 있어야 할 것 같아서. 최근에 기자들이 내가 맡은 사건들과 내 움직임을 열심히 쫓아다니고 있는 것 같아서 말이야."

"그건 당신이 승자이기 때문이죠. 승자들한테 잉크를 많이 쓰잖아요."

"디지털 세상에 잉크는 무슨. 하지만 무슨 말인지는 알겠어."

실버가 소장 사본을 읽기 시작했다.

"뭔 내용인지 한번 봅시다." 그가 말했다.

열려 있는 포장 용기 속에 볶음밥으로 보이는 것이 가득 들어 있었다. 그것 때문에 가뜩이나 좁아터진 방 안에 볶은 돼지고기 냄새가 진동을 했다.

실버는 '샌즈 대 캘리포니아주'라는 사건명을 읽자마자 등받이에서 등을 떼고 바로 앉아서 나를 올려다봤다.

"연방 법정으로 가려고요?" 그가 물었다. "전에 말할 땐……."

"내가 전에 뭐라고 했는지 알아." 내가 그의 말을 잘랐다. "그건 이 사건을 깊이 들여다보고 몇 가지 사실을 알아내기 전이었지."

"난 연방 법정에는 한 번도 안 서봤는데."

"나도 웬만하면 안 가려고 하는데, 이번에는 가야 할 이유가 몇 가지 있어."

"이를테면?"

"계속 읽어봐. 보일 테니까."

실버는 고개를 끄덕이더니 다시 서류를 읽기 시작했다. 맨 윗장은 표준문안으로, 연방지방법원이 인신보호 구제청구를 심리해야 하는 이유를 열거하고 있었다. 두 번째 페이지는 사건에 대해 좀 더 구체적으로 다뤘다. 특히 내가 주 법원에 인신보호 구제청구를 하기 위해 FBI의 협력을 구하려고 열심히 노력했음에도 불구하고 캘리포니아 중앙 연방검찰청이 전면 거부해서 수포로 돌아갔다고 설명했다. 실버는 두 번째 페이지에 나온 사실 설명에 동의하는 듯 읽으면서 고개를 끄덕였다. 첨부 증거물 기호를 보자 서류를 뒤로 넘겨서 캘리포니아 중앙 연방검찰청이 톰 맥아이잭 FBI요원을 만나게 해달라는 내 요구를 거부하고 주 법원이 발부한 소환장을 그 요원에게 송달하려는 노력은 성공하지 못할 거라고 경고한 짧고도 퉁명스러운 편지를 읽었다.

"와아안벽하네." 실버가 단어를 길게 늘여서 말했다.

그는 다시 2페이지로 돌아갔다가 잠시 후 3페이지로 넘어갔다. 기다리던 순간이었다. 3페이지가 그 서류의 골자였다. 인신보호 구제청구가 받아들여져야 하고 심리 일정이 잡혀야 하는 이유를 설명하고 있었다. 나는 실버가 하나하나 확인하고 승인하듯 읽으면서 고개를 끄덕이는 모습을 유심히 지켜봤다.

몇 초 후 그는 고갯짓을 멈췄다.

"빌어먹을, 이게 뭡니까, 할러?" 실버가 말했다. "변호인의 비효과적인 조력이라뇨. 그쪽으로는 안 간다면서요."

"말했잖아, 상황이 바뀌었다고." 내가 말했다.

"뭐가 어떻게 바뀌었다는 거죠? 이걸 제출하고 언론에 흘린다고요? 꿈도 꾸지 말아요, 친구. 그런 일은 없을 테니까."

나는 여전히 서 있었다. 앉아서 이야기하고 싶지 않았다. 이 방 안에, 이 작자 앞에 필요한 것보다 한시라도 더 있고 싶지 않았다. 나는 책상에 놓인 잡동사니를 옆으로 밀고 두 손으로 그의 책상을 짚었다. 몸을 숙이면서 실버보다는 높은 곳에서 내려다봤다.

"자네에 대해 알게 돼서 상황이 바뀐 거야." 내가 말했다.

"나요?" 실버가 깜짝 놀라 소리쳤다. "무슨 소리를 하는 거예요? 뭘 알게 됐다는 거죠?"

"자네가 루신더 샌즈를 팔아넘겼다는 것. 자네가 결백한 여자에게 유죄판결이 내려지게 했다는 것."

"말도 안 되는 소리."

"사실이라는 건 본인이 더 잘 알 텐데. 자넨 이 사건을 쉽게 이길 수 있었어. 하지만 포기했고, 그 여자는 치노에서 5년째 썩고 있지."

"미쳤어요? 지금 말한 것 중에 진실이라고는 눈곱만큼도 없어요. 내가 그 여자에게 얼마나 좋은 거래를 물어다 줬는데. 그리고 설령 안 좋은 거래였다고 해도, 내가 받아들인 거 아니라고요. 그 여자가 받아들였지. 그 여자가 원한 거라고요."

"자네가 감언이설로 설득했잖아."

"그럴 필요가 없었어요. 그 여자는 자기가 불리하다는 걸 알고 있었어요. 그리고 거래 조건이 자기에게 유리하다는 것도 알고 있었고. 난 조건을 쭉 펼쳐 보여줬을 뿐이고 나머지는 그 여자가 다 했어요. 그 여자한테 물어봐요. 똑같은 말을 할 테니까."

"이미 물어봤어. 자기가 선택한 거라고 하더군. 당시에는 몰랐던 거지, 그보다 몇 달 전엔 자네가 에인절 아코스타라는 의뢰인을 대리했다는 사실을."

실버는 놀라는 기색을 감추지 못했다.

"그래, 맞아." 내가 말했다. "에인절 아코스타, 햄버거 가판대에서 있었던 총격전에서 자네의 새 의뢰인의 전남편이 쏜 총에 맞은 남자."

"그건 이해관계의 충돌이 아니잖아요." 실버가 말했다. "우연의 일치지. 변호인의 비효과적인 조력은 더더욱 아니……."

"아코스타가 자네한테 말했지, 그건 기습공격이 아니었다고. 조폭과 부패한 경찰관의 은밀한 만남이었다고 말이야. 나는 아직 자세한 내용은 모르지만, 자넨 알고 있잖아. 그게 무엇이었든, 분위기가 급속도로 험악해졌고 총격이 시작됐지. 샌즈는 영웅이 아니었고, 자넨 그 사실을 알았어. 그게 아코스타를 위해 자네가 숨겨놓은 패였지. 자네의 영향력을 발휘할 수 있는 카드. 그걸 사용해서 아코스타에게 달콤한 거래를 성사시켜줬고. 자넨 그걸 다 퍼뜨리겠다고, 그래서 보안관국을 재판에 회부하겠다고 협박했어."

"자기가 무슨 말을 하는지 진짜로 모르시네."

"난 알고 있다고 생각하는데. 그러고 나서 자넨 루신더에게서도 이득을 취할 기회를 발견했지. 그 사건을 국선변호인한테서 뺏어왔고, 아코스타에게서 얻은 그 똑같은 정보를 이용해서 거래를 성사시키지. 그런데 사실 자넨 결백한 의뢰인을 맡은 거였어. 재판으로 가서 승소하는데 필요한 모든 것을 갖고 있었고. 하지만 그렇게 하지 않았지, 왜냐하면 은메달 실버니까. 유죄 인정 거래에 만족했지."

실버가 음식 용기를 옆으로 확 밀었는데 너무 세게 밀어서 바닥으로 떨어지며 볶음밥이 쏟아지고 사방 벽으로 튀었다.

"빌어먹을!" 실버가 말했다.

그는 볶음밥을 치우기 위해 허리를 굽히다가 다시 똑바로 일어나 앉아 나를 쳐다봤다.

"그건 개인적 판단에 따른 결정이었어요." 실버가 말했다. "우리는 날마다 개인적으로 판단을 하죠. 그런 문제에 대해 인신보호 구제청구를 받아줄 판사는 한 명도 없을걸요. 어디 한번 소장을 제출해 봐요. 연방 법정에서 비웃음을 받으면서 쫓겨날걸요, 분명히."

그날 아침에 내가 작성한 그 서류는 소품에 불과했다. 실버의 말 중 하나는 옳았다. 변호인의 무능만을 이유로 들며 연방법원에 인신보호 구제청구를 한다면 받아들여질 가능성이 거의 없었다. 바로 기각될 터였고 나도 실제로 청구할 생각은 없었다. 실버에게 접근해 그의 입을 열게 하기 위한 도구일 뿐이었다.

"내가 비웃음이나 사고 말 수도 있겠지." 내가 말했다. "아니면 대중이 알게 될 수도 있고, 자네가 결백한 의뢰인에게 고의로 유죄판결을 받게 했다는 걸."

"아까도 말했지만, 정말 아무것도 모르면서 지껄이는군요." 실버가 말했다.

"그럼 나를 가르칠 기회를 줄게, 프랭크. 내가 뭘 모르고 있는지 말해봐."

"내가 협박을 받았어요, 멍청한 변호사 양반. 다른 선택지가 없었다고요."

드디어 나왔다. 나는 그의 책상 앞에 놓인 의자를 뒤로 끌어내 거기에 앉았다.

"누구한테 협박을 받았는데?" 내가 물었다.

"그건 말할 수 없어요." 실버가 말했다. "어쨌든 위협은 아직도 분명히 존재하고, 진짜라고요. 조심하지 않으면 이번엔 당신이 표적이 될걸요."

"내가 원하는 대답이 아니네. 지금 당장 말하지 않으면 그 서류를 오전 중으로 제출할 거고 이 도시에 있는 모든 뉴스룸에 보도자료를 뿌릴 거야."

"그렇게는 못 할걸요."

나는 책상 위 실버 앞에 놓인 서류를 가리켰다.

"이미 시작했잖아. 그걸 막고 싶으면, 샌즈가 왜 그렇게 됐는지 말해. 누가 자넬 위협했지? 그리고 왜?"

"와, 진짜, 미치겠구먼."

실버는 함정에서 빠져나올 방법을 모르는 사람처럼 고개를 절레절레했다.

"선택지는 딱 한 개뿐이야, 프랭크." 내가 말했다. "나에게 협력하든가, 나와 맞서 싸우든가. 내 의뢰인을 교도소에서 나오게 하기 위해서라면 자네가 걸어간 길을 기꺼이 불태울 거야."

"알았어요, 알았어요." 실버가 말했다. "무슨 일이 있었는지 다 말할게요, 됐죠? 하지만 기밀로 처리해 줘야 해요. 정보원을 밝히지 말라고요."

"그건 약속 못 해. 정보를 들어봐야 어떻게 할지 결정하지."

"빌어먹을……."

그는 망설이고 있었다. 나는 의자를 뒤로 밀었다.

"알았어, 그만 갈게. 내일 행운을 빌어."

"아뇨, 아뇨, 아뇨, 기다려요. 좋아요, 말할게요, 말한다니까. 당신 말이 맞았어요. 아코스타가 모든 걸 털어놓았죠. 샌즈는 꾸꼬스라는 그 보안관 부관들 사조직의 수금원이었어요. 아코스타의 갱단은 꾸꼬스의 보호를 받는 대가로 상납금을 바쳤고, 샌즈가 수금원이었다고요. 그날도 수금하러 오는 날이었는데, 샌즈가 상납금을 올려달라고 요구했대요. 꾸꼬스가 상납금을 인상했다고. 그래서 언쟁이 벌어졌고 총격전으로 악화된 거죠. 아코스타한테서 그 이야기를 들은 후에, 로베르토 샌즈의 친구라는 사람한테서 전화가 왔어요. 내가 아는 사실을 가지고 재판을 진행한다면, 그것이 내가 대리하는 마지막 사건이 되게 해주겠다고 하더라고요."

"친구? 친구 누구?"

"몰라요. 꾸꼬스 회원이라고만 들었어요."

"그 정도로는 안 돼. 이름을 알아야 해."

"이름을 모른다니까 그러시네. 알고 싶지도 않았고요."

"내가 자넬 보호해 줄게."

"지금 장난해요? 당신이 어떻게 나를 보호해요. 그들은 경찰인데!"

"그들이 경찰인 건 어떻게 알았지?"

"그냥 알았어요. 뻔하잖아요, 안 그래요? 아코스타가 말한 걸 종합해 보면."

"그래도 이름이 필요해, 프랭크, 이름을 모르면 희망이 없어. 누가 자네에게 전화를 했지?"

"이름을 안 밝혔고 나도 물어보지 않았어요."

"그가 정확히 뭐라고 했어?"

"아코스타에게 전하라고 하더군요. 입을 다물고 있으면, 검찰이 거래를 제안할 거라고. 난 좋다고 했죠. 그에게 거래를 성사시켜 주는 것이 최선임을 알고 있었거든요. 아코스타도 같은 생각이었죠. 내가 설득할 필요가 없었어요. 그가 기꺼이 받아들였죠."

"그 거래를 제안한 검사가 누구였어?"

"거기서 중대 사건들을 전부 다룬 사람이었어요. 앤드리아 폰테인 검사. 하지만 지금은 시내에 있죠."

나는 지금까지 나온 이야기를 모두 곱씹어 본 후 다음으로 넘어갔다.

"좋아." 내가 말했다. "이젠 루신더 샌즈. 자네가 국선변호인을 직접 찾아가서 그 사건을 뺏어왔던데."

"그렇게 하라고 지시를 받았거든요." 실버가 말했다.

"누구한테? 아코스타 일로 전화한 그 남자?"

"아뇨, 이번에는 여자였어요. 아코스타 거래 내용을 전부 다 알고 있었고, 폰테인 검사한테서 제안이 올 거라고 하더군요. 루신더가 그 거래를 받아들여서 유죄를 인정하고 감형받게 하라고 말했어요. 로베르토 샌즈에 대해서 그리고 그 전에 있었던 총격전에 대해서 내가 알고 있는 사실을 이용하면, 나는 죽은 목숨이라고 명쾌하고 단호하게 말했어요."

실버의 이야기를 들으니 루신더에게서 들은 말이 기억났다. 루신더는 발사 잔여물 검사를 위한 검체를 채취한 사람이 여자였다고, 자신이 로베르토 샌즈의 동료라고 말했다고 했었다.

“두 번째로 전화한 여자는 누구였는지 알아?” 내가 물었다.

“아뇨, 말했잖아요. 이름은 절대 말하지 않았다고.” 실버가 말했다. “그들이 그렇게 어리석진 않았어요.”

“루신더도 이 일에 대해 알고 있었나?”

실버가 눈을 내리깔았다.

“얘기 안 했어요.” 실버가 말했다. “그냥 거래를 받아들이라고만 말했어요. 그 방법밖에 없다고.”

나는 실버의 눈에서 수치심과 후회를 봤다고 생각했다. 어쩌면 그는 당시에는 루신더가 혐의대로 유죄이고, 전화를 건 사람들은 보안관국의 또 하나의 스캔들로 비화될 수 있는 일을 틀어막고 있는 거라고 생각했을 수도 있었다. 그러나 어느 쪽이든 실버의 마음 깊은 곳에서는 자신이 오드스트리트 변호사 조합 출신의 이류 변호사에 지나지 않는다는 생각이 자리하고 있는 듯했다.

“경찰이라고 주장하는 이름도 모르는 사람들한테서 받은 전화를 근거로 이 모든 일을 했다는 거로군.” 내가 말했다. “그런 협박이 진짜인 건 어떻게 알았지?”

“밖으로 새어 나가지 않은 일들, 내부에서 나왔을 수밖에 없는 정보를 알고 있었거든요.” 실버가 말했다.

“이를테면?”

“이를테면 내가 아코스타를 증인석에 앉히면 아코스타가 폭로할 수 있는 내용 같은 거요. 총격전이 있었던 날 로베르토 샌즈는 영웅이 아니었다는 거요."

나는 질문의 방향을 바꿨다. 예상치 못한 질문으로 참고인을 당황하게 만드는 보슈의 전술을 사용한 것이다.

"맥아이잭 요원에 대해서 말해봐." 내가 말했다.

"누구요?" 실버가 되물었다.

보슈는 전화 몇 통으로 맥아이잭의 이름 전체와 그가 FBI 로스앤젤레스 지부 소속이라는 사실까지 알아냈다. 인신보호 구제청구소송 소장에 적힌 그 부분은 사실이었고, 나는 이를 듣고 실버가 반응하기를 바랐다.

"톰 맥아이잭 FBI 특수요원 말이야." 내가 말했다. "연방검사장이 내가 만나는 것도 소환하는 것도 허락하지 않은 그 친구. 맥아이잭이 자넬 만나러 여기 왔었어?"

"아뇨, 지금까지 이름도 들어본 적 없는데. 그 사람이 무슨……."

"로베르토 샌즈가 살해된 날 만나서 오랫동안 함께 있었던 사람이야. 자네가 명색이 변호사라면 그 사실을 알아냈을 것이고 의뢰인이 유죄 인정 거래를 하도록 설득하지는 않았을 텐데."

실버가 고개를 가로저었다.

"이봐요, 몇 번이나 말해요, 협박을 받았다니까." 그가 말했다. "다른 선택지가 없었다고요."

"그래서 옳다구나 하고 의뢰인에게 떠넘겼구먼. 의뢰인에게 선택지도 주지 않았고." 내가 말했다. "자네는 감언이설로 루신더를 설득해서 유죄를 인정하게 만들었어. 자네의 농간에 놀아나서 스스로 감옥으로 걸어 들어가게 만든 거라고."

"보지도 않아놓고 뭘 안다고 그래요. 그때 내가 얼마나 압박을 받고 있었는지, 그들이 루신더에 대해서 어떤 증거를 갖고 있었는지도 모르면서. 어떤 식으로든 그 여자는 무너지게 돼 있었다고요."

"어련하겠어. 그렇게 생각하는 게 마음 편하겠지."

프랭크 실버에게서 그리고 실패와 돼지고기 볶음밥의 냄새가 진동하는 그의 사무실에서 도망치고 싶은 생각이 간절했다. 그러나 그의 고백을 끝까지 듣기 위해서 남아 있었다.

"좋아." 내가 말했다. "에인절 아코스타에게로 돌아가서 자네가 알고 있는 것을 모두 말해봐. 기억나는 건 모조리. 그러면 이 소장을 제출하지 않을게."

내가 그의 책상에 놓인 소품 서류를 가리켰다.

"당신이 나중에 내 뒤통수를 치지 않을 거라고 어떻게 보장하죠?" 실버가 물었다.

"그러게, 친구." 내가 말했다. "보장을 못 하겠네."

19

내가 나왔을 때 링컨 차는 도로경계석에 바짝 붙어 서 있었고 보슈는 운전석에 앉아 있었다. 뒷좌석에 올라타는 습관을 완전히 버린 나는 망설임 없이 조수석에 탔다.

"효과가 있었어?" 보슈가 물었다.

"있는 것도 있고 없는 것도 있고." 내가 말했다. "우리가 이미 맞춰봤던 시나리오가 대체로 사실이라고 확인해 줬어. 하지만 맥아이잭이나 FBI 일은 모른다고 하더라고."

"그 친구를 믿어?"

"응. 지금으로선."

"그래, 그 친구가 뭘 알고 있었어?"

"아코스타와 샌즈 사건 모두 보안관 부관들한테서 협박을 받았대. 처음엔 아코스타를 설득해서 유죄 인정 거래를 받아들이게 하라고 했고, 나중엔 루신더도 그렇게 하라고 했대. 협박한 사람들 이름은 모른대. 다 통화로 이뤄졌다더군. 한 통은 남자한테서, 다른 한 통은 여자한테서 받았고. 매번 검사가 먼저 제안을 할 거니까 의뢰인이 받아들이게 하라고 그랬대. 그러지 않으면 실버가 대가를 치를 거라고."

"그게 다야? 익명의 전화?"

"두 번 다 전화 건 사람이 내부 정보를 알고 있었대. 샌즈와 갱단원 간의 총격전에 대해서 자세히 알고 있더라는 거야. 그래서 협박을 믿었대."

"전화 건 사람이 한 명은 남자고, 다른 한 명은 여자라고? 루신더는 발사 잔여물 검체를 채취한 사람이 여자라고 했는데."

"나도 그 생각 했어. 당분간은 그 여자를 '레이디 X'라고 부르자. 당시 샌즈가 소속된 팀에 있었던 모든 팀원의 신원을 파악할 필요가 있겠어, 특히 여자 팀원들. 형하고 시스코가 그 팀원들 행방을 추적해서 관련 정보를 모두 파악해 줘. 그런 다음에 증인 명단을 만들기 시작하자고."

"알았어. 이제 어디로?"

"정의의 전당. 거기 새장을 흔들어 놓을 시간이야."

보슈는 백미러와 사이드미러를 확인한 뒤 오드스트리트에서 출발했다.

"누구 새장?" 보슈가 물었다.

"아코스타 사건과 샌즈 사건을 모두 담당했던 앤드리아 폰테인 지방검사. 그 당시엔 앤털로프밸리 법원에서 파견근무했대. 지금은 지방검찰청 본부에서 강력범죄 수사부에 있고. 한번 찾아가서 그 사건들과 자기가 제안한 거래에 대해 무슨 말을 하는지 들어보고 싶어. 내 생각엔 그 여자 스스로 협상안을 마련했을 수도 있을 것 같거든."

"네 말이 사실이라면 엄청난 음모를 꾸몄다는 거잖아. 보안관국과 검찰청이."

"형, 음모 이론은 형사소송 변호사의 주요 전략이야."

"멋지다. 진실은 어디다 팔아먹고?"

"내가 들어갔던 법정에서는 잘 안 보이던데."

보슈가 그 말에는 대꾸하지 않았다. 정의의 전당까지 가는 데 5분, 거기서 주차 공간을 찾는 데 10분이 걸렸다. 차에서 내리기 전에 보슈가 말했다.

"증인 명단 작성하는 것 말이야. 샌즈의 동료들로부터 무슨 얘기가 나올 거라고 예상하는데?"

"그 사람들은 증인석에 앉아서 이 일에 대해 책임을 면하려고 거짓말을 할 거야. 진짜로 그러면 우리는 루신더에게 가장 불리한 증거를 꺼내는 거지."

"발사 잔여물?"

"이제야 사고방식이 형사소송 변호사 같네."

"그럴 리가."

"형, 형은 루신더가 전남편을 살해했고 지금 마땅히 있어야 할 곳에 있다고 믿어?"

보슈는 잠깐 망설였다.

"뭘 망설여." 내가 말했다. "증인 선서를 하고 말하는 것도 아닌데."

"루신더가 범인이라고 생각하지 않아." 마침내 보슈가 말했다.

"나도 마찬가지야. 그러니 우리는 그녀에게 불리한 증거들을 도미노처럼 쓰러뜨려야 해. 그렇게 할 수 없다면, 인정하고 설명해야겠지. 검찰은 루신더가 표적을 향해 사격하는 사진을 증거로 내밀 거야. 그러면 우리는 루신더 사진이 맞는다고 빠르게 인정하는 거지. 그러고는 그렇게 사격 연습을 한 것은 사격을 너무 못했기 때문이라고, 전남편의 등에 15센티미터 간격으로 탄환을 두 발 박아 넣을 만큼 사격을 잘하지 못했기 때문이라고 항변하는 거지. 어떤 식인지 알겠어?"

"응."

"좋아. 자, 가서 검사가 무슨 말을 하나 들어보자."

"발사 잔여물에 대해서 물어보려고?"

"응, 단서는 주지 않고."

보슈는 고개를 끄덕였고 우리는 차 문을 열고 내렸다.

정의의 전당은 형사법원 건물 맞은편에 있었다. 예전엔 보안관국이 들어 있었고, 맨 위 세 개 층은 카운티 구치소였다. 그러나 그 후 보안관국이 대다수의 부서를 휘티어에 있는 스타즈 센터로 옮겼고, 카운티 구치소는 따로 지어졌다. 그 후 건물은 용도가 변경돼 구치소로 쓰이던 층들은 길 건너 법원에서 재판하는 검사들을 위한 사무실로 바뀌었다.

앤드리아 폰테인 검사는 우리의 예고 없는 방문을 환영하지 않았다. 접수직원이 우리의 면담 요청을 전하자 대기실로 나와 우리를 만났다. 우리가 자기소개를 하자 그녀는 우리를 데리고 자기 사무실로 갔다. 그러고는 길 건너에 있는 법정에서 곧 공판이 있을 예정이라 몇 분밖에 시간이 없다고 말했다.

"괜찮습니다." 내가 말했다. "몇 분이면 돼요."

폰테인 검사가 우리를 데리고 들어간 사무실은 프랭크 실버 변호사의 사무실보다 작았고 한때 감방이었던 것이 분명했다. 세 벽면은 콘크리트 칠이 돼 있었고, 책상 뒤의 네 번째 벽은 격자무늬의 쇠창살에 유리가 끼워져 있었으며, 격자무늬는 가로세로 15센티미터 정도의 정사각형 모양을 하고 있었다.

사무실이 깔끔해서 실버의 사무실처럼 비좁게 느껴지진 않았다. 검사의 책상 앞에 의자 두 개가 놓여 있어서 모두 자리에 앉았다.

"우리가 같은 사건을 맡은 건 아니지 않나요?" 폰테인이 물었다.

"어, 아직은 아니죠." 내가 말했다.

"말씀이 묘하네요. 무슨 일로 오셨죠?"

"검사님이 앤털로프밸리에 계실 때 맡았던 두 사건 때문에요."

"4년 전에 여기로 내려왔는데. 어떤 사건들을 말씀하시는 거죠?"

"에인절 아코스타와 루신더 샌즈 사건요. 검사님의 최고 성과작 목록에 올라 있을 텐데요."

폰테인이 태연함을 유지하려 노력했으나 그녀의 눈빛에 두려움이 떠오르는 것이 보였다.

"샌즈는 기억하죠, 물론." 그녀가 말했다. "그녀가 내 지인이었던 보안관 부관을 죽였으니까요. 내가 아는 사람이 피해자인 사건을 맡는 일은 드물거든요. 그리고 아코스타는…… 도와주세요. 들어본 적은 있는 것 같은데, 기억이 잘 안 나네요."

"샌즈가 피살되기 1년 전에 플립스 햄버거 가판대에서 있었던 기습 공격요." 내가 말했다. "총격전 기억하세요?"

"아, 맞다, 그러네. 고마워요. 그 사건들에 대해서 왜 물어보시는 거죠? 둘 다 처분으로 끝난 걸로 아는데. 죄가 있는 사람들이 유죄를 인정했고요."

"그게 그렇게 확신할 수 있는 일이 아니라서요. '죄가 있는 사람들'이라는 부분요."

"어떤 사건에서요?"

"루신더 샌즈 사건요."

"그 유죄판결에 도전하시려고요? 굉장히 유리한 조건으로 거래가 성사된 건데. 재심 청구라도 하시게요? 재판으로 가면 무기징역형을 받을 수도 있어요. 그 거래를 유지하면, 보자, 4~5년 후에는 출소할걸요. 어쩌면 더 일찍 나올 수도 있고."

"정확히 말하면 4년 6개월 후에요. 하지만 본인이 범인이 아니라고 주장하고 있어요. 지금 당장 나오기를 바라고 있고요."

"변호사님은 그 여자의 말을 믿고요?"

"네, 믿습니다."

폰테인이 보슈를 돌아봤다.

"보슈 형사님은요?" 그녀가 물었다. "전에 살인사건 전담반에서 근무하셨잖아요."

"내가 무엇을 믿는지는 중요하지 않죠." 보슈가 말했다. "유죄판결을 받을 만한 증거가 없다는 게 중요하지."

"그럼 왜 유죄를 인정했죠?" 폰테인이 물었다.

"다른 선택지가 없었기 때문이죠." 내가 말했다. "그리고 사실 불항쟁 답변을 했어요. 그건 다른 거죠."

폰테인은 한동안 우리를 노려봤다.

"자, 그만합시다, 신사분들." 폰테인이 말했다. "그 사건들에 대해서는 더 이상 드릴 말씀이 없네요. 둘 다 종결된 사건이잖아요. 사법적 정의가 구현됐죠. 그리고 내가 법원에 늦을 것 같아서요."

그녀는 책상에 있는 파일을 차곡차곡 쌓으며 법원으로 출발할 준비를 하기 시작했다.

"검사님을 소환하는 것보다는 지금 얘기하는 게 나을 것 같은데요." 내가 말했다.

"네, 잘해보세요." 폰테인이 말했다.

"검사님이 루신더에 대해 갖고 있었던 가장 강력한 증거는 발사 잔여물 검사 결과였잖아요. 분명히 말씀드리지만 우린 그걸 한 방에 날릴 수 있습니다."

"형사소송 변호사니까 어련하시겠어요. 변호사님이 원하는 대로 말해줄 이른바 전문가라는 사람을 찾아낼 수 있겠죠. 하지만 우리는 사실을 다루고 있어요. 이 사건의 사실은 루신더 샌즈가 전남편을 쏘았고 그 죗값으로 당연히 있어야 할 곳에 있다는 거죠."

폰테인이 일어서서 손잡이 옆에 금박으로 이름 첫글자가 새겨진 가죽 서류 가방에 쌓아놓은 파일을 던져넣었다. 보슈는 일어섰지만 나는 그대로 앉아 있었다.

"이 사건이 재판으로 가면 검사님이 똥물을 뒤집어쓴 모습을 보게 되겠네요. 유감입니다." 내가 말했다.

"지금 협박하시는 거예요?" 폰테인이 물었다.

"선택할 기회를 드리는 거죠. 우리와 협력해서 진실을 찾든가, 우리와 맞서서 진실을 숨기든가 하시라고."

"과연 진심으로 진실에 관심이 있는 형사소송 변호사를 만나게 될 날이 있을까요. 어쨌든 지금 나가주시죠, 안 그러면 경비원을 불러서 모시고 나가게 할 겁니다."

나는 나를 노려보는 폰테인 검사를 쏘아붙이듯 노려보면서 천천히 일어섰다.

"잊지 마세요." 내가 말했다. "우리가 검사님께 선택할 기회를 드렸다는 거."

"가세요." 폰테인이 소리쳤다. "지금 당장!"

보슈와 나는 내려가는 엘리베이터에 탈 때까지 아무 말도 하지 않았다.

"검사를 흔들어 대는 데 성공한 것 같은데." 보슈가 말했다.

"흔들어 댈 사람 아직 몇 명 더 있어." 내가 말했다.

"그럴 준비가 된 거야? 준비될 때까지 발자국을 남기면 안 된다며."

"방침을 바꿨어. 게다가 우리가 무슨 일을 하는지 이미 아는 사람도 있으니까."

"넌 그걸 어떻게 아는데?"

"쉽지. 누가 형네 집에 침입했다며. 침입 사실을 알게 하려고 흔적을 남겼고."

보슈는 고개를 끄덕였고, 낡은 엘리베이터가 내려가는 동안 우리는 아무 말도 하지 않았다.

엘리베이터에서 내려 로비로 나서면서 나도 생각하고 있었던 이야기를 보슈가 꺼냈다.

"그래서 폰테인은 매수된 거야, 피해자야?" 보슈가 물었다.

"좋은 질문이야." 내가 말했다. "그들은 피고인 측 변호인을 협박해서 자기들이 원하는 대로 행동하게 만들었어. 검사에게도 그랬을 수 있겠지. 아니면 폰테인이 꾸꼬스처럼 부패했거나."

"어쩌면 그 중간 어디쯤인지도 모르지. 폰테인이 보안관국을 스캔들로부터 보호하라는 압력을 받았을 수도 있어. 보안관국은 지방검찰청의 자매기관이니까."

"왜 이렇게 고지식해, 형. 봐봐, 폰테인은 사건이 터지고 2년 후에 앤털로프밸리에서 본청 강력범죄 수사부로 발령이 났어. 나한테는 보상으로 느껴지는데."

"그러게, 그런 것 같네."

"추측만으로는 안 돼. 법정으로 가기 전에 확인해야 한다고."

"기어코 증인으로 소환하려고?"

"현재 알고 있는 것만으로는 못 불러. 명확하지 않은 게 너무 많거든. 불러들이면 너무 위험해. 증인석에 앉아서 무슨 이야기를 할지 알 수가 없잖아."

우리는 육중한 문을 밀고 템플스트리트로 나와서 링컨 차로 돌아갔다.

20

나는 루신더 샌즈를 대신해서 제출할 진짜 인신보호 구제청구소송 소장을 쓰기 위해 집에 가고 싶었다. 이젠 더 이상의 소품도, 게임도 필요 없었다. 내 의뢰인의 실질적 무죄를 입증할 이야기를 완성할 때였다. 요전에 샌즈에게 말했던 것처럼 세상이 완전히 거꾸로 됐다. 이제 그녀는 무죄가 입증되기 전까지는 유죄로 간주됐다. 앞으로 며칠간 내가 쓸 최초의 서면은 너무 많은 것을 드러내지 않으면서도 내가 무엇을 제시하고 무엇을 입증할 것인지를 분명히 밝혀야 했다. 보안관국을 흔드는 것 이상의 일을 해줘야 했다. 판사실에 편안하게 앉아 있던 연방지방법원 판사가 몸을 일으켜 똑바로 앉으면서 "더 들어보고 싶군요."라고 말할 만큼 강력하고 설득력이 있어야 했다. 나는 소문이나 무시할 수 있는 것이 아니면서도 우리에게는 이로운 사실을 적어도 두 가지는 알고 있었다. 하나는 로베르토 샌즈가 보안관국 사조직에 소속돼 있었다는 사실로, 조직적인 부패를 암시하는 확실한 증거인 셈이다. 다른 하나는 그가 피살되기 불과 한 시간 전에 FBI 요원을 만났다는 사실이었다. 이것은 용의자의 범위를 루신더 샌즈 외에도 더 폭넓게 잡을 수 있다는 것을 시사하는 새로운 증거였다. 나는 이 두 가지 증거가 인신보호 구제청구소송의 문을 활짝 열어주리라 믿었다. 하지만 일단 그 문을 통과하면 훨씬 더 많은 것이 필요하다는 것을 알고 있었다.

나는 보슈에게 집으로 가자고 말했다. 보슈도 할 일이 있었다. 로베르토 샌즈의 소속팀 동료들, 특히 여자 보안관 부관들의 신원을 확인하는 일이었다. 레이디 X의 실명을 알아내야 했다.

보슈는 페어홀름의 내 집에 도착해 현관으로 이어지는 계단 앞 도로 경계석에 차를 바짝 붙여 댔다.

"어디 갈 데 있으면 불러." 보슈가 말했다. "부서 직원들 이름 다 알아내면 전화할게."

"계속 집에 있을 거야." 내가 말했다. "소장 작성하려고 다른 일정을 다……."

현관 계단을 올려다보던 나는 중간에 말을 멈췄다.

"왜?" 보슈가 물었다.

"현관문이 열려 있어." 내가 말했다. "그 자식들이……."

우리는 차에서 내려 현관 앞 데크로 이어지는 계단을 조심스럽게 올라갔다.

"나 비무장인데." 보슈가 말했다.

"다행이군." 내가 말했다. "이 안에서 또 총소리가 나는 건 원하지 않아."

15년도 더 된 일이다. 나를 죽이려던 여자와 내 집 안에서 총격전을 벌인 일이 있었다. 내가 참여한 총격전은 그것이 처음이자 마지막이었다. 그때 내가 이겼고 그 완벽한 기록이 깨지는 건 원하지 않았다.

"게다가 안에 누가 있을 것 같지도 않아." 내가 덧붙여 말했다. "형네 집에서처럼, 저들은 메시지를 보내는 거야. '우리가 너에 대해 알고 있고 지켜보고 있으니 까불지 마라.'"

"'저들'이 누군지는 모르겠지만." 보슈가 말했다.

내가 집 안으로 먼저 들어가서 보니 거실은 비어 있고 침입 흔적이 전혀 없었다. 내 집은 언덕을 가운데 두고 보슈의 집과는 반대편에 있었다. 크기는 작아도 전망은 아름다웠다. 거실, 식당, 부엌은 앞쪽에, 침실 두 개와 서재는 뒤쪽에 있었다. 뒷마당은 데크와 사용하지 않는 온수 욕조 하나가 들어가니 꽉 찰 정도로 작았다.

뒤따라 들어온 보슈와 함께 집 안을 돌아다녀 봐도 침입의 흔적은 보이지 않았다. 복도를 걸어가 서재에 들어갈 때까지 제자리에 놓여 있지 않은 것도 보지 못했다.

그러나 서재는 난장판이었다. 책상 서랍은 모두 빠져나와 뒤집힌 채 바닥에 놓여 있었고, 소파 등 덮개는 칼로 난도질이 돼 있었으며, 법률 서적들이 바닥에 뒹굴고 있었다. 결정적인 한 방은 그 전해에 딸과 몬트리올 여행을 가서 사 온 메이플 시럽 병에서 나왔다. 나는 딸과 함께했던 즐거운 시간을 추억하기 위해 그것을 책꽂이에 놓아뒀다. 그 병이 산산조각이 나 있었고, 바닥의 유리 조각들 옆에 활짝 펼쳐져 있는 노트북 컴퓨터의 키보드에는 메이플 시럽이 쏟아져 있었다.

"형네 집에선 침입이 있었다는 것을 알아차릴 정도로만 건드려 놓았다고 하지 않았나?" 내가 물었다.

"그렇거나, 아니면 내가 미쳐가고 있는 게 아닌가 하는 생각이 들 정도로만." 보슈가 말했다.

"이보다는 그게 나았겠네."

"응. 신고할 거니?"

"형은 했어?"

"응. 하라며. 그런데 아무 소득도 없을 것 같아."

"내가 신고하기를 저들이 바란다는 느낌이 들어."

"왜 그렇게 생각해?"

"모르겠어. 저들의 계획이지 내 계획이 아니니까. 하지만 난 아무 성과도 없을 경찰조사에 허비할 시간이 없어. 저들은 내 신경을 딴 데로 분산시키고 싶은 거야."

"'저들'이 누군데?"

"모르겠어. 꾸꼬스? FBI? 지금으로선 누구라도 이상하지 않아. 분명한 건 우리가 말벌집을 건드렸다는 거야."

나는 방 전체를 훑어보며 피해 상황을 파악했다.

"뭘 가져갔는지 확인해 봐야겠어." 내가 말했다. "그리고 애플 스토어에 가야겠네."

나는 한 발로 바닥에 놓인 노트북을 쓱 밀었다. 그러자 메이플 시럽이 쭉 이어져 길을 만들었다.

"얘는 죽었어." 내가 말했다. "하지만 모든 걸 클라우드에 저장해 놨으니까. 새 노트북을 사는 즉시 일을 다시 시작할 수 있을 거야."

"왜 그들이 뭔가를 가져갔을 거라고 생각해?" 보슈가 물었다.

나는 두 손을 펴서 난장판이 된 방 안을 가리켰다.

"방을 이렇게 만든 건 뭔가를 가져갔다는 걸 숨기려는 거야." 내가 말했다. "뭔가를 발견한 거지."

보슈는 아무런 대꾸도 하지 않았다.

"형은 그렇게 생각 안 해?" 내가 물었다.

"난 잘 모르겠어." 보슈가 말했다. "다른 일들 때문일 수도 있지 않을까? 우선, 이 일이 샌즈 사건과 관련이 있는지도 아직 모르잖아. 너 변호사 생활 하면서 적을 충분히 많이 만들어 놓지 않았니? 샌즈와 관련 없는 일일 수도 있어."

"부정하려고 애쓰지 마, 형. 우린 며칠 간격으로 침입을 당했어. 연결 고리는? 샌즈 사건이야. 저들의 짓이라고. 내 말 믿어. 그렇다고 이런 일이 우리를 막진 못할 거야. 엿 먹으라고 해. 이런 일은 우리가 저들을 쓰러뜨리고 루신더가 부활의 발걸음을 내디딜 때 더 큰 기쁨을 느끼게 해줄 거야."

"부활의 발걸음?"

"그녀가 죽은 이들 가운데서 살아날 때."

"아아."

보슈는 내 표현이 다소 당황스러운 듯했다.

"그날 형도 꼭 거기 있어야 해." 내가 말했다. "정말 감동일 거야."

"나오게만 해, 갈 테니까." 그가 말했다.

제5부

10월 ― 최종 준비

21

보슈는 지난겨울 폭우가 내린 후로 마당에서 자라난 잡초에 왼뺨을 대고 엎드려 있었다. 지금은 10월이었고 잡초는 여름 동안 말라서 황갈색으로 변해 있었다. 풀잎이 바삭바삭했고 칼날에 피부가 베인 듯한 느낌이 들었다. 뒤에서 여자 목소리가 들렸다.

"좋아요, 두 손을 양옆으로 늘어뜨리고 손바닥이 위로 가게 하세요." 그녀가 말했다. "넘어지는 걸 막으려는 노력은 없었어요. 땅에 닿기도 전에 죽었거든요."

보슈는 지시대로 두 손을 조정했다.

"이렇게요?" 그가 물었다.

"어, 오른손을 몸에서 10센티미터 정도 더 바깥쪽으로 옮기세요." 그녀가 말했다. "아뇨, 왼손요. 미안해요, 왼손을 10센티미터 바깥으로."

보슈는 시키는 대로 했다.

"완벽해요." 그녀가 말했다.

그녀는 미키 할러가 뉴욕에서 초빙한 법의학자 샤미 아슬래니안이었다. 루신더 샌즈의 인신보호 구제청구 사건 심리가 일주일 후에 열릴 예정이었고, 아슬래니안은 법정에서 할 발표와 증언을 준비하기 위해 미리 와 있었다. 보슈는 로베르토 샌즈가 등에 탄환 두 발을 맞고 사망한 루신더 샌즈의 집 앞마당으로 그녀를 데려왔다. 그녀는 보슈가 로베르토 샌즈와 키가 2.5센티미터, 몸무게는 9킬로그램 정도밖에 차이가 나지 않는다며 보슈에게 샌즈의 대역을 해줄 것을 요청했다. 그녀는 레이저포커스를 탑재한 카메라를 삼각대에 설치했다.

"좋아요." 그녀가 말했다. "거의 다 됐어요."

"난 괜찮아요." 보슈가 말했다. "여름이 아니라서 다행이네요."

그가 숨을 쉬자 사막의 먼지가 훅하고 날렸다.

"좋아요, 됐어요." 그녀가 말했다. "끝났어요."

보슈는 옆으로 돌아누워서 일어나기 시작했다.

"정말이죠?" 그가 물었다.

"잠깐만 그렇게 계세요, 두 무릎을 꿇은 상태로." 그녀가 말했다. "이왕 왔으니 그 사진도 찍을게요. 왼쪽으로 45도 정도 돌아주세요."

보슈는 무릎을 꿇은 상태로 왼쪽으로 돌았다. 아슬래니안은 그의 자세를 약간 고쳐준 뒤 두 손을 양옆으로 축 늘어뜨리라고 말했다. 보슈가 그렇게 했고 그녀는 그대로 가만히 있으라고 말했다.

"좋아요." 그녀가 말했다. "일어서는 거 도와드릴까요?"

"아뇨, 괜찮습니다." 보슈가 말했다.

그는 한 무릎을 세우고 몸을 일으켰다. 그러고는 옷에 묻은 먼지와 풀을 털어내기 시작했다. 그는 무늬가 있는 셔츠 끝자락을 청바지 밖으로 내어 입고 있었다.

"옷이 더러워져서 어떡해요." 아슬래니안이 말했다.

"괜찮아요." 보슈가 말했다. "일하다 그런 건데요, 뭐. 여기 오면 옷을 버릴 수도 있겠다 생각하고 왔어요."

"하지만 죽은 사람 연기하는 것은 업무에 포함돼 있지 않잖아요."

"내가 무슨 일을 하는지 들으면 놀라시겠네. 운전사에 조사관, 소환장을 송달하는 집행관 일도 하죠. 할러 변호사 밑에서 9개월 정도 일했는데, 계속 새로운 업무가 생기네요."

"저도 그런데. 할러 변호사와 일한 건 이번이 세 번째거든요. 그가 전화를 하면 '이번엔 또 뭐지?' 싶어요."

보슈는 레이저포커스 카메라를 삼각대에서 떼어내고 있는 아슬래니안에게 다가갔다. 그녀도 청바지에 작업복 셔츠를 입고 있었고 셔츠 가슴 주머니에 펜을 여러 개 꽂고 있었다. 키가 작고 다부진 몸매였고, 끝자락을 밖으로 내어 입은 헐렁한 셔츠 속에 체형을 감추고 있었다. 그리고 금발로 염색을 새로 했다. 보슈는 전날 공항으로 그녀를 마중 갔을 때 그 사실을 알아차렸다. 할러가 빨간 머리라고 했기 때문에 처음에는 짐 찾는 곳에서 빨간 머리 여자를 찾았다.

"그러니까 지금 찍은 걸로 피격 장면을 재현하는 동영상을 만든다고요?" 보슈가 물었다.

"네." 아슬래니안이 말했다. "피살 장면을 실제와 최대한 비슷하게 보여줄 수 있을 거예요."

"놀랍군요."

"제가 개발에 참여했던 프로그램이에요. 키와 거리를 포함한 모든 물리적 변수에 따라 조정할 수 있죠. 저는 이것을 '법물리학적 증거'라고 불러요."

보슈는 그녀의 말을 전부 다 이해할 수는 없어도 인공지능이 어떻게 응용하는가에 따라 평가가 달라지는 논란거리라는 것은 알고 있었다. 아슬래니안의 이야기를 들으니까 법집행기관에서 DNA에 대한 논의가 시작됐을 때가 떠올랐다. 물론 DNA 기술이 받아들여지기까지 시간이 꽤 걸렸다. 지금은 옳든 그르든 폭력 범죄에 대한 편리한 해법으로 여겨졌다.

"저는 제가 하는 일이 좋아요." 아슬래니안이 말했다. "어떤 일이 정확히 어떻게 일어났고 왜 일어났는지를 알아내는 것이 재미있더라고요."

"그럴 것 같아요." 보슈가 말했다.

"경찰 생활은 얼마나 하셨어요?"

"40년 정도요."

"우와. 그리고 그전에는 군대에 계셨고요? 하이레디 사격준비 자세[24]가 어떤 건지 아시겠네요?"

"물론이죠."

"우리가 그걸 보여줄 거예요. 신혼 때 로베르토는 루신더에게 총 쏘는 법을 가르쳤어요. 사격연습장에 데려갔고, 루신더가 하이레디 자세를 취하는 사진을 많이 찍었더라고요. 그 자세를 토대로 이 재현 장면을 만들 거예요."

---

24 총구를 45도 위로 향해 들고 있는 사격준비 자세

"그렇군요."

보슈는 할러가 인신보호 구제청구소송을 제기한 후 증거개시를 통해 넘겨받은 증거물에서 그 사진들을 본 적이 있었다. 사진을 보자마자 루신더 샌즈의 결백을 증명하는 데는 도움이 안 되겠다고 생각했다. 아슬래니안이 구현한 재현 장면이 어떤 효과를 발휘할지 알 수 없었지만, 할러는 그녀를 전폭적으로 신뢰했다. 그리고 할러는 불리한 증거를 꺼내 들고 그것을 인정한 후 우리에게 유리한 증거로 바꾸는 방법을 찾아야 한다고 했었다. 사격연습장에서 찍은 루신더의 사진은 보슈에게는 우리 쪽에 대단히 불리하게 보였다. 그러나 지금 보니 그렇게 절망적이지는 않은 것도 같았다.

"루신더에게 사진을 보여주러 내일 치노에 갈 예정인데요." 보슈가 말했다. "뭐 물어보고 싶은 거라도 있습니까?"

"아뇨." 아슬래니안이 말했다. "다 된 것 같아요. 여기서 필요한 건 다 찍었고요. 시내로 돌아갈까요? 바로 작업 시작하게."

"그럽시다." 보슈가 말했다. "집주인한테 끝났다고 얘기할게요."

보슈가 계단을 올라가 현관문을 두드렸다. 여자가 금방 문을 열어주는 것을 보니 창문으로 줄곧 지켜보고 있었나 봤다.

"페레즈 부인, 저희 일은 다 끝났습니다." 보슈가 말했다. "앞마당을 쓰게 해주셔서 감사합니다."

"무슨 말씀을요." 페레즈가 말했다. "어, 그 변호사 밑에서 일하신다고 하셨죠?"

"네, 저희 둘 다요."

"그 여자가 무죄라고 생각하세요?"

"저는 그렇게 생각합니다. 하지만 결백을 입증해야 하죠."

"그렇군요, 알겠어요."

"루신더 샌즈를 아세요?"

"어, 아뇨, 몰라요. 그저…… 일이 어떻게 될지 궁금해서요."

"그랬군요."

보슈는 그녀가 할 말이 더 있을까 하여 잠깐 기다렸다. 기대와 달리 그녀는 잠자코 있었다.

"감사합니다. 저, 그럼 이만." 그가 말했다.

보슈는 두 계단을 내려와 마당에 있는 아슬래니안에게 다가갔다. 그녀는 삼각대를 분리해서 운반용 가방에 넣고 있었다.

"주인 여자가 이 집을 살 때, 여기서 무슨 일이 있었는지 알고 있었대요?" 아슬래니안이 물었다.

"세 들어 살고 있대요." 보슈가 말했다. "집주인이 아무 말도 안 했다고 하더라고요."

"조사관님 얘길 듣고 깜짝 놀랐겠네요?"

"뭐 별로요. 여긴 LA잖아요. 어딜 가든 폭력의 역사를 품고 있죠."

"슬픈 일이군요."

"그게 LA입니다."

22

사막에서 돌아오는 차 안에서 보슈는 아슬래니안에게 앞좌석에 앉으라고 말할 필요가 없었다. 그녀는 자발적으로 조수석에 앉았고 도로면이 평탄한 앤털로프밸리 고속도로로 진입하자마자 노트북을 켜고 일에 집중했다. 말을 하면서도 화면에서 눈을 떼거나 컴퓨터 프로그램에 데이터를 입력하는 것을 중단하지 않았다.

"재밌네요, 이곳을 앤털로프밸리라고 부르는 게." 아슬래니안이 말했다.

"왜요?" 보슈가 물었다.

"비행기에서 찾아봤는데, 백 년 넘게 이곳에는 영양[25]이 한 마리도 없었어요. 토착민들의 사냥으로 이곳이 앤털로프밸리라고 불리기 전에 멸종되다시피 했다더라고요."

"그래요? 몰랐네."

"영양이 한가하게 풀 뜯는 모습을 볼 수 있을 거라고 상상했는데 자료를 검색해 보니까 아니더라고요."

보슈는 고개를 끄덕이고는 컴퓨터 화면에 꽂혀 있는 아슬래니안의 관심을 끌려고 노력했다.

25 영어로 '앤털로프(antelope)'

"저거 보여요?" 그가 말했다. "바위의 노두[26]."

아슬래니안은 고개를 들고 그들이 고속도로를 북쪽으로 달리며 지나가고 있는 기기묘묘하고 울퉁불퉁한 바위산을 바라봤다.

"우와, 아름답네요." 그녀가 말했다. "그리고 거대하고요!"

"바스케즈록스라는 바위산이에요." 보슈가 말했다. "150년 전에 티부르치오 바스케즈라는 노상강도가 저 산으로 숨어들었는데 보안관의 추적대가 그를 찾아내지 못했다고 해서 붙여진 이름이라고 하더라고요."

아슬래니안은 바위산을 한참 동안 바라보다가 대꾸했다.

"나쁜 놈 이름을 딴 지명은 별로 없는데." 그녀가 말했다.

"트럼프 타워가 있잖아요." 보슈가 대꾸했다.

"그건 자기가 지은 이름이잖아요. 그리고 나쁜 놈인지 아닌지는 사람마다 다를 것 같고요."

"그렇겠네요."

아슬래니안은 침묵에 빠져들었고, 보슈는 그녀의 기분을 상하게 한 건 아닌지 걱정이 됐다. 어떤 식으로라도 관심을 받기 위해서 한 말이었을 뿐이다. 그는 그녀에게, 그녀가 일을 하고 사물을 바라보는 방식에 흥미를 느꼈다. 그녀를 더 알아가고 싶어도 그녀가 LA에 오래 머무르지 않을 것임을 알고 있었다. 심리가 끝나면 뉴욕으로 돌아갈 테니까.

몇 분이 지나고 골든스테이트 고속도로로 진입했을 때, 아슬래니안

26 암석, 광석, 지층 등이 지표에 드러난 부분

이 다시 입을 열었다.

"미키한테 들었는데, 두 분이 형제라면서요."

"실은, 이복형제예요."

"아, 아버지 어머니 중 누가 같은 거예요?"

"아버지요."

"그런데 어른이 될 때까지 서로의 존재를 몰랐고요?"

"네. 아버지는 미키처럼 변호사셨죠. 미키의 어머니가 본부인이었어요. 내 어머니는 의뢰인이었고요."

"당신과 미키가 서로의 존재를 몰랐던 게 이해가 가네요. 합의에 의한 관계였나요, 어머니와 아버지?"

놀라운 질문이었다. 보슈는 그런 의문을 가져본 적이 없었기 때문에 곧바로 대답하지 못했다. 이젠 답을 알아내기에 너무 늦어버렸다.

"죄송해요, 대답 안 하셔도 돼요." 아슬래니안이 말했다. "가끔 제가 편하게 느끼는 사람들에게 너무 직설적으로 말이 나와버리네요."

"아뇨, 그런 게 아니라." 보슈가 말했다. "그런 식으로 생각해 본 적이 한 번도 없어서 그래요. 합의에 의한 관계였을 거라고 추측했죠, 비즈니스적인 관계로 시작했을 거라고. 법률대리 서비스에 대한 대가로 말이죠. 아버지가 누군지 알아냈을 땐 어머니가 돌아가신 후였어요. 그리고 아버지는 딱 한 번 만났는데, 그것도 아주 잠깐 만났죠. 당시 임종을 앞두고 있었고, 얼마 안 가 돌아가셨죠."

"유감이군요."

"유감스러운 일은 아니에요. 난 아버지에 대해 전혀 몰랐거든요."

"제 말은 당신이…… 그렇게 힘들게 커서 유감이라고요."

보슈는 고개를 끄덕였다. 그녀가 말을 이었다.

"그래서 미키와는 어떻게 만나셨어요? 유전자 검사를 했어요?"

"아뇨, 사건 재판 때문에 만나서 알게 됐죠."

"해리, 뭐 좀 물어봐도 돼요? 개인적인 질문인데."

"지금까지 당신이 한 모든 질문이 개인적인 질문인 것 같은데, 아닌가요?"

"맞아요. 제가 이래요."

"좋아요. 물어봐요."

"혹시 어디 아파요?"

그 질문에 보슈는 적잖이 당황했다. 그의 허영심은 그녀가 결혼했느냐고 물어볼 거라고 속삭였다. 그가 대답하기까지 시간이 좀 걸렸다.

"미키가 그러든가요?"

"어, 아뇨. 그냥 그렇게 보여서. 뭐랄까, 기가 좀 빠져 보인다고 할까요?"

"기가 빠져 보인다…… 맞아요, 아팠는데 회복되고 있어요."

"어디가 어떻게 아팠어요?"

"암요. 하지만 방금 말했듯이, 통제가 되고 있어요."

"아뇨, 회복되고 있다면서요. 그건 '통제가 되고' 있는 것과는 다른 의미예요. 치료받고 계신가 본데. 무슨 암이에요? 아니 무슨 암이었어요?"

"약자로 CML이라고 부르는 암이에요."

"만성 골수성 백혈병. 그건 유전성 암이 아닌데. 염색체 이상으로 생기는 암이죠. 어떻게 그런 암이……, 죄송해요, 제가 별걸 다 묻네요."

앤털로프밸리 꼭대기에서 로스앤젤레스로 내려가면서 교통 정체가 시작됐다.

"괜찮아요." 보슈가 말했다. "예전에 수사를 하면서 방사능물질에 노출된 적이 있어요. 너무 늦어질 때까지 그런 사실도 모르고 있었죠. 어찌 됐든, 그게 원인일 수도 있고, 다른 가능성들도 생각해 볼 수 있겠죠. 담배도 피웠거든요. 원인을 진단하는 것은 정확한 과학의 영역은 아니더라고요. 과학자니까 무슨 뜻인지 아실 테죠."

아슬래니안이 고개를 끄덕였다.

"암이 통제되고 있다고도 하셨고, 회복되고 있다고도 하셨는데, 어느 쪽이에요?" 그녀가 물었다.

"그건 내 주치의한테 물어봐야 해요." 보슈가 대답했다. "미키 덕분에 임상실험을 받게 됐어요. 그래서 미키를 위해 일을 하는 거예요. 의료보험을 들어주고 더 높은 수준의 치료를 받을 수 있게 해줬기 때문에. 어쨌든 담당의는 임상실험이 효과가 있다고 하더라고요. 어느 정도까지는 말이죠. 완전히 차도를 보인 건 아니지만 꽤 좋아졌다고. 그래서 치료를 한 번 더 해서 암세포를 완전히 몰아내자고 하더라고요."

"정말 그렇게 되길 바라요. 어느 병원 임상실험에 참가하셨어요?"

"UCLA 메디컬 센터요."

아슬래니안은 흡족하다는 듯 고개를 끄덕였다.

"좋은 시설이죠." 그녀가 말했다. "제가 조사관님 DNA 샘플을 채취해도 될까요?"

"왜요?" 보슈가 물었다.

"DNA 검사를 해보면 몸에서 생물학적으로 무슨 일이 벌어지고 있는지 더 잘 알 수 있으니까요. UCLA에서 유전자 검사 받으셨어요?"

"내가 알기로는 안 받았어요. 난 치료진이 하는 일에 대해 꼬치꼬치 캐묻지 않아요. 치료는 내 권한 밖의 일인 것 같아서. 어쨌든 피는 많이 뽑아갔어요."

"그러셨구나. 하지만 의사들에게 물어보셔도 괜찮아요. 유전자 검사가 임상실험의 일부일 가능성이 있어요. 안 받으셨다면, 제가 해드릴게요."

"왜죠? 미키가 부탁하던가요?"

"역시 오랫동안 형사 생활 하신 분은 다르네요. 아뇨, 미키는 아무것도 몰라요. 하지만 미키의 DNA 샘플도 받아올 거예요. 당신과 미키는 이복형제이기 때문에, 매우 유사한 유전자를 갖고 있죠. 비교해 보는 것이 두 분 모두에게 도움이 될 수 있어요. 정밀의학이라고 들어보셨어요?"

"어…… 아뇨."

"유전자 구성과 표적 치료와 깊은 관련이 있는 의학이에요. 자녀가 있으세요?"

"딸이 하나 있어요."

"미키도 그렇던데. 이 검사가 두 딸에게도 도움이 될 수 있어요."

보슈는 항상 과학과 기술을 의심해 왔다. 과학의 발전이 세상에 이롭다는 것을 믿지 못한 것이 아니라 남들보다 먼저 신기술을 받아들이는 사람들에 대해 형사로서 의혹을 품고 있었고, 모든 과학적 발견은 인류에 이롭다는 맹신에 가까운 믿음을 받아들이지 못했다. 이런 태도가 그를 아웃사이더로 만든다는 것을, 디지털 세상에서 아날로그 인간으로 살아가게 만든다는 것을 그도 잘 알고 있었다. 본능을 따르며 무리 없이 잘 살아왔다. 위대한 기술적 발전이 있으면 그 기술을 악용하는 사람들도 항상 있었다.

"생각해 볼게요." 보슈가 말했다. "제안 고마워요."

"무슨 말씀을요." 아슬래니안이 말했다.

그 이후 시내로 가는 내내 둘 다 아무 말도 하지 않았다. 분위기가 어색해져서 보슈는 무슨 말이라도 해야 할 것 같았다.

"그래서 아까부터 컴퓨터로 무슨 일을 한 거죠?" 그가 말했다.

"재현 프로그램에 데이터를 입력했어요." 아슬래니안이 말했다. "그러면 컴퓨터가 알아서 일을 해주죠. 법정에서 보여주고 설명하는 것은 제가 하고요. 당신한테도 그렇겠지만, 배심원들에게 새로운 자료가 될 거예요."

"인신보호 구제청구소송에선 판사가 판결하죠. 배심원단이 아니라."

"마찬가지예요. 판사들도 배울 필요가 있어요."

"당신은 잘 가르칠 겁니다, 분명히."

"칭찬 고마워요. 이 프로그램의 특허를 낼 준비를 하고 있어요."

"전국의 검사들과 변호사들이 이걸 쓰겠다고 달려들게 생겼네요."

"그래서 특허를 내려는 거예요. 사용을 막기 위해서가 아니라 MIT의 제 파트너와 제가 이 프로그램에 투자한 시간과 돈과 연구 노력을 보호하기 위해서요."

콘래드 호텔의 입구 터널로 들어선 보슈는 달려오는 발레파킹 직원을 보고 창문을 내리고는 손님만 내려주고 갈 거라고 말했다.

"고마워요, 해리." 아슬래니안이 말했다. "대화 즐거웠어요. 정밀의학에 대해 생각해 보시길 바라요."

발레파킹 직원이 조수석 문을 열어주자 그녀는 차에서 내렸다.

"법정에서 보겠네요." 보슈가 말했다.

"거기서 뵐게요." 아슬래니안이 말했다.

발레파킹 직원이 뒷좌석에서 아슬래니안의 장비를 내리자, 보슈는 그곳을 떠났다. 아슬래니안에게 말을 더 해볼걸, 저녁을 같이 먹겠냐고 물어볼걸 그랬다는 아쉬움이 남았다. 그는 당혹스러웠다. 이렇게 나이를 먹었는데도 마음의 문제에 대해서는 아직도 방아쇠를 당기기가 망설여졌다.

23

치노 여자교도소 교도관은 보슈가 변호사가 아니라서 안 된다며 변호인 접견실 사용 요청을 거절했다. 보슈는 일반 면회를 신청하고 스피커로 이름이 불리기를 두 시간이나 기다려야 했다. 그는 걸상이 길게 한 줄로 놓여 있고 플렉시 글래스 가림막이 있는 면회실로 안내를 받아 가서 앉았다. 면회 부스는 코코란 교도소의 그것과 흡사했다. 오래 기다리지 않아 루신더 샌즈가 나타났다. 그들은 전화걸이에서 수화기를 들고 인사를 했다.

"안녕하세요, 보슈 조사관님."

"안녕하세요, 신디. 그냥 해리라고 불러줘요."

"좋아요, 해리. 안 됐어요?"

"뭐가요?"

"판사가 할러 변호사의 요청을 거절했냐고요."

"아뇨, 아직 시작도 안 했어요. 심리가 곧 열릴 겁니다. 다가오는 월요일에요. 그래서 교도관들이 당신을 시내 구치소로 이감할 거고요."

보슈는 루신더의 눈에 약간 생기가 도는 것을 봤다. 최악에 대비하고 있었던 모양이었다.

"당신에게 보여줄 사진이 있어서 왔어요." 보슈가 말했다. "기억나요? 발사 잔여물 검사한다고 당신의 두 손과 두 팔을 닦은 보안관 부관이 여자였다고 했는데."

"네, 여자였어요." 루신더가 말했다.

"사진이 몇 장 있는데, 검체를 채취한 그 여자의 사진이 있는지 한번 봐줘요."

"그럴게요."

"탁자가 있는 변호인 접견실에서 만나면 사진을 쭉 펼쳐놓고 보여줄 수 있을 텐데 교도관들이 허락을 안 해주네요. 사진을 한 번에 한 장씩 들어 보여줄게요. 사진을 다 본 다음에 대답해 줘요. 확실한 사진이 있어도 여섯 장을 다 볼 때까지 기다려야 해요. 천천히 시간을 갖고 자세히 봐요. 그리고 누군지 알아보겠으면 1부터 6까지 중에서 숫자로 말해 줘요. 알겠어요?"

"네."

"좋아요, 갑니다."

보슈는 루신더가 사진을 보는 중에 숫자나 탄성을 무심코 내뱉는 걸 듣지 않기 위해서 수화기를 수화기 걸이에 내려놓았다. 그는 가림막 앞 선반에 두었던 마닐라 파일을 열었다. 여섯 장의 사진이 뒤집힌 채 차곡차곡 쌓여 있다. 사진마다 뒷면에 숫자가 적혀 있었다. 그는 사진을 한 번에 한 장씩 유리에 갖다 댔고 속으로 5초를 센 후 사진을 내리고 다음 사진으로 넘어갔다. 루신더는 가림막 쪽으로 몸을 기울이고 자세히 봤다. 그녀의 눈을 주시하던 보슈는 네 번째 사진을 들었을 때 그녀가 알아보는 것을 눈치챘다. 보자마자 분명히 알아보는 기색이었다. 그러나 수화기를 귀에서 떼서 들고 있던 루신더는 어떤 탄성도 내뱉지 않았다.

사진은 얼굴 사진이 아니었다. 시스코 보이체홉스키가 망원렌즈 카메라로 은밀히 찍은 몰카 사진이었다. 한때 로베르토 샌즈가 소속됐던 갱단 진압팀의 팀원들 신원을 확인하고 사진을 찍기 위해 시스코는 카메라와 라디오 스캐너를 들고 앤털로프밸리 보안관국 밖에서 거의 일주일을 서 있었다. 현재 그 팀에서 여성은 두 명뿐이었고 그중 한 명만이 로베르토 샌즈가 일할 당시에 함께 일했다. 그녀의 사진이 지금 보슈가 루신더에게 보여주고 있는 여섯 장의 사진 속에 들어 있었다. 다른 다섯 장 사진 속의 여성들은 비슷한 연령대였고 비슷하게 자연스러운 상황에서 찍혔지만 보안관 부관은 아니었다. 여섯 명 모두 제복을 입고 있지 않았다.

보슈는 사진을 다 보여준 후 파일에 도로 넣고 파일을 덮었다. 그러고는 수화기를 들었다.

"다시 보여줄까요?" 보슈가 말했다.

"4번요." 루신더가 말했다. "4번이 그 여자예요."

"확실해요?" 보슈가 말했다. "다시 볼래요?"

그는 목소리에서 최대한 감정을 빼고 사무적으로 말했다.

"아뇨, 4번 맞아요." 루신더가 말했다. "그 여자예요. 또렷이 기억해요."

"그 여자가 발사 잔여물 검체 채취용 패드에 당신의 두 손과 옷을 문질렀던 보안관 부관이라고요?" 보슈가 물었다.

"네."

"확실하죠?"

"네, 4번 확실해요."

"몇 퍼센트나 확신해요?"

"백 퍼센트요. 그 여자 맞는다니까요. 근데 누구예요, 그 여자?"

보슈는 가림막 쪽으로 몸을 숙이고 루신더 쪽 면회 부스를 자세히 살펴봤다. 그녀의 어깨 너머로 벽 위쪽을 살폈다. 기결수들이 방문객들과 면회하는 부스 뒤편 벽 위쪽에 카메라가 달려 있었다. 스테파니 생어를 루신더가 알아보는 모습이 비디오에 담겼을 것이 분명했다.

루신더도 보슈의 눈길을 좇아서 고개를 돌려 카메라를 보더니 다시 그를 돌아봤다.

"왜요?" 그녀가 물었다.

"아무것도 아니에요." 보슈가 말했다. "카메라가 있는지 확인하고 싶었어요."

"왜요?"

"당신이 그녀를 알아봤다는 사실을 두고 법정에서 다투게 될 때를 대비해서요."

"내가 법정에 가지 못할 수도 있다는 뜻이에요? 내가 그 여자를 알아봤기 때문에 위험하다고 생각하세요?"

루신더는 갑자기 겁을 집어먹은 듯했다.

"아뇨, 그렇게 생각 안 해요." 보슈가 재빨리 그녀를 안심시켰다. "그냥 모든 경우에 대비하는 거예요. 보통은 유리 가림막에 막혀 있는 부스가 아니라 접견실에서 사진을 보여주고 당신이 고르는 사진에 당신의 서명을 받거든요. 여기선 그렇게 할 수가 없잖아요. 그래서 그러는 거예요. 당신에겐 아무 일도 없을 거예요, 신디."

"진짜죠?" 그녀가 물었다.

"그럼요. 난 그냥 모든 것이 철저하게 준비된 상태로 법정에 가고 싶어서 그래요."

"좋아요, 조사관님과 할러 변호사님을 믿어요."

"고마워요."

"제가 고른 사진 속 여자, 누구죠?"

"이름은 스테파니 생어. 당신 전남편의 동료였어요."

"네, 그때도 그 여자가 그렇게 말했어요."

"또 무슨 말을 했는지 기억나는 거 있어요?"

"저를 용의자 명단에서 빼주기 위해서 발사 잔여물 검사를 해야 한다고 말했어요."

"그건 검사를 받게 하려는 술수였어요."

보슈는 사진이 든 파일을 집어서 루신더 앞에 들어 보였다.

"다음 주에 재판 시작하면, 이것에 대해 질문을 받을 수 있어요, 알겠죠?"

"왜요?"

"그러니까 내 말은 신원확인 작업을 다시 해야 할 수도 있다는 뜻이에요. 사진으로 하거나 그 여자가 법정에 와 있는지 둘러보거나."

"그 여자가 법정에 와요?"

"네, 올 수도 있어요. 우리가 증인으로 소환할 거거든요. 하지만 당신이 증언한다는 걸 알면 올지 안 올지 잘 모르겠네요."

"저는 언제 LA구치소로 가죠?"

"그것도 잘 모르겠어요. 할러 변호사한테 확인하라고 할게요."

"카운티 구치소로 가고 싶지 않아요. 거긴 보안관국이 운영하는 덴데."

"거기로 안 가요. 이건 연방법원 재판이라, 여기서 연방 구치소로 이감될 거예요. 연방보안관국이 운영하기 때문에 월요일에 연방보안관들이 당신을 법정으로 데려올 거고요."

"확실하죠?"

수화기에서 윙윙거리는 소리가 크게 들리더니 면회가 1분 남았다고 알리는 전자음이 들렸다.

"그럼요." 보슈가 말했다. "걱정하지 말아요."

면회의 마지막 몇 초가 지나가고 있다는 걸 깨달은 신디의 얼굴에 절박한 표정이 떠올랐다.

"보슈 조사관님, 우리가 이길까요?" 그녀가 물었다.

"최선을 다해야죠." 보슈는 말을 내뱉자마자 부적절한 말이었음을 깨달았다. "진실이 꼭 밝혀질 거고, 우리가 당신을 집으로, 아들 곁으로 돌려보낼 겁니다."

"약속하실 수 있어요?"

보슈는 망설였고, 대답하기 전에 통화가 끊어졌다. 그는 루신더 샌즈를 바라보면서 고개를 끄덕였다. 그러면서도 만일 그가 원하는 대로 결과가 안 나온다면 그 약속이 계속 자신을 따라다니며 괴롭힐 것을 알고 있었다.

걸상에서 일어선 보슈는 어색하게 손을 흔들어 샌즈에게 작별인사를 했다. 샌즈도 똑같이 했고 그녀의 얼굴에는 앞으로 일어날 일에 대한 불안감이 가득했다. 보슈가 약속을 하든 안 하든, 법정에선 확실한 것이 아무것도 없었다.

보슈는 바닥에 그려진 화살표를 따라 걸어서 교도소 출입구로 나갔다. 면회가 그런 식으로 끝난 것이 마음에 걸렸지만 성과에 집중하려고 노력했다. 루신더 샌즈는 자신이 전남편 살해 혐의를 받게 만든 연쇄 반응을 처음 시작한 사람이 스테파니 생어라고 확인해 줬다. 그것이 큰 수확이었다. 보슈는 교도소 주차장에 도착하자마자 전화기를 켜고 할러에게 전화를 걸었다.

전화벨이 실컷 울리다가 음성메일로 넘어갔다. 할러가 법정에 있는 모양이었다. 보슈가 녹음 버튼을 누르려고 하는데 삐 하는 소리가 들리더니 할러의 전화가 들어왔다. 보슈는 메시지 녹음을 취소하고 전화를 받았다.

"그래, 치노에 간 일은 어떻게 됐어?" 할러가 물었다.

"발사 잔여물 검체를 채취한 사람이 생어라고 신디가 확인했어." 보슈가 말했다.

할러가 휘파람을 불었다. 차 소리가 들리는 걸 보니 링컨 차에 앉아 있는 모양이었다.

"좋은 소식이네." 할러가 말했다. "기록으로 남기면 좋겠다고 생각했던 거잖아."

"그렇지." 보슈가 말했다. "그런데 변호사 접견실을 못 쓰게 하더라고. 그래서 가림막을 통해서 사진을 보여줘야 했어. 신디가 사진에 서명은 못 했지만, 신디 뒤에 CCTV 카메라가 있었어. 필요하면 동영상을 쓸 수 있을 거야."

"좋아. 또 다른 건?"

"신디가 긴장하더라고, 특히 생어에 대해서. 두려운 것 같았어."

"이제 엿새 남았어. 우리 계획을 실천에 옮길 때인 것 같아."

"생어를 소환하자고?"

"그리고 생어의 동료 미첼도."

"그래, 그런데 그 사람들이 안 좋아하겠는데."

"안 좋아하기만 할까. 어쨌든 형은 AT&T가 우리를 위해 만들어 놓은 썸드라이브[27]를 찾아와줘."

"내가 그걸 받는 순간 검찰과 공유할 증거자료가 되는 것 아닌가?"

"기술적으로 말해서 내가 그걸 법정에서 사용하겠다고 결정하기 전에는 공유할 증거자료가 아니야. 하지만 공판 전날까지 기다렸다가 증거로 쓰겠다고 내놓으면, 검찰이 난리를 치면서 판사에게서 공판 연기를 얻어내겠지."

"그럼 우린 어떻게 해야 해?"

"형이 썸드라이브를 받아와서 데이터를 다운로드해서 파일 전체를 출력해 줘. 대략 2천 페이지는 될 거야. 그럼 검색할 수 있는 전자 파일은 우리가 갖고 출력본을 저쪽에 주는 거지. 그 서류 더미를 보면 자기네들 시간 낭비하라고 우리가 수작을 거는 걸로 생각할 거야. 그러면 우리가 그걸 증거로 제출할 때 크게 반발 안 할 거야."

"증거로 제출한다면 말이지."

"그렇지. 형이 어떤 걸 발견할지 대강 예상은 가지만, 예상대로 잘 나와야지, 그렇지 않으면 우리 시간과 우리 의뢰인이 자유를 얻을 기회를 허비하게 될 텐데."

"알았어, 휴대전화 자료를 받자마자 열심히 찾아볼게."

---

27 컴퓨터의 휴대용 저장 장치

"결과 나오는 대로 알려줘."

"잠깐만, FBI는 어떻게 할 거니?"

"꼭 필요할 때까지 그 카드는 쓰지 않을 거야."

보슈는 그 말이 무슨 뜻인지 정확히는 알지 못했지만 더 질문하지 않는 것이 좋겠다고 느꼈다. 할러는 주 검찰청과 '공 감추기' 놀이를 하려 하고 있었다. 반드시 넘겨야 하는 자료는 끝까지 잡고 있다가 넘겨주지 않을 수 없을 때 넘기고, 자신의 변호 전략을 최대한 감추려고 애를 쓰고 있었다. 그것은 안전망이 확보되지 않은 위험천만한 행동이었고, 결국에는 연방판사를 화나게 해서 할러가 무엇을 알고 있었는지 언제부터 알고 있었는지 추궁하게 만들 수 있었다. 그것은 또한 보슈가 경찰 배지를 달고 있었다면 노발대발했을 변호 술책이기도 했다. 그러나 지금은 할러가 취하는 조치들을 보면서 감탄하지 않을 수가 없었다. 보슈는 링컨 차를 타는 변호사가 검찰을 다루는 데 있어서는 윤리적 경계선을 넘지 않는 대단한 능력을 가지고 있다고 생각했다. 할러는 그것을 '빗속에서 춤추기'라고 불렀다.

할러와 함께 샌즈 사건을 조사해 온 지난 7개월 동안 보슈는 할러가 피고인 측으로 일하면서 이길 가능성이 낮은 약자가 됐다는 사실을 깨닫게 됐다. 할러는 서프보드를 들고 해변에 서서 30미터 높이의 파도가 몰려오는 것을 올려다보고 있는 사람 같았다. 국가는 무제한의 압도적인 힘을 발휘했다. 반면에 할러는 의뢰인을 위해 맞서는 한 명의 인간에 불과했다. 그는 서프보드에 엎드려 양손으로 물을 저어 자신을 집어 삼킬 듯한 파도를 향해 기꺼이 나아가고 있었다. 보슈는 그런 행동이 숭고하다는 생각이 들기 시작했다.

"모리스한테서 연락왔어?" 보슈가 물었다. "진짜 월요일에 시작하는 거야?"

헤이든 모리스는 연방 인신보호 구제청구소송 심리에서 루신더 샌즈의 유죄판결을 옹호할 캘리포니아주 검찰청 소속 검사였다. 그는 매주 월요일 오전에 완전한 증거개시를 요구하는 메모를 할러에게 보내는 것 말고는 다른 연락은 하지 않았다.

"안 왔어." 할러가 말했다. "그래서 내 생각에는 월요일부터 시작할 것 같아. 형도 꼭 와, 안 오면 후회할걸."

"알았어." 보슈가 말했다. "들어가는 길에 AT&T 자료 찾아서 오늘 밤에 다 훑어볼 거야. 그리고 내일은 생어와 미첼에게 소환장을 송달하고."

"그 안에서 우리가 원하는 것을 찾으면, 바로 전화해. 이메일과 문자 메시지는 안 돼. 잊지 마."

"알지, 물론. 검사에게 아무것도 넘겨주지 않겠다는 거잖아."

"그렇지. 생각이 다시 변호사처럼 돌아가네, 형."

"그러면 안 되는데."

"받아들여. 새로 태어났다고 생각하고."

보슈는 더 이상 말하지 않고, 혹은 부정하지 않고 전화를 끊었다.

제6부

진실의 덫

24

독수리는 옳고 그름을 꿰뚫어 보는 듯 성난 눈으로 나를 노려보고 있었다. 기회만 된다면 날카로운 발톱으로 붙들고 있던 화살과 올리브 가지를 떨어뜨리고 벽에서 뛰쳐나와 나를 덮칠 기세마저 느껴졌다. 마치 정의를 구현하러 여기 오겠다는 생각을 한 것만으로도 벌을 받아 마땅한 나의 목을 갈기갈기 찢어놓을 것처럼 보였다. 나는 새로운 환경에 적응하면서 그 독수리를 자세히 관찰했다. 변호사로 생활한 지난 수십 년 동안 웬만하면 연방법원에 드나들지 않으려고 애를 쓰며 살았다. 캘리포니아 중부 연방지방법원은 변호사가 제 발로 걸어 들어가는 무덤과도 같은 곳이다. 연방법원의 유죄판결 비율은 거의 백 퍼센트에 가까웠다. 변호사가 제기한 소송은 받아들여지기는 해도 재판까지 가는 일은 자주 없었고 승소하는 경우는 드물었다.

그러나 '루신더 샌즈 대 캘리포니아주' 사건은 달랐다. 인신보호 구제청구는 민사소송절차였다. 나의 적은 연방정부가 아니었다. 나는 주

정부와 싸우고 있었고 연방판사는 심판 역할을 할 뿐이어서 희망의 문이 열려 있었다. 나는 판사석 위 벽에 붙어 있는 화난 독수리가 새겨진 표장을 본 후, 짙은 색 원목 사무 가구가 놓여 있고, 앞쪽 양 구석에는 깃발이 걸려 있으며, 양 벽에는 이전 판사들을 유화로 질감 있게 그린 초상화가 걸려 있는 기품 있는 법정 안을 둘러봤다. 이 방은 정의 구현을 기원하며 발을 들여놓았던 어느 변호사보다도 세월의 무게를 더 잘 견뎌냈다. 아주 오래전 리걸 시걸이 내게 준 가르침이 생각났다.

> 숨을 깊이 들이마셔라. 지금은 너의 시간이다. 여기는 너의 무대다. 승리를 원해라. 승리를 쟁취해라. **승리를 가져라.**

내 뒤에서 사람들이 방청석으로 걸어오는 소리, 내 왼쪽 검사석에서 수군거리는 말소리, 내 오른쪽 서기석에서 법정 서기가 휴대전화에 대고 중얼거리는 소리. 나는 주변의 소음을 애써 무시하면서 두 눈을 감고 리걸 시걸의 말을 속으로 되새겼다. 그러나 그때 내가 무시할 수 없는 소리가 나를 방해했다.

"미키! 미키!"

다급한 속삭임. 나는 눈을 뜨고 루신더를 쳐다봤다. 그녀가 법정 뒤쪽을 향해 고갯짓을 했다. 돌아보니 방청석 첫째 줄에는 기자들과 함께 카메라를 허용하지 않는 연방법정 특성상 어느 TV 방송국에서 보낸 법정 출입 화가가 앉아 있었다. 그리고 그들 너머로 방청석 맨 끝줄에 보안관 부관 스테파니 생어가 앉아 있었다. 인신보호 구제청구는 민사소송절차였기 때문에 그녀의 증언조서[28]를 받을 수도 있다. 그랬다면 그녀와 검사에게 내 변론전략을 노출할 수밖에 없었을 것이다. 그러고 싶지 않았다. 그래서 나는 모험을 한다고 생각하고 증언조사 절차를 건너뛰었고, 본 심리에서 그녀를 증인으로 불러 처음으로 증인 신문을 할 작정이었다.

생어와 잠깐 눈이 마주쳤다. 그녀는 연갈색 금발에 연갈색 눈동자를 갖고 있었고, 벽에 걸린 독수리만큼 차갑고 화난 눈으로 나를 노려봤다. 제복을 갖춰 입고 보안관 부관 배지와 여러 개의 표창 배지를 달고 있었다. 이것은 증인으로 나선 법집행관의 권위를 배심원들에게 상기시키는 가장 오래된 방법이었다. 그러나 이 심리는 배심원 재판이 아니었고, 제복이 판사에게 깊은 인상을 남길 것 같지도 않았다.

"저럴 수 있어요?" 샌즈가 물었다. "저렇게 우리 뒤에 앉아 있어도 되는 거예요?"

나는 생어에게서 내 의뢰인에게로 눈길을 돌렸다. 샌즈는 겁먹은 표정이었다.

"걱정 말아요." 내가 말했다. "심리가 시작되면, 나갈 거예요. 증인이라 증언 차례가 될 때까진 법정 안에 있을 수 없거든요. 해리 보슈도 그래서 여기 없잖아요."

샌즈가 대답하기 전에, 연방보안관이 법정 구치감 문 옆에 있는 책상 뒤에서 일어서더니 엘런 코엘로 판사의 입장을 알렸다. 판사가 때맞춰 입장한 덕분에 샌즈 달래기가 금방 끝이 났다. 법정에 있는 사람들

---

28 증인이 법원 밖에서 재판에 사용할 목적으로 한 진술을 기록한 문서. 당사자로부터 서면이나 구두로 질문을 받은 증인이 선서하고 증언하는 것

이 일어섰고, 판사석 뒤에 있는 문이 열리더니 검은 법복을 입은 판사가 세 계단을 올라와 검은색 가죽 의자에 앉았다.

"착석하세요." 격자 천장과 법정의 음향시설 때문에 판사의 목소리가 증폭돼 크게 들렸다.

나는 샌즈에게 몸을 기울이고 속삭였다. "판사와 대리인들이 몇 가지 논의를 할 거고 그다음엔 당신 차례예요. 전에 얘기했듯이 대답할 땐 침착하고 솔직하게 나나 판사를 쳐다보면서 말해요. 검사 쪽은 보지 말고."

샌즈는 머뭇거리며 고개를 끄덕였다. 안색이 창백해진 것이 아직도 겁이 나는 듯했다.

"괜찮을 거예요." 내가 말했다. "준비 잘했잖아요. 잘할 거예요."

"만약 잘 못하면요?" 루신더가 말했다.

"그런 생각 하지 말아요. 저 반대쪽 자리에 앉은 사람들은 당신의 남은 인생을 빼앗고 싶어 해요. 당신 아들을 뺏어가고 싶어 하고요. 그러니까 겁을 내지 말고 화를 내요. 아들에게 돌아가야 하잖아요, 루신더. 저들이 그걸 막으려고 한다고요. 그 생각을 해요."

나는 루신더 뒤에서 인기척을 느끼고 고개를 들었다. 프랭크 실버가 루신더 옆에 있는 의자를 끌어내 앉았다.

"늦어서 미안합니다." 그가 속삭였다. "오랜만이에요, 루신더, 나 기억하죠?"

루신더가 대답하기 전에 나는 그녀의 팔을 잡아 만류한 후 그녀 앞으로 몸을 기울이고 최대한 분노를 삭인 조용한 목소리로 실버에게 말했다.

"여긴 왜 왔어?"

"공동 변호인이잖아요." 그가 말했다. "그렇게 합의해 놓고 그러신다. 그래서 도우러 왔죠."

"합의라뇨?" 루신더가 물었다.

"합의 같은 것 안 했어요." 내가 말했다. "꺼져, 프랭크. 지금 당장."

"난 아무 데도 안 가요." 실버가 말했다.

"내 말 잘 들어." 내가 말했다. "자넨 여기 있으면 안 돼. 그러면……."

코엘로 판사가 내 말을 끊었다.

"'샌즈 대 캘리포니아주 사건'에 관한 인신보호 구제청구소송 심리를 시작하겠습니다. 양측 대리인들 심리 진행할 준비 됐습니까?"

헤이든 모리스와 내가 각자의 자리에서 동시에 일어서서 심리를 진행할 준비가 됐다고 대답했다.

"청구인 측 대리인." 판사가 말했다. "공동 대리인이 있다는 기록은 본 적이 없는데, 청구인 옆에 앉아 있는 분은 누구시죠?"

실버가 직접 대답하려고 일어서는 것을 보고 내가 선수를 쳤다.

"실버 씨는 청구인의 형사소송을 대리한 변호인입니다." 내가 말했다. "청구인을 응원하러 잠깐 들렀을 뿐, 공동 대리인은 아닙니다."

코엘로는 자기 앞에 놓인 서면을 내려다봤다.

"실버 씨는 청구인 측 증인 명단에 올라 있군요." 그녀가 말했다. "어쩐지 익숙하더라니."

"네, 재판장님." 내가 말했다. "그렇습니다. 그리고 말씀드렸다시피 심리 시작에 맞춰 청구인을 응원하러 온 것이고요. 지금 나갈 겁니다. 실은요, 재판장님, 저희 청구인 측은 모든 증인이 증인석에 불려 나올 때까지 법정에서 나가 있기를 요청하는 바입니다."

이미 자리에 앉았던 모리스 검사가 다시 벌떡 일어서더니 내가 말하는 증인은 스테파니 생어 경사이고, 그녀는 직권남용에 대한 소환명령 기각신청 건 때문에 법정에 있는 것이라고 판사에게 설명했다.

"좋아요, 그것부터 처리합시다." 코엘로 판사가 말했다. "하지만 먼저, 실버 씨, 법정에서 퇴정하세요."

나는 벌써 실버를 생각에서 지우고 생어에 대한 반론을 준비하면서 계속 서 있었다. 정신을 딴 데 팔지 않고 목표물에 집중해야 했다. 모리스 검사는 생어를 증인석에 앉히고 싶어 하지 않았고, 이 사건과 나의 증인신문에서 최대한 멀리 떨어뜨려 놓고 싶어 했다. 나는 그런 일을 허용할 수 없었다.

실버가 천천히 일어서면서 의자를 뒤로 미는 것이 주변 시야로 보였다. 나는 우리가 친한 동료이고 인신보호 구제청구를 야기한 오심誤審에 대해 한마음인 것처럼 보이기 위해 그를 돌아보며 빠르게 고개를 끄덕였다. 그도 내 연극에 호응해서 샌즈의 어깨를 토닥이더니 내 옆을 지나갔다. 그는 미소 띤 얼굴로 응원한다는 듯 고개를 끄덕이며 작은 목소리로 내게 말했다. "잘해보쇼. 그리고 난 증언 안 해요. 소환장 들고 와봐요, 어디 내가 받아주나."

나는 그에게서 엄청난 영감을 주는 말을 들은 것처럼 고개를 끄덕였다.

그러고 나서 실버는 법정을 나갔다. 나는 변론을 하기 위해 계속 서 있으면서 보슈가 생어에게 송달한 소환장 사본이 든 파일을 열었다. 모리스가 어떤 전략으로 나올지 알 수가 없었다.

코엘로 판사는 실버가 법정 문에 다다를 때까지 기다렸다가 말을 이었다.

“피청구인 측 대리인, 변론하세요.” 판사가 말했다.

다음 5분간 모리스 검사는 생어 경사에게 송달된 소환장은 상대편 대리인, 즉 내가 생어를 증인석에 앉힐 아무런 증거도 없이 순전히 떠보기 위해서 발부받은 것이기 때문에 기각돼야 마땅하다고 주장했다.

“생어 경사는 현재 여러 사건의 수사에 참여하고 있는데, 청구인 측 대리인이 막무가내로 신문을 진행한다면 그 수사에 큰 피해가 갈 수 있습니다. 또한 청구인 측 대리인은 이 증인을 신문함으로써 자신의 위세를 과시하려 하고 있고요. 재판장님께서 그것을 허용하신다면 다른 사건들의 진실을 밝히고 정의를 구현하는 일이 타격을 입을 겁니다. 게다가 청구인 측 대리인의 소환장 신청은 청구인의 증인 식별 결과를 토대로 이뤄졌는데, 그 식별 과정 자체가 대단히 의심스럽고 사진 확인 과정의 표준적 절차를 따르지 않았습니다. 그것만으로도 소환장은 무효라고 생각합니다.”

“사진 확인을 어떻게 했다는 건지 설명해 보세요.” 코엘로 판사가 말했다.

“네, 재판장님. 청구인 측 대리인의 조사관이 청구인이 수감돼 있는 교도소의 면회실에서 청구인에게 사진 몇 장을 차례로 보여줬습니다. 이를 통해 조사관은 청구인이 생어 경사를 알아보도록 조종할 수 있었고요. 이것이 재판장님께서 서명하신 소환장의 토대가 됐죠. 아시다시피, 목격자에게 사진을 보여주는 적절한 방법은 보통 식스팩이라고 알려진 방법인데요, 목격자에게 사진 여섯 장을 한꺼번에 보여주는 것입니다. 어떤 사진을 골라야 하는지 외부의 영향을 전혀 받지 않은 상태에서 볼 수 있게 말이죠. 그렇지만 지금은 너무 늦었습니다. 사진 확인 절차가 적법하지 않으므로 저희 피청구인 측은 소환 신청을 기각해 주시기를 요청합니다." 모리스가 자리에 앉았다.

나는 안도감을 느꼈다. 모리스 검사의 주장은 완전한 헛소리였다. 그는 지푸라기라도 잡는 심정으로 안간힘을 쓰고 있었고, 그것은 생어가 증언하게 될까 봐 그가 노심초사하고 있다는 뜻이다. 이제 나는 생어를 증인석에 앉히기 위해 최선을 다해야 했다.

"청구인 측 대리인?" 판사가 나를 불렀다. "반론하시겠어요?"

"반론할 기회를 주셔서 감사합니다, 재판장님." 내가 말했다. "먼저, 저는 이 지역에서 수십 년간 변호사 생활을 했지만, '막무가내'라는 표현이 이의 제기의 근거로 사용되는 것을 듣기는 이번이 처음입니다. 제가 로스쿨에서 그 용어를 배우지 못한 것인지는 모르겠습니다만, 제 동료 대리인의 변론이야말로 막무가내이고 불합리하기까지 합니다. 제 조사관 해리 보슈는 로스앤젤레스 경찰국에서 경찰관과 형사로 40년 이상 근무했습니다. 따라서 사진 확인 작업을 어떻게 수행하는 것이 적절한지 누구보다 잘 알고 있죠. 그는 먼저 치노 교도소 교도관들에게 변호인 접견실에서 청구인인 샌즈 부인을 접견하게 해달라고 요청했지만 거부당했습니다. 그래서 일반 면회실 면회 부스에서 청구인을 만났고 제가 제출한 소환 신청서에 설명한 대로 사진 확인 작업을 진행했습니다. 청구인에게 사진을 한 번에 한 장씩 보여줬고 청구인이 사진 여섯 장을 다 볼 때까지 수화기를 들지 않았습니다. 나중에 수화기를 들고 나서야 청구인은 신원을 확인해 줬고요. 따라서 예상 밖이거나 교활하거나 정확히 무슨 뜻인지는 모르겠지만 막무가내의 일은 전혀 없었습니다. 그리고요, 재판장님, 교도소에 설치된 카메라가 면회를 전부 기록했습니다. 피청구인 측 주장대로 신원 확인 절차가 적법하지 않은 것이 사실이라면, 피청구인 측 대리인은 그 CCTV 동영상을 우리에게 보여줬을 겁니다. 재판장님이 그 동영상의 확인을 위해 동영상 제출을 명령하신다면, 그동안 우리는 심리를 연기하고 모든 것을 중단하게 되고 청구인인 루신더 샌즈의 불법 감금기간이 연장되는 결과를 낳을 것입니다."

"재판장님?" 모리스가 말했다.

"잠깐만요, 피청구인 측 대리인." 코엘로 판사가 말했다. "청구인 측 대리인, 이의 제기 첫 번째 부분에 대한 반론은 무엇이죠?"

"피청구인 측 대리인은 기밀인 다른 수사들에 대해 언급하고 있는데요." 내가 말했다. "그만큼 절박하다는 뜻일 겁니다. 그러나 저는 로베르토 샌즈 피살사건에 관한 부실하고 부패한 수사 말고 다른 수사에 관해서는 언급할 의도가 전혀 없습니다. 피청구인 측 대리인이 증언을 막으려고 애를 쓰고 있는 증인은 로베르토 샌즈 피살사건 수사에 깊이 관여한 사람입니다. 피청구인 측 대리인은 그 사건에 대한 진실이 이 법정에서 드러나는 것을 막고 싶은 것이고요. 저는 다른 수사에 관해서는 절대로 언급하지 않겠습니다. 각서를 쓰라면 쓰겠습니다. 제가 약속을 조금이라도 어긴다면, 바로 제지하셔도 됩니다."

잠깐 침묵이 흘렀고 모리스 검사가 두 번째 기회를 노렸다.

"재판장님, 짧게 반론할 기회를 주시겠습니까?" 그가 말했다.

"그럴 필요는 없을 것 같군요." 코엘로 판사가 말했다. "청구인 측 조사관이 청구인에게 사진을 보여주는 모습이 찍힌 CCTV 동영상을 가지고 있습니까, 피청구인 측 대리인?"

"아뇨, 재판장님, 가지고 있지 않습니다." 모리스가 대답했다.

"본 적은 있고요?" 코엘로가 끈질기게 압박했다. "그것이 피청구인 측 대리인이 제기한 소환장 기각 신청의 토대였습니까?"

"아뇨, 재판장님." 모리스가 온순하게 말했다. "저희 피청구인 측의 토대는 청구인 측이 제기한 소환장 신청서였습니다."

"그렇다면 변론 근거를 제시할 준비가 돼 있지 않은 거로군요." 코엘로 판사가 말했다. "소환장 기각 신청을 기각합니다. 생어 경사는 증언 차례가 될 때까지 법정 밖에서 대기하세요. 본 사건에 관해 증인신문을 시작하기 전에 양측 대리인 더 할 말 있습니까?"

모리스가 검사석에서 다시 일어섰다.

"네, 있습니다, 재판장님." 그가 말했다.

"좋습니다." 코엘로 판사가 말했다. "할 말이 뭐죠?"

"재판장님도 아시다시피, 이 인신보호 구제청구소송 심리는 주 정부의 요청에 따라 재판장님이 비공개로 열기로 결정하셨습니다." 모리스가 말했다. "그것은 이 심리가 언론에 알려지는 것을 막기 위해서였죠. 청구인 측 대리인이 과거에 맡은 여러 사건에서 언론을 이용하는 성향을 자주 보였기 때문에요."

내가 일어섰다.

"이의 있습니다." 내가 말했다. "재판장님, 피청구인 측 대리인은 재판의 초점을 흐리기 위해 갖은 애를 쓰고……."

"청구인 측 대리인." 코엘로가 단호하게 내 말을 끊었다. "나는 양측 대리인이 서로를 방해하는 것을 좋아하지 않아요. 피청구인 측 대리인의 변론에 일리가 있다고 내가 판단하면, 청구인 측 대리인에게도 반박할 기회를 주겠습니다. 그러니까 지금은 앉아서 피청구인 측 대리인의 말을 끝까지 들어봅시다."

나는 나의 이의 제기로 모리스의 변론에 김이 빠졌기를 바라면서 판사의 지시대로 자리에 앉았다.

"감사합니다, 재판장님." 모리스가 말했다. "아까도 말씀드렸다시피, 이 인신보호 구제청구소송은 심리가 본격적으로 시작될 때까지 비공개로 한다고 재판장님이 결정하셨습니다."

"그때가 바로 지금입니다, 피청구인 측 대리인." 코엘로 판사가 말했다. "피청구인 측 대리인이 무슨 주장을 하려는 것인지 알겠어요. 방청석에 기자들이 앉아 있는 게 보이는군요. 법정 화가의 출석 요청은 내가 허락했어요. 이 심리는 이제 공개 법정에서 진행하겠습니다. 그래서 무엇에 관해 이의를 제기한다는 거죠, 피청구인 측 대리인?"

"재판장님은 법정 화가의 출석 요청서를 지난 금요일에 받으셨습니다." 모리스가 말했다. "우리 모두 사본으로 받아 봤죠. 그 당시에는 이 사건이 여전히 비공개로 돼 있었는데, 어찌 된 일인지 언론은 이 사건에 대해 알고 있었던 겁니다. 그러므로 저희 피청구인 측은 본 인신보호 구제청구소송의 비공개를 지시한 법원 명령을 위반한 것에 대해 청구인 측 대리인의 징계를 요청하는 바입니다."

나는 다시 한번 일어섰지만 끼어들지는 않았다. 판사에게 내가 반박할 준비가 돼 있다는 사실을 알려주고 싶었을 뿐이다. 그러나 판사는 한 손을 뻗어 공기를 쓰다듬는 시늉을 하며 앉으라고 신호를 보냈다.

나는 다시 앉았다.

"피청구인 측 대리인은 불과 2분 전에 청구인 측 대리인이 하고 있다고 비난한 일을 본인이 하고 있군요." 코엘로 판사가 말했다. "언론을 이용하는 것 말이에요. 내가 청구인 측 대리인에게 이 심리에 대한 비공개 결정이 해제되기 전에 심리 일정을 언론에 알렸냐고 물어보면 그러지 않았다고 주장할 겁니다. 청구인 측 대리인이 그랬다는 증거도 없고요. 솔직히 말해서, 청구인 측 대리인은 너무 영리해서 그런 일을 스스로 했을 것 같지도 않아요. 그러니까 피청구인 측 대리인, 자신의 주장을 입증할 증거를 제시할 수 없다면, 지금 당신이 하는 일은 모두의 이목을 끌기 위한 행동일 뿐입니다. 그러지 않았으면 좋겠군요. 우리가 여기서 해야 할 일을 하는 게 좋겠고요. 징계 조치는 없을 것입니다. 자, 청구인 측 대리인, 증인신문 시작할 준비됐습니까?"

나는 전쟁터로 나가기 전에 방패를 들 듯이 재킷의 단추를 잠그면서 일어섰다.

"네, 준비됐습니다." 내가 말했다.

"좋습니다." 판사가 말했다. "첫 번째 증인을 부르세요."

25

나는 루신더 샌즈가 어머니로부터 사복을 제공받아 입도록 허락하겠다는 코엘로 판사의 제안을 거절했다. 루신더가 범죄를 저질렀다는 누명을 쓰고 5년간 수감 생활을 해왔다는 사실에서 관심을 딴 데로 돌리게 만들 만한 일은 어느 것에도 동의하고 싶지 않았다. 나는 판사가 루신더의 모습을 보면서 잘못된 기소가 그녀에게서 모든 것을, 아들과 가족과 자유와 생계를 빼앗고, 앞뒤로 'CDC[29] 수감자'라고 찍힌 청색 수의를 입게 만들었다는 사실을 계속 상기하기를 바랐다.

증인석에 앉은 루신더는 장식이 화려한 나무 난간 위로 얼굴만 겨우 보일 정도로 왜소해 보였다. 단발머리는 뒤로 넘겨 하나로 묶었고 턱선이 날카로웠다. 겁먹은 표정 속에서 결연함도 느껴졌다. 내가 먼저 그녀를 신문할 예정이었다. 내 직접신문은 쉬운 부분이었다. 위험이 도사리고 있는 것은 모리스 검사의 반대신문이었다. 그는 거의 6년 전 루신더가 수사관들에게 받았던 첫 번째 피의자 조사에서 했던 말을 담은 피의자 신문조서와 두 달 전 치노 교도소에서 한 증언조서를 갖고 있었다. 나는 민사소송에서 허용하는 선서증언 선택권을 사용하지 않았다. 반면, 모리스는 기꺼이 그녀의 선서증언을 받았고 이는 그의 전략을 분명히 보여줬다. 그녀의 증언에서 거짓말을 단 한 개라도 찾으면 그녀의

---

29 California Department of Corrections, 캘리포니아 교정국의 줄임말

진술에 신빙성이 없다고 주장하면서 그녀가 결백하다는 주장을 전면 부정할 심산이었다.

"청구인을 신디라고 불러도 괜찮겠습니까?" 내가 물었다.

"아, 네." 루신더 샌즈가 말했다.

"신디, 당신이 어디에서 살고 있고 그곳에서 산 기간은 얼마나 되는지 말씀해 주시겠습니까?"

루신더가 대답하기 전에 모리스 검사가 끼어들었다.

"재판장님, 청구인이 자백한 범죄에 대한 처벌로 투옥된 정황과 결과에 대해서는 재판장님과 모든 당사자가 잘 알고 있습니다." 그가 말했다. "그러니 이 인신보호 구제청구 사건과 관련된 문제로 넘어가면 안 될까요?"

"이의를 제기하는 겁니까, 피청구인 측 대리인?" 코엘로 판사가 물었다.

"네, 재판장님, 그렇습니다."

"아주 좋습니다. 인정합니다. 청구인 측 대리인, 우리가 오늘 여기 모인 이유에 대한 이야기로 넘어가세요."

나는 고개를 끄덕였다. 이렇게 될 줄 알고 있었다.

"네, 재판장님." 내가 말했다. "신디, 당신이 전남편 로베르토 샌즈를 죽였습니까?"

"아뇨, 죽이지 않았습니다." 루신더가 말했다.

"하지만 고의적 살인 혐의에 대해 유무죄를 다투지 않고 혐의를 인정하셨던데요. 지금 당신이 저지르지 않았다고 말하고 있는 그 범죄를 그때는 왜 저질렀다고 인정하셨죠?"

"지금 처음 얘기하는 게 아니에요. 줄곧 말해왔습니다. 보안관 부관들에게 말했고요, 가족들과 변호사에게도 말했어요. 제가 로베르토를 쏘지 않았다고요. 하지만 실버 변호사는 증거가 너무 많다고, 재판을 받으면 배심원단이 유죄평결을 내릴 거라고 말했어요. 제게는 아들이 하나 있습니다. 아들을 다시 보고 싶었습니다. 아들을 안고 싶었고, 아들 인생의 한 부분이고 싶었어요. 그렇게 긴 형량을 받을 거라고는 생각도 못했어요."

루신더가 너무나 절절하게 말했기 때문에 그녀의 말이 유령처럼 법정 안을 떠돌게 하기 위해 나는 잠깐 숨을 고르며 발언대 위에 놓인 리걸패드를 내려다봤다. 그러나 종신판사로 임명된 지 사반세기도 넘은 코엘로 판사는 양측 대리인의 술수를 충분히 목격했기 때문에 이젠 허용할 생각이 없었다.

"더 이상 질문 없습니까, 청구인 측 대리인?" 그녀가 물었다.

"아뇨, 재판장님, 더 있습니다." 내가 말했다. "신디, 6년 전 그날 밤에 무슨 일이 있었는지 말씀해 주시겠습니까?"

이것은 위험을 무릅쓴 모험이었다. 루신더는 이미 여러 번 했던 진술에서 다른 길로 새서는 안 됐다. 그 진술에 덧붙일 수는 있어도—그것이 내가 의도했던 바였다—기존의 진술과 다른 말을 할 수는 없었다. 그렇게 하면 루신더를 치노 교도소로 돌려보내 형기를 마치게 만들 모든 수단을 모리스 검사에게 주게 될 터였다.

"로베르토가 주말에 아들을 데리고 있었어요." 루신더가 입을 열었다. "저와 아들이 친정집에 가서 저녁을 먹기로 했기 때문에 로베르토가 저녁 6시까지는 아들을 데려오기로 했고요. 그런데 8시가 다 돼서야 아들을 데려왔고 처키 치즈에서 이미 저녁을 먹었더라고요.”

“그래서 화가 났습니까?” 내가 물었다.

“네, 굉장히 화가 나서 말다툼을 했어요. 로비와 제가. 그러고 나서 로비는…….”

“그 전에 먼저, 로베르토가 늦은 이유를 말했나요?”

“업무 관련 회의가 있었다고 했는데요, 저는 거짓말인 걸 알고 있었습니다. 로비가 있던 팀은 일요일엔 근무하지 않았거든요.”

“그렇군요, 그러니까 당신은 그의 말을 믿지 못했고 그래서 말다툼을 했군요. 맞습니까?”

“네, 그러고 나서 로비가 집을 나갔고 저는 문을 세게 닫았어요. 그날 밤 제 계획을 그가 다 망쳐버려서 화가 나서요.”

“그런 다음엔 무슨 일이 있었죠?”

“총소리를 들었어요. 두 번.”

“총성인지는 어떻게 아셨죠?”

“보일하이츠에서 총소리를 들으면서 자랐거든요. 결혼 후에는 로베르토가 사격연습장에 데려가서 사격을 가르쳐 줬어요. 그래서 총소리가 어떤지 알아요.”

“그래서 총성을 두 번 듣고 어떻게 하셨죠?”

“로베르토가 화가 나서 집을 향해 총을 쏜 거라고 생각했어요. 그래서 아들 방으로 달려가서 둘이 바닥에 엎드렸죠. 그게 끝이었어요. 총소리는 더 이상 나지 않았어요.”

“911에 신고하셨습니까?”

“네, 신고했습니다. 전남편이 집 밖에서 집을 향해 총을 쏘고 있다고 말했어요.”

“911에선 어떻게 하라고 하던가요?”

“자기들이 출동할 때까지 아들과 함께 계속 숨어 있으라고 했어요.”

“전화 끊지 말고 있으라고 했고요?”

“네.”

“그다음에는 어떻게 됐죠?”

“시간이 얼마나 지났는지는 모르겠지만 밖이 안전하다고 구조대원들이 말했고, 보안관 부관이 기다리고 있으니까 나와서 현관문을 열어주라고 했어요.”

“그렇게 하셨고요?”

“네, 그리고 그때 그를 봤어요. 로베르토가 마당에 누워 있었고, 구조대원들은 그가 죽었다고 했습니다.”

나는 잠시 신문을 멈추고 루신더가 방금 말했던 911 신고 전화 녹음본을 틀게 해달라고 판사의 허락을 구했다. 모리스 검사는 이의를 제기하지 않았고 녹음본이 법정의 오디오 장치를 통해 재생됐다. 내용은 루신더가 방금 했던 설명에서 벗어나지 않았다. 게다가 테이프에 담긴 그녀의 목소리에는 오랜 세월이 흐른 지금 그 사건을 설명할 땐 담기지 않았던 긴박함과 두려움이 깃들어 있었다. 나는 판사가 그 목소리를 듣는 것이 우리에게 이롭다고 생각했고 모리스가 이를 막으려고 이의를 제기하지 않아서 놀랐다.

녹음 재생이 끝난 후 나는 신문의 방향을 다른 쪽으로 틀었다.

“신디, 몇 분 전에 당신은 신혼 때 로베르토가 당신을 사격연습장에 데려가서 사격법을 가르쳤다고 하셨는데요. 그 이야기를 좀 더 자세히 해주실 수 있겠습니까?"

"어떤 걸요?"

"이를테면 사격연습장에 몇 번이나 갔는지 하는 것들요."

"두세 번 갔어요. 아들이 태어나기 전에요. 아들이 태어난 후에는 총을 갖고 있거나 쏘고 싶지 않았습니다."

"그렇다면 그때, 아들이 태어나기 전엔, 총을 소유하고 있었습니까?"

"아뇨, 로비의 총이었어요. 전부 다."

"로베르토가 총을 몇 자루나 갖고 있었죠?"

"글쎄요. 한 다섯 자루?"

"그럼 그걸 전부 로베르토가 산 거고요?"

"아뇨, 몇 자루는 사람들에게서 뺏은 거라고 했어요. 나쁜 놈들한테서. 그들은 나쁜 놈들이 총을 갖고 있는 걸 발견하면 빼앗았어요. 때로는 그들이 그 총을 가로챘고요."

"'그들'은 누구를 말하는 거죠, 신디?"

"로베르토가 소속된 팀요. 갱단……."

모리스가 이의를 제기했지만 조금 늦은 감이 있었다. 소속팀에 대한 언급이 이미 나온 뒤였다. 모리스는 그 대답은 기록에서 삭제돼야 한다고, 그 이야기와 루신더가 하려던 다른 이야기는 모두 이미 고인이 된 남자가 했다고 청구인이 주장하는 진술을 바탕으로 한 전문증거[30)]일 뿐이라고 주장했다. 판사는 내게 반박할 기회도 주지 않고 이의 제기를

30 증인 자신이 직접 보고 들은 것이 아니고 다른 사람으로부터 전하여 들은 것을 법원에 진술하는 증거

받아들였다. 하지만 상관없었다. 가장 중요한 판사를 포함하여 법정 안에 있던 모두가 "그들"이 로베르토 샌즈가 소속된 갱단 진압팀의 다른 팀원들이라는 사실을 알았기 때문이다.

"좋습니다." 내가 말했다. "신디, 당시의 남편과 사격연습장에서 했던 훈련에 대해 설명해 주시겠습니까?"

"네." 루신더가 말했다. "로베르토는 총의 구조를 설명해 줬고 총을 쏠 때 어떻게 서서 조준해야 하는지를 가르쳐 줬습니다. 실제로 표적을 쏴보기도 했고요."

"어떤 자세를 취하라고 배웠는지 기억하십니까?"

"네."

"그 자세 이름도요?"

"아, 그 자세를 기억하느냐고 물으신 것 아닌가요? 자세 이름이 뭔지는 기억 안 나요."

"그러면 판사님이 허락하신다면 시범을 보여주실 수 있을까요?"

"어, 네."

나는 루신더가 증인석에서 내려와 남편에게 배운 사격 자세를 시범으로 보여주게 해달라고 판사에게 허락을 구했다. 모리스 검사는 그 시범이 로베르토 샌즈 피격사건과는 전혀 관련이 없으므로 심리 시간을 낭비할 뿐이라고 주장하면서 이의를 제기했다.

"재판장님." 내가 맞받았다. "저는 루신더 샌즈가 전남편을 죽인 탄환을 쏘지 않았다는 것을 입증할 계획입니다. 이 시범은 그 길로 가는 연결고리 중 하나가 될 것이고요."

"허락할게요." 코엘로 판사가 말했다. "연결고리를 잘 연결해 그 길로 가야 합니다. 진행하세요."

"감사합니다, 재판장님. 신디, 남편에게서 배운 사격 자세를 우리에게 보여주시겠습니까?"

루신더는 증인석에서 판사석 앞에 있는 공간으로 내려와서 섰다. 두 발을 적어도 60센티미터쯤 벌려 안정된 자세를 취하고 두 팔을 뻗어 어깨높이로 들어 올렸다. 그러고는 왼손으로 오른손을 받쳤고, 오른손 집게손가락을 뻗어 총신처럼 겨누었다.

"이렇게요." 그녀가 말했다.

"좋습니다. 감사합니다." 내가 말했다. "증인석으로 돌아가셔도 됩니다."

루신더가 증인석으로 돌아가는 동안, 나는 청구인석으로 가서 파일을 펼쳤다. 그러고는 사진 두 장을 증인에게 보여줄 수 있게 해달라고 판사에게 요청했다. 그 사진들은 5년 전엔 루신더에게 불리한 증거의 일부였지만 나는 증거개시 절차를 통해 모리스 검사에게 그 사진들을 이미 넘겼고 지금은 검사에게 사진 사본까지 건네줬다. 판사에게도 사본을 제출했다. 사진 속에서 루신더는 사격연습장에 있었고 조금 전 법정에서 시범을 보인 것과 같은 자세로 총을 들고 있었다.

"청구인 측 대리인, 걱정돼서 묻는데요." 사진을 살펴본 후 판사가 말했다. "지금 당신 의뢰인이 총기에 접근할 수 있었고 그 총기의 사용법을 알고 있었다는 사실을 보여주는 사진 두 장을 증거물로 제출하겠다는 건데, 현명한 판단이라고 확신합니까?"

"네, 이것이 연결고리들 중 하나입니다, 재판장님." 내가 말했다. "그리고 그 사진들이 제 의뢰인의 주장을 방해하는 것이 아니라 무죄를 증명하고 있음을 곧 이해하시게 될 겁니다."

"아주 좋습니다." 코엘로 판사가 말했다. "진행하세요."

나는 사진 사본을 증인석으로 가져가서 루신더 앞에 내려놓았다.

"루신더, 이 두 장의 사진을 언제 어디서 찍은 건지 아시겠습니까?" 내가 물었다.

"정확한 날짜는 모르겠어요." 루신더가 말했다. "로비가 사격법을 가르쳐 줄 때 찍은 겁니다. 이곳은 우리가 가끔 갔었던 샌드캐니언의 사격연습장이고요."

"샌드캐니언이라, 앤털로프밸리에 있는 곳인가요?"

"샌타클래리타밸리인 것 같은데요."

"하지만 가까운 곳이죠?"

"네, 그리 멀진 않아요."

"좋습니다. 그 두 번째 사진에서 당신 옆에 있는 남자는 누구죠?"

"로비요."

"당시 당신의 남편이었던."

"네."

"그럼, 사진은 누가 찍었죠?"

"로비와 같은 팀의 동료였어요. 그 사람도 거기서 아내에게 사격법을 가르쳤거든요."

"그 사람 이름을 기억합니까?"

"키스 미첼입니다."

"좋습니다. 그리고 그 두 장의 사진에서 당신이 들고 있는 그 총은 지금 어디 있죠?"

"모르겠습니다."

"남편과 이혼할 때, 남편이 소유했던 총 중 일부를 당신에게 남겨두었습니까?"

"아뇨, 전혀요. 저는 제 집에 총이 있는 걸 원하지 않았어요. 제 아들 곁에 총이 있는 걸 원하지 않았습니다."

나는 그녀의 대답이 중요한 것처럼 고개를 끄덕이고는 신문할 내용을 요약 정리해 둔 리걸패드를 내려다봤다. 그러고는 펜으로 이미 한 질문들에 표시를 했다.

"좋습니다." 내가 말했다. "당신 전남편이 사망한 날 밤으로 돌아가 볼까요? 보안관 부관을 위해 현관문을 열어주고 잔디밭에 쓰러진 로베르토의 시신을 본 후에는 무슨 일이 있었죠? 로베르토는 얼굴이 땅을 보고 엎어져 있었나요, 아니면 하늘을 보고 누워 있었나요?"

"얼굴이 땅을 보고 엎어져 있었습니다." 루신더가 대답했다.

"그래서 그다음엔 당신한테 무슨 일이 있었죠?"

"그들이 저와 제 아들을 데려가서 순찰차 뒷좌석에 앉혀놨어요."

"거기 얼마나 있었죠?"

"음, 꽤 오래 있었던 것 같아요. 그다음엔 저를 내리게 해서 다른 차에 태웠습니다. 경찰 표식이 없는 차였어요."

"그러고는 그 차를 타고 앤털로프밸리 지서로 가서 조사를 받았고요?"

"네."

"그 전에, 당신 손과 옷에서 발사 잔여물 검사를 위한 시료를 채취하겠다고 하던가요?"

"네. 차에서 내리라더니 검사를 했어요."

"둥근 모양의 발포고무 패드로 손과 옷을 문질렀습니까?"

"네."

"누가 검사를 했죠?"

"보안관 부관이요. 여자였어요."

"이제 최근 이야기를 해보죠. 얼마 전에 제 조사관인 해리 보슈 씨가 치노 교도소로 당신을 찾아가서 사진 몇 장을 보겠느냐고 물었습니다, 그렇죠?"

"네."

"보슈 씨는 시료를 채취한 그 여자 보안관 부관을 찾을 수 있겠느냐고 당신에게 물었습니다, 그렇죠?"

"네."

"그가 당신에게 다른 여자들 사진 여섯 장을 보여줬고요?"

"네."

"그리고 당신은 사진 한 장을 골라 당신에게서 시료를 채취한 여자라고 확인해 줬고요?"

"네."

나는 보슈가 루신더에게 보여준 사진 여섯 장 중에서 스테파니 생어의 사진을 복사해 온 것을 모리스 검사와 판사에게 줬다. 판사는 그 사진을 청구인 측 증거물 2번으로 등록하고 증인에게 보여주는 것을 신속히 허락했다.

"그 사진 속 여자가 당신에게 발사 잔여물 검사를 했던 보안관 부관이라고 당신이 보슈 씨에게 확인해 준 그 여자 맞습니까?"

"네, 맞습니다." 루신더가 말했다.

"아는 여자였나요?"

"아니요."

"그녀가 당신 전남편의 보안관국 소속팀에서 함께 일하던 동료라는 사실을 몰랐습니까?"

"네, 몰랐어요. 그때 그 여자가 로비 동료라고 자신을 소개했습니다."

"그녀는 로비가 사망해서 화가 난 것 같았나요?"

"침착했어요. 보안관 부관다웠습니다."

나는 고개를 끄덕였다. 기록으로 남기고 싶은 것은 모두 남겼다. 앞으로 심리가 진행되는 동안 각기 다른 시점에 우리를 위해 크게 한몫해줄 내용들이었다. 흡족한 기분이 들었다. 이젠 루신더가 모리스 검사의 반대신문을 잘 견뎌주기를 바라야 했다. 반대신문에서 살아남으면 우리가 승소할 가능성이 컸다.

"더 이상 질문 없습니다." 내가 말했다. "하지만 증인을 다시 부를 수도 있을 것 같습니다."

"좋습니다, 청구인 측 대리인." 판사가 말했다. "피청구인 측 대리인, 잠깐 쉬었다가 반대신문을 시작할까요?"

모리스가 일어섰다.

"저희 피청구인 측은 짧은 휴식을 환영합니다, 재판장님." 그가 말했다. "하지만 이 증인에게 물어볼 질문은 딱 두 개이고 그것도 '예, 아니오'로 대답하면 되는 질문입니다. 반대신문 먼저 하고 증인을 돌려보낸 다음에 휴정하는 것이 어떻겠습니까?"

"아주 좋습니다, 피청구인 측 대리인." 판사가 말했다. "반대신문 하세요."

검사의 말을 듣고 나는 그냥 놀란 정도가 아니었다. 모리스는 내가 생각했던 것보다 훨씬 더 영리하거나 훨씬 더 어리석었다. 그를 법정에서 본 적이 이날까지 한 번도 없었기 때문에 어느 쪽인지는 판단하기 힘들었다. 주 검찰청장은 보통 가장 유능하고 똑똑한 사람들을 주 검사로 고용했고, 대다수의 주 검사에게 인신보호 구제청구소송은 누워서 떡 먹기였다. 그러나 그가 이제까지 제기한 신청들과 그의 표현을 빌리자면 나의 "성의 없는 증거개시"에 항의하는 습관을 고려해 볼 때, 반대신문을 이렇게 대충 할 사람이 아니었다. 그래서 질문을 딱 두 개만 하고 인신보호 구제청구인을 증인석에서 내려오게 하겠다는 그의 말을 듣자 의구심이 들었다. 어쩌면 그는 루신더가 진실을 이야기하고 있기 때문에 반박할 수 없다는 걸 느꼈는지도 몰랐다.

나는 모리스 검사가 두 개의 질문을 하기 위해 발언대로 향하는 모습을 주의 깊게 지켜봤다.

"청구인, 청구인은 치노 여자주립교도소에 거주하고 있죠, 맞습니까?" 모리스가 물었다.

"어, 네." 루신더가 대답했다. "맞습니다."

"함께 수감된 사람 중 이사벨라 모더라는 수감자를 아십니까?"

루신더가 나를 돌아봤는데, 그녀의 얼굴엔 '나 어떡해요?'라고 묻는 듯한 당황한 표정이 잠시 떠올랐다가 사라졌다. 나는 판사가 그 표정을 보지 못했기를 바랐다. 나는 그냥 고개를 끄덕였다. 달리 할 수 있는 일이 없었다.

루신더가 다시 모리스 검사를 바라봤다.

"네." 그녀가 말했다. "저랑 같은 감방에 있었습니다. 나중에는 다른 교도소로 이감됐고요."

그 대답을 듣고 나는 검찰 측 전략이 무엇이고 모리스가 전략을 어떻게 구사할 계획인지를 정확히 알아차렸다.

26

나는 루신더와 대화를 나눈 후 탈옥하는 죄수처럼 법정을 빠져나왔다. 빠르게 걸어 나와 복도 좌우를 살피는데, 법정 출입문 맞은편 벽에 붙어 있는 벤치에 스테파니 생어가 앉아 있는 것이 보였다. 그녀는 나를 보더니 모리스가 방금 무슨 짓을 했는지 알고 있다는 듯 히죽 웃었다.

나는 그녀에게 웃음으로 화답할 시간이 없었다. 복도를 계속 두리번거리다가 엘리베이터 옆에 서 있는 보슈를 발견했다. 그는 금속탐지기 검사를 하는 연방보안관과 잡담을 나누고 있는 듯했다. 2층에 있는 법정들은 주로 형사재판에 사용됐기 때문에 건물 1층에서 금속탐지기 검사를 통과하고 올라와서도 보안 검색을 한 번 더 받았다.

보슈는 나를 흘끗 돌아보고는 집게손가락을 들어 연방보안관에게 잠깐만 기다려 달라는 시늉을 했다. 나는 생어와 연방보안관이 우리의 대화를 들을 수 없게 복도 중간쯤에서 걸음을 멈추고 보슈를 기다렸다.

"루신더는 대답 잘했어?" 보슈가 작은 목소리로 물었다.

"직접신문 때는 괜찮았어." 내가 말했다. "그런데 주 검사가 질문 딱 두 개로 모든 것을 망쳐놨어."

"뭐? 무슨 일이 있었는데?"

"검사는 교도소 내 정보원을 이용해서 우릴 두들길 거야. 그러니까 내일 아침까지 이사벨라 모더라는 수감자에 대해서 알아낼 수 있는 건

다 알아내 줘. 철자는 M, o, d, e, r인 것 같아."

"증인들 챙기는 건 어떡하고?"

"내가 할게. 형은 모더를 맡아줘. 지금 당장."

"알았어. 치노에 있어? 누군데?"

"루신더의 감방 동기였대. 6개월 전쯤 이감했고. 내가 인신보호 구제 청구소송을 제기할 때쯤이지."

"증거개시 때 그 여자 이름이 안 나왔어? 그건 증거개시 규칙 위반 아닌가?"

"반박할 때 사용할 거였다면 증인 명단에 넣을 필요없어. 그러니까 증거개시 규칙 위반은 아니야. 깔끔하게 한 방 먹인 거지. 그런 일이 있을 걸 예측했어야 했는데."

"청구인 측 증인신문이 끝날 때까지 모리스가 그 여자를 증인으로 부르지 않을 거라면 왜 그렇게 서둘러?"

"왜냐면 최상의 방어책은 확실한 공격이니까. 검찰 측이 언제 그 여자를 증인석에 앉힐지 모르니 무력화할 방법을 미리 알고 있어야지."

"알았어. 루신더는 모더에게 무슨 말을 했대?"

"아무 말 안 했대. 모더는 검사 끄나풀이야. 거짓말할 거야. 루신더가 남편 죽인 것을 인정했다고 하겠지."

"개소리잖아."

"그게 중요한 게 아니야. 그러니까 빨리 나가서 그 여자에 대해 모든 것을 알아내라고 부탁하는 거야. 여자를 무너뜨릴 만한 걸 찾아줘."

"알았어."

"도움이 필요하면 시스코에게 전화해. 안 두들겨 본 돌다리가 없게 해줘. 시간이 얼마 없어. 내일까지는 내가 신청한 증인들 신문을 다 끝내야 해. 그런 다음엔 모리스가 모더를 불러들일 거고.”

“이 일을 맡으면 내일 아침에 아슬래니안 박사를 법정으로 데려올 수가 없겠는데.”

“그건 내가 할게. 형은 가. 뭔가 알아내면 바로 전화해 줘. 오늘 오후엔 재판이 없을 거야, 코엘로 판사가 판사 회의에 가야 하거든. 그래서 지금은 생어를 증인석에 앉히고, 아슬래니안과 나머지 증인들은 내일 부를 거야. 형도 내일. 그러니 빨리 가서 모더에 대해 알아내 줘.”

“전화할게. 생어 신문 잘해라, 행운을 빈다.”

“그러게, 운이 따라줘야 할 텐데.”

보슈는 엘리베이터를 향해 걸어갔다. 나는 손목시계를 봤다. 휴식 시간이 아직 몇 분 남아 있었다. 나는 화장실로 가서 세면대에서 찬물을 틀고 두 손을 모아 한참을 물을 맞고 있다가 두 손을 들어 얼굴을 감쌌다. 가슴속에서 묵직한 느낌이 커지고 있었다. 준비가 안 된 느낌이었다. 나는 그 느낌을 이 세상 그 어느 것보다도 혐오했다.

법정으로 돌아가면서 보니 생어가 아직도 벤치에 앉아 있었다.

“생각대로 잘 안되죠?” 그녀가 말했다.

나는 걸음을 멈추고 그녀를 바라봤다. 그녀가 다시 히죽 웃었다.

“아주 잘돼가고 있어요.” 내가 말했다. “다음은 당신 차롑니다.”

그 말을 마치고 나서 나는 법정 문을 열고 안으로 들어갔다.

연방보안관들이 루신더를 법원 구치감에서 청구인석으로 데려오고 있었다. 판사가 심리를 속개할 준비가 됐다는 신호였다. 연방보안관들이 루신더의 팔목과 발목에서 쇠고랑을 벗기고 한 팔목의 쇠고랑은 탁자 밑에 달린 쇠고리에 연결하는 동안 나는 의뢰인 옆 내 자리에 앉았다.

"이제 어떻게 되는 거예요?" 루신더가 속삭였다.

"내가 생어를 증인으로 불러서 기록으로 남길 거고, 내일은 그녀가 거짓말쟁이라는 걸 입증할 거예요."

"아뇨, 제 말은 이사벨라는 어떻게 되는 거냐고요."

"해리가 그 여자를 공격할 거리를 찾고 있어요."

"공격한다고요?"

"그 여자가 거짓말하고 있다는 걸 입증한다는 뜻이에요. 당신 사건 이야기 그 여자한테 하지 않은 것 확실해요?"

"결코 한 적 없어요. 그 여자 사건 이야기도 하지 않았고요."

"좋아요. 잘 생각해 봐요, 루신더. 그 여자에 대해 알고 있는 것 있어요? 우리에게 도움이 될 만한 것? 그 여자가 증인석에 앉아서 당신이 로베르토를 죽였다고 자기한테 털어놨다고 할 게 거의 분명한데. 그럴 때 받아칠 뭔가가 있냐고요. 혹시……."

모두 일어서라는 연방보안관의 외침이 내 말을 끊었다. 다들 일어섰고 판사가 법정으로 들어와 계단을 가볍게 뛰어 올라가 판사석에 앉았다. 엘런 코엘로 판사는 연방법원에서 30년 가까이 일했다. 클린턴 대통령에게 임명됐다는 사실은 그녀가 진보 진영에 속한다는 뜻이고, 그것은 우리에게 이로운 측면이었다. 하지만 심각한 상황에서 교도소 내 정보원에 대한 코엘로 판사의 견해가 어떤지는 전혀 알 길이 없었다.

"'샌즈 대 캘리포니아주 사건'에 대한 심리를 속개합니다." 코엘로 판사가 말했다. "청구인 측 대리인, 다음 증인을 부르세요."

나는 스테파니 생어를 불렀다. 이제는 복도에서 증인들을 관리하던 보슈가 없었기 때문에, 나는 판사에게 연방보안관 한 명을 내보내 생어를 데리고 들어오게 해달라고 요청했다. 판사는 언짢은 표정으로 내 요청을 들어줬다. 기다리는 동안 나는 의뢰인을 돌아봤다.

"이사벨라를 공략할 거리가 필요해요." 내가 속삭였다. "무슨 이야기를 했는지 기억을 더듬어 봐요. 밤에 소등하고 나서 둘이 이야기를 나눴어요?"

"네. 잠이 잘 안 와서."

"상상이 가네요. 이사벨라가……."

법정 뒷문이 열리더니 연방보안관이 들어오고 생어가 뒤따라 들어왔다. 그녀는 중앙 복도를 걸어와 재판정과 방청석을 나누는 문을 통과해 증인석 옆으로 가서 서서 서기의 지시에 따라 증인 선서를 한 후 자리에 앉았다. 나는 파일과 메모지를 가지고 발언대로 갔다.

"재판장님." 내가 말했다. "증인신문을 시작하기 전에 생어 보안관부관을 적의를 가진 증인[31]으로 선언해 주시기를 요청합니다."

"생어 씨는 청구인 측 증인이잖아요, 청구인 측 대리인." 코엘로가 말했다. "무슨 근거로 청구인에게 적의를 가진 증인이라고 선언해야 하죠?"

생어를 적의를 가진 증인으로 낙인찍고 싶었던 것은 그래야 직접신문을 좀 더 자유롭게 할 수 있기 때문이다. 그래야 '예, 아니요'만을 요구하는 유도신문을 할 수 있었다. 그런 질문들을 던짐으로써 생어가 부

31 자기를 증인으로 세운 쪽에 고의로 불리한 증언을 하는 사람

인하더라도 판사에게 들려주고 싶은 사실들을 쌓을 수 있었다. 어찌 됐든 내가 전하고픈 정보는 판사에게 전달될 것이었다.

"오늘 오전에도 보셨듯이, 생어 보안관 부관은 증언을 피하려고 소환명령 기각신청까지 냈습니다, 재판장님." 내가 말했다. "그뿐만 아니라 휴정 시간에 생어 보안관 부관과 짧은 대화를 나눴는데요. 저와 제 의뢰인을, 그리고 법정에 출두한 것을 싫어한다는 것을 분명히 알 수 있었습니다."

모리스가 반박하기 위해 일어섰지만 코엘로 판사가 손을 들어 막았다.

"어떻게 진행되는지 보고 판단할게요, 청구인 측 대리인." 판사가 말했다. "신문 진행하세요."

모리스는 자리에 앉았고 생어는 내가 판사 설득에 실패한 것을 고소해하는 표정을 짓고 있었다.

"감사합니다, 판사님." 내가 말했다. "생어 보안관 부관, 당신은 로스앤젤레스카운티 보안관국에서 일하고 있습니다, 맞죠?"

"맞습니다." 생어가 말했다. "그리고 보안관 부관이 아니라 경사입니다."

"언제 승진하셨죠?"

"2년 전에요."

"보안관국에서 현재 어떤 업무를 맡고 계십니까?"

"현재는 앤털로프밸리 지서에서 갱단 진압팀장으로 일하고 있습니다."

"증인은 여러 해 전부터 그 팀에서 일하셨습니다, 그렇죠?"

"네."

"그리고 지금은 팀장을 맡고 계시고요."

"방금 그렇게 말씀드렸습니다."

"네, 감사합니다. 증인은 로베르토 샌즈 보안관 부관이 피살된 당시에도 그 팀 소속이었습니다, 맞습니까?"

"네."

"샌즈 보안관 부관과 한 조였습니까?"

"아뇨, 우리는 조별로 움직이지 않습니다. 우리 팀에는 보안관 부관 여섯 명과 경사 한 명이 있는데요. 전체가 한 팀으로 일하고, 특정한 날에는 휴가나 병가 상황에 따라서 보안관 부관 다섯 명 중 누구하고라도 파트너가 돼 함께 일할 수 있습니다. 그래서 파트너는 매번 바뀌죠."

"친절한 설명 감사합니다, 보안관 부관."

"경사라니까요."

"죄송합니다. 경사님. 명쾌한 설명 감사합니다. 그러니까 상황에 따라 조 편성을 달리하며 근무하셨다면 누구하고라도 근무를 자주 해보셨을 테니까, 경사님이 샌즈 보안관 부관을 잘 알았다고 말해도 될까요?"

"네, 그가 전처에게 살해되기 전까지 3년간 함께 일했습니다."

나는 판사를 올려다봤다.

"재판장님." 내가 말했다. "증인이 방금 한 발언은 대단히 적대적인 발언이라고 생각합니다. 증인은 제 의뢰인의 주장과 상반된 믿음을 공공연히 드러내고 있습니다."

"그냥 진행하세요, 청구인 측 대리인." 코엘로 판사가 말했다.

나는 메모를 보면서 재빨리 전열을 가다듬었다. 지금부터는 신중하게 움직이면서 생어를 진실의 덫으로 걸어 들어가게 만들어야 했다. 선서를 하고 공식기록이 남는 상태에서 내가 나중에 거짓이라고 입증할 수 있는 발언을 생어가 하게 만든다면 루신더가 모함에 의해 혹은 적어도 부당하게 유죄판결을 받았다는 주장을 하는 데 큰 도움이 된다.

"샌즈 보안관 부관 피살사건에 관해 이야기해 봅시다." 내가 말했다. "사건은 일요일에 발생했습니다. 그가 살해됐다는 사실을 증인이 어떻게 알게 됐는지 기억하십니까?"

"특작보 문자를 받았습니다." 생어가 말했다. "보안관국의 모든 직원이 받았죠."

"특작보 문자가 무엇인지 판사님께 설명해 주실 수 있을까요?"

"특작보는 특수작전 보고 시스템의 줄임말이고, 보안관국 상황실에서 선서한 모든 직원에게 문자 메시지를 보내는 시스템입니다. AV 지서에서 보안관 부관이 관련된 총격사건이 발생했고 우리 동료 한 명이 사망했다는 메시지를 받았습니다."

"AV는 앤털로프밸리를 말하는 거죠?"

"맞습니다. 그래서 전화를 걸어 피살된 보안관 부관이 우리 팀의 로베르토 샌즈라는 사실을 알게 됐습니다."

"그래서 어떻게 하셨죠?"

"우리 팀의 다른 보안관 부관에게 전화해서 함께 현장으로 달려갔습니다. 도울 일이 있을까 해서요."

"그 보안관 부관이 누구였죠?"

"키스 미첼입니다."

"갱단 진압팀은 보안관 부관 여섯 명과 경사 한 명으로 구성돼 있다면서 왜 키스 미첼 보안관 부관에게만 전화하셨죠?"

"키스가 로비 샌즈와 가장 친했기 때문입니다."

나는 발언대로 가져온 파일을 열어 서면 복사본 세 장을 꺼냈다. 그것을 모리스 검사와 증인 그리고 판사에게 나눠준 후, 서면을 청구인 측 증거물 3호로 채택하고 그 서면에 관해 증인을 신문할 수 있게 해달라고 요청했다. 판사가 허락했다.

"그것이 무엇입니까, 증인?"

"그때 발송된 특작보 문자 메시지 사본이군요." 생어가 말했다.

"발송 시각이 몇 시로 돼 있죠?"

"20시 18분요."

"그러니까 저녁 8시 18분이란 말씀이군요, 맞습니까?"

"맞습니다."

"증인은 문자를 받고 얼마 후에 사건 현장에 도착하셨죠?"

"15분을 넘지 않았을 겁니다."

"증인 표현대로 하자면 AV는 굉장히 큰 지역입니다. 그런데 현장에 15분 이내에 도착할 정도면 얼마나 가까이 계셨다는 거죠?"

"우연히도 근처 식당에서 저녁 식사를 하고 있었습니다."

"어떤 식당이었습니까?"

"브랜디스 카페요."

"동석자가 있었나요?"

"카운터에 혼자 앉아 있었습니다. 문자를 받고는 식사비를 놔두고 바로 식당을 나왔죠. 현장으로 가면서 키스 미첼에게 전화했고요."

생어는 내가 사건과는 아무 관련도 없는 부적절한 질문을 계속하고 있다는 듯 피곤한 어투로 대답했다. 판사도 같은 느낌이었는지 내 말을 막았다.

"청구인 측 대리인." 코엘로 판사가 말했다. "지금 이 질문들이 정말로 필요한 건가요?"

"네, 그렇습니다, 판사님." 내가 말했다. "다른 증인들이 증언할 때 그 사실이 분명해질 겁니다."

"그 증인들을 빨리 만나볼 수 있도록 신문을 좀 빨리빨리 합시다."

"제 신문이 방해를 받지 않는다면 더 빨리 할 수 있을 것 같습니다."

"방금 그 발언이 본 판사를 질책할 의도로 한 거라면, 그냥 넘어갈 수 없습니다, 청구인 측 대리인."

"죄송합니다, 재판장님. 판사님을 질책할 의도는 전혀 없었습니다. 신문을 계속해도 될까요?"

"계속하세요, 하지만 좀 서둘러 진행하세요."

나는 고개를 끄덕인 후 끝난 질문 바로 다음에서 신문을 계속하기 위해 메모를 확인했다.

"생어 경사, 경사가 현장에 도착했을 때 살인사건 담당 수사관들이 와 있었나요?" 내가 물었다.

"아뇨, 도착 전이었습니다." 생어가 말했다.

"보안관국에서는 누가 나와 있었죠?"

"다수의 부관들이 먼저 도착해서 휘티어에 있는 보안관국 본부에서 나올 살인사건 전담팀을 위해 현장을 확보하고 있었습니다."

"살인사건 전담팀이 도착하려면 한 시간 가까이 기다려야 했겠네요,

맞습니까?"

"네, 그랬던 것 같습니다."

"그래서 살인사건 전담팀을 기다리는 동안 증인이 그들의 일을 대신 하기로 결정하셨군요, 그렇죠?"

"아뇨, 그렇지 않습니다."

"증인이 루신더 샌즈를 타고 있던 경찰차에서 내리게 해서 그녀의 몸과 옷에서 발사 잔여물 검사를 위한 시료를 채취하지 않았나요?"

"네, 그건 제가 했습니다. 총격 범죄가 발생한 후에는 최대한 빨리 발사 잔여물 검사를 하는 것이 최선이기 때문입니다."

"용의자의 팔과 손에서 발사 잔여물 검사를 위한 시료를 채취하는 것이 피해자와 함께 일했던 보안관 부관이 해야 할 임무였나요?"

"당시에 그녀는 용의자가 아니었습니다. 단지……."

"용의자가 아니었다고요? 용의자가 아니었다면 왜 순찰차 뒷좌석에 앉히고 발사 잔여물 검사를 했죠?"

모리스 검사가 일어서서 이의를 제기했다.

"재판장님." 그가 말했다. "청구인 측 대리인은 증인의 답변을 끝까지 듣지도 않고 계속 몰아세우고 있습니다."

"청구인 측 대리인." 코엘로 판사가 말했다. "증인의 답변을 끝까지 들으시고 그렇게 선을 넘지 마세요. 깊은 인상을 남겨야 하는 배심원들도 없잖아요."

나는 뉘우치는 표정으로 고개를 끄덕였다.

"네, 재판장님." 내가 말했다. "생어 경사, 답변 계속하시죠."

"말씀드렸다시피, 발사 잔여물 검사는 수사 초기에 실시하는 것이 중요합니다." 생어가 말했다. "그러지 않으면, 증거가 소실되거나 제거되거나 다른 곳으로 옮겨질 수 있기 때문이죠. 저는 당시 살인사건 담당 수사관들이 현장에 도착하려면 한 시간 이상 걸릴 수 있다는 걸 알고 있었습니다. 그래서 피고인에게서 시료를 채취해서 시료 패드를 증거물 봉투에 넣어 확보한 겁니다."

"피고인이 아니라 청구인입니다, 증인. 그렇게 시급했던 시료 채취를 완료하신 후, 시료 패드를 담은 증거물 봉투는 어떻게 하셨죠?"

"미첼 부관에게 인계했고, 미첼 부관이 나중에 살인사건 전담팀에게 전달했습니다. 증거물 관리대장에 기재돼 있을 겁니다. 변호사님도 물론 보셨을 테고요."

"그것이 증거물 관리대장에 기재돼 있지 않다면요?"

"그렇다면 미첼 부관이 작은 실수를 범했나 보군요."

"책임을 미첼 부관에게 떠넘기다니 참 책임감이 투철하시군요. 왜 증인이 직접 살인사건 전담팀에 인계하지 않으셨죠? 증인이 시료를 채취하셨잖아요. 그 사실을 숨기려고 하셨던 건가요, 증인?"

"숨기다뇨, 그럴 리가요. 사건 현장을 떠나야 했습니다. 당시 샌즈 부관의 여자 친구에게 사건 소식을 알려야 했거든요. 그 여자 친구가 뉴스에서 보기 전에 로비의 친구에게서 들어야 한다고 생각했습니다."

"정말 대단히 숭고하고 아름다운 우정입니다, 증인."

"감사합니다."

생어가 비꼬는 어조로 맞받았다. 신문이 거의 끝나가고 있었다. 나는 엄청난 파도로 그녀의 배를 흔들어 보기로 결심했다.

"증인, 로베르토 샌즈가 피살될 당시 샌즈가 보안관국 내 사조직에 소속돼 있었다는 사실을 알고 있었습니까?"

생어가 의자에서 몸을 몇 센티미터 뒤로 젖혔다. 모리스 검사가 재빨리 일어서서 이의를 제기했다.

"청구인 측 대리인은 증거가 없는 사실을 가정하고 있습니다." 모리스 검사가 말했다. "재판장님, 청구인 측 대리인은 증인을 떠보고 있습니다. 증인이 말실수라도 하면 그것을 과장해서 청구인 측에 이롭게 쓰려는 의도로 말입니다."

나는 고개를 가로저었다. 그러고는 청구인석으로 걸어가서 루신더가 보지 못하게 잘 가리면서 로베르토 샌즈의 부검 사진 복사본이 든 파일을 열었다.

"존경하는 재판장님, 저는 지금 증거도 없이 증인을 떠보는 것이 아닙니다. 피청구인 측 대리인도 그 사실을 잘 알고 있을 겁니다." 내가 말했다. "재판장님이 허락해 주신다면, 증인의 피살된 동료가 보안관국 내 사조직의 일원이었다는 증거를 증인에게 보여줄 준비가 돼 있습니다. 또한 재판장님이 필요하다고 생각하신다면, 보안관국 배지를 단 사조직 조직원들 무리에 대한 보안관국의 내부 감사와 FBI가 실시한 외부 수사에 대해 잘 알고 있는 전문가를 소환할 수도 있습니다. 그 전문가는 이런 감사와 수사를 통해 전직 보안관이 투옥됐고 보안관국 내에서 대대적인 인사 개편과 교육이 이뤄졌다는 사실을 말씀드릴 것입니다."

허풍이었다. 전문가는 맥아이잭 FBI 요원이었고 나는 지금까지 그에게 접근할 수 없었다. 판사가 증인을 부르라고 압박하면 보안관국 내의 사조직 스캔들을 폭로하고 그에 대한 여러 건의 수사를 기사화한

〈로스앤젤레스 타임스〉 기자를 부를 생각이었다.

다행히도 누구도 부를 필요가 없었다.

"이 살인사건이 발생했을 당시에 잘 알려져 있던 보안관국의 문제들에 대해서 전문가까지 불러서 증언을 들을 필요는 없을 것 같군요." 코엘로 판사가 말했다. "증인이 대답해 주시면 되겠네요."

법정에 있는 모든 사람의 시선이 생어에게 쏠렸다. 나는 질문을 다시 해주길 바라느냐고 생어에게 물었다.

"아뇨." 생어가 말했다. "저는 로베르토가 사조직이나 갱단이나 다른 어떤 조직에 소속돼 있었다는 사실을 알지 못했습니다."

"판사님께서 허락하신다면, 증인에게 사진 두 장을 보여드리고 싶은데요." 내가 말했다. "로베르토 샌즈의 부검 당시 찍은 것들이죠."

나는 판사석으로 다가가 부검대에 누운 샌즈의 시신을 찍은 사진과 시신의 엉덩이에 있는 문신을 확대한 사진을 판사에게 건넸다. 곧이어 검사석으로 가서 모리스에게도 사진 사본을 줬다. 모리스 검사가 즉시 일어서서 공분을 일으키는 사진이라며 이의를 제기했다.

"재판장님, 이 남자는 영웅이었습니다." 모리스가 말했다. "이 사진들이 아무것도 보여주거나 입증하지 못함에도 불구하고 청구인 측 대리인은 피해자가 사조직과 관련이 있다고 주장하기 위해 이 사진들을 보여주려고 하고 있습니다."

"재판장님." 내가 맞받았다. "청구인은 로베르토 샌즈의 몸에, 다른 사람들 눈에는 띄지 않을 은밀한 곳에, 새겨진 문신이 무엇인지 확인해줄 전문가를 증인으로 부를 수 있습니다. 그러나 판사님이나 다른 누구라도 간단히 구글 검색을 해보시면 샌즈의 비밀스러운 문신이 보안관국 앤털로프밸리 지서에서 활동한 사조직과 직접적인 관련이 있다는 사실을 확인하실 수 있을 것입니다."

판사가 결정을 내리는 데에는 오랜 시간이 걸리지 않았다.

"증인에게 사진을 보여주는 것을 허락합니다." 판사가 말했다.

나는 증인석으로 다가가 생어에게 사진 두 장을 건네줬다.

"증인, 그 문신을 알아보시겠습니까?" 내가 물었다.

"아니요." 생어가 대답했다.

"증인과 같은 팀에서 일하던 동료가 보안관국 내의 유명한 사조직인 꾸꼬스의 일원이었다는 사실을 모르셨다고요?"

"네, 몰랐고, 지금도 이 문신이 그런 사실을 입증하는 증거라고 생각하지 않습니다."

"증인 몸에도 이런 문신이 있습니까?"

"아뇨, 없습니다."

나는 잠깐 말을 멈췄고 모리스가 일어서는 것이 눈가로 보였다. 내가 생어의 몸에 문신이 있는지 검사해 달라고 판사에게 요청할 것이라 예상한 모양이었다. 그러나 나는 그런 요청을 하지 않았다. 판사가 이 인신보호 구제청구건에 대해 판결할 때 생어의 몸에도 문신이 있을 수 있다는 가능성이 머릿속을 맴돌기를 바랐다.

"질문 하나만 더 드리겠습니다." 내가 말했다. "증인, 특수작전 보고 시스템에 연결돼 있던 증인의 전화번호를 말씀해 주시겠습니까?"

자리에 앉으려던 모리스가 갑자기 벌떡 일어섰다. 그러고는 두 팔을 활짝 벌리고 충격과 공포에 휩싸인 듯한 과장된 표정을 지어 보였다.

"이의 있습니다, 재판장님." 모리스가 말했다. "청구인 측 대리인은 이 법집행관의 개인 전화번호를 언론과 대중에게 폭로하는 것 말고 다른 어떤 목적을 갖고 있을까요?"

"대답하시겠어요, 청구인 측 대리인?" 판사가 물었다.

"재판장님, 증인의 개인 전화번호를 대중에게 노출할 의도는 전혀 없습니다." 내가 말했다. "하지만 증인은 샌즈의 피살 공지를 개인 휴대전화로 받았다고 증언했으므로, 청구인은 이 사건의 증거로 그 전화번호를 알 권리가 있습니다. 증인이 전화번호를 모리스 검사나 법정 서기를 통해 저에게 개인적으로 알려주라고 판사님이 명령하신다면, 그것도 좋습니다."

"하지만 청구인 측 대리인은 그 전화번호가 왜 필요할까요? 수시로 전화를 걸어대서 증인을 괴롭히려는 목적이 아니라면요." 모리스가 말했다.

"판사님, 제가 그 전화번호를 유포하거나 그 번호로 전화를 거는 일은 절대로 없을 겁니다." 내가 말했다. "혹시 제가 이 약속을 어긴다면 저에게 법정모독죄를 물으셔도 됩니다."

"그렇다면 그 전화번호가 왜 필요하죠, 청구인 측 대리인?" 판사가 물었다.

나는 조금 전 모리스가 보여준 것처럼 두 팔을 활짝 벌리고 놀라는 표정을 지어 보였다.

"재판장님, 지금 저의 변론전략을 피청구인 측 대리인에게 설명하라는 말씀입니까?" 내가 말했다.

"자, 다들 좀 진정합시다." 판사가 말했다.

판사는 자신의 실수를 이해했는지 오랫동안 고심하다가 판결했다.

“좋아요.” 마침내 판사가 말했다. “증인은 요구받은 전화번호를 법정 서기에게 알려주고, 서기가 그 번호를 청구인 측 대리인에게 전달하세요.”

“재판장님, 저희 피청구인 측은 그 전화번호를 기밀로 확정해 주시기를 요청합니다.”

“그럴 필요가 있을까요, 피청구인 측 대리인?” 코엘로 판사가 물었다.

“그렇습니다, 재판장님.” 모리스가 말했다. “생어 보안관 부관을 괴롭힘으로부터 보호하기 위해서요.”

“생어 경사인데요.” 내가 말했다.

“생어 경사요.” 모리스가 자기 말을 정정했다.

“아주 좋습니다.” 코엘로가 말했다. “청구인은 이 전화번호를 배포하거나 사용해서는 안 됩니다. 이 전화번호에 대해 기밀 확정을 명령합니다. 이 명령을 위반하면 본 판사의 분노를 경험하게 될 겁니다, 청구인 측 대리인.”

“감사합니다, 재판장님.” 모리스가 마치 승리를 거두기라도 한 듯 의기양양한 어조로 말했다.

“감사합니다, 재판장님.” 사실은 내가 승리했음을 알았기 때문에 나도 모리스를 따라 의기양양하게 말했다.

27

늦은 시각, 보슈에게서 문자 메시지가 왔다. 서재가 아직도 엉망이라 식탁에서 일을 하던 중이었다. 샤미 아슬래니안에게 물을 질문들을 리걸패드에 쓰고 있는데 휴대전화에서 문자 메시지 알림음이 났다. 버뱅크의 주소가 찍혀 있었다. 3층에 있는 아파트. 보슈는 빨리 오라고 했고 건물 보안문을 여는 비밀번호를 알려줬다.

나는 리걸패드를 식탁에 놔두고 내비게이터를 타고 언덕을 내려와 로럴캐니언을 통과해 밸리로 달려갔다. 40분 후 버뱅크 공항 근처에 있는 목적지에 도착했다. 보슈가 보내준 보안문 비밀번호를 누르자 문이 열렸고 2분 후 나는 317호의 현관문을 두드리고 있었다. 시스코가 문을 열어줬다. 보슈는 비좁은 아파트 거실에 있는 번쩍거리는 녹색 비닐 소파에 앉아 있었고, 그 옆에는 헝클어진 붉은 머리에 창백한 백색 피부를 가진 남자가 앉아 있었다. 대략 20대 후반으로 보였지만 얼굴 곳곳에 있는 상처 딱지 때문에 진짜 나이는 좀처럼 알 수가 없었다. 트위커[32]가 분명해 보였고 그렇다면 쉰 살일 수도, 스무 살일 수도 있었다. 나는 돌아서서 집을 나가려고 했다. 트위커는 증인으로서 쓸모가 없었다.

"믹, 이 친구는 맥스 모더야." 시스코가 말했다. "이사벨라의 남동생."

---

32 마약에 심하게 중독돼 몸을 비트는 등 비정상적인 움직임을 보이는 사람

모더가 손가락으로 나를 가리키며 알은체했다.

"어, 광고판에 나오는 사람이다, 맞죠?" 모더가 말했다. "광고판에서 봤는데."

"그래, 맞아." 내가 말했다. "나한테 줄 게 뭐야?"

모더는 허락을 구하듯 보슈를 돌아봤다. 보슈가 고개를 끄덕였다.

"서너 달 전쯤 누나가 교도소에서 전화를 했더라고요." 모더가 말했다. "옛날 신문을 모아놓는 도서관에 가라고 했어요. 가서 살인사건 기사를 찾아보라고. 쿼츠힐에서 살해된 보안관 부관에 관한 기사요."

"그래서 갔어?" 내가 물었다.

"그럼요, 갔죠." 모더가 말했다. "시내에 있는 큰 도서관에 가야 했어요."

"거기서 뭘 찾았는데?"

"누나가 원하는 기사들요."

"그래, 그래서 그다음엔 어떻게 했어?"

모더가 보슈를 흘끗 쳐다보더니 시스코를 올려다봤다.

"이분이 날 돌봐주는 거 맞아요?" 모더가 그들에게 물었다.

시스코와 보슈는 아무 말도 하지 않았다. 내가 그 질문에 대답했다.

"우선 자네가 알고 있는 걸 말해줘야 해." 내가 말했다. "그다음에 내가 자넬 위해 뭘 할 수 있을지 얘기해 보자고. 신문 기사를 찾은 다음에 어떻게 했어?"

"돈을 내고 출력했죠." 모더가 말했다. "그러고 나서 누나가 다시 전화했을 때 기사들을 읽어줬어요. 기사 전부 다."

"누나가 교도소에서 수신자 부담 전화로 전화했어? 아니면 그 안에서 휴대전화를 갖고 있었나?"

"휴대전화를 빌렸대요. 어떻게 빌렸는지는 몰라요."

"어쨌든 누나가 자네 휴대전화로 전화를 했다, 그거지?"

"네, 맞아요, 내 휴대전화로."

"그 전화기는 지금 어딨어?"

"어, 지금은 없어요. 팔아버렸어요. 돈이 필요해서."

"언제?"

"언제 팔았냐고요?"

"응, 언제 팔았어?"

"두 달 전에요. 대략 그때쯤."

"어디서 팔았어?"

"어, 사실 딴 거하고 바꿨어요."

마약과 바꿨다는 뜻이다. 그가 그 부분을 덧붙여 말할 필요는 없었다. 방 안에 있는 모두가 그 사실을 알고 있었다.

"통신업체에서 날아온 요금명세서 있어?" 내가 물었다. "통신회사에서 날아온 거."

"없어요." 모더가 말했다. "사실 요금을 안 냈더니 서비스를 끊어버리더라고요. 그래서 맞바꾼 거예요."

"전화번호는? 전화번호 기억나?"

"기억 안 나요."

"그러면 도서관에서 출력한 것은? 그건 어디 있지?"

"전에 살던 데에 두고 온 것 같아요. 지금은 없어요."

나는 고개를 끄덕였다. 그러면 그렇지. 갖고 있었다면 일이 너무 술

술 풀렸을 것이다. 이쪽을 더 파볼지 생각해 봤다. 마약 중독자들은 증인석에 앉아 도움을 주기보다는 해를 끼칠 수 있는 지극히 신뢰할 수 없는 증인이다. 그의 이야기를 뒷받침하기 위해 내가 쓸 수 있는 것이 아무것도 없어 보였다.

"돈 줄 거죠?" 모더가 물었다. "몸이 불편해서 돈이 필요해요."

"증언의 대가로 돈을 지불하진 않아." 내가 말했다. "자네한테 줄 수 있는 건 감옥 탈출 카드뿐이야."

"그게 뭐죠?"

"내 명함. 다음에 체포되면 그 번호로 전화해. 그럼 내가 변호를 맡아서 빼내 줄 테니까."

모더가 고개를 들고 시스코를 노려봤다.

"뭐야, 이거?" 모더가 말했다. "돈 줄 거라며."

"내가 언제 그랬어?" 시스코가 말했다. "네가 하는 말이 변호사님 마음에 들면 널 돌봐주실 거라고 했지."

"빌어먹을!" 모더가 말했다.

"진정해." 내가 말했다. "자넨……."

"너나 진정해, 빌어먹을!" 모더가 소리쳤다. "난 진짜로 돈이 필요하다고. 아프다니까!"

"내가 수고료를 지불하는 증인은 전문가 증인밖에 없어." 내가 말했다. "자넨 크리스털 메스[33]에 흠뻑 취하는 것 말고는 다른 어떤 것에도 전문가가 아닌 것 같은데."

---

33 강력한 중추신경계 자극제인 메스암페타민의 일종

"그럼 꺼져. 다들. 어서 꺼지라고. 빌어먹을 명함 하나 받자고 누나를 팔아먹진 않을 테니까. 꺼져!"

보슈는 소파에서 일어서서 문을 향해 걸어갔다. 시스코는 움직이지 않았다. 모더가 어리석게도 물리력을 사용하려고 할 경우를 대비해 마지막에 나가려고 내가 나가기를 기다리고 있는 거였다. 나는 지갑에서 명함을 꺼냈다.

"벌써 팔아먹었잖아." 내가 말했다.

나는 명함을 커피 탁자로 던진 뒤 보슈를 따라 집을 나섰다.

우리 셋은 거리로 나가 내비게이터에 둘러설 때까지 아무 말도 하지 않았다.

"어떻게 생각해?" 시스코가 물었다.

"저 친구 주장을 뒷받침할 근거가 있으면 좋겠어." 내가 말했다. "하지만 그 누나가 날 더 힘들게 하면 근거가 없더라도 써봐야지, 뭐."

"저 친구를 소환하려고?" 보슈가 물었다.

"아니." 내가 말했다. "우리가 저 친구를 찾은 걸 검사가 알게 하고 싶지 않아. 그나저나 어떻게 찾았어?"

보슈가 턱짓으로 시스코를 가리켰다.

"시스코가 찾았어." 그가 말했다.

"이사벨라가 살았던 글렌데일의 주소지를 알아내서 동네 사람들한테 물어봤어." 시스코가 말했다. "이사벨라나 저 자식 평판이 안 좋더구먼. 거기서부턴 쉬웠어."

나는 고개를 끄덕였다.

"그래서 이사벨라는 왜 복역 중인 거야?" 내가 물었다.

"음주운전으로 인한 과실치사로." 시스코가 대답했다. "선밸리에서 신호등 무시하고 달리다가 세인트조셉 병원에서 퇴근하던 간호사를 깔아뭉갰어. 혈중알코올농도가 0.3이었고. 징역 15년 받았어. 그 간호사에겐 가족이 있었고."

"형은 어떻게 생각해?" 내가 물었다. "루신더를 염탐하는 대가로 뭘 얻을 수 있을까? 1심 판사에게로 돌아가서 재심을 받는 것은 말도 안 되는 얘기고. 어느 판사가 그런 사건에서 형량을 줄여주려고 하겠어. 그랬다가는 한 표도 못 얻을 텐데."

"모르겠어." 보슈가 말했다. "어쩌면 검사가 노력해 보겠다고 약속했는지도 모르지. 이미 8년을 살았잖아. 1년 후부턴 가석방 심리가 가능하거든. 모리스가 그 얘길 했는지 모르지."

"그래, 그럴 수도 있겠네." 내가 말했다. "수고했어, 둘 다. 덕분에 필요할 때 써먹을 게 생겼네."

둘 다 내가 한 칭찬에 아무런 반응을 보이지 않았다.

"배고픈 사람?" 내가 말했다. "난 배고파 죽겠어. 무쏘스가 아직 열려 있을 거야. 내가 살게."

"난 먹을 수 있어." 시스코가 말했다.

"왜 아니겠어." 내가 말했다. "형은?"

"나도." 보슈가 말했다.

"좋아, 그럼, 바텐더 소니에게 전화해서 좋은 자리 하나 빼놓으라고 할게." 내가 말했다. "거기서 봅시다."

28

무쏘앤드프랭스에서 늦게 식사를 한 것은 실수였다. 술은 입에도 안 댔어도 각종 채소를 곁들인 뉴욕스트립을 거부할 수는 없었다. 자고 아침에 일어나니 속이 더부룩하고 온몸이 나른했다. 비틀거리며 집을 나갔을 때 다행히도 보슈가 데크에서 기다리고 있었다. 보슈가 운전해서 시내로 향하는 동안 나는 리걸패드를 꺼내 내가 맡은 사건을 재점검했다.

"오늘 오전에는 누구부터 부를 거야?" 보슈가 물었다.

"우선 모리스가 생어에게 반대신문 하는 거 지켜보고." 내가 말했다. "그다음에 생어를 재직접신문 해야 할 수도 있어. 생어가 오늘도 제복을 입고 나왔으면 좋겠다."

"왜?"

"어제 깜빡 잊었던 작은 토대를 마련하기 위해서."

"그렇군. 그다음엔 누구? 키스 미첼?"

"응, 미첼로 가야지. 그의 증언을 기록으로 남긴 다음에 샤미를 부르는 거야. 법정 앞에 나를 내려주고 나서 샤미를 데려와줘, 형. 생어와 미첼의 신문이 빨리 끝날 수도 있으니까."

"알았다."

내 작전은 두 갈래로 나뉘었다. 우선 나는 사건 수사가 처음부터 정도를 벗어났다는 사실을 보여줘야 했다. 좁은 시야로 보고 오로지 루신더 샌즈를 범인으로 확신했거나, 더 나쁘게는 루신더에게 누명을 씌우고 범인을 만든 거라는 사실을 증명해 보여줘야 했다. 두 번째 전략은 어떻게 해서든 판사에게 다른 용의자를 넘겨주는 것이다. 루신더 샌즈에게 무죄를 선고해야 한다고, 혹은 적어도 그녀의 유죄 답변을 철회하고 정식 재판을 받게 해야 한다고 생각하게 만들 만큼 신빙성 있는 용의자를 가리켜 보여줘야 했다. 그 용의자가 누가 될지는 아직 결정하지 못했지만 샤미 아슬래니안의 컴퓨터 모델링 덕분에 생각해 둔 것이 있었다.

연방법원에 생각보다 일찍 도착했다. 나는 서류만 보고 있어서 보슈가 어떤 길로 어떻게 차를 몰았는지는 모르겠다. 법원에 도착하고 보니 시간이 충분히 남아서 두 개의 보안문을 통과한 후 고참 연방보안관 네이트에게 구치감에 가서 의뢰인을 면회할 수 있게 해달라고 부탁했다.

루신더는 전날과 똑같이 청색 반팔 수의를 입고 있었다. 이날은 수의 속에 두꺼운 흰색 긴팔 티셔츠를 입고 있었다. 연방 구치감은 일 년 내내 추웠다.

"신디, 몸은 괜찮아요?" 내가 물었다.

"괜찮은 것 같아요." 그녀가 대답했다. "심리는 언제 시작해요?"

"몇 분 안에 우리를 데려갈 거예요. 지금까지는 다 좋다고 말해주려고 왔어요. 우리 주장을 제기하는 방식도 계획대로 잘돼가고 있고요. 이사벨라 모더에 대해서도 걱정할 필요 없어요. 해결했으니까."

"해결했다니, 무슨 뜻이죠?"

"검사가 그 여자를 증인석에 앉히고 당신에 대해 증언하게 하면, 그 여자가 거짓말하는 교도소 정보원이라는 사실을 증명할 수 있을 거예요."

"좋아요. 그러면 오늘은 무슨 일이 있죠?"

"우리의 핵심 변론을 내놓을 거예요. 그 핵심 변론이 판사가 맥아이잭 요원의 증인 소환을 허락하게 만들 만큼 설득력이 있기를 바라야죠. 맥아이잭 요원이 핵심 증인인데, 법정으로 불러낼 수가 없었어요. 연방수사국이 꼭꼭 숨기려고 들어서."

"법정에 나오지 않는 이유가 뭘까요?"

"연방요원들이 한 짓이 연방수사국을 당혹스럽게 하고 있으니까요. 당신이 기소됐을 때 그들은 당신을 못 본 척했어요. 옳지 않은 판단이었죠."

"그럼 변호사님이 그걸 증명할 수 있어요?"

"할 수 있을 것 같아요. 그를 증인석에 앉힐 수 있다면 말이죠."

내 뒤에 있는 문이 열리고 연방보안관 네이트가 들어왔다.

"가야 할 시간입니다." 그가 말했다.

나는 루신더를 돌아보면서 마음을 단단히 먹으라고 말했다.

몇 분 후 우리는 법정 안 청구인석에 앉아 있었고 코엘로 판사가 착석했다. 반대신문을 위해 생어 경사가 다시 증인석으로 불려 나왔다. 이번에도 제복 차림인 것을 보고 나는 내심 기뻤다.

모리스의 반대신문은 꼼꼼하기 그지없었다. 생어가 보안관국에서 17년간 근무하면서 옮겨 다닌 지국과 부서, 승진, 표창 사례를 일일이 소개했다. 그녀가 전년도에 앤털로프밸리 로터리 클럽에서 받은 '올해의 경찰관' 상패를 증거물로 제출하기까지 했다. 모리스는 그렇게 하면서 이 사건에 관련된 보안관국 부관들의 신뢰도와 인성을 부각시켜 설득하겠다는 전략을 보여주고 있었다. 그래서 그렇게 장황하게 늘어놓은 거였다.

그는 지신이 유죄판결을 받은 것은 공무원들이 지지른 부정행위의 결과라는 루신더 샌즈의 주장에 정곡을 찌르는 질문으로 강한 인상을 남기며 반대신문을 마무리했다.

"생어 경사, 로베르토 샌즈 피살사건 수사에서 있었던 어떤 부패행위나 부정행위를 알고 계십니까?" 모리스 검사가 물었다. "증인은 증인 선서를 한 상태임을 상기시키는 바입니다."

"아뇨, 알지 못합니다." 생어가 답변했다.

증인이 증인 선서를 한 상태임을 상기시킨 전략은 사람들의 이목을 끌려는 행위였다. 이를 통해 모리스가 판사에게 보내는 메시지는 분명했다.

이 증인은 대단히 능력 있고 경력이 화려한 경찰관이야. 그런 증인이 이전에 이 범죄에 대해 불항쟁 답변을 한 적이 있는 청구인의 진술과 상반된 진술을 하고 있어. 누구 말을 믿을래?

모리스의 반대신문이 끝나자 다시 내 차례가 됐다. 나는 재빨리 발언대로 갔다.

"재직접신문은 짧게 하겠습니다, 재판장님." 내가 말했다.

"진행하세요, 청구인 측 대리인." 판사가 말했다.

"증인, 아까 피청구인 측 대리인이 증인의 경력과 수상 경력 등을 소개할 때, 한 건을 빠뜨린 것 같은데요." 내가 말했다. "그렇지 않습니까?"

"무슨 말씀을 하시는 건지 모르겠습니다." 생어가 말했다.

"증인의 제복 가슴 주머니 위에 단 핀 말입니다. 그건 뭐죠, 증인?"

나는 그 전날 그 핀을 봤었다. 생어의 증언을 복기하고 나서야 그것을 가지고 무엇을 할 수 있을지 깨달았다.

"보안관국 연습장에 입장할 자격이 있다는 뜻을 가진 배지입니다." 생어가 대답했다.

"사격연습장 말인가요?" 내가 물었다.

"네, 맞습니다, 사격연습장."

"제복에 그런 배지를 달기 위해서는, 단순히 자격 조건을 갖추는 것 이상의 성과를 보여야 하지 않나요?"

"이 배지는 사격 실력 상급자들에게만 주어집니다."

"그게 몇 퍼센트죠?"

"상위 10퍼센트요."

"그렇군요. 그런 핀은 뭐라고 부르죠?"

"그건 모르겠습니다."

"그런 배지를 달고 있다는 것은 당신이 명사수(marksman)라는 뜻입니다, 그렇죠?"

"저는 성차별적인 표현을 쓰지 않습니다."

"좋아요, 그럼 명사수 대신에 사격수(shooter)라는 단어는 어떤가요? 증인이 제복에 자랑스럽게 패용한 배지는 증인이 전문 사격수로서 자격을 갖췄다는 뜻입니다, 그렇죠?"

"저는 그런 단어들을 쓴 적이 한 번도 없습니다."

나는 좌절감을 표시하기 위해 한 손을 들었다가 발언대 위로 쿵 하고 떨어뜨렸다. 판사에게 다가가 법정이 이미 채택한 증거물을 증인에게 보여줘도 되는지 물었다. 허락이 떨어진 후 나는 사격장에서 찍은 루신더의 사진들을 들고 증인석으로 다가갔다.

"그 사진에 있는 사람들을 알아보시겠습니까?" 내가 물었다.

"네." 생어가 말했다. "로비 샌즈와 당시에는 그의 아내였고 지금은 피고인인 루신더 샌즈군요."

"청구인 말씀입니까?"

"네, 청구인요."

그녀가 빈정거리는 투로 말했다.

"감사합니다." 내가 말했다. "이제, 갖고 계신 두 번째 사진에서는 조금 전 증인이 로비 샌즈라고 신원을 확인해 주신 남자가 두 손으로 당시 아내의 자세를 교정해 주고 있군요. 그렇죠?"

"네." 생어가 대답했다.

"경찰관이자 표창까지 받은 사격 전문가로서 그 사진에서 청구인이 배우고 있는 자세가 무엇인지 말씀해 주시겠습니까?"

"하이레디 자세입니다."

"감사합니다, 증인. 더 이상 질문 없습니다. 하지만 청구인은 심리 진행 중에 증인을 다시 부를 권리를 행사할 수도 있을 것 같습니다, 재판장님."

"알겠습니다." 코엘로 판사가 말했다. "피청구인 측 대리인, 재반대 신문 하시겠어요?"

"아뇨, 재판장님." 모리스가 말했다. "저희 검찰은 다음 증인으로 넘어갈 준비가 돼 있습니다."

"증인, 이제 퇴정하세요." 코엘로 판사가 말했다. "청구인 측 대리인, 다음 증인을 부르세요."

나는 계획대로 키스 미첼 부관을 증인으로 불렀다. 복도에서 불려 들어온 그는 증인 선서를 한 후 증인석에 앉았다. 빡빡 민 머리에 덩치가 큰 흑인 남자였다. 우람한 이두박근 때문에 제복 소매가 터질 것 같았다. 나는 리걸패드를 들고 발언대로 돌아갔다. 판사에게 미첼을 적의를 가진 증인으로 선언해 달라고 굳이 요청하지 않았다.

몇 가지 기본 질문을 통해 미첼이 로베르토 샌즈와 생어와 마찬가지로 갱단 진압팀 소속이었음을 확인한 뒤, 신문의 핵심 부분으로 들어갔다.

"덩치가 크시군요, 증인." 내가 말했다. "신장이 얼마나 되십니까?"

미첼은 그 질문에 어리둥절한 표정을 지었다.

"어, 193센티미터입니다." 그가 말했다.

모리스 검사가 일어섰다.

"재판장님, 청구인 측 대리인은 지금 사건과 상관없는 질문을 하고 있습니다." 그가 이의를 제기했다.

"죄송합니다, 재판장님." 내가 말했다. "다음 질문 하겠습니다."

코엘로 판사가 얼굴을 찌푸리며 말했다.

"사건과 관련 있는 질문만 하세요, 청구인 측 대리인."

"네, 그렇게 하겠습니다, 재판장님." 내가 말했다. "증인, 로베르토 샌즈가 피살된 날 밤에 사건 현장에 계셨죠, 맞습니까?"

"네, 맞습니다." 미첼이 말했다.

"하지만 비번이었고요, 그렇죠?"

"네, 그렇습니다."

"사건 현장에는 어떻게 오시게 됐습니까?"

"보안관국으로부터 AV에서 경찰관이 관련된 총격사건이 발생했다는 긴급 문자 메시지를 받았습니다. 그러고 나서 10분쯤 후엔 우리 팀원이 전화해서 총에 맞은 사람이 로비라고 알려줬고요. 로비와 저는 친한 사이였기 때문에 그 집으로 달려갔습니다."

"전화한 다른 팀원은 스테파니 생어였습니다, 그렇죠?"

"네, 맞습니다, 생어 경사."

"생어 경사가 당시에도 경사였습니까?"

"어, 아뇨. 그땐 아니었습니다."

"그러면 생어 부관이 증인에게 전화했을 때 증인은 어디 계셨죠?"

"랭커스터에 있는 제집에 있었습니다."

"집 주소를 말씀해 주시겠습니까?"

미첼은 망설였고 모리스가 벌떡 일어서서 증인의 집 주소를 공개하는 것에 대해 이의를 제기했다.

"재판장님, 집 주소를 공개하면 증인과 증인의 가족이 위험해질 수도 있습니다." 모리스가 말했다.

"그 질문을 철회하겠습니다." 판사가 판결하기 전에 내가 말했다.

"아주 좋습니다." 판사가 말했다. "계속하세요."

모리스는 나를 상대로 또 한 점을 획득한 것처럼 만족스럽게 고개를 끄덕였다.

"증인, 사건 당일 밤으로 돌아갑시다." 내가 말했다. "증인은 샌즈 부관 피살사건 수사에 참여했습니까?"

"아뇨, 참여하지 않았습니다." 미첼이 말했다.

"하지만 증거물 관리대장에는 루신더 샌즈를 조사하면서 채취한 발사 잔여물 검사 시료 패드를 증인이 갖고 있었다고 적혀 있는데요. 사실입니까?"

"네. 그 증거물은 수사관들이 현장에 도착할 때까지 잘 가지고 있으라면서 다른 부관이 제게 준 겁니다. 나중에 도착한 살인사건 담당 수사관들에게 제가 그 증거물을 인계했고요."

"그 증거물이 정확히 무엇이었습니까?"

"발사 잔여물 검체 패드 두 개가 증거물 봉투에 들어 있었던 것으로 기억합니다."

"그러면 그 증거물 봉투를 잘 가지고 있으라면서 증인에게 건네준 부관은 누구였죠?"

"생어 경사요. 당시에는 생어 부관이었습니다만."

나는 잠시 말을 멈추고 리걸패드를 내려다보면서 다음에 할 질문들에 더 거센 반발이 나올 것을 예상하며 마음을 다잡았다.

"증인." 마침내 내가 말했다. "증인은 로베르토 샌즈 부관이 FBI로부터 집중 수사를 받아왔던 보안관국 내 사조직의 일원이었다는 사실을 알고……."

"이의 있습니다!" 내가 질문을 끝내기도 전에 모리스 검사가 벌떡 일어서며 악을 썼다.

"청구인 측 대리인은 증거가 없는 사실을 가정하고 있습니다." 그가 말했다. "뒷받침할 증거가 전혀 없는 추측성 발언으로 이 심리 절차를 어지럽히고 있습니다.”

“청구인 측 대리인, 반박하시겠어요?” 판사가 물었다.

“감사합니다, 재판장님.” 내가 말했다. “이 인신보호 구세청구 심리 절차를 계속 진행하면, 제 주장이 추측성 발언이 아니라 사실임이 밝혀질 것입니다.”

판사는 오랫동안 고심하다가 판결했다.

“한 번 더 믿어볼게요, 청구인 측 대리인.” 판사가 말했다. “증인, 답변하세요.”

“재판장님,” 모리스가 말했다. “이것은 대단히…….”

“모리스 검사, 본 판사의 판결을 듣지 못했습니까?” 코엘로가 말했다.

“아뇨, 잘 들었습니다, 재판장님.” 모리스가 말했다. “감사합니다.”

모리스가 자리에 앉았고 모두의 시선이 다시 미첼에게 쏠렸다. 나는 극적인 효과를 노리며 다시 질문했다.

“증인, 로베르토 샌즈 부관이 FBI로부터 집중 수사를 받아왔던 보안관국 내 사조직의 일원이었다는 사실을 알고 있었습니까?”

미첼은 모리스 검사가 다시 이의를 제기할지 몰라 머뭇거렸다. 검사는 아무 말도 하지 않았다.

“아뇨, 몰랐습니다.” 미첼이 대답했다.

“샌즈의 피살 당시, 증인은 꾸꼬스라는 보안관국 내 사조직의 일원이었습니까?” 내가 물었다.

“아뇨, 아니었습니다.”

“증인은 FBI로부터 보안관국 내 사조직의 일원이냐고 조사를 받은 적이 있습니까?"

"아뇨, 없습니다."

"증인의 몸 어딘가에 꾸꼬스라는 보안관국 사조직의 일원임을 상징하는 문신이 있습니까?"

모리스 검사가 다시 일어섰다. "재판장님, 피청구인 측은 강력히 이의를 제기합니다." 그가 말했다. "청구인 측 대리인은 자기 측 증인을 괴롭히는 습관이 있는 것 같습니다. 다음엔 무슨 질문이 나올까요? 문신을 찾아보게 옷을 벗어보라고 하지 않을까요?"

코엘로 판사가 한 손을 들어 반박하려던 나를 막았다.

"심리를 더 진행하기 전에 양측 대리인들 판사실에서 좀 봅시다." 그녀가 말했다.

이 말을 한 후 판사는 휴정하고 판사석을 떠나 판사실로 갔다. 모리스와 나도 곧 따라갔다.

29

코엘로 판사는 검은색 법복을 그대로 입은 채 거대한 책상 뒤 의자에 앉았다. 책상이 어찌나 큰지 캘리포니아주 법관들이 근무하는 형사 법원에서 본 그 어떤 책상보다도 클 것 같았다.

"좋아요, 신사분들." 코엘로 판사가 말했다. "다들 싸울 준비는 끝난 것 같고. 법정에서 너무 불꽃이 튀기 전에 따로 모여서 이 심리가 어느 방향으로 갈 건지 논의를 해봐야겠다 싶어서 불렀어요. 할러 변호사, 생어 경사와 걸어간 길을 미첼 부관과도 걸으려고 하네요."

나는 고개를 끄덕이면서 생각을 정리했다. 내 답변에 따라 앞으로의 심리가 어떻게 진행될지 결정될 것임을 알고 있었다.

"재판장님, 설명할 기회를 주셔서 감사합니다." 내가 말했다. "저희 청구인 측 주장을 전부 펼칠 기회가 주어진다면, 재판장님은 로베르토 샌즈가 FBI 정보원이었기 때문에 살해됐다는 사실을 아시게 될 겁니다. 사실 그가 살해되기 한 시간 전에도 FBI 요원을 만났습니다. 루신더 샌즈는 그를 살해했다는 누명을 쓰고 강요를 받아 유죄 인정 거래를 하게 된 것이고요."

"재판장님, 이건 정말 가당찮은 주장입니다." 모리스 검사가 말했다. "청구인 측 대리인은 자기가 한 말의 어떤 부분도 입증할 수 없을 겁니다. 그래서 공개 법정을 빌려 임무를 다하고 있었던 경찰관들에 대해 대단히 모욕적이고 터무니없는 주장을 하려고 드는 것이고요."

"의견 고맙습니다, 모리스 검사." 판사가 말했다. "하지만 내 지시가 있기 전에는 의견을 피력하지 마세요. 자, 할러 변호사, 당신의 주장을 어떻게 입증할 계획이죠? 제출한 서면에는 그런 주장을 뒷받침할 내용이 전혀 없던데."

"재판장님, 저는 루신더 샌즈에게 누명을 씌운 음모를 입증할 증거를 갖고 있습니다. 그리고 그 사실이 저희가 제출한 인신보호 구제청구 소송 소장에 분명히 적혀 있고요." 내가 말했다. "조금 전 말씀드린 것이 그 음모입니다. 자세하게 설명할 수 없는 것은 그렇게 하면 공모자들에게 저희의 전략을 미리 알려주는 것이 되고 그러면 그들이 자신들의 흔적을 지울 것이 분명하기 때문이죠. 그 증거를 꺼내놓으려면 재판장님의 허락이 필요합니다. 제가 다음에 부를 두 명의 증인은 그 증거를 아주 분명하게 밝힐 건데요, 그 진술을 들으시면 재판장님은 FBI에서 로베르토 샌즈의 관리를 맡았던 맥아이잭 요원의 출석을 명령하실 겁니다. 그가 증인 선서를 한 후 샌즈가 살해된 날 정말로 무슨 일이 있었는지 신문을 받을 수 있도록 말이죠."

"재판장님, 저도 한 말씀 드리겠습니다." 모리스가 말했다.

"아뇨, 그럴 필요 없을 것 같군요." 코엘로 판사가 말했다. "검사가 무슨 말을 할지 알겠으니까요. 이 심리에서 나는 사실을 알아내려고 최선을 다하고 있어요. 판결하기 전에 사실을 가능한 한 많이 알아낼 의무가 있거든요. 할러 변호사, 원하는 대로 하세요. 하지만 경고하는데 신중하게 움직여야 할 거예요. 입증할 수 있는 사실에서 딴 길로 새면, 증인신문을 중지시킬 거니까. 그걸 원하진 않겠죠, 할러 변호사? 당신 증인도 원하지 않을 거고요. 아시겠습니까?"

"네, 판사님, 잘 알겠습니다." 내가 말했다.

"좋아요." 코엘로 판사가 말했다. "법정으로 돌아들 가세요. 나도 곧 돌아가서 심리를 속개할 테니까."

모리스 검사와 나는 일어서서 판사실을 나와 법정 뒤쪽 복도를 걸어갔다. 모리스가 앞서가고 내가 그 뒤를 따랐다. 서기석으로 이어지는 법정 중문 앞에 다다랐을 때, 모리스가 갑자기 돌아서서 내 앞에 떡 버티고 섰다.

"당신은 개자식이야, 할러." 모리스가 말했다. "기자들 앞에서 잘난 척할 수만 있다면 누구를 진흙탕 속으로 끌고 들어가든 신경 안 쓰지? 그래놓고 밤에 다리는 뻗고 자냐?"

"도대체 무슨 말을 하는 건지 모르겠는데, 모리스." 내가 말했다. "루신더 샌즈는 결백해. 당신도 사건을 제대로 들여다봤더라면, 그걸 알았을 텐데. 내가 진흙탕 속으로 끌고 들어가는 사람들은 그렇게 당해도 싼 사람들이야. 당신한테도 진흙이 튈 테니 조심하라고."

모리스가 돌아서서 법정 문 손잡이를 잡더니 나를 돌아봤다.

"링컨 차를 타는 변호사? 웃기고 있네." 그가 말했다. "삥이나 치는 변호사겠지. 마누라한테 차이고 딸내미가 집을 나간 것만 봐도 알지."

나는 모리스의 재킷 깃을 잡아 돌려세운 뒤 문 옆에 있는 벽으로 밀고 갔다.

"내 마누라와 딸내미 일을 당신이 어떻게 알지?" 내가 물었다.

모리스는 두 손을 들어 벽에 댔다. 누군가 복도를 지나가다가 자신이 공격당하고 있는 것을 보기를 바라는 듯했다.

"나한테서 손 떼, 할러, 안 그러면 폭행죄로 체포되게 할 거야." 그가 말했다. "당신이 어떻게 가정을 깼는지 모르는 사람이 어딨어."

나는 모리스에게서 손을 떼고 문 손잡이를 향해 손을 뻗었다. 문을 활짝 열어젖힌 후 그를 돌아봤다. 그는 여전히 두 손을 들어 벽에 대고 있었다.

"개자식 같으니라고." 내가 말했다.

나는 법정으로 들어갔다. 연방보안관들은 판사실에서 이뤄진 판사와 법률대리인들 간의 협의가 금방 끝날 거라고 예상하고 루신더를 그대로 앉혀놓은 듯했다. 나는 루신더 옆에 앉아서 협의 내용을 최대한 자세히 설명하며 그녀를 안심시키려고 노력했다.

"미첼에 대한 증인신문을 마치는 대로 법의학 전문가를 부를 거예요. 그러면 상황이 우리 쪽에 이롭게 바뀌기 시작할 거고요. 그러니까 오늘 심리가 끝나고 나서 우리가 어떤 상황인지 판단하자고요. 그때쯤이면 많은 걸 알게 될 거니까."

판사가 법정으로 돌아왔고 심리가 속개됐다. 모리스는 미첼에 대한 반대신문을 포기함으로써 처음으로 심리 진행에 도움을 줬다. 덩치 큰 보안관 부관이 법정을 나갔고, 이제 남은 것은 증인 두 명과 스테파니 생어의 재소환뿐이었다. 맥아이잭 요원을 증인으로 소환하도록 판사를 설득할 수 없다면 말이다. 프랭크 실버도 우리 측 증인 명단에 올려놓았다. 그것은 그가 내 공동 변호인으로 법정에 함께 앉아 있지 못하게 하기 위해서였다. 그러나 이젠 그를 증인으로 부르는 것을 고려해야 했다. 아무래도 위험한 행보가 될 것 같았고 그는 적의를 가진 증인이 될 것이 거의 확실했다. 그를 찾을 수 있다면 말이지만.

내가 샤미 아슬래니안을 증인으로 부르겠다고 말하자 모리스 검사가 즉시 일어서서 이의를 제기했다.

"근거는요, 피청구인 측 대리인?" 판사가 물었다.

"재판장님도 아시다시피, 청구인 측 대리인은 어제 오후에 시청각 도구 사용을 요청했습니다." 모리스가 말했다. "그런데 저희 피청구인 측은 현재까지도 시청각 도구가 필요한 그 어떤 증거물도 받아보지 못했습니다. 청구인 측 대리인은 저희에게 준비할 기회도 주지 않고 무언가를 갑자기 내놓을 계획을 세운 게 분명합니다. 이에 이의를 제기하는 바입니다."

판사가 나를 돌아봤다.

"청구인 측 대리인, 어제 오후에 시청각 도구를 사용하게 해달라고 해서 허락했잖아요." 그녀가 말했다. "피청구인 측 대리인이 저렇게 신경 쓰는 시청각 도구를 가지고 무엇을 할 계획이죠?"

"질문 감사합니다, 재판장님." 내가 말했다. "먼저 피청구인 측 대리인이 암시하는 증거개시 규칙 위반은 없었다는 말씀부터 드리겠습니다. 오늘 저는 샤미 아슬래니안 박사를 증인으로 부를 계획입니다. 아슬래니안 박사는 세계적으로 유명한 법의학자로서 2백 건이 넘는 재판에서 증언했고 로스앤젤레스 주법원과 연방법원에서도 수차례 증언한 바 있습니다. 그런 전문가가 이 인신보호 구제청구소송 사건과 로베르토 샌즈 피살사건에 대해서 검토했고, 시청각 도구를 사용하여 알아낸 사실을 보여줄 것입니다. 피청구인 측 대리인이 주의를 기울였다면, 청구인 측 증인 명단에 처음부터 아슬래니안 박사의 이름이 올라 있는 것을 봤을 겁니다. 지난 6주 동안 시간 날 때 아슬래니안 박사에게 선서 증언을 받아 법정에서 무슨 이야기를 할지 알아낼 수도 있었을 겁니다.

그런 노력도 기울이지 않고 이제 와서 제가 자기 뒤통수를 친다는 식으로 말을 하다니요, 아슬래니안 박사가 증인석에 앉기도 전에요."

"알아낸 사실을 '보여준다'고요, 청구인 측 대리인?" 코엘로 판사가 말했다. "그게 정확히 무슨 뜻이죠?"

"아슬래니안 박사가 로베르토 샌즈 피살사건을 재현한 동영상을 제작했습니다." 내가 말했다. "부검 결과와 증인 진술, 사건 현장을 찍은 사진 증거를 토대로 해서 말이죠. 덧붙이자면, 피청구인 측 대리인은 청구인보다도 더 일찍부터 이 모든 것에 접근할 수 있었고요."

판사의 시선이 다시 모리스 검사를 향했다.

"재판장님, 청구인 측 대리인이 몇 가지 사실을 빠뜨렸는데요." 모리스 검사가 말했다. "저희 검찰 수사관이 선서 증언 일정을 잡기 위해 세 번이나 아슬래니안 박사에게 연락을 취했지만, 그때마다 아슬래니안 박사는 아직 사건을 살펴보고 있다면서 증언할 준비가 되지 않았다고 말했습니다. 그러다가 저희는 증언 전날 밤이 돼서야 교묘한 속임수 같은 재현 동영상이 있다는 걸 알게 됐죠. 그 동영상에 대해 저희는 전혀 준비가 돼 있지 않고, 또 그 동영상의 재생은 702조 규칙 위반일 수 있다는 사실을 말씀드립니다."

나는 판사가 돌아볼 때까지 기다리지 않고 벌떡 일어서서 끼어들었다.

"교묘한 속임수라고요?" 내가 말했다. "법의학 전문가인 아슬래니안 박사는 피고인 측보다는 검찰 측 증인으로서 증언을 더 많이 했습니다. 피청구인측 대리인의 주장대로라면, 아슬래니안 박사가 피고인의 유죄판결을 이끌어 내는 데 도움을 줬던 그 수많은 증언도 모두 교묘한 속임수였겠네요."

"자, 두 분 다 진정하세요. 의미론적인 말싸움은 나중에 하시고." 코엘로가 말했다. "본 판사는 다우버트 심리[34]를 진행하여 아슬래니안 박사의 증언을 듣고 재현 동영상을 시청하겠습니다. 그런 다음 전에도 말한 것처럼 진실의 수호자로서 본 판사가 그 증거를 이해하거나 쟁점이 되는 사실을 파악하는 데 그 증언이 도움이 됐는지를 702조에 따라 결정할 겁니다. 청구인 측 대리인, 오전 시간을 너무 허비하는군요. 증인을 불러서 신문을 진행하세요."

나는 잠깐 멍하니 서서 판사의 판결을 이해하려고 애를 썼다.

"청구인 측 대리인, 증인이 여기 와 있습니까?" 판사가 엄격한 목소리로 물었다.

"어, 네, 재판장님." 내가 말했다. "청구인 측은 샤미 아슬래니안 박사를 증인으로 부르겠습니다."

나는 자리에 앉아 연방보안관 한 명이 밖으로 나가 아슬래니안을 데리고 들어오기를 기다렸다. 루신더가 황급히 내 팔을 잡았다.

"무슨 일이 벌어지고 있는 거예요?" 그녀가 속삭였다. "다우버트가 뭐예요?"

"심리 안에 작은 심리가 하나 더 있는 거예요." 내가 말했다. "아슬래니안 박사가 증언하고 재현 동영상을 보여주면 판사가 그걸 보고 그 증언이 판결하는 데 타당하고 유용한지를 결정하는 거예요. 연방 증거 규칙 702조가 적용되는 거죠. 702조는 전문가 증인이 자신의 전문지식을

---

34 전문가 증언의 과학적 검증 가능성과 일반적 허용성을 법관이 심리, 판단하게 허용하는 연방 증거 규칙의 기준

입증하도록 요구해요. 난 걱정 안 해요, 루신더. 이 증언이 배심원들 앞에서 이뤄진다면 걱정이 되겠지만, 그게 아니라 판사가 판결할 것이고, 그러니 어떤 식으로든 판사는 아슬래니안 박사가 무엇을 생각해 냈는지를 알게 될 테니까요."

"하지만 판사가 원한다면 전부 다 차버릴 수 있는 거잖아요."

"그렇죠, 하지만 한번 뱉은 말은 주워 담을 수 없어요. 그런 말 예전에 들어봤어요?"

"아뇨."

"판사가 그 증거를 배척한다고 해도, 아슬래니안 박사가 발견한 사실을 어쨌든 판사가 알게 되는 거죠. 그러니 일이 어떻게 되는지 두고 봅시다, 알겠죠?"

"알았어요. 당신을 믿어요, 미키."

이제 나는 그녀의 믿음이 대상을 잘못 찾지 않았다는 것을 입증해야 했다.

30

아슬래니안 박사는 얇은 노트북 케이스를 들고 법정으로 들어왔다. 노트북 케이스를 증인석에 놓고 손을 들어 진실을 말하겠다고 선서했다. 나는 연방 증거 규칙 사본을 발언대에 놓고 서 있었다. 그 사본은 전문가 증언의 허용성에 관한 702조 규칙들을 열거한 페이지에 펼쳐져 있었다. 모리스의 어떤 이의 제기에도 맞설 준비가 돼 있어야 했다.

아슬래니안이 착석하자마자 나는 직접신문을 시작했다.

"증인, 증인의 학력부터 묻겠습니다." 내가 말했다. "어떤 학위를 어디서 받았는지 말씀해 주시겠습니까?"

"네." 아슬래니안이 말했다. "학위가 꽤 많습니다. MIT 공대에서 화학공학 석사학위를 받았습니다. 그런 다음엔 뉴욕으로 가서 존 제이 칼리지에서 범죄학 박사학위를 받았고, 현재 거기서 부교수로 재직 중입니다."

"학사학위는요?"

"학사학위도 두 개가 있죠. 하버드대학교에서 공학 전공으로 이학사 학위를 받았고, 버클리대학에서 음악 학사 학위도 받았습니다. 노래를 좋아하거든요."

나는 미소를 지었다. 배심원단이 없는 것이 아쉬웠다. 배심원들이 있었다면 그녀의 학력에 매료돼 그녀의 말을 곧이곧대로 믿었을 것임을 경험으로 알고 있었다. 그러나 판사 생활이 거의 30년째인 코엘로 판사는 별 감흥이 없어 보였다. 나는 신문을 계속했다.

"그럼 명예 학위는요?" 내가 물었다. "명예 학위도 갖고 계십니까?"

"아, 네." 아슬래니안이 말했다. "지금까지 세 군데에서 명예박사 학위를 받았습니다. 그러니까…… 플로리다대학교에서 법의학 명예박사 학위를 받았고—게이터스, 파이팅!—, 같은 주의 라이벌 대학교인 플로리다 주립대학교에서도 법의학 명예박사 학위를 받았죠. 그리고 뉴욕 포덤대학교에서도 법의학 명예박사 학위를 받았고요."

나는 리걸패드의 페이지를 넘긴 후 판사에게 702조 규칙에 따라 아슬래니안 박사를 전문가 증인으로 인정해 달라고 요청했다. 판사는 내 요청을 받아들였다. 놀랍게도 모리스 검사가 이의 제기를 하지 않았다.

"증인, 기록을 위해 질문 하나 하겠습니다." 내가 말했다. "증인은 이 사건의 전문가 증인으로서 수고료를 받으실 겁니다, 그렇죠?"

"네, 사건을 검토하는 데는 일률적으로 3천 달러를 받습니다." 그녀가 말했다. "출장이 필요하면 더 청구하고요. 제가 알아낸 내용을 법정에서 증언까지 해야 한다면 또 추가로 청구하고요."

"증인은 어떻게 해서 이 사건의 증거를 조사하게 되셨죠?"

"지금 저에게 질문하시는 변호사님이 이 사건의 증거를 조사해 달라고 저를 고용하셨기 때문입니다."

"과거에도 제가 증인을 고용한 적이 있습니까?"

"네, 16년 전부터 저를 고용하셨고 이번이 여섯 번째입니다."

"증인이 사건을 재조사할 때 자신에게 적용하는 윤리적 기준이 있습니까?"

"단순합니다. 보이는 대로 말하라. 사건을 살펴보고 결과가 어떻게 나오든 있는 그대로 받아들인다는 거죠. 증거가 변호사님 의뢰인의 유죄를 가리킨다고 판단하면, 그렇게 증언할 겁니다."

"제가 증인을 여섯 번 고용했다고 말씀하셨는데요. 증인은 그 여섯 번 모두 피고인 측에 이롭게 증언하셨습니까?"

"아니요. 세 번은 증거가 변호사님 의뢰인의 유죄를 가리킨다는 결론이 나왔습니다. 그래서 그렇게 보고했고 사건에 대한 저의 개입은 거기서 끝이 났죠."

나는 페이지를 넘기면서 판사를 슬쩍 쳐다보며 증인의 진술을 경청하고 있는지 살폈다. 판사들이 증인신문 때 딴짓하는 것을 여러 번 목격한 적이 있었다. 적어도 주 법정에서는 그랬다. 임명되든 선출되든 일단 판사석에 앉고 나면, 진술을 들으면서 다른 업무를 볼 권리와 능력이 있다고 생각하는 판사들이 많았다. 내 사건을 재판하면서 다른 사건에 관한 의견서를 작성하거나 제출된 서면을 검토하기도 했다. 내가 증인을 신문하고 있는데 마이크에 대고 코를 곤 판사도 있었다. 법정 서기가 그를 깨워야 했다.

그러나 코엘로 판사는 그러지 않았다. 아슬래니안을 향해 의자를 돌려 앉아 그녀를 똑바로 쳐다보면서 증언을 듣고 있었다. 나는 신문을 계속했다.

"그런데도 오늘 이렇게 오셨군요, 아슬래니안 박사님." 내가 말했다. "오늘 이 법정에서 증언하시는 것을 보면 증인은 루신더 샌즈가 전남편을 살해한 혐의에 대해 무죄라고 믿고 있는 것이라고 이해해도 되겠습니까?"

"제게 중요한 것은 유죄냐 무죄냐의 문제가 아닙니다." 아슬래니안이 말했다. "중요한 것은 법의학적 증거죠. 증거들이 모여서 피고인을 가리키는가? 그게 문제입니다. 이 사건을 조사한 후 제가 도달한 결론은 '아니다'였습니다."

"그런 결론에 도달하게 된 경위를 자세히 설명해 주시겠습니까?"

"직접 보여드리겠습니다."

나는 아슬래니안 박사가 제작한 범죄 재현 동영상을 배심원석 맞은편 벽에 있는 대형스크린에 재생하게 해달라고 판사에게 요청했다. 모리스 검사는 전문가의 증언은 법의학적 수사의 "신뢰할 만한 원칙과 방법"의 산물이어야 한다고 규정한 연방 증거 규칙 702조 C항을 들어 이의를 제기했다. 그러면 범죄 재현 동영상은 전부 다 그 규칙 위반이 돼 재생할 수 없을 터였다.

"지적 감사합니다, 피청구인 측 대리인." 코엘로 판사가 말했다. "그러나 본 판사는 증인의 동영상 재생을 허용한 후 702조에 근거해 판결하겠습니다."

모리스가 분노한 듯 자리에 앉더니 리걸패드에 펜으로 분노의 사선을 쭉 그었다.

아슬래니안은 자신의 노트북을 법정 시청각 도구와 연결했고 곧 대형스크린에 다양한 버전의 재현 동영상을 소개하는 목차가 나타났다.

"우리는 사건 수사 기록을 통해서 검찰이 파악한 사건의 정황을 알고 있습니다." 아슬래니안이 말했다. "그래서 저는 시신의 위치, 탄환이 날아온 궤도, 증인 진술 같은 이미 알려진 조건들을 토대로 그 범죄를 재현하는 동영상을 제작했습니다. 한번 보시죠."

아슬래니안 박사는 노트북으로 프로그램을 재생했다. 판사는 벽에 걸린 대형스크린을 집중해서 보고 있었다. 재생이 시작되자 아슬래니안이 보슈와 현장 답사를 가서 찍어온 사진을 바탕으로 만든 루신더 샌즈의 집 전경 그림이 나타났다. 현관문이 열리고 남자 아바타가 나왔다. 그 남자 뒤에서 보이지 않는 손에 의해 문이 쾅 하고 닫혔다. 남자는 현관 앞 계단 세 개를 걸어 내려와 돌길을 벗어나서 잔디밭을 사선으로 천천히 가로지르기 시작했다. 현관문이 다시 열렸고 여자 아바타가 왼손에 권총을 들고 나타났다. 남자가 잔디밭을 가로지르는 동안, 그녀는 권총을 하이레디 자세로 들고 겨냥하여 총을 발사했다. 남자가 맞았다. 그는 총에 맞자마자 털썩 쓰러지며 무릎을 꿇더니 앞으로 고꾸라졌다. 여자가 다시 총을 발사했고 쓰러져 있는 남자가 탄환에 맞았다. 총에서 표적까지 탄환 두 발이 날아가 꽂히는 궤도가 붉은색 선으로 표시됐다.

"이것은 형사들과 검사들이 주장한 사건 개요를 영상으로 제작한 것입니다." 아슬래니안이 말했다.

"그러면 그들이 일어났다고 주장하는 일이 실제로 일어났을 가능성이 있습니까?" 내가 물었다.

"제가 알고 있는 물리학의 세계에서는 불가능합니다." 아슬래니안이 대답했다.

"그 이유를 말씀해 주시겠습니까?"

"왜냐하면 잔디밭을 가로지르는 피해자의 걸음 속도 같은 변수들이 존재하기 때문입니다. 동영상에서 보셨듯이, 문이 쾅 하고 닫힌 후, 피해자가 피살된 지점에서 총에 맞고 쓰러지기 위해서는 잔디밭을 매우 느리게 걸어야 했습니다."

모리스 검사가 일어서서 이의를 제기했다.

“재판장님, 증인의 진술은 사실이 아니라 추측에 불과합니다.” 그가 주장했다.

내가 반박하기도 전에 코엘로 판사가 검사에게 말했다.

“증인이 변수라고 했잖아요, 피청구인 측 대리인.” 판사가 말했다. “이 동영상 증언에 관해 판결하기 전에 변수들에 관한 설명을 듣고 싶군요. 그 변수들이 사실에 의해 뒷받침되기를 바라고요. 계속하세요, 아슬래니안 박사.”

나는 판사가 아슬래니안 “박사”라고 부른 것을 좋은 징조로 받아들였다.

아슬래니안이 진술을 이어갔다. “루신더 샌즈는 사건 당일 밤에 받은 조사부터 가장 최근에 자신의 변호인과 조사관과의 접견에 이르기까지 모든 조사에서, 전남편이 집을 나간 후 자신이 현관문을 세게 닫았다고 주장했습니다. 그렇다면 밖으로 나가 총을 쏘기 위해서는 그 문을 다시 열어야 했겠죠. 이것이 시간의 변수인데요, 그녀가 어디서 어떻게 총을 꺼내왔는가 하는 문제까지 고려해 봐야 하는 것이죠. 그러면 로베르토 샌즈가 계단에서 겨우 4미터 30센티미터 떨어진 곳에서 총에 맞았다는 것은 개연성이 매우 낮습니다. 이번에는 로베르토 샌즈가 성인 남자의 평균 걸음 속도인 시속 4.5킬로미터로 걷고 있는 것을 가정한 두 번째 재현 동영상을 보시죠.”

아슬래니안은 노트북 앞으로 돌아가 목차에서 두 번째 동영상을 선택했다. 이번에는 남자 아바타가 보다 빠른 속도로 계단을 내려왔고 4미터 30센티미터 표시 지점을 훨씬 지난 지점에서 총에 맞았다.

"보시다시피, 경찰과 검찰의 주장은 일반적 사실과 들어맞지 않습니다." 아슬래니안이 말했다. "그리고 모리스 검사님, 이것이 추측이라는 말씀은 맞습니다만, 널리 알려진 사실에 기반한 추측입니다. 이제 사실을 더 보태볼까요?"

"제발요, 사실을 더 보태주시죠." 모리스가 빈정거렸다.

그는 도무지 믿어지지 않는다는 듯이 고개를 가로저었다.

"피청구인 측 대리인, 그런 어조와 다들 보라는 듯한 행동은 자제해 주세요." 판사가 말했다.

"죄송합니다, 재판장님." 모리스가 말했다.

"다음으로 보여주실 것은 무엇입니까, 증인?" 내가 말했다.

"검시관들이 일을 잘했더라고요. 피해자가 경찰관이어서 더욱더 신경을 쓴 것 같습니다. 상처 길과 탄환의 궤도를 확인해서 샌즈 부관을 맞힌 탄환 두 발이 매우 다른 각도에서 그를 맞혔다고 결론을 내렸더군요. 피해자가 걷고 있을 때 날아온 첫 번째 탄환은 각도가 거의 없었습니다. 그 탄환이 척추 골절을 일으켰고, 다리에 난 찰과상으로 보아 총을 맞자마자 무릎을 꿇고 털썩 주저앉은 후 앞으로 고꾸라졌다는 것을 알 수 있죠. 그때 두 번째 탄환을 맞았는데, 아주 가파른 각도로 들어왔어요. 다음으로 보여드릴 동영상은 이 총격이 사건에 대한 공식 입장과 물리적으로 맞지 않는다는 것을 보여줍니다. 이 동영상에 총을 쏜 범인은 등장하지 않습니다. 탄환이 들어온 각도를 보여주고, 탄환이 이런 식으로 피해자의 몸에 들어오기 위해서는 총이 어디에 위치했어야 하는지를 보여줍니다."

아슬래니안은 대형스크린에 세 번째 재현 동영상을 틀었다. 이번에도 남자 아바타가 집을 나왔고 문이 쾅 닫혔고 잠시 후에 다시 열렸다. 이번에는 여자 아바타가 나타나지 않았고 두 발의 탄환이 그리는 궤도가 붉은색 선으로 그려졌다. 그 궤도는 두 발 모두 계단 위에서 발사됐다면 낮은 각도에서 발사돼야 했다는 것을 보여줬다.

"이 동영상은 검시 보고서에 나온 궤도를 그대로 적용해서 만든 것입니다." 아슬래니안이 말했다.

"그럼 증인은 이 재현 동영상에서 어떤 결론을 내리셨죠?" 내가 물었다.

"계단에서 총을 쐈을 가능성은 매우 희박하다는 결론을 내렸습니다." 아슬래니안이 말했다. "계단에서 쐈다면 범인은, 그게 누구든, 이렇게 쏘기 위해 야구 포수처럼 쪼그리고 앉아야 했을 겁니다."

"증인은 현장 답사를 하실 때 계단의 높이를 측정하셨습니까?"

"네, 했습니다. 계단 하나의 높이가 25센티미터 정도였고, 계단이 다 합해 세 개 있었기 때문에 총 높이는 75센티미터 정도였죠."

"그러니까 증인은 로베르토 샌즈를 죽인 탄환이 계단에서 발사되지 않았다는 말씀을 하시는 것이군요, 맞습니까?"

"네, 맞습니다."

나는 다음 질문으로 넘어가기 전에 판사를 흘끗 쳐다봤다. 판사는 스크린을 노려보고 있었다. 또 하나의 좋은 징조.

"증인, 증인은 탄환이 어디에서 발사됐는가에 관해 의견을 가지게 되셨습니까?" 내가 물었다.

"네, 그렇습니다."

"그 의견을 이 자리에서 말씀해 주실 수 있을까요?"

"네, 마지막 재현 동영상은 탄환의 궤도와 피해자의 위치에 관해 알려진 사실을 바탕으로 탄환이 발사된 위치를 보여줄 것입니다."

아슬래니안이 마지막 재현 동영상을 내형스크린에 재생하는 동안, 나는 모리스를 바라봤다. 그의 얼굴에는 초조한 기색이 역력했다.

화면에서는 남자 아바타가 집에서 나왔고 문이 그의 뒤에서 쾅 하고 닫혔다. 남자 아바타가 잔디밭을 가로지르는 동안 붉은색 궤도선이 이번에는 계단 왼쪽에 있는 집의 앞 벽에서 시작됐다. 남자 아바타가 총에 맞고 쓰러졌고 곧이어 다시 총에 맞았다. 아슬래니안이 동영상 재생을 멈췄다.

"증인이 이 재현 동영상에서 아시게 된 다른 사실들도 있습니까?" 내가 물었다.

"네, 범인을 집 앞 벽 앞에 세우면, 땅과 벽과 탄환의 궤도를 삼면으로 하는 삼각형을 만들 수 있고, 이 삼각형을 통해 두 발의 탄환이 발사된 대략적인 높이를 측정할 수 있었습니다."

"그래서 그 높이가 얼마나 됐죠?"

"넉넉하게 잡아서 157센티미터에서 167센티미터요."

"그럼 청구인처럼 키가 157센티미터인 여성이 있다면, 하이레디 자세에서 그런 궤도로 총을 쏠 수 있을까요?"

"아뇨, 그 정도의 키로는 충분치 않을 겁니다. 그 정도 키의 여성이 그 각도로 총을 쏘기 위해서는 눈높이 위로 총을 들고 있어야 할 겁니다. 아니 머리 위로요. 두 발의 탄환이 피해자의 몸에서 서로 가까이 박힌 것을 고려하면, 청구인이 한 발이라도 쐈을 가능성은 거의 없다고 생각합니다. 그 짧은 시간에 두 발을 쏠 수 있었을 가능성은 더더욱 없고요."

모리스 검사가 일어서더니 자신 없는 말투로 증인이 근거 없는 추측을 하고 있다며 이의를 제기했다.

그리고 이번에도 내가 반박할 필요가 없었다.

"피청구인 측 대리인, 내가 아슬래니안 박사를 전문가 증인으로 채택할 땐 이의를 제기하지 않았잖아요." 판사가 말했다. "아슬래니안 박사의 증언이 피청구인 측의 주장과는 반대되는 방향으로 가니까, 이제 와서 이의를 제기하는군요. 증인의 의견과 증언에 대한 사실적인 토대는 충분하다고 판단돼, 피청구인 측 대리인의 이의 제기를 기각합니다."

모리스가 다른 이의 제기를 할지 몰라 잠시 기다렸다. 그는 침묵을 지켰다.

"진행하세요, 청구인 측 대리인." 판사가 말했다.

"감사합니다, 재판장님." 내가 말했다. "지금은 더이상 질문이 없습니다. 그러나 필요하다면 증인을 다시 부르겠습니다."

"피청구인 측 대리인, 반대신문 하시겠어요?" 코엘로 판사가 물었다.

"재판장님, 벌써 정오가 다 됐습니다." 모리스가 말했다. "저희 피청구인 측이 점심시간 동안 증인의 재현 동영상과 견해를 꼭꼭 씹어서 소화시키고 반대신문 여부를 결정할 수 있도록 지금 휴정해 주실 것을 요청합니다."

"좋습니다, 지금 휴정하도록 하죠." 코엘로 판사가 말했다. "1시에 심리를 속개해 아슬래니안 박사에 대한 증인신문을 계속하겠습니다. 그리고 피청구인 측 대리인은 빈정거리는 말투와 태도를 법정 문밖에 놔두고 오세요. 자, 휴정합니다."

판사가 판사석을 떠났다. 모리스는 고개를 숙이고 검사석에 그대로 앉아 있었다. 마지막에 판사가 한 질책 때문인지 아슬래니안의 증언이 준 무게감 때문인지는 알 수 없다. 그는 구명 뗏목 없이 항해에 나섰다가 가라앉는 배에 타고 있는 사람 같아 보였다.

루신더를 돌아보니 울고 있었다. 눈가가 붉어져 있었고 두 뺨에는 눈물을 닦은 자국이 있었다. 재현 동영상에 대해, 그녀가 한때 사랑했고 아이를 낳아 가정을 이뤘던 남자가 총에 맞아 그녀의 집 앞마당에 쓰러져 있는 모습을 보게 될 것에 대해, 미리 마음의 준비를 시키는 것을 잊었다는 것을 깨달았다.

"그런 영상을 보게 해서 미안해요, 루신더." 내가 말했다. "미리 말해서 마음의 준비를 하게 했어야 하는데."

"아뇨, 괜찮아요." 그녀가 말했다. "갑자기 울컥했어요."

"하지만 아슬래니안 박사가 그 재현 동영상으로 우리를 많이 도와줬다는 건 알아야 해요. 판사를 봤는지 모르겠지만, 판사가 완전히 몰입해서 들었어요. 내 생각엔 아슬래니안 박사의 주장에 설득당한 것 같아요."

"그렇다면 잘됐네요."

연방보안관이 루신더를 구치감으로 데려가기 위해 들어왔다. 그는 우리의 대화가 끝날 때까지 잠깐 기다려 줬다. 이전에는 보여주지 않았던 친절이자, 대형스크린에서 본 내용에 그도 영향을 받았다는 것을 보여주는 징표였다.

"이따가 봐요." 내가 말했다. "이 증인신문 끝나고 나면 해리 보슈라는 또 다른 강력한 증인이 기다리고 있어요."

"고마워요." 루신더가 말했다.

네이트 연방보안관이 탁자 밑에 있는 고리에 묶인 루신더를 풀어줬고, 법원 구치감까지 잠깐 걸어가기 위해 그녀의 두 손목에 수갑을 채웠다. 그녀는 구치감에서 점심시간을 보내야 했다. 그녀는 네이트의 안내를 받을 필요도 없이 문을 향해 걸어갔다. 나는 그녀가 가는 모습을 지켜봤다. 고개를 숙이고 있는 걸 보니 또 눈물이 흐르는 모양이었다.

네이트가 철문을 열었고 곧이어 루신더의 모습이 사라졌다.

제7부

확실한 증거

31

아슬래니안 박사와 함께 연방법원의 스프링스트리트 쪽 출입문을 나와 내비게이터에 탄 할러는 한껏 들떠 있었다.

"형이 봤어야 해." 할러가 말했다. "샤미가 확실히 못을 박았어. 동영상이 재생되는 동안 판사가 스크린에서 눈을 떼질 못하더라고."

보슈는 그런 얘길 듣는 것을 좋아하지 않았다. 법정에서는 어떤 일이라도 일어날 수 있다는 걸 알고 있기 때문이다. 게다가 팀을 위해 좋은 일이 있었던 것 같은데 할러의 입방정으로 불행을 불러들이고 싶지 않았다.

"어디로 가?" 보슈가 물었다.

"어디 좋은 데로 가자." 할러가 말했다. "오늘은 그럴 자격이 충분히 있어. 박사님은 대단한 승부사야."

"글쎄요." 아슬래니안이 말했다. "판사가 청구 건에 대해 판결할 때까지 축하 파티는 좀 아닌 것 같은데."

"동의해요, 하지만 난 루신더가 걸어 나올 거라고 생각해요." 할러가 말했다. "박사님이 확실히 못을 박았고, 점심 먹고 나선 해리가 결정타를 날릴 거니까요."

"잊지 마세요, 모리스 검사가 나를 저격할 기회가 남아 있다는 걸." 아슬래니안이 말했다.

"저격하고 싶어도 방법이 있어야 저격하죠." 할러가 말했다. "모리스가 점심 식사를 위한 휴정을 요청한 건 자기가 망했다는 걸 알았기 때문이에요. 그리고 해리가 휴대전화 정보를 가지고 증인석에 앉으면 상황은 모리스에게 더욱 안 좋아지겠죠."

"너무 앞서가지 마." 보슈가 말했다.

"에이, 왜 이래, 투덜이 형." 할러가 말했다. "워터그릴로 가자. 오늘 점심은 맛있는 거 먹고 축하 파티는 이 일이 다 끝나고 나서 하자고."

"그리로 데려다주기는 하겠는데, 나는 차에서 기다릴게." 보슈가 말했다. "증언하기 전에 모든 것을 다시 한번 살펴봐야 할 것 같아. 너도 함께 살펴봐야 하지 않을까? 질의응답을 순서대로 잘하려면."

"난 걱정 안 해." 할러가 말했다. "형의 증언은 샤미가 우리를 위해 만든 케이크 위의 당의가 될 거야. 루신더가 그 탄환 두 발을 쏠 수 없었을 거라는 걸 샤미가 분명히 증명해 보였어."

"나를 너무 띄우지 말아요." 아슬래니안이 말했다. "그리고 청구인 측 변론도 아직 다 안 끝났잖아요. 무슨 일이 일어날지 모르니까 대비를 해야 해요. 오래전에 변호사님이 한 말인데 잊으셨나 보네."

몇 분 후 보슈는 그랜드애비뉴에 있는 식당 앞에서 할러와 아슬래니안을 내려줬다. 그러고는 그 블록을 달려 내려가 주차 공간을 찾아 차를 세웠다. 운전석 뒤쪽 바닥으로 팔을 뻗어 할러가 증거물로 법정에 제출할 AT&T 출력물을 담은 파일을 집어 들었다.

그는 출력물을 다시 보면서 거기에 나온 숫자를 조수석에 펼쳐놓은 지도에서 찾기 시작했다. 긴장이 돼 예행연습을 하고 있는 것이었다. 그는 새로운 디지털 기술을 아날로그적인 방식의 증언으로 바꿔놓았다. 그는 이것이 루신더 샌즈의 결백을 증명하는 명백한 증거가 되기를 바랐다.

32

보슈는 방청석 맨 뒷줄에 앉아서 헤이든 모리스 검사가 샤미 아슬래니안을 반대신문 할 것인지 아니면 자신이 증인으로 불려 나갈 것인지를 알아보려고 기다렸다. 연방검사는 아슬래니안을 다시 불렀고, 보슈는 자신이 법정에 있는 것을 아무도 눈치채지 못한 것 같아서 그대로 눌러앉았다. 할러가 아슬래니안의 직접신문을 입에 침이 마르도록 칭찬한 터라 보슈는 반대신문에서 그녀가 얼마나 답변을 잘하는지 보고 싶었다. 그러나 그는 루신더 샌즈의 결백을 시사하는 청구인 측 대리인의 주장이 모래성처럼 허물어지기 시작하는 것을 목격했다.

그리고 모리스 검사가 모래성을 허물어뜨리는 데에는 채 5분도 걸리지 않았다.

모리스 검사가 재현 동영상 프로그램 목차를 대형스크린에 다시 띄워 달라고 아슬래니안에게 요청하면서 몰락이 시작됐다. 아슬래니안은 재빨리 키보드를 몇 번 두드려 검사의 요구를 들어줬다.

"이제 스크린의 우측 하단 모서리를 주목해 주실까요?" 모리스가 말했다. "거기 있는 것은 저작권 보호 안내문입니다, 그렇죠?"

"네." 아슬래니안이 말했다. "엄밀히 말하자면, 저작권을 신청한 상태이고, 받게 될 것이라고 자신합니다."

"그 재현 동영상 소프트웨어의 이름이 프로젝트 에이미(Project AI-my)인가요?"

"네."

"제가 맞게 발음하고 있습니까? 여자 이름 에이미와 같나요?"

"네."

"철자는 대문자 A, 대문자 I죠? 대문자 A, 소문자 l이 아니라?"

"맞습니다."

"왜 철자를 그런 식으로 쓰셨죠?"

"이 프로그램은 제가 MIT의 제 동료인 에드워드 타프 교수와 함께 개발한 기계학습 플랫폼을 바탕으로 하고 있기 때문입니다."

"기계학습이란 것은 인공지능을 의미하는 거죠?"

"네, 그렇습니다."

"고맙습니다. 더 이상 질문 없습니다."

코엘로 판사가 아슬래니안에게 퇴정 명령을 내렸다. 보슈는 할러가 고개를 떨어뜨리는 것을 봤다. 무언가가 잘못 돼가고 있었다. 아슬래니안이 방청석으로 나가는 문을 통과하기도 전에, 모리스 검사가 판사에게 말했다.

"재판장님, 저희 피청구인 측은 증인 아슬래니안 박사의 증언과 동영상을 재현하며 한 발언 전부를 연방 증거 규칙 제702조 C항에 근거해 기록에서 삭제해 주시기를 요청하는 바입니다." 모리스가 말했다.

할러가 반박을 위해 일어섰다. 아슬래니안은 기자들이 많이 앉아 있는 방청석 벤치에 재빨리 끼어 앉았다.

"재판장님?" 할러가 판사를 불렀다.

"좀 기다리세요, 청구인 측 대리인." 판사가 말했다. "발언 기회 드릴 테니까. 피청구인 측 대리인, 부연 설명 하시겠어요?"

"감사합니다, 판사님." 모리스 검사가 말했다. "연방 증거 규칙 제702조 C항은 전문가 증언에 관해서 전문가 증인의 증언과 발표는 신뢰할 만한 원칙과 방법의 산물이어야 한다고 규정하고 있습니다. 그런데 인공지능의 사용은 캘리포니아 남부 연방지방법원에서는 아직 승인되지 않았습니다. 따라서 증인의 증언과 재현 동영상을 보여주면서 한 발언 전부가 기록에서 삭제돼야 하는 것입니다."

판사는 오랫동안 침묵하며 생각하더니 할러를 돌아봤다.

"청구인 측 대리인, 피청구인 측 대리인의 말이 맞네요." 판사가 말했다. "이 지역은 인공지능 사용의 판례가 되는 사건을 찾고 있지만, 아직 통과시키지는 않았거든요."

"제가 한 말씀 드려도 되겠습니까?" 할러가 말했다.

"하세요." 코엘로가 말했다.

"이것은 단연코 잘못된 주장입니다." 할러가 스크린을 가리키며 말했다. "저 프로그램은 루신더 샌즈가 전남편을 쏘지 않았다는 것을 증명하고 있습니다. 그런데 기술적인 문제를 이유로 그 증거를 인정하지 않으시겠다고요? 청구인은 자기가……."

"기술적인 문제가 아니라 법입니다." 모리스 검사가 끼어들었다.

"피청구인 측 대리인, 끼어들지 마세요." 판사가 말했다. "계속하세요, 청구인 측 대리인."

"청구인은 자기가 저지르지 않은 범죄로 인해 5년째 수형 생활을 하고 있습니다." 할러가 말했다. "저 프로그램은 청구인의 결백을 증명하고 있고, 이 법정 안에 있는 모든 사람이 그 사실을 알고 있습니다. 인공지능의 사용이 승인되지 않았다면, 이 사건을 판례로 만드십시오. 존경하는 재판장님, 피청구인 측의 이의 제기를 기각하고 심리를 진행해 주십시오. 피청구인 측은 억울하면 항소하면 되지 않습니까."

"아니면 나는 이의 제기를 받아들이고 항소는 청구인 측이 할 수도 있고요." 코엘로 판사가 말했다. "같은 목적을 위해 다른 방법을 쓸 수도 있지 않을까요? 상급 법원에서 판결하면 이 사건이 판례가 될 테고요."

"그러면 시간이 얼마나 지체되겠습니까?" 할러가 말했다. "제 의뢰인이 이 문제에 대한 답을 듣기 위해 기다리면서 감옥에서 3년을 더 살라고요? 법정은 시대에 뒤처져 있습니다, 판사님. 인공지능은 이미 우리 곁에 와 있습니다. 인공지능이 수술에 사용되고, 차를 운전하고, 주식 거래를 하고, 우리가 듣는 음악을 골라주고 있습니다. 인공지능이 쓰이는 데를 꼽자면 끝이 없습니다. 재판장님, 사법 시스템이 낡았고 최신 기술에 뒤처져 있다는 이유로 이 여인을 감옥으로 돌려보내지 말아 주십시오."

"청구인 측 대리인의 염려는 이해합니다." 코엘로 판사가 말했다. "진심으로 이해해요. 하지만 나는 현행법을 수호하기로 맹세했을 뿐 미래의 법을 예상할 수는 없어요."

"판사님, 이 심리는 진실을 찾기 위해 열리고 있는 것 아닙니까?" 할러가 말했다. "우리가 진실을 알면서도 외면한다면 역사가 우리를 어떻게 판단하겠습니까?"

"미안하지만, 청구인 측 대리인, 사법 시스템은 그런 식으로 운영되지 않습니다." 코엘로 판사가 말했다. "이런 결정을 하게 돼 나도 고통스럽지만, 검사의 이의 제기를 받아들입니다. 증인의 시연과 증언은 모두 기록에서 삭제될 것이고 앞으로 본 법정이 내릴 판결에 아무런 영향도 미치지 않을 겁니다."

"참으로 부끄러운 일입니다." 할러가 말했다. "옳은 일이 우리 앞에 있는데도 할 수가 없다니요."

"청구인 측 대리인, 경고하는데 선을 넘지 마세요." 코엘로 판사가 말했다.

할러가 두 손으로 탁자를 짚고 고개를 숙였다. 보슈는 가슴 속에서 깊은 구멍이 입을 벌리는 것을 느꼈다. 할러가 모리스를 돌아봤고, 모리스는 앞을 노려보고 있었다.

"그리고 모리스 당신." 할러가 말했다. "당신이야말로 그래놓고 두 다리 뻗고 자나? 법의 수호자가 돼야 할 검사가, 진실을 찾아야 할 사람이 비겁하게……."

"청구인 측 대리인!" 판사가 소리쳤다. "기어코 선을 넘었군요. 앉으세요. 지금 당장!"

할러는 항복하듯 두 손을 번쩍 쳐들더니 자리에 앉았다. 그러고는 루신더를 돌아보며 뭐라고 속삭였다. 보슈는 판사의 판결에 법률대리인이 이렇게 화를 내는 것은 본 기억이 나지 않았다. 어디까지가 연기이고 어디까지가 진짜 분노인지 궁금했다.

코엘로는 물통을 들고 유리컵에 물을 따랐다. 천천히 움직이는 것이 법정의 분위기를 가라앉힐 것이라고 믿는 듯 천천히 물을 마셨다.

"자, 다른 증인을 부르겠습니까, 청구인 측 대리인?" 마침내 코엘로 판사가 말했다.

할러는 그 질문을 듣지 못한 것 같았다. 루신더에게 계속 뭐라고 속삭이고 있었다. 마치 자유를 얻으려는 희망에 방금 무슨 일이 있었는지를 설명하고 있는 듯했다.

"청구인 측 내리인? 나른 증인이 있냐고요." 판사가 재촉했다.

할러가 루신더에게서 떨어져서 일어섰다. 그가 말문을 열었을 때 갈라진 목소리가 나왔다.

"네, 있습니다." 그가 말했다. "저희 청구인 측은 해리 보슈 씨를 증인으로 부르겠습니다."

샌타모니카만의 해양 층만큼 두터운 긴장감이 법정을 무겁게 누르고 있는 가운데, 보슈가 일어서서 재판정과 방청석을 나누는 문을 통과해 들어갔다. 서기의 안내에 따라 증인 선서를 하고 증인석에 앉았다. 그는 발언대를 향해 천천히 걸어가는 할러를 보면서 아슬래니안의 증언을 잃은 일로 할러가 아직도 휘청이고 있다고 생각했다. 할러는 보슈의 경력에 관한 기본적인 질문으로 신문을 시작했다.

"증인, 현재 직장이 있습니까?" 할러가 물었다.

"지금 말씀하시는 변호사님 밑에서 파트타임 조사관으로 일하고 있습니다." 보슈가 대답했다.

"그럼 범죄 수사 경력은 어떻게 되시죠?"

"로스앤젤레스 경찰국에서 40년간 형사로 일했고, 주로 살인사건을 맡아 수사했습니다. 은퇴 후 몇 년간은 산페르난도에서, 그 후에는 로스앤젤레스 경찰국에서 자원봉사 수사관으로 미해결 사건 수사를 도왔고요."

"그러면 살인사건에 대해서는 알 만큼 안다고 자부하시겠네요."

"그렇죠. 수사 책임자나 담당 형사로서 3백 건이 넘는 살인사건을 수사했으니까요."

"증인이 수많은 나쁜 놈들을, 다시 말해 살인자들을 감옥에 처넣었다고 말해도 될까요?"

"네."

"그런데 증인은 지금 여기 계시는군요. 검찰이 살인범이라고 주장하는 사람의 석방을 위해 노력하면서요. 왜죠?"

이것이 할러와 보슈가 예행연습을 한 유일한 질문이었다. 이 질문 뒤에는 즉흥적으로 신문을 이어갈 계획이었다.

"그녀가 범인이 아니라고 생각하기 때문입니다." 보슈가 대답했다. "사건 기록을 살펴보다가 수사에서 모순점을 다수 발견했거든요. 그래서 이 사건을 변호사님께 소개한 겁니다."

"네, 저도 기억합니다." 할러가 말했다. "증인이 수사의 일환으로 AT&T라는 기업에 소환장을 송달하신 적이 있습니까?"

"네, 지난주에 송달했습니다."

"그래서 어떤……"

할러가 질문을 꺼내기도 전에 모리스가 끼어들어 이의를 제기했다.

"재판장님, 청구인 측 대리인이 휴대전화 데이터 수집에 관해 물을 거라면, 이번에도 증거개시의 문제가 생길 겁니다." 모리스가 말했다.

"어째서 그렇죠, 피청구인 측 대리인?" 판사가 물었다. "청구인 측 대리인이 최근에 제출한 증거개시 목록에 휴대전화 데이터가 올라 있었던 것으로 기억하는데요."

"네, 맞습니다, 재판장님." 모리스가 말했다. "청구인 측 대리인은 여섯 개의 통신 기지국에서 수집한 1900쪽이 넘는 출력물을 저희에게 넘겼습니다. 그러고 나서 겨우 나흘이 지났을 뿐인데 그 안에서 찾아낸 구체적인 증거들을 법정에서 소개하려는 겁니다."

"피청구인 측 대리인은 그 자료를 연구할 추가 시간이 필요해서 심리 연기를 요청하는 겁니까?" 코엘로가 물었다.

"아뇨, 재판장님." 모리스가 말했다. "저희 피청구인 측은 청구인 측이 가장 기본적인 증거개시 규칙조차 지키지 않음으로써 신뢰를 깨버렸기 때문에 이 자료를 증거로 사용할 자격을 박탈해 주시라고 요청하는 바입니다."

"굉장히 극단적인 해결책이군요." 코엘로가 말했다. "청구인 측도 할 말이 있으리라 생각되는데. 청구인 측 대리인?"

"재판장님, 저는 신뢰를 깨지 않았습니다." 할러가 말했다. "그리고 피청구인 측 대리인이 고장 난 레코드처럼 계속 떠들어 대는 이런 문제들에 관해 저 자신을 방어하기도 이젠 지치는군요. 증거개시 규칙은 명확합니다. 이 자료를 법정에서 사용하겠다고 결정하기 전에는 이 자료를 피청구인 측에 인도할 아무런 의무가 없었습니다. 법정에서 증거로 사용하기로 결정한 것은 제 조사관인 보슈 씨가 이 자료들을 검토한 후 금요일 아침에 제게 보고했을 때였습니다. 저는 주니어 변호사 한 명과 풀타임 조사관 한 명, 파트타임 조사관 한 명의 도움을 받으며 일하는 단독 변호사임을 부디 기억해 주시기 바랍니다, 판사님. 보슈 조사관은 지난 화요일 오후에 AT&T로부터 자료를 받았고, 자료를 조사한 결과를 금요일 오전에 제게 보고했습니다. 그는 한 명의 조사관에 불과합니다. 반면에 피청구인 측 대리인은 주 검찰청 전체 인력을 이용할 막강한 권력을 가지고 있고요. 또한 피청구인 측 대리인은 이 사건에서 로스앤젤레스카운티 지방검찰청도 대표하고 있습니다. 제가 최근에 확인한 바로는 길 건너 지방검찰청에서 8백 명의 검사와 2백 명의 수사관이 일하고 있더라고요. 그런데 주말에 자료 검토를 도와줄 사람을 구할 수 없었다고요?" 할러는 잠시 숨을 고른 뒤 말을 이었다. "재판장님, 신뢰를 깨버린 것은 피청구인 측입니다. 피청구인 측 대리인은 이 자료가 가치가 없기 때문에 자기한테 던진 것이라고, 이 자료를 검토하면 시간만 낭비하게 될 거라고 추측했을 겁니다. 그래서 주말 내내 무시하고 있었는데 어쩌면 그렇게 가치 없는 것이 아닐 수도 있다는 것을, 사실은 청구인의 결백을 입증하는 자료일 수 있다는 것을 이제야 깨닫고 항의를 하는 겁니다. 다시 한번 말씀드립니다, 판사님. 이 심리는 진실을 찾기 위한 절차이지만, 피청구인 측 대리인은 그런 것에는 전혀 관심이 없습니다. 진실로 가는 길에 바리케이드를 치는 것에만 관심이 있죠. 저는 그런 것이 바로 가장 흉한 형태의 배신이라고 생각합니다."

모리스는 새가 날개를 펴듯 두 팔을 활짝 벌렸다.

"정말로 그럴까요, 재판장님?" 모리스가 말했다. "청구인 측 대리인은 한껏 우쭐대면서 편리하게도 사실을 망각하고 있습니다. 판사님께서 AT&T의 기록에 관한 소환장을 발부해 주신 것이 벌써 3주도 넘었습니다. 그런데도 청구인 측 대리인은 공판 직전까지 기다렸다가 소환장을 송달하고 자료를 수집했죠. 계획적으로 늦장을 부린 겁니다, 판사님. 하지만 판사님이나 저를 속일 수는 없죠. 저희 피청구인 측은 이의제기와 제안한 해결책을 고수하는 바입니다."

"재판장님, 반박할 기회를 주시겠습니까?" 할러가 말했다.

"아뇨, 그럴 필요 없을 것 같군요, 청구인 측 대리인." 코엘로가 말했다. "무슨 말을 할지 알 것 같으니까요. 청구인 측 대리인이 이 자료를 소개할 자격을 박탈하지 않겠습니다. 보슈 씨의 증인신문을 계속하세요. 그리고 직접신문이 끝나면 피청구인 측 대리인에게 반대신문을 준비할 시간을 주겠습니다. 정말로 시간이 필요하다면 말이죠. 자, 10분간 휴정합시다. 자기 자리로 돌아가서 머리를 식힌 후에, 심리를 계속하도록 하죠."

33

보슈는 휴정 시간 10분을 법정 밖 복도에서 할러와 모리스가 만나지 못하게 막는 데에 거의 다 썼다. 할러는 아슬래니안 쇼크로 의기소침해 있었다. 풀이 죽은 것은 아슬래니안도 마찬가지였다. 그날 밤 비행기로 집에 돌아갈 예정이었던 그녀는 보슈의 증언을 보고 나중에 대책 회의에도 참석하겠다면서 귀가를 미뤘다.

복도에서 욕지거리가 오가거나 물리적 충돌이 빚어지지는 않았다. 보슈는 곧 증인석으로 돌아와 판사와 청구인이 돌아오기를 기다렸다. 루신더가 먼저 들어와 할러 옆에 앉자마자 할러는 그녀에게 몸을 기울이고 작은 목소리로 무어라 말하기 시작했다. 몸짓으로 보아 그녀를 위로하면서 아슬래니안의 증언과 재현 동영상을 잃었다고 해서 세상이 끝난 게 아니라고 말하고 있는 것이 분명했다. 보슈 눈에는 정작 할러 본인은 그런 확신이 없는 것처럼 보였다.

판사가 들어와 판사석에 앉은 후 심리를 속개했고 할러에게 증인 신문을 진행하라고 지시했다. 할러는 리걸패드를 갖고 발언대로 갔다.

"증인이 소환장으로 획득한 기지국 데이터의 수집에 관해 말하려던 참에 신문이 중단됐는데요." 할러가 보슈에게 말했다. "그 데이터를 얻기 위해 취한 조치들을 구체적으로 말씀해 주시겠습니까?"

"우리는 로베르토 샌즈가 살해된 날의 행적을 알고 싶었습니다." 보슈가 말했다. "그가 휴대전화를 갖고 다닌다는 것을 알았고 루신더 샌즈의 통화기록에서 그 번호를 입수했습니다. 그가 피살된 날 저녁에 루신더가 그에게 여러 번 전화를 걸었더라고요. 그래서 그의 휴대전화 번호를 입수한 후 휴대전화 번호를 입력하면 통신사가 어디인지 알려주는 웹사이트에 들어갔습니다."

"기록을 위해 그 웹사이트 이름을 구체적으로 말씀해 주시겠습니까?" 할러가 물었다.

"프리캐리어룩업닷컴이라는 사이트입니다. 로베르토의 번호를 입력하니까 통신사가 AT&T라고 나오더군요. 그래서 변호사님이 사건 당일 앤털로프밸리에 있는 AT&T 모든 기지국의 데이터 전부에 대한 소환장을 작성하셨고요."

할러가 휘파람을 불었다.

"데이터 양이 엄청났겠는데요." 할러가 말했다.

"그랬죠." 보슈가 말했다. "출력물이 행간 여백 없이 2천 쪽에 달했으니까요."

"어떤 종류의 데이터였는지 비전문가도 알기 쉽게 설명해 주시겠습니까?"

"네. 모든 통신사는 저마다의 기지국을 갖고 있습니다. 어떤 지역에는 다른 지역보다 기지국이 더 많이 있고, TV에서 이런 통신사들 광고를 보면 최고의 중계니 어쩌니 떠들어 대는 것도 바로 그런 이유 때문이죠. 변호사님이 휴대전화를 갖고 있으면, 그 전화기는 변호사님이 계신 지역에 있는 모든 기지국과 지속적으로 연락을 주고받습니다. 변호사님이 움직이면, 연락이 되는 기지국도 바뀌고요."

"마치 타잔이 나뭇가지를 잡고 이 나무에서 저 나무로 옮겨 다니는 것처럼, 제가 움직일 때마다 연결되는 기지국이 이곳에서 저곳으로 바뀐다는 뜻인가요?"

"어, 그런 식으로는 생각 안 해봤지만, 뭐, 네, 그런 식인 것 같군요."

"그래서 증인은 이 2천 쪽의 출력물에서 로베르토 샌즈의 번호를 찾을 수 있었군요."

"네. 그리고 AV 전역에 있는 AT&T의 기지국 위치가 나와 있는 지도를 구해서……."

"AV요?"

"죄송합니다, 앤털로프밸리요."

"그래서 그 지도가 증인에게 어떤 도움을 줬죠?"

"말씀드렸다시피, 휴대전화는 통신사의 기지국 여러 곳에 동시에 접속이 되지만, 단말기와 가장 가까이 있는 기지국과의 연결이 가장 강합니다. 그리고 단말기에서 기지국으로 전송되는 데이터는 근접성과 GPS 좌표를 바탕으로 측정한 데시벨 강도를 포함하고 있고요. 우리가 웨이즈나 구글맵 같은 지도 앱을 사용할 때 화면에서 우리의 정확한 위치를 볼 수 있는 것도 그 때문이죠."

"증인은 지금 증인이 소환장으로 수집한 이 데이터가 로베르토 샌즈가 사망한 날 하루 종일 어디에 있었는지를 정확히 알려줬다고 말씀하시는 겁니까?"

"네, 그렇습니다. 그리고 그 위치를 지도에 표시할 수 있었습니다."

"지금 그 지도를 가지고 계십니까?"

"네."

할러는 판사를 돌아보며 보슈가 조사한 결과를 더 잘 설명할 수 있도록 증인석에서 내려와서 이젤에 지도를 올려놓고 설명할 수 있게 해달라고 요청했다. 모리스가 잠자코 있는 가운데 코엘로 판사가 허락했고 법정 서기가 도구 창고에서 이젤을 꺼내왔다. 5분 후, 보슈의 지도가 펼쳐져 이젤에 클립으로 고정됐다. 지도에는 붉은색과 파란색, 초록색 선이 그려져 있었다. 보슈가 자기 집 식탁에 지도를 펼쳐놓고 조심스럽게 그려 넣은 것들이다. 그는 자신의 결론이 판사에게 명확하고 설득력 있게 전달되기를 바랐다.

"좋습니다, 그래서 지금 여기에 있는 것이 무엇입니까, 보슈 형사님?" 할러가 물었다.

보슈가 대답하기 전에 모리스 검사가 이의를 제기했다.

"증인은 이제 경찰관이나 형사가 아닙니다." 모리스가 말했다. "형사라고 부르면 안 된다고 생각합니다."

"인정합니다." 코엘로 판사가 말했다.

할러는 별 시답잖은 걸로 시비를 건다고 말하는 듯한 표정으로 모리스를 쳐다본 후 보슈에 대한 직접신문으로 돌아갔다.

"증인의 지도에 세 개의 선이 그려져 있군요." 할러가 말했다. "어느 것이 로베르토 샌즈입니까?"

"이거요." 보슈가 말했다. "초록색 선."

"다른 선들에 대해서도 곧 이야기하겠지만, 우선 초록색 선 이야기부터 할까요? 로베르토 샌즈가 사망하기 전 행적에서 어떤 중요한 사실을 발견하셨습니까?"

보슈가 초록색 선 위의 한 점을 가리켰다.

"데이터를 보면 랭커스터에 있는 여기 이곳에서 로베르토 샌즈가 두 시간 가까이 있었다는 사실을 알 수 있습니다." 보슈가 말했다.

"그런데 그 사실이 왜 중요하죠?" 할러가 물었다.

"네, 두 가지 점에서 중요합니다. 하나는 이곳이 플립스라는 햄버거 집인데 로베르토 샌즈가 그 전년도에 조직폭력배 네 명과 총격전을 벌인 곳이 바로 여기였습니다. 두 번째는 로베르토가 약속 시간보다 두 시간 늦게 아들을 루신더의 집으로 데려다주면서, 일 때문에 회의가 있어서 늦었다고 그녀에게 말했다는 사실이 초동수사에서 밝혀졌는데요. 하지만 그가 소속된 보안관국 팀은 그날 회의가 없었던 것으로 밝혀졌습니다. 그렇다면 이것은 그 두 시간 동안 그가 이곳에서 일과 관련한 회의를 했다는 뜻이죠. 그 전년도에 총격전을 벌였던 바로 그곳에서요."

"그런데 지도를 보니 붉은색 선이 그 장소에서 로베르토 샌즈의 초록색 선과 만나네요. 제가 제대로 파악한 거 맞습니까?"

"네. 그 두 대의 휴대전화가 거의 같은 시간 동안 그곳에 있었습니다. 사실 붉은색 단말기가 그곳에 먼저 도착했죠. 초록색보다 6분 먼저요. 그리고 1시간 41분 후 동시에 그곳을 떠났고요."

"그러면 증인은 그 사실에서 무엇을 알 수 있었죠?"

모리스 검사는 보슈의 대답은 사실이 아니라 추측일 수밖에 없을 거라면서 이의를 제기했다. 판사가 이의 제기를 받아들였고 할러는 원하는 대답을 듣기 위해 다른 길로 가기 시작했다.

"붉은색 선은 어떻게 찾아내셨습니까?" 할러가 물었다.

"로베르토 샌즈가 플립스에 머문 시간이 과도하게 길다는 생각이 들었습니다." 보슈가 말했다. "패스트푸드점인데 1시간 41분이나 있었으니까요. 게다가 그곳은 샌즈가 과거에 조폭들과 총격전을 벌였던 곳이기도 하고요. 그러니 그곳이 그날 일어나는 일에 중요한 의미가 있는 곳이 아니라면 그곳에 가서 그렇게나 오래 있을 이유가 없다고 생각했습니다. 그래서 그가 그곳에서 누구를 만나는 거라고 결론지었죠. 그런 이유로 같은 시각에 같은 GPS 좌표를 보여주는 다른 휴대전화 정보를 찾게 된 겁니다."

보슈는 답변하면서 자신이 명확하게 설명하고 있는지 확인하려는 듯 판사의 표정을 살폈다. 판사는 지도를 열중해서 보고 있었고 혼란스러운 기색은 전혀 보이지 않았다. 할러가 다음 질문을 하자 보슈는 다시 할러를 돌아봤다.

"하지만 데이터에 나타나지 않는 다른 통신사의 단말기였을 수도 있지 않을까요?" 할러가 물었다.

"그럴 위험도 있었죠." 보슈가 말했다. "하지만 AT&T가 군인이나 경찰관에게는 통신 요금을 할인해 준다는 사실을 알고 있었고, 샌즈가 누구를 만난다면 동료 레오(LEO)일 가능성이 크다고 생각했습니다."

"레오요?"

"법집행관(Law Enforcement Officer), 경찰관 말입니다."

"그렇군요. 그래서 증인이 플립스에 있었던 다른 휴대전화를 찾아보면서 무엇을 발견했죠?"

"지도에 붉은색 선으로 표시된 휴대전화를 발견했고, 샌즈가 그 휴대전화 보유자를 만나고 있었다고 결론을 지었습니다. 주차장에서 각자의 자동차에 앉아서 만났을 거라고 추측했고요."

모리스는 이번에도 보슈의 결론은 사실이 아니라 추측이라고 주장하며 이의를 제기했다. 할러가 반박하기도 전에 판사는 보슈가 수사관으로서 수십 년간 쌓아온 경험 덕분에 그의 추측은 단순한 추측 이상으로 신빙성이 있다고 말하면서 이의 제기를 기각했다. 판사는 할러에게 신문을 계속하라고 말했다.

"증인은 붉은색 선으로 그려진 휴대전화기 보유자를 특정하실 수 있었습니까?" 할러가 물었다.

"네." 보슈가 말했다.

"어떻게요?"

"그 번호로 전화를 걸었더니 남자가 맥아이잭이라고 자기 이름을 말하면서 전화를 받았습니다. 제가 질문을 했더니 전화를 그냥 끊어버렸고요. 하지만 저는 로베르토 샌즈가 피살된 날의 행적을 조사하면서 그 이름을 들어서 이미 알고 있었습니다. 샌즈가 피살되기 한 시간쯤 전에 맥아이잭이라는 요원을 만났다는 것을 알고 있었죠. 그다음엔 로스앤젤레스 지부의 직원 명단에서 톰 맥아이잭이라는 요원이 있다는 걸 어렵지 않게 확인했고요."

"지금 연방수사국, FBI를 말씀하시는 건가요?"

"네."

"증인이 질문을 했을 때 그가 전화를 끊었고요?"

"네, 제가 신원을 밝히고 무슨 일을 하고 있는지 말한 후, 로베르토 샌즈의 사망 당일에 그를 만났는지 물었습니다. 그랬더니 전화를 뚝 끊어버리더라고요. 다시 걸었을 땐 받지 않았고요. 그래서 문자 메시지를 보냈지만, 답장이 없었습니다. 아직까지도 없고요."

할러는 마지막 대답이 법정에 오래 머물기를 바라면서 리걸패드를 내려다보고 있었다.

“좋습니다.” 할러가 말했다. “그럼 청색 선에 대해 얘기해 볼까요? 증인의 지도를 보면 청색 선 단말기 보유자는 초록색 선과 함께 움직였네요, 맞습니까?”

“맞기도 하고 틀리기도 합니다.” 보슈가 말했다. “그 데이터에는 타임스탬프[35]가 포함돼 있습니다. 그걸 보면 청색 휴대전화가 초록색 전화와 같은 길을 갔지만 초록색 전화가 플립스에서 멈출 때까지 각 지리적 표지마다 20초에서 40초 뒤에 찍혀 있었습니다.”

“그 말은 청색 전화가 초록색 전화를 따라가고 있었다는 뜻인가요?”

“네, 그렇습니다.”

보슈가 대답할 때 모리스는 추측일 뿐이라고 아까와 같은 이의 제기를 하기 위해 일어섰다. 그러나 이번에도 판사는 보슈의 결론이 그의 경험과 기지국 데이터에 관한 전문가적 지식을 바탕으로 하기 때문에 받아들일 수 있다고 말하면서 이의 제기를 기각했다.

“초록색 휴대전화가, 다시 말해 로베르토 샌즈가 맥아이잭 요원을 만나기 위해 플립스로 들어갔을 때 청색 전화는 뭐 하고 있었죠?” 할러가 물었다.

이번에는 모리스 검사가 신속하게 이의를 제기했다.

“청구인 측 대리인은 아무런 증거가 없는 추측을 사실로 가정하고 있습니다.” 모리스가 주장했다.

“이번에도 증인의 답변을 허락하겠습니다.” 판사가 말했다. “피청구

35 편지나 문서의 발송, 접수날짜, 시간을 기록한 것

인 측 대리인은 이 신문이 어디를 향해 가고 있는지 아는 것 같은데, 증언의 흐름을 자꾸 끊으니까 본 판사가 사건을 이해하는 데 굉장히 방해가 되네요. 진짜로 이의를 제기할 사안에만 이의를 제기하세요. 이의 제기를 기각합니다. 계속하세요, 청구인 측 대리인."

할러는 보슈의 대답을 기다렸지만, 보슈는 아무 말도 하지 않았다.

"질문을 다시 할까요?" 할러가 물었다.

"괜찮으시다면." 보슈가 말했다.

"괜찮죠, 물론. 로베르토 샌즈가 맥아이잭 요원을 만나기 위해 플립스로 들어갔을 때 청색 전화기의 움직임은 어떠했는지 데이터와 증인이 선을 그은 지도를 참조해서 말씀해 주시겠습니까?"

보슈는 손가락으로 청색 전화기의 동선을 쭉 따라가면서 대답했다.

"청색 전화기는 플립스를 지나서 다음 사거리의 모퉁이에 있는 아르코 주유소에서 멈췄습니다. 거기서 적어도 한 시간은 있었죠."

"'적어도 한 시간'이라는 건 무슨 뜻이죠? 데이터가 완전하지 않습니까?"

"아뇨, 그런 건 아니고요. 청색 전화기가 그 순간에 기지국에 GPS 좌표를 전송하는 일을 멈췄습니다."

"그냥 사라졌단 말인가요?"

"맞습니다."

"그 말은 전화기의 전원이 꺼졌다는 뜻인가요?"

"네. 아니면 비행기 모드로 돌려놓아 그 지역에 있는 기지국에 신호를 보내지 않았거나요."

"좋습니다, 잠깐 뒤로 돌아가 볼까요? 증인은 이 청색 휴대전화에 대해 어떻게 알게 되셨습니까?"

"어제 심리가 끝난 후, 법정 서기가 변호사님께 생어 경사의 휴대전화 번호를 알려주지 않았습니까? 생어 경사가 증언할 때 변호사님이 전화번호를 달라고 요청하셨고요. 그 번호를 제가 받아서 AT&T에서 받은 기지국 데이터에서 찾아봤습니다. 그 번호를 발견했고 움직임을 추적했죠."

할러는 이젤에 있는 지도를 가리키며 과장되게 놀라는 표정을 지었다.

"저게 생어 경사의 전화였다고요?" 할러가 말했다. "생어가 샌즈를 미행하고 있었다는 말씀입니까?"

"그래 보입니다." 보슈가 말했다.

"하지만 아르코 주유소에서 전화기가 갑자기 먹통이 됐다면서요."

"맞습니다."

"데이터에 따르면 언제 신호가 다시 잡혔죠?"

"AT&T가 통신사인 그 전화번호는 아르코 주유소에서 먹통이 된 그 순간부터 앤털로프밸리에 있는 모든 기지국에서 신호가 잡히지 않습니다. 루신더 샌즈가 총상을 들었다고 911에 신고한 후 22분이 지날 때까지요. 그것은 그 시간 동안 그 전화가 꺼져 있었거나, 비행기 모드였거나, 아니면 그 지역 기지국의 영역 밖에 있었다는 뜻이겠죠."

"그럼 총격이 있고 나서 전화기의 신호가 다시 잡힌 것은 어디였죠?"

"팜데일에 있는 브랜디스 카페라는 식당에서 다시 잡힙니다."

"거기서부터 또 추적을 하셨나요?"

보슈가 다시 지도를 가리켰다.

"네, 지도에 있는 두 번째 청색 선입니다. 그 선은 브랜디스 카페를 출발해 총격사건의 현장인 루신더 샌즈의 집으로 갑니다."

"청색 전화기는 총 몇 분이나 신호가 잡히지 않았죠?"

"84분입니다."

"그리고 로베르토 샌즈는 그 84분 안에 피살됐고요, 맞습니까?"

모리스가 벌떡 일어서서 외쳤다. "이의 있습니다! 재판장님, 정말 판타지 소설에나 나올 법한 이야기입니다. 루신더 샌즈가 전남편을 총으로 쏴서 살해했다는 결론이 아닌 다른 어떤 결론을 뒷받침할 증거가 전혀 없는 상황에서 이렇게 난무하고 있는 억측과 암시를 재판장님이 멈춰주시기를 간곡히 부탁드립니다."

"재판장님." 할러가 말했다. "증인은 3백 건의 살인사건을 수사했습니다. 자신이 무엇을 하는지, 무슨 말을 하는지 잘 알고 있죠. 피청구인 측 대리인은 줄기차게 이의를 제기함으로써……."

"그만하세요!" 코엘로 판사가 외쳤다. "이의 제기는 좀 전에 말했던 이유로 기각합니다. 신문 계속하세요, 청구인 측 대리인."

"감사합니다, 재판장님." 할러가 말했다. "증인, 생어 경사가 휴대전화기의 전원을 껐거나, 비행기 모드로 돌려놓았거나, 기지국의 영역 밖에 있었던 것 말고, 그녀의 휴대전화가 앤털로프밸리에 있는 기지국들과 연결이 되지 않은 다른 이유가 있을까요?"

"제가 생각하기로는 없는 것 같습니다."

할러는 발언대에서 눈을 들어 판사를 올려다봤다.

"재판장님, 더 이상 질문 없습니다." 그가 말했다.

제8부

문서 제출 명령

34

콘래드 호텔 루프톱 라운지에서는 시내의 멋진 풍경이 눈앞에 펼쳐졌다. 내려다보고 있으면 저 아래 거리에서는 무슨 일이든 가능하다는 생각이 들어 이 도시를 사랑하게 되는 그런 풍경이다.

그러나 보슈와 아슬래니안, 시스코 그리고 나에겐 그런 풍경이 하나도 눈에 들어오지 않았다. 우리는 그곳에 조용히 앉아서 그날의 패배를 슬퍼하고 있었다. 보슈의 증언만이 루신더 샌즈의 결백 입증을 위한 노력이 빛을 발했던 순간이었다. 결국에는 그것마저도 그렇게 좋은 일이 아닌 것으로 판명됐다. 코엘로 판사는 우리가 제출한 휴대전화 기지국 데이터를 연구할 시간을 달라는 검찰 측의 요구를 들어줬다. 그녀는 다음 주 월요일 아침까지 휴정함으로써 모리스 검사와 그의 똘마니들에게 보슈의 증언과 증거의 효력을 무력화할 방법을 찾을 사흘의 시간을—초과근무를 불사하고 주말에도 일을 한다면 닷새의 시간—줬다.

그러나 그 판결은 아슬래니안의 증언과 범죄 재현 동영상의 증거능력 상실에 비하면 사소한 패배에 지나지 않았다. 아슬래니안의 증언과 증거에 대한 판결은 심리의 결과를 바꿔놓을 만큼 중대한 결정이었다. 나는 모리스에게 분노했을 뿐만 아니라 인공지능 기반의 재현 동영상 관련법을 만들고 승인하지 않은 코엘로 판사에게 깊은 실망감을 느꼈다. 그래서 경이로운 도시의 전경이 펼쳐지는 루프톱 라운지에 앉아 있으면서도 그 아름다움을 감상할 수 있는 사람이 아무도 없었다. 하늘이 서서히 어두워지고 있었고, 루신더 샌즈가 자유를 얻을 가능성도 마찬가지로 어두워지고 있었다.

"정말 미안해요, 미키." 아슬래니안이 말했다. "제가 좀 더……."

"아니에요, 샤미." 내가 말했다. "다 내 탓이에요. 그런 일이 생길 것을 예상했어야 했는데. 플랫폼에 대해 당신에게 물어봤어야 했는데 그러질 못했어요."

"항소할 거지?" 보슈가 물었다.

"물론." 내가 말했다. "하지만 아까 법정에서도 말했듯이, 그동안 루신더는 치노 교도소로 돌아가서 기다려야 하잖아. 몇 년이 걸릴지도 모르는데. 우리가 제9 연방순회항소법원에서 승소한다고 해도, 대법원까지 가야 할 거야. 그러면 최종 판결까지 족히 5~6년은 걸리지. 운이 좋아서 새로 법을 제정한다고 쳐. 그때쯤이면 루신더는 형을 다 살고 나오겠지."

"한번 뱉은 말은 주워 담을 수 없다며? 당신이 항상 그렇게 말했잖아." 시스코가 말했다. "판사가 전부 다 봤잖아, 안 그래? 그걸 걷어찼는지는 모르겠지만 판사도 알 거야, 좋은 증거였다는 것."

나는 고개를 가로저었다.

"그렇긴 하지만, 판사는 검사가 자길 주시하는 거 알아." 내가 말했다. "판결로 괜한 분란 안 일으키려고 엄청 애를 쓸 거야."

"다 제 잘못이에요." 아슬래니안이 말했다.

"그런 소리 말아요." 내가 말했다. "침몰하는 이 배의 선장은 나예요. 모든 책임은 내가 지고 배와 함께 침몰할 겁니다."

"생어를 다시 증인석에 앉히고 거짓말을 입증하면 안 그래도 되지." 보슈가 말했다. "판사가 너한테 한 번 빚진 걸 알고 있을 거야. 생어의 증언이 거짓임을 입증하면 맥아이잭을 불러 줄 수도 있어. 맥아이잭을 증인석에 앉히면, 진실을 듣게 되고 그 이야기는 생어를 가리키겠지, 루신더가 아니라."

나는 크랜베리소다를 길게 한 모금 마신 뒤 다시 고개를 가로저었다.

"코엘로는 내게 빚이 있다고 생각 안 할 거야." 내가 말했다. "연방판사들은 종신임명직이거든. 제9 연방순회항소법원이 명령하지 않으면 뒤를 돌아보지 않아."

내 말에 긴 침묵이 이어졌다. 나는 잔을 비운 후 종업원을 찾아 두리번거렸다.

"한 잔씩들 더 할래?" 내가 물었다.

"난 됐어." 보슈가 말했다.

"맥주 한 잔 더." 시스코가 말했다.

"나도 됐어요." 아슬래니안이 말했다.

종업원이 보이지 않았다. 나는 내 잔을 들고 일어서서 시스코의 빈 잔도 집어 들었다. 그러고는 바로 가기 위해 돌아섰다.

"발사 잔여물 검체 패드가 있으면 좋을 텐데요." 아슬래니안이 말했다.

내가 다시 돌아섰다.

"있어도 크게 달라지지 않을 거예요." 내가 말했다. "그 사람들이 바보가 아닌 이상. 루신더에게서 시료를 채취한 패드를 진짜 발사 잔여물이 묻은 패드와 바꿔치기했겠죠."

"알아요." 아슬래니안이 말했다. "그리고 판결이 나온 후에 증거물이 파기됐을 거란 것도 알고요. 그 검체들을 가지고 발사 잔여물 검사를 다시 하자는 게 아니에요. 그 패드로 루신더의 두 손을 문질렀다면, 발사 잔여물과 함께 루신더의 피부 세포도 묻어 있을 거예요. 그 당시엔 변호사들을 포함해서 대다수가 터치 DNA에 대해선 생각하지 않았죠. 하지만 지금은 검사방법이 매우 정교해져서 그 패드가 실제로 루신더에게 사용됐는지의 여부를 확인할 수 있어요."

나는 들고 있던 유리컵 두 개를 떨어뜨릴 뻔했다. 유리컵들을 재빨리 탁자에 내려놓았다.

"잠깐만요." 내가 말했다. "그러니까 당신 말은……."

나는 말을 멈췄다. 내 마음은 내가 봤던 루신더의 살인사건 재판 기록을 휙휙 넘기면서 달려가고 있었다.

"왜요?" 아슬래니안이 물었다.

"루신더 샌즈를 기소할 때 작성한 검찰 측 자료가 있어요." 내가 말했다. "증거개시로 사본을 받았고요. 거기에 증거물 인도 명령서가 있었어요. 프랭크 실버가 통상적인 조치를 취했더라고요. 민간 실험실에서 발사 잔여물 검사를 할 수 있게 증거물을 나눠달라고 요청했죠. 검체 패드가 두 개 있었기 때문에 판사가 그 중 한 개를 실버의 실험실로 보냈어요. 하지만 그러고 나서 실버가 루신더를 설득해 유죄 인정 거래를 했고, 그 검체는 필요가 없게 됐죠."

"그럼 그 패드가 아직 실험실에 있을 수도 있다는 말이야?" 시스코가 물었다.

"더 이상한 일들도 일어나는데, 뭐." 내가 말했다. "파일이 링컨 차 뒷좌석에 있어."

"5분 안에 돌아올게." 보슈가 말했다.

그가 일어서서 엘리베이터를 향해 갔다. 나는 시스코를 바라봤다.

"시스코, 휴대전화 좀 줘봐." 내가 말했다. "실버가 내 전화는 안 받을 거야."

시스코가 휴대전화를 꺼내 비밀번호를 쳐서 잠금해제를 한 다음 내게 건넸다. 나는 지갑을 꺼내 그 속을 뒤지다가 몇 달 전에 실버의 사무실 문 옆에 있는 명패 틀에서 꺼내 온 명함을 찾아냈다. 혹시 연락할 필요가 있을지 몰라 간직하고 있었다.

명함에 적혀 있는 휴대전화 번호로 전화를 걸었더니 실버가 쾌활하게 전화를 받았다.

"프랭크 실버 변호사입니다. 무엇을 도와드릴까요?"

"끊지 마."

"누구시죠?"

"할러야. 자네 도움이 필요해."

"내 도움이 필요하다고? 웃기고 있네. 내 목에 504조 올가미를 거는데 도움이 필요하신가? 이만 끊습니다."

"끊지 마, 실버. 정말이야, 자네 도움이 필요하다고. 그리고 504조 제기 안 한 것 알잖아. 만일을 대비한 소품이었어."

잠깐 침묵이 흘렀다.

"이번에는 허튼수작하면 안 돼요." 실버가 입을 열었다.

"그런 거 아니야." 내가 말했다. "자네가 루신더 사건 변론을 준비할 때 기억을 떠올려 봐. 루신더에게서 시료를 채취한 발사 잔여물 검체 패드 두 개 중 한 개를 달라고 증거물 인도 명령을 받아냈지? 민간 실험실에서 검사하겠다면서 패드 한 개 받았잖아. 생각나?"

"그런 기록이 있다면, 그랬겠죠."

"기억 안 나?"

"믿거나 말거나지만 그 후로도 사건을 꽤 맡았거든요. 모든 사건 내용을 일일이 다 기억할 수는 없어요."

"알았어, 알았어. 이해해. 그런 건 나도 못 해. 하지만 자네가 어느 실험실을 이용했는지, 검사가 끝나고 자네나 법원이 증거물을 돌려받았는지 못 받았는지는 기억하지? 파일 속에서 검사 결과 보고서는 못 본 것 같아서 말이야."

이번에도 침묵이 흘렀고, 실버가 어떻게 대답하는 게 자신에게 이로울지 머리를 굴리는 소리가 들리는 것 같았다.

"내 실험실 이름을 알고 싶으신가 보네." 실버가 말했다.

"현명한 판단을 해, 실버, 소중한 기회를 날리지 말라고." 내가 말했다. "발사 잔여물 증거물이 아직도 실험실에 있나?"

"아마 그럴걸요. 그런데 나 말고는 아무한테도 주지 않을 텐데."

"괜찮아. 실험실에 아직 있는지 확인해야 해. 있으면, 자네는 이 재판에서 영웅이 되는 거야."

"내일 아침에 전화할게요."

"이봐……."

실버가 전화를 끊었다. 나는 전화기를 시스코에게 돌려줬다.

"어느 실험실을 이용했대요?" 아슬래니안이 물었다.

"말을 안 하네요." 내가 말했다. "증거물을 쉽게 포기할 것 같지 않아요. 아직 존재한다면 말이죠. 자기가 영웅이 될 거라는 확신이 들기 전에는."

"치졸한 새끼네." 시스코가 말했다.

"맞아." 내가 말했다. "그래도 비위를 맞춰줘야 해. 안 그러면 증거물을 확보 못 할 수도 있어."

보슈가 링컨 차에서 파일을 갖고 돌아왔다. 나는 재빨리 실버와의 통화 내용을 그에게 전했다.

"그래서 내일까지 기다리게?" 보슈가 물었다.

"우선 파일에 뭐가 들었는지 좀 보자." 내가 말했다.

파일을 펼쳐 재판 초기의 소장과 신청서들을 넘겨보던 나는 실버의 증거물 독자 분석 신청서를 발견했다. 애덤 캐슬 고등법원 판사는 증거물로 제출된 발사 잔여물 검체 패드 두 개 중 한 개를 밴나이스의 어플라이드 포렌식스라는 민간 실험실에 인도하라는 명령을 내려 이 신청을 승인했다.

"우리가 운이 좋은 것 같아." 내가 말했다. "발사 잔여물 검체 패드 한 개가 어플라이드 포렌식스로 인도됐어. 실버가 인도를 지시하는 법원 명령서를 받았으니까, 어플라이드 포렌식스는 또 다른 법원 명령서 없이는 그 증거물을 파기하거나 다른 곳에 인도할 수 없었을 거야. 그리고 그런 명령서가 존재한다면 이 파일 안에 있겠지. 없다는 건 증거물이 아직 거기 있다는 뜻이야, 5년이 지난 지금도."

"그럼 그걸 어떻게 입수하지?" 시스코가 물었다.

"입수 안 할 거야." 내가 말했다. "내가 어플라이드 포렌식스와 거래한 적은 없지만, 그쪽에서 홍보차 나한테 연락한 적은 있어. 그 안에 DNA 검사 시설이 완벽히 갖춰진 실험실이 있어. 그냥 실버한테 시키자고, 그 증거물에 대한 터치 DNA 검사를 의뢰하라고."

"그것만으로는 안 돼요." 아슬래니안이 말했다. "패드에 손을 문지른 사람 모두와 타인에 의해 손이 문질러진 사람 모두의 터치 DNA가 나올 거예요. 루신더의 DNA를 실험실에 보내서 대조해 보게 해야 해요."

"루신더의 DNA가 우리한테 있나?" 시스코가 물었다.

"아직은 없어." 내가 말했다. "하지만 채취해야지. 문제는 심리가 속개되는 월요일까지 DNA 대조 결과를 받을 수 있느냐는 거지."

"제가 어플라이드 포렌식스를 좀 귀찮게 하면 받을 수 있을 거예요." 아슬래니안이 말했다. "거기 진을 치고 앉아서 빨리해 달라고 닦달을 해볼게요."

"아뇨, 당신은 집으로 돌아가요, 샤미." 내가 말했다.

"제가 하게 해주세요." 아슬래니안이 말했다. "해야 해요."

내가 고개를 끄덕였다.

"좋아요." 내가 말했다. "그럼 내일 아침에 세 사람이 어플라이드 포렌식스에 가. 실버도 거기로 갈 것 같으니까, 문 열자마자 들어갈 수 있게 일찍. 난 판사 만나러 갈게. 내가 판사실 문을 두드리기 전에 연락해 주면 좋겠는데."

"실버가 우리를 속이지 않을 거라고 어떻게 자신하지?" 보슈가 물었다.

"내가 내일 아침에 실버에게 전화할게." 내가 말했다. "실버가 문제가 되면, 시스코가 해결하면 되지."

모두가 시스코를 쳐다봤다. 시스코는 고개를 끄덕였다.

35

수요일 오전 10시, 나는 코엘로 판사의 법정 밖 복도에 있는 벤치에 앉아 있었다. 우리의 인신보호 구제청구소송 심리가 연기됐기 때문에 법정이 비어 있을 것을 알고 있었다. 메시지가 들어왔는지 휴대전화를 확인하는데, 법정 문이 열리더니 월요일과 화요일에 심리를 방청했던 기자 한 명이 걸어 나왔다. 짙은 색 머리에 매력적인 외모를 가진 젊은 여기자였는데 진지한 분위기를 풍겼다. 예전에 법원을 드나들면서 알게 된 기자들 중 한 명은 아니었다.

"할러 변호사님, 어쩐 일이세요?" 그녀가 말했다. "심리가 다음 주 월요일로 연기되지 않았나요?"

"서기한테 볼일이 있어서요." 내가 말했다. "기자시죠? 심리하는 이틀 모두 방청하셨고."

"네. 브리타 슈트예요." 그녀가 손을 내밀며 말했다.

나는 그녀와 악수를 했다.

"슈트요?" 내가 물었다. "진짜?"

"네." 그녀가 말했다. "총격사건을 취재하는 기자 이름이 슈트라니 재밌는 우연이죠?"

"어디서 일해요?"

"대개는 혼자 일해요. 프리랜서거든요. 하지만 〈뉴욕타임스〉, 〈가디언〉, 〈뉴요커〉 같은 많은 신문잡지에 제 칼럼이 실렸어요. 기술에 대한 칼럼을 종종 쓰고, 현재는 가상울타리[36]에 관한 책을 쓰고 있죠. 변호사를 포함한 법집행관들의 가상울타리 사용 증가와 수정헌법 제4조의 사생활 관련 문제들에 관해서요."

"흥미롭군요. 이 사건에 관해서는 어떻게 알았어요?"

"어, 소식통한테 들었어요, 가상울타리 문제가 거론될 거라고. 진짜로 어제 변호사님이 부른 보슈라는 증인한테서 그 얘기가 나오더라고요. 그래서 시간 되시면 보슈 씨와 변호사님을 인터뷰하고 싶은데 어떠세요?"

"이 심리가 끝날 때까지 기다려야 할 것 같군요. 연방판사들은 자기들이 현재 주재하는 재판의 대리인들과 증인들이 언론과 인터뷰하는 것을 별로 좋아하지 않거든요."

"이건 장기 프로젝트예요. 책이 나올 때까지 판사는 절대 모르죠. 하지만 기다릴게요. 굉장히 바쁘시잖아요, 특히 재현 동영상에 관한 판결이 나온 후에. 법정에서의 인공지능 문제에 관해서도 글을 써보고 싶어요."

그녀가 컴퓨터 가방을 내가 앉은 벤치 옆에 내려놓더니 지퍼를 열고 명함을 꺼내 내게 건넸다. 명함에는 이름과 전화번호만 찍혀 있었다.

"제 휴대전화 번호예요." 그녀가 말했다.

"4, 1, 5……, 샌프란시스코에서 내려왔어요?" 내가 물었다.

"네, 좀 이따가 올라갈 건데 월요일엔 다시 와서 방청할 거예요."

"그래요, 월요일에 꼭 와요."

---

36 특정 구역에 대한 사용자 출입 현황을 알려주는 위치기반 서비스

"왜요? 깜짝 놀랄 만한 일이 있어요?"

"아마도. 그때 가봐야죠. 오늘은 법정에 왜 왔어요?"

"통신사 기지국 데이터에 관한 소환장 복사본과 변호사님이 증거로 제출한 데이터 복사본을 구하고 싶어서요. 소환장은 복사했는데, 데이터 복사는 제 예산을 좀 넘어서더라고요."

"그럴 거예요, 여긴 한 장당 거의 1달러씩을 받더라고요."

나는 지갑에서 명함을 꺼내서 그녀에게 건넸다.

"월요일에 오면, 그 복사본 내가 줄게요." 내가 말했다.

"진짜요? 정말 감사합니다." 그녀가 말했다.

"그럼요, 그게 뭐 대수라고."

"정말 감사해요. 시간과 비용을 절약하게 해주시네요. 복사 다 하려면 법원 문 닫는 시간까지 기다려야 했을 텐데. 덕분에 일찍 비행기 타고 갈 수 있겠어요."

나는 그녀의 명함을 들어 보였다.

"나도 고마워요." 내가 말했다. "언젠간 당신이 내게 도움을 줄 수도 있겠죠. 당신 책을 위해 나를 인터뷰한다든가 〈뉴요커〉에 나를 소개하는 기사를 써준다든가."

그녀가 미소를 지었다.

"언젠가는요." 그녀가 말했다. "월요일에 뵙겠습니다."

"그래요, 그때 봅시다." 내가 말했다.

나는 그녀가 엘리베이터를 향해 복도를 걸어가는 것을 지켜봤다. 그녀의 소식통이 누군지 궁금했다. 아마도 내가 통신사 기지국 데이터를 입수하기 위해 소환장을 발부받았다는 사실을 아는 주 검찰청 직원일 거라고 추측했다.

나는 휴대전화를 꺼내서 전에는 한 번도 들어본 적 없었던 '가상울타리'라는 단어를 구글에서 검색했다. 개인의 행적을 추적하기 위해 휴대전화 데이터를 사용하는 것과 관련한 수정헌법 제4조의 문제들을 다룬 〈하버드 로 리뷰〉의 기사를 반 정도 읽었을 때 휴대전화 벨이 울렸다. 보슈였다.

"좋은 소식을 줘." 내가 말했다.

"좋은 소식도 있고 나쁜 소식도 있고." 보슈가 말했다. "증거는 아직 여기 있어. 검사할 때, 받은 검체 패드의 절반만 사용했대. 그러니까 절반이 원 상태 그대로 냉동돼 있는 거야."

"좋아. 그럼 나쁜 소식은?"

"그 당시에 은메달 실버가 돈을 안 냈더라고. 루신더가 투옥된 후엔 발사 잔여물 검사 결과 보고서가 필요 없어져서 검사료를 떼어먹은 거지. 그래서 실버를 썩 좋아하진 않더라고. 돈을 받을 때까진 그 증거물을 내놓으려고 하지 않을 거야."

"검사료가 얼만데?"

"천오백."

"신용카드 있어, 형? 형 걸로 결제해. 보내줄게."

"나도 그 생각했어. 그리고 하나 더 있어. 실버가 자기도 돈을 받아야겠다고 떠든다."

"빌어먹을 족제비 새끼. 돈을 왜 줘. 어디 있어? 내가 얘기할게."

"잠깐만. 시스코와 샤미와 함께 있어. 시스코는 헤드록을 걸어서 목을 졸라버리고 싶은가 봐."

"왜 아니겠어. 하지만 아직은 안 된다고 전해줘. 실버 좀 바꿔줘, 그리고 과거의 서비스를 결제하는데 신용카드를 받는지 알아봐."

"잠깐만."

나는 문이 열렸다가 닫히는 소리를 듣고 보슈가 자기 차에서 내게 전화했다는 것을 알았다. 다른 문소리가 나는 걸 보니 그가 어플라이드 포렌식스로 들어간 듯했다. 곧이어 대화를 주고받는 목소리가 작게 들렸고 이윽고 프랭크 실버가 전화를 받았다.

"믹, 좋은 소식 들었어요?"

"응. 그리고 자네가 돈 달라고 소란을 피운다는 이야기도 들었어."

"일이 이렇게 잘 풀리는 게 다 내 덕분이잖아요. 그리고 내 시간은 돈이라고요. 2천만 받을게요."

"첫째, 거기서 어떤 결과를 얻을지 모르는 거잖아. 둘째, 자네가 5년 전에 떼먹은 검사료를 내가 대신 결제해야 해. 마지막으로 가장 중요한 건 자네가 이 사건의 증인이라는 사실이야. 자네가 증언하기 전에 내가 단돈 10센트라도 자네한테 주면, 자네는 증인 자격을 상실해."

"증언 안 한다고 했잖아요. 변호인의 무능 어쩌고 하면서 나를 망하게 하려는 거 누가 모를 줄 알아요?"

"그 배는 이미 떠났어, 프랭크. 걱정할 필요 없어. 그것 때문에 증언해 달라는 게 아니야. 심리에서 어플라이드 포렌식스 얘기가 나오면, 자네가 증인석에 앉아서 판을 깔아주면 좋겠어. 증거물이 어떻게 그곳으로 가게 됐는지, 5년이 지났는데도 왜 아직 거기 있는지 말해달라고. 그때 자넨 영웅이 되는 거야."

"그건 좋네. 하지만 그러고 나서 돈 줘야 해요."

"들어봐, 이 모든 일이 잘 끝나면 CJA 자금이 나올 수도 있어. 하지만 우리가 받기 전에는 자네도 못 받아."

"CJA 자금요? 그게 뭐죠?"

"형사정책법에 따라 연방정부가 형사소송 변호인들에게 지급하는 수고료야. 많진 않지만 그래도 꽤 되지. 얼마를 받든 다 자네 줄게. 곧 코엘로 판사 만날 건데, 그 얘길 하려고. 자, 해리 다시 바꿔줘."

"알았어요, 믹. 해리는 마음에 드는데, 저 덩치 큰 자식은 영 별로네요."

"그렇겠지, 당연히. 해리 바꿔줘."

나는 보슈가 전화 받기를 기다리면서 일어서서 복도를 서성였다. 실험실에 남아 있는 검체 패드 생각에 벅차오르는 가슴을 진정시키려고 애를 쓰고 있었다. 보슈가 다시 전화를 받았다.

"믹?"

"응. 형 신용카드 받아?"

"응, 줬어."

"잘했어. 샤미는 뭐해?"

"실험실 관광 중이야. 여기 사람들이 샤미를 엄청 좋아해. 샤미가 이쪽 분야에서 꽤 유명한가봐."

"그렇다니까. 관광 끝나면 거기 사람들한테 법원 명령서가 올 거라고 알려주라고 해. 검체 패드에 대한 DNA 검사와, 오늘 중으로 도착할 검체와의 DNA 대조를 지시하는 명령서라고."

"그럴게. 그리고 빨리해 달라고 해야 돼지?"

"응, 급행료 내겠다고 해. 월요일까진 받아야 한다고 하고."

"알았어. 넌 뭐 할 거냐?"

"판사 만나서 이 일 추진하려고."

"행운을 빈다."

"고마워, 행운이 필요해."

나는 전화를 끊고 법정 문을 향해 갔다.

36

판사석 오른쪽에 있는 법정 서기의 업무공간 위에 달린 전구를 제외하고는 법정의 모든 전등이 꺼져 있었다. 코엘로 판사의 서기는 서던캘리포니아대학교 로스쿨을 갓 졸업한 지안 브라운이라는 청년이다. 지난 6개월 동안 내가 증인 신청서를 포함해 각종 신청서를 제출하러 뻔질나게 들락거렸기 때문에 그는 나와 많이 친숙해져 있었다. 내가 갈 때마다 브라운은 모든 서면을 이메일로 제출하면 일이 훨씬 더 쉬울 거라고 말했다. 나는 절대로 그렇게 하지 않았다. 그가 나를 알기를, 나와 친해지기를 바랐다. 그가 나를 좋아하기를 바랐다. 그가 캐러멜마키아토를 즐긴다는 걸 안 다음부터는 법원 안에 있는 카페에서 사서 가곤 했다. 그는 그런다고 자신이나 판사가 나의 편의를 봐주진 않을 거라고 말하곤 했다. 나는 편의를 봐달라는 게 아니라고, 도움이 필요하지 않다고 대꾸했다.

하지만 지금은 바라는 게 있었다.

"할러 변호사님, 오늘은 재판 없는 거 아시죠?" 브라운이 물었다.

"이런, 깜박했네." 내가 말했다.

그도 웃고 나도 웃었다.

"그런데 왜 오셨을까? 신청서 제출하러 오셨군요." 브라운이 말했다.

"부탁이 있어." 내가 말했다. "중요한 부탁. 시간이 아주 촉박한 SDT[37] 문제로 판사님을 꼭 만나야 해. 안에 계시나?"

"어, 계시긴 한데, '방해하지 마시오' 불이 켜져 있는데요." 브라운이 말했다.

그는 서기 업무공간을 둘러싼 낮은 나무 울타리에 달린 계기판에서 반짝이는 작고 붉은 불빛을 가리켰다. 그 옆에는 모든 당사자가 출석했을 때 판사를 부르기 위해 누르는 버튼도 있었다.

"지안, 판사님께 전화하거나 버튼을 눌러서 말씀드려줘. 내가 판사님이 듣고 싶어 하실 이야기를 가지고 와 있다고." 내가 말했다.

"음……."

"부탁해, 지안. 이 심리에 중요한 거야. 최대한 빨리 판사님께 알려야 해. 저 작은 불빛 때문에 늦게 알렸다가는 자네가 불호령을 맞을걸."

"알았어요, 제가 판사실에 가서 문이 열려 있는지 확인할게요."

"그렇게 해줘. 고마워. 닫혀 있으면, 노크 좀 해봐."

"알았어요. 여기 계세요, 금방 올게요."

서기가 일어서서 서기 업무공간 뒤쪽에 있는 문을 나가 판사실로 이어지는 복도로 사라졌다.

3분을 기다리자 마침내 그 문이 열렸다. 브라운이 혼자 들어왔다. 고개를 가로젓고 있었다.

"문이 닫혀 있어요." 그가 말했다.

"노크 해봤어?" 내가 물었다.

---

37 Subpoena Duces Techum, 문서 제출 명령

"아뇨. 방해받고 싶어 하지 않으시는 게 분명해서요."

나는 더 생각할 것도 없이 발끝으로 서서 낮은 나무 울타리 위로 몸을 기울였다. 그러고는 판사실 인터폰을 향해 손을 뻗었다. 15센티미터 넓이의 울타리 윗면에 배를 대고 두 발이 공중에 뜬 채로 균형을 잡고 있었다.

"저기요!" 브라운이 외쳤다.

나는 버튼을 눌렀고 내 몸무게가 나를 뒤로 당겨 두 발이 다시 바닥에 닿을 때까지 계속 누르고 있었다.

"지금 뭐 하시는 거예요?" 브라운이 소리쳤다.

"판사님을 만나야 해, 지안." 내가 말했다. "긴급상황이라고."

"그렇더라도요. 그렇게 행동하실 권리 없습니다. 지금 당장 법정에서 나가주세요."

나는 두 손을 들고 뒷걸음치기 시작했다.

"복도에 있을게." 내가 말했다. "하루 종일 거기 있을 거야, 판사님이……."

울타리 계기판에서 인터폰이 울렸다. 브라운이 책상으로 걸어가 수화기를 들었다.

"네, 판사님." 브라운이 말했다.

그가 판사의 말을 듣는 동안, 나는 다시 한번 그에게로 다가가기 시작했다.

"할러 변호사님이 누르셨습니다." 브라운이 말했다. "제가 판사님을 방해하지 않으려고 하니까 변호사님이 직접 누르셨어요."

나는 나무 울타리로 돌아가 그 위로 몸을 기울였다.

"판사님, 꼭 뵈어야 할 일이 있습니다." 내가 큰 소리로 말했다.

브라운은 손으로 수화기를 덮고 내게 등을 보이며 돌아섰다.

"변호사님 말로는 SDT 문제고 시간이 촉박하답니다." 그가 말했다. "네, 변호사님이었어요. 아직 여기 계십니다."

브라운은 몇 초간 판사의 말을 듣더니 수화기를 내려놓았다. 그러고는 내게 등을 돌리고 선 채로 말했다.

"만나시겠답니다." 그가 말했다. "들어오시래요."

"고마워, 지안." 내가 말했다. "마키아토 한 잔 예약이야."

"됐어요."

"캐러멜 추가해서."

나는 서기의 업무공간을 통과해 복도로 나갔다. 코엘로 판사가 판사실 문을 열고 문 앞에 나와 서 있었다. 그녀는 검은 법복 대신 청바지에 단추를 채워 입는 코르덴 셔츠를 입고 있었다.

"좋은 소식이어야 할 거예요, 할러 변호사." 코엘로 판사가 말했다.

그녀가 돌아서서 먼저 판사실로 들어갔다.

"평상복을 입고 있는 거 이해 바랍니다." 그녀가 책상 뒤로 돌아가면서 말했다. "심리가 휴정돼 하루 종일 재판이 없거든요. 그래서 밀린 글을 쓸 계획이었는데."

그 말은 그녀가 결정문과 법원 명령서를 작성 중이라는 뜻이었다. 그녀는 책상 뒤 의자에 앉더니 책상 앞에 놓인 의자 중 하나를 가리켰다.

"문서 제출 명령이라." 코엘로 판사가 말했다. "뭔가를 할 생각인데 모리스 검사는 모르게 하고 싶은 거로군요. 아직은."

"그렇습니다, 재판장님." 내가 말했다.

"앉으세요. 그리고 설명해 보세요."

"감사합니다. 시간이 매우 촉박한 일입니다, 판사님. 오늘 아침에 저희는 원 사건의 증거물이 5년 전 판결이 난 이후에도 폐기되지 않은 사실을 알게 됐습니다. 당시 루신더 샌즈의 변호인이 루신더의 두 손과 옷을 문질렀다고 하는 발사 잔여물 검체 패드 두 개 중 하나를 받았다고 하네요. 독자적인 검사를 위해서 증거물을 나눠 받은 거죠."

"그리고 그걸 지금도 구할 수 있다는 말인가요?"

"네, 당시 루신더 샌즈의 변호인이었던 프랭크 실버 변호사가 그것을 민간 실험실에 가져가 검사를 의뢰했답니다. 밴나이스에 있는 어플라이드 포렌식스라는 업체고요. 그 실험실에서 당시 발사 잔여물 검사를 할 때 검체를 일부만 사용했다는 걸 알게 됐습니다. 검사에 사용되지 않은 발사 잔여물 검체 패드의 한 조각을 아직도 갖고 있다고 하네요."

"그럼 그걸 가지고 뭘 하려고요?"

"판사님, 연방 구치소에 있는 제 의뢰인의 DNA를 채취한 면봉에 대한 소환장이 필요합니다. 그리고 그녀의 DNA를 그 실험실에 있는 검사되지 않은 증거물의 DNA와 대조하라고 어플라이드 포렌식스에 지시하는 봉함 명령서도 발부해 주시기 바랍니다."

코엘로 판사는 생각을 정리하는 듯 오랫동안 말없이 나를 보고만 있었다.

"좋아요, 자세하게 설명해 보세요." 마침내 판사가 말했다.

"처음부터 저희는 루신더 샌즈 살인사건 재판에 제출된 발사 잔여물 증거물이 조작된 것이었다고 주장했습니다." 내가 말했다. "조작된 것일 수밖에 없었죠, 왜냐하면 루신더 샌즈는 총을 쏘지 않았으니까요.

생어 부관이 발사 잔여물 검체 패드로 루신더 샌즈의 손을 문질렀지만, 그 후 그 패드는 오염된 패드와 바꿔치기가 됐고 오염된 패드를 검사한 결과 발사 잔여물 양성반응이 나온 겁니다. 저희가 요청하는 DNA검사는 어플라이드 포렌식스에 보관된 패드가 실제로 루신더 샌즈의 피부를 문지른 것이라면 거기에서 샌즈의 터치 DNA, 다시 말해 피부세포를 찾아낼 것입니다."

"그러면 청구인 측이 요구하는 그 검사는 청구인 측에 좋은 쪽으로도 나쁜 쪽으로도 결과가 나올 수 있겠네요. 청구인의 DNA가 그 패드에서 발견되면, 당신들 주장이 틀린 것으로 입증되는 거잖아요. 그런데도 모험을 해보고 싶어요, 할러 변호사?"

"그럼요, 판사님. 우리는 모든 걸 걸고 한번 해보고 싶습니다."

"우리요? 그런 위험을 의뢰인과 이야기해 봤다는 건가요? 그녀의 DNA가 그 발사 잔여물 패드에 묻어 있다면, 이 심리의 결과가 어떻게 될지 알잖아요."

"루신더도 어떤 상황인지 다 알고 있고 전적으로 찬성하고 있습니다. 그녀는 결백하거든요. 자신의 DNA가 그 검체 패드에 묻어 있지 않을 거라고 확신하고 있죠."

거짓말이 아니었다. 전날 밤 루신더가 구치소에서 수신자 부담으로 전화를 걸었을 때 나는 그녀에게 로베르토 샌즈 피살사건 수사에서 쓰고 남은 발사 잔여물 패드가 있다고 알려줬다. 그리고 DNA 검사가 무엇을 입증할 수 있는지도 상세히 설명했다. 그녀는 조금 전 내가 판사에게 했던 말을 그대로 했다. 자신은 결백하고 기회가 주어진다면 검사를 받을 거라고 말했다.

"판사님, 휴대전화 기지국 데이터와 법정에서 증거로 채택되진 못했지만 범죄 재현 동영상이 제 의뢰인의 결백을 보여주는 건 확실합니다. 이 검사도 그럴 거고요." 내가 덧붙여 말했다.

"의뢰인을 그렇게 신뢰하고 증거가 무엇을 보여줄지 그렇게 확신하다니 정말 존경스럽군요." 코엘로 판사가 말했다. "그런데 소환장과 법원 명령서를 왜 봉함 상태로 받길 바라는 거죠?"

"결과가 나올 때까지 사법 방해가 우려돼서 그렇습니다."

"세상에나, 할러 변호사. 정말로 그렇게 생각해요? 누가 어플라이드 포렌식스에 몰래 들어가서 증거물을 훔칠 거라고?"

"그럴 가능성이 있습니다, 판사님. 이 사건을 맡은 후로 제 조사관과 저의 집에 누가 몰래 침입한 적이 있거든요. 겉으로 볼 땐 훔쳐 간 것이 아무것도 없지만요. 제 서재를 샅샅이 뒤졌고 컴퓨터를 망가뜨려 놨더라고요. 메이플시럽을 키보드에 쏟아서요. 이런 것이 바로 위협 행위가 아닐까요? 따라서 검사 결과가 나올 때까지 이 모든 것을 비밀로 해 주시기를 요청합니다. 검사 결과가 나오면 그땐 원하시는 대로 전 세계 누구하고라도 공유하실 수 있습니다."

"그 두 건의 침입 사건에 대한 경찰의 사건 조서가 있나요?"

"네, 우리 둘 다 경찰에 신고했으니까요. 필요하시면 로스앤젤레스 경찰국에 사건 조서 복사본을 요청할 수 있습니다. 하지만 아까 말씀드린 대로, 시간이 촉박해요. 또 제가 새 컴퓨터를 사고 청소한 비용에 대해 보험금을 청구했거든요. 근데 경찰 조서 없이는 보험금 청구를 받지 않더라고요. 어쨌든 옛날에는 누구를 위협하고 싶으면 그 사람 물건에 소변이나 대변을 보지 않았습니까. DNA 추적이 가능해진 뒤로는 더 똑똑해졌더라고요. 제 집에 있는 메이플시럽을 이용할 만큼 말이죠. 게다가 딸에게서 받은 선물인데요."

"세상에나."

판사가 잠깐 침묵했다. 마치 가택 침입에 대한 내 이야기를 공식 서면을 보지 않고 믿어도 될까 고민하는 것 같았다.

"검사가 얼마나 빨리 되죠?" 마침내 판사가 물었다.

"오늘 중으로 루신더 샌즈의 DNA를 전달하면, 월요일까진 결과를 받아볼 수 있을 것 같습니다." 내가 말했다.

"구치소에 있는 연방보안관들은 그렇게 빨리 안 움직이는데."

"소환장과 제가 제 의뢰인을 즉시 접견할 수 있게 허락하는 명령서를 주시면 할 수 있을 것 같습니다."

코엘로 판사가 고개를 절레절레하더니 리걸패드에 글을 쓰기 시작했다.

"아뇨, 그렇게 하면 안 되죠." 판사가 말했다. "DNA 채취와 실험실로 전달하는 일은 연방보안관들 시킬게요. 그래야 나중에 일이 할러 변호사가 생각하고 바라는 대로 풀려도 증거물 보관의 연속성을 놓고 이러쿵저러쿵 말이 안 나올 거예요."

"정말 그렇겠네요, 재판장님." 내가 말했다. "현명한 판단이십니다."

"아부하지 말아요, 할러 변호사. 보기 안 좋아요."

"네, 재판장님."

"지금 소환장과 명령서 작성해서 한 시간 안에 복사본을 줄게요. 그렇게 하는 동안 변호사님은 카페에 가서 서기에게 사과의 뜻으로 줄 마키아토 한 잔 사 오면 시간이 딱 맞겠는데요."

나는 말문이 막혔다. 판사가 리걸패드에서 고개를 들었다.

“그래요, 서기한테 다 들었어요.” 판사가 말했다. “매번 얘기해 주더라고요. 뇌물을 받고 편의를 봐준다는 의혹을 살 여지를 남기고 싶지 않았던 거겠죠.”

“그렇군요.” 내가 말했다.

“이제 가셔도 됩니다. 법정에서 기다리세요. 준비되면 지안이 사본을 가져다줄 거예요.”

“네, 재판장님. 감사합니다.”

나는 일어서서 문으로 걸어갔다. 들뜬 기분을 드러내지 않으려고 노력했다. 문 손잡이를 잡고 판사를 돌아봤다. 판사는 벌써 의자를 돌려 부속 책상에 있는 컴퓨터를 보고 있었다. 동시에 내가 방을 나가지 않은 것도 알고 있었다.

“또 뭐가 남았어요, 할러 변호사?” 판사가 물었다.

“오늘을 글 쓰는 날로 잡았다고 말씀하셨잖습니까.” 내가 말했다. “심리가 연기되는 바람에.”

“네, 맞아요.”

“아슬래니안 박사의 범죄 재현 동영상에 관한 판결을 재고해 주시면 안 될까요? 판사님, 지금이야말로 좋은…….”

“강요하지 마세요, 할러 변호사. 내가 당신이라면, 얻은 게 있을 때 떠나겠어요.”

“네, 알겠습니다, 재판장님.”

나는 문을 열고 판사실을 나갔다.

37

일요일, 내키지는 않지만 프랭크 실버까지 포함시킨 루신더 샌즈 팀이 사우스웨스턴 로스쿨 모의 법정에 모였다. 물론 우리의 의뢰인은 참석하지 못했다. 이 학교의 졸업생이자 소액의 기부자이며 대체로 긍정적인 평판을 받고 있던—특히 오초아 사건 이후로—나는 빈 학교 시설을 사용할 수 있도록 허가를 받았다. 우리는 판사석과 증인석과 작은 방청석이 마련된 작은 법정에서 모의재판을 하기 위해 모였다. 월요일은 우리의 인신보호 구제청구소송에서 승패의 결론이 나는 날이었기 때문에 나는 연습할 수 있는 사람들은 연습하기를 바랐다.

금요일에 나올 것으로 예상했던 어플라이드 포렌식스의 DNA 검사 결과가 늦어져서 나는 야구 감독이 월드시리즈 1차전 타순을 짜듯이 증인 명단을 작성하며 이틀을 보냈다. 누가 번트를 치고, 누가 베이스 하나를 훔칠 수 있으며, 누가 4번 타자로 적당한지 알아내야 했다. 상대팀 투수들이 내 타자들에게 어떤 공을 던질 것이고, 그 공들에 어떻게 대처해야 하는지 알아내야 했다.

연방보안관들은 목요일 오후가 될 때까지 루신더 샌즈에게서 채취한 DNA 검체를 실험실에 전달하지 않았다. 내가 법원에 다시 가서 아직도 화가 안 풀린 지안 브라운을 가까스로 설득해 판사를 만나 연방보안관들을 닦달해 달라고 요청하고 나서야 전달했다.

일정의 차질로, 어플라이드 포렌식스는 아무리 빨라도 월요일 정오에나 결과를 전달할 수 있다고 알려왔다. 나는 그때 결과를 받고 결과가 내 의뢰인의 결백을 입증할 것이라는 가정하에 증인 소환 일정을 짜고 증인신문 연습을 해야 했다.

1번 타자는 해리 보슈가 될 것이 틀림없었다. 헤이든 모리스 검사가 지난 닷새 동안 기지국 데이터를 분석하고 그를 반대신문 하지 않기로 했다면 몰라도. 그가 보슈에 대한 반대신문을 포기하는 일은 없을 것 같았다. 모리스는 적어도 보슈의 신뢰성을 공격할 것이다. 보슈는 늙고 현장을 거의 떠나 있었다. 지난 수십 년간 살인사건을 수사했어도 수사하면서 '가상울타리'—나도 브리타 슈트한테 배운 용어다—를 사용한 적은 한번도 없었다. 그런 만큼 보슈는 공격하기 적당한 대상이었고, 내가 검사라도 그렇게 할 것이다. 그래서 보슈는 월요일 아침 신문을 위해 준비가 잘 돼 있어야 했다.

내 바람은 보슈에 대한 검사의 반대신문이 오전 내내 이어지고, 새 증인을 불러야 할 때쯤엔 어플라이드 포렌식스로부터 결과를 전달받아 갖고 있는 것이었다. 모리스가 반대신문을 일찍 끝내면, 내가 보슈를 재직접신문이라도 해서 점심시간까지, 가능하다면 그 이후까지 끌고 가야 할 것 같았다.

보슈가 증인석에서 내려오면 다음은 프랭크 실버 차례다. 실버는 루신더 샌즈의 손을 문질렀다는 발사 잔여물 검체 패드의 한 조각이 밴나이스에 있는 실험실에 전달된 지 5년이나 지난 후에 오염되지 않은 상태로 발견된 경위를 설명해야 했다. 실버 다음에는 샤미 아슬래니안을 재소환하고 그다음에는 DNA를 비교한 실험실 연구원을 부를 예정이다. 스테파니 생어가 내 팀의 일원은 아니지만, 하이라이트는 그녀의 재소환이 될 것이다. 생어의 재소환에 대해서는 예행연습을 할 수가 없었다. 모든 것은 나에게 달려 있고, 내가 아는 건 생어에게 하는 질문이 내가 판사에게 전하고 싶은 정보를 담고 있어야 한다는 것이다. 생어가 증인석에서 모든 것을 사실대로 털어놓을 리는 만무했고, 증인 선서를 하고 답변하면서도 가능한 한 말을 아낄 것이 틀림없었다.

이것이 지금까지 내가 짠 타순이었다. 그러나 만일의 사태는 항상 있었다. 내 계획은 DNA 증거와 생어의 증언을 이용해 판사가 맥아이잭 FBI 요원을 증인으로 소환하게 만드는 것이었다. FBI 요원이 증인으로 나서서 로베르토 샌즈가 자기가 소속된 팀에 대한 FBI의 수사에 협조하고 있었다고 진술하는 것, 그것이 내 최종 목표였다. 그렇게만 된다면, 루신더 샌즈가 무죄 석방되는 것에는 의심의 여지가 없었다.

리허설은 전반적으로 잘 진행됐다. 증인들이 증언할 때 위협적인 존재가 내려다보고 있다는 느낌이 들도록 시스코 보이체홉스키를 판사석에 앉혔다. 형사 생활을 하면서 증언하는 데 수백 시간을 쓴 보슈는 베테랑 증인이었다. 샤미 아슬래니안은 늘 그렇듯 매력적이고 전문적이었다. 스테파니 생어 대신에 증인석에 앉은 제니퍼 애런슨은 단답형으로 비꼬듯이 답변했고, 나는 이에 대응해 내 질문을 수정하고 다듬으면서 내가 해야 할 말을 준비할 수 있었다. 딱 하나 옥에 티는 실버였는데, 그는 질문에 답변하면서 줄곧 자신의 가치를 부풀렸고 법적인 감각을 자랑했다. 그래서 나는 실제로 그를 신문할 땐 질문하는 방식을 달리하기로 결심했다.

성공적인 하루를 보냈다는 생각이 들었다. 오후 5시에 예행연습이 끝나자, 나는 실버까지 포함해서 모두를 데리고 무쏘앤드프랭스의 와

인룸에서 이른 저녁 식사를 했다. 팀원들 사이에서 끈끈한 동지애가 느껴졌다. 술을 마시든 그렇지 않든 다들 잔을 들고 루신더를 위해 건배했고 나음 날 그녀를 위해 최선을 다하기로 약속했다.

내 집 차고에 주차한 것은 저녁 8시가 넘어서였다. 푹 쉬고 다음 날 아침 상쾌한 기분으로 일어나기 위해 곧바로 잠자리에 들 작정이었다. 차고 문을 닫고 계단을 천천히 올라갔다. 현관까지 계단 세 개가 남았을 때, 데크 끝에 있는 바 의자에 한 남자가 앉아 있는 것을 봤다. 내게 등을 보이고 두 발을 난간에 걸쳐놓고 있었다. 편안하게 쉬면서 도시의 야경을 즐기고 있는 듯한 모습이었다. 하나 빠진 게 있다면 맥주 한 병이었다.

그는 나를 돌아보지도 않은 채 입을 열었다.

"두 시간이나 기다리게 하시네." 그가 말했다. "일요일 밤에는 집에 있을 줄 알았는데."

집 열쇠가 내 손에 있었다. 계단만 다 올라가면 바로 현관문이었다. 그가 나를 덮치기 전에 문 손잡이를 잡고 열 수 있었다. 그러나 나를 위협하거나 해치는 것이 목적이라면, 남자 한 명이 데크 끝에 한가하게 앉아 있을 것 같지는 않았다. 나는 주먹을 날릴 때 그에게 상처를 줄 수 있도록 열쇠 한 개를 집어 두 손가락 사이로 열쇠 끝이 튀어나오게 잡았다. 그러고는 조심스럽게 그에게로 걸어갔다. 가까워지면서 그를 보자 가슴이 철렁했다. 그는 얼굴 전체를 가리는 검은색 방탄 마스크를 쓰고 있었다.

"긴장하지 말아요." 그가 말했다. "내가 당신을 쓰러뜨리고 싶었다면, 당신은 벌써 쓰러져 있겠지."

나는 마음을 다잡고 주먹을 불끈 쥔 채 더 다가갔다. 그러나 그가 팔을 뻗으면 닿을 만큼 가까이 가지는 않았다.

"그럼 그 가면은 뭐지?" 내가 말했다. "당신 누구야, 도대체?"

그는 두 발을 바 의자의 발 난간에 내려놓고 풍경에서 고개를 돌려 나를 바라봤다.

"똑똑한 줄 알았더니, 할러." 그가 말했다. "당신에게 내 얼굴을 보이고 싶지 않은 거겠지."

갑자기 그가 누군지 알아차렸다.

"미꾸라지 같은 맥아이잭 요원이구먼." 내가 말했다.

"빙고." 그가 말했다.

"증언하겠다고 말하러 온 건 아닌 것 같고."

"증언 안 할 거니까 포기하라고 말하러 온 거야."

"그건 안 되겠는데, 내 의뢰인의 결백을 입증하는 걸 당신이 도와줄 수 있을 것 같아서."

"결백 입증을 돕는 방법이 증언밖에 없는 건 아니지."

나는 가면에 타원형으로 난 구멍 속에 있는 그의 눈을 노려보면서 그가 한 말을 오래도록 곱씹었다. 내가 다음 질문을 하기 전에 그가 먼저 물었다.

"내가 증언을 못 하는 이유가 뭐라고 생각해? 왜 연방검사장이 연방판사의 명령을 거부하려고 할까?"

"법정에서 밝혀질 사실이 두려운 거겠지. FBI 요원의 행동으로 인해 루신더 샌즈의 전남편이 살해됐다는 사실이 밝혀지지 않는 한, 결백한 루신더 샌즈가 누명을 쓰고 감옥에 가든 말든 신경도 안 썼던 그 추악

함이 법정에서 다 드러날까 봐."

맥아이잭이 웃음을 터뜨렸다. 가면을 쓰고 있어서 소리가 작긴 했어도 분명히 들렸고, 그 소리에 화가 났다.

"여기서도 부인할 건가?" 내가 말했다. "당신과 로베르토 샌즈가 만나는 걸 생어가 지켜봤어. 한 시간 후에 샌즈가 죽었고 루신더가 희생양이 되지. 그러는 동안 연방수사국과 당신은 딴 데 쳐다보고 있었고."

"도와주고 싶어서 왔는데, 일이 어떻게 된 건지 쥐뿔도 모르고 있구먼." 맥아이잭이 말했다.

"그럼 좀 가르쳐 줘, 맥아이잭 요원. 왜 증언을 안 하겠다는 거지? 그 빌어먹을 가면은 다 뭐고?"

"집 안으로 들어갈까? 이렇게 공개된 공간에서 이야기하는 게 익숙지 않아서."

"아니, 안 들어가. 여기 온 진짜 이유가 뭔지 말해주기 전에는."

"나를 계속 카메라로 찍고 싶어서 여기 있는 거라면, 그런 일 없을 테니까 포기해."

나는 고개를 돌려 6개월 전 가택 침입 사건이 있고 나서 지붕 처마 밑에 달았던 CCTV 카메라를 올려다봤다. 렌즈에 다저스 야구 모자가 덮여 있었다.

"뭐야, 저거?" 내가 말했다.

"난 여기 온 적도 없는 거야, 알겠어?" 맥아이잭이 말했다. "내가 여기 온 건 당신이 하는 일을 이해하기 때문이야. 하지만 당신이 맡은 사건은 5년도 더 된 일이고. 그 후로 우리는 많은 일을 했고, 지금 나는 다른 일을 하고 있어. 국가안보와도 관련 있는 일. 그 일에 어떤 위험 부담도 줄 수 없기 때문에, 법정에 나갈 수가 없어. 사람들이 죽을 수도 있거든. 이해해?"

"그러니까 당신이 잠복근무를 하고 있기 때문에 얼굴을 드러낼 수 없다, 그런 얘긴가?"

"응, 그런 것도 있고."

"법정에는 카메라가 없어. 판사실에서 증언하게 해줄 수도 있고. 그 마스크를 써도 돼."

그가 고개를 가로저었다.

"그 법원 근처에도 갈 수 없어. 법원이 감시당하고 있거든."

"누구한테?"

"그건 말 못 해. 당신 사건하고 아무 관련도 없는 일이고. 요점은 당신이 포기하라는 거야. 이 일을 기자들이 있는 데서 터뜨릴 수는 없어. 사진을 실을 수도 있잖아. 그런 일이 일어나면, 난 죽은 목숨이야. 내가 맡았던 수사도 끝장이 나는 거고."

"그러니까 당신이 국가안보 관련 일을 하는 동안, 내 의뢰인은 감옥에서 썩게 내버려두라는 거네?"

"이봐, 나는 그 여자가 범인이라고 생각했어, 알겠어? 그 여자가 그를 죽여서 우리 수사를 망쳐놨다고 그동안 그 여자를 얼마나 미워했는 줄 알아? 그런데 당신이 나타났고, 어떻게 하나 지켜보다 보니, 당신이 보고 있는 게 내 눈에도 보이기 시작하더라고. 당신 생각이 맞을 수도 있다고 생각해. 하지만 법정에 나가 당신을 도울 수는 없어."

"그럼 날 위해서 뭘 해줄 수 있지? 그 여자를 위해서?"

"로베르토 샌즈가 영웅은 아니었다고, 하지만 어떻게 보면 영웅이 되려고 노력하고 있었다고 말해줄 수 있어."

"플립스에서 있었던 총격사건은 잠복근무가 아니었어. 로베르토 샌즈가 그 소폭들에게 삥을 뜯고 있었던 거지. 내가 모르는 걸 얘기해줘."

"그가 도청 장치를 달겠다고 했어. 우리가 만난 날, 그러겠다고 하더라고. 우린 그 팀 전체를 칠 생각이었어. 그러고 나서 한 시간 후에, 상황이 끝나버렸지."

"생어가 당신들을 봤기 때문에."

"난 몰랐어."

"그랬겠지. 물어볼 게 있어. 그가 당신을 찾아왔어, 아니면 당신이 그를 찾아간 거야?"

"그가 우리를 찾아왔어. 양심의 가책을 덜어내고 싶어 했지. 일을 바로잡고 싶다고 했어. 자신이 속한 사조직이 선을 너무 넘었다고 생각했고."

"물어볼 것 또 있어. 그는 당신과 만난 직후에 살해됐어. 어떻게 범인이 전처라고 생각할 수 있지?"

맥아이잭은 그 질문에 대해 처음으로 진지하게 고민하는 듯했다.

"오만했던 거지." 마침내 그가 말했다. "우린 FBI야. 보통 그런 실수를 하지 않지. 그 만남이 깔끔했다고 생각했어. 지원 요원이 있었는데 그를 미행하는 사람을 보지 못했다고 했어. 그러고 나서 당신 의뢰인을 범인으로 지목하는 증거들, 이를테면 발사 잔여물 같은 것들에 대한 기사를 읽고는, 내가 믿고 싶은 것을 믿었던 것 같아. 수사를 거기서 접고 다음 사건으로 넘어갔지."

"그리고 죄 없는 여자는 5년간 감방에서 시들어 갔고. 정말 기가 막힌 이야기군. 우리 세금이 이런 식으로 쓰이다니. 내게 뭔가를 줘야 해, 맥아이잭, 아니면 이 이야기는 전부 공개가 될 거야. 당신이 증인으로 나서든 안 나서든, 내가 세상에 다 알릴 거라고. 그 일을 이미 시작했어. 판사가 당신에게 증인 소환 명령을 내려서 당신이 한 짓이 알려지든 말든 난 신경 안 써. 루신더 샌즈는 그 감방으로 돌아가지 않을 거야. 알겠어?"

"알아. 그리고 당신한테 줄 것도 있고. 그래서 여기 온 거야. 받는 게 있으면 주는 것도 있어야지. 그날 만났을 때 샌즈가 내게 해준 이야기가 있어. 그 사조직은 지상팀에 불과했대. 더 큰 세력 밑에서 일하고 있는 거라고 했어."

"누구?"

"사람이 아니라 조직이라니까. 그 이야기는 들어가서 하자고."

"왜 그렇게 집요하게 집에 들어가자는 거야?"

"여긴 노출돼 있으니까."

나는 집 안에서든 집 밖에서든 이 남자를 믿지 말아야 한다는 것을 알고 있었다. 그러나 그가 알고 있는 것을 나도 알아야 했다.

내 왼손은 여전히 주먹을 불끈 쥐고 있었고 집 열쇠의 울퉁불퉁한 이 부분이 손가락 사이로 튀어나와 있었다. 나는 손의 힘을 풀고 열쇠를 편하게 쥐었다.

"알았어." 내가 말했다. "들어가자고."

제9부

진정한 신봉자

38

보슈는 걱정이 됐다. 전날 예행연습은 잘했다. 미키 할러는 헤이든 모리스 검사 역할을 하면서 보슈에게 강도 높게 반대신문을 했고, 살인사건을 수사하면서 휴대전화 데이터를 사용한 경험이 부족한 것에 대해 특히 더 거세게 몰아붙였다. 보슈는 자신과 할러의 평가 기준으로 볼 때 잘 버텼고, 월요일 오전에 모리스가 무슨 질문을 던지든 만반의 준비가 돼 있다고 생각했다. 그러나 지금 증인석에 앉아 판사가 심리를 속개하기를 기다리면서 모리스가 피청구인석에 다른 사람과 함께 앉아 있는 것을 보자 불안감이 엄습했다. 모리스 옆에 앉은 사람은 예전에 카운티 지방검사였고 보슈도 아는 여자였다. 유능하고 깐깐했고 예전에는 매기 맥피어스[38]라고 불렸다. 또한 그녀는 미키 할러의 전처이자 미키의 외동딸의 어머니이기도 했다.

38 Maggie McFierce. fierce는 '맹렬한, 열성적인'이라는 뜻. '맹렬한 여성'이란 뜻으로 붙여진 별명

매기 맥퍼슨은 전남편이 살인 누명을 쓰고 기소됐을 때 벤투라카운티 지방검찰청에 휴가를 내고 전남편을 도왔다. 결국 할러는 결백을 입증하고 무죄 석방됐고 맥퍼슨은 벤투라로 돌아가 강력범죄 전담 팀장이 됐다. 그러나 지금은 주 검찰청 검사와 함께 일하는 것으로 보아 그 정보는 오래된 것이 분명했다. 그녀는 피청구인석에서 모리스와 머리를 맞대고 작은 목소리로 대화하고 있었다. 그녀 앞 탁자에는 할러가 증거개시 절차를 통해 인도한 기지국 데이터 출력본이 높이 쌓여 있었다. 모리스가 부정 선수를 영입한 것이다. 맥퍼슨이 반대신문을 맡을 것이 분명했다.

보슈는 할러가 걱정스러운 표정을 짓는지, 아니면 이 사태를 헤쳐 나갈 방법에 대해 힌트라도 주는지 살펴보기 위해 청구인석을 돌아봤다. 할러는 법정 구치감에서 들어오는 루신더 샌즈에게 정신이 팔려 있었다. 마침내 그녀가 자리에 앉고 연방보안관들이 탁자 고리에 수갑을 채우자 할러는 그제야 법정 안을 둘러봤다. 보슈에게도 말한 적 있는 그 기자를 발견하고는 고개를 끄덕여 알은체를 한 후 계속 둘러보다 보슈와 눈이 마주쳤다. 할러는 쫙 편 손바닥을 아래로 향하게 들고 올렸다 내리는 동작을 반복하면서 보슈에게 침착하라는 듯 신호를 보냈다.

보슈는 매기 맥퍼슨의 등장에 대해서 할러도 자기만큼 놀랐을 거라고 추측했다. 그러나 링컨 차를 타는 변호사는 침착하고 기분이 좋아 보였다. 보슈는 자신이 어떻게 행동해야 하는지 거기에서 힌트를 얻었다.

형사소송 재판에서 증언하는 것이 보슈에게는 전혀 새로운 일이 아니었다. 증인석에 수백 번은 앉아 봤다. 지난 주말에 이런 생각을 하다보니 그가 최초로 증인으로 불려 나간 것은 1973년 마약 사건 재판 때였다는 사실이 기억났다. 당시 그는 경찰복에 작대기 계급장 한 개를 단 순경으로 순찰 업무를 맡고 있었다. 그는 도르시고등학교 근처를 어슬렁거리는 남자를 몸수색해서 마리화나 30그램 정도를 찾아냈다. 수십 년의 세월이 흘렀지만 그때 체포한 용의자를 생생히 기억했다. 그의 본명은 주니어 테오도로였고, 도르시고등학교를 중퇴한 스무 살 청년이었다. 그날 아침 점호 때 학교 근처에 마약상이 돌아다닌다는 경고를 들었다. 보슈와 파트너가 테오도로를 발견하고 잽싸게 뛰어가 몸수색을 해서 마약을 찾아내고 그를 체포했다.

보슈는 공판준비기일 단계에서 증언했다. 테오도로가 재판으로 가는 것이 확정된 후, 그와 그의 변호인은 유죄 인정 거래 협상에 나섰다. 보슈가 그 일을 그렇게 생생히 기억하는 것은 50년 후에는 범죄가 아니게 된 일에 대해 주니어 테오도로가 유죄를 인정하고 단기 5년, 장기 7년의 징역형을 받았기 때문이다.

보슈는 흐르는 세월이 과거에는 옳았던 일을 현재에는 그렇지 않은 일로 바꾸어 놓는 것을 종종 목격했다. 그때의 몸수색과 그에 따른 무거운 형량이 테오도로의 인생을 어떻게 바꾸어 놓았는지도 종종 생각했다. 보슈가 로스앤젤레스 경찰국에서 근무했을 때, 가끔 캘리포니아 법무부 데이터베이스에 들어가 그의 이름을 검색했다. 테오도로에게는 교도소 문이 회전문이 됐다. 보슈가 찾아볼 때마다 그는 감옥에 있거나 최근에 석방됐거나 가석방 출소한 상태였다. 50년이 지난 후에도 보슈는 주니어 테오도로에게 그런 인생길을 열어주는 데에 자기가 한몫했다는 죄책감에 시달리고 있었다. 지금도 그런 걱정이 됐다. 반대신문에서 그가 하는 증언이 루신더 샌즈가 자유를 얻기 위해 벌이는 투쟁에서 지게 만들어 그 죄책감이 남은 인생을 따라다닐까 봐 걱정이 됐다.

맥퍼슨과 모리스는 소곤소곤 회의를 마쳤고 맥퍼슨은 바닥에 놓인 얇은 서류 가방에 손을 넣어 리걸패드를 꺼냈다. 거기에 메모를 몇 개 하더니 출력본 위에 놓았다. 전부 듣고 발언대로 갈 준비를 끝마친 것이다. 보슈를 흘끗 쳐다보던 그녀는 보슈와 눈길이 마주쳤다. 그가 놀란 것을 알아차렸는지 싱긋 웃었다. 보슈가 수십 년간 수많은 사건을 수사했어도 담당 검사가 맥퍼슨이었던 적은 한 번도 없었다. 그래도 그녀가 거침없는 승부사라는 것을 알고 있었다. 그래서 보슈는 그녀의 웃음에 온기가 없는 것을 이해했다. 고양이가 코너에 몰린 쥐를 보면서 지을 법한 웃음이었다.

마침내 연방보안관이 모두 일어서라고 외쳤고 코엘로 판사가 판사석에 자리를 잡고 앉았다. 그녀는 증인석에 있는 보슈를 봤다.

"착석하세요." 판사가 말했다. "보슈 형사가 이미 와 있지만, 반대신문을 시작하기 전에 처리해야 할 문제가 좀 있군요."

보슈는 앉지 않고 증인석에서 내려오기 위해 돌아섰다.

"괜찮아요, 보슈 형사." 코엘로 판사가 말했다. "오래 안 걸립니다. 앉아 계셔도 돼요."

보슈는 판사가 보슈 형사라고 부른 것에 주목하면서 자리에 앉았다.

"피청구인 측 대리인, 오늘 팀을 확장했군요." 코엘로가 말했다.

모리스가 답변하기 위해 일어섰다.

"네, 재판장님." 그가 말했다. "캘리포니아주 검찰청 소속 마거릿 맥퍼슨 검사가 증인에 대한 반대신문을 진행할 겁니다. 맥퍼슨 검사는 지난주에 증인이 증언한 문제들에 관해 전문가적 지식을 갖고 있습니다."

"반대신문을 할 거냐고 물으려고 했는데 안 물어도 되겠네요." 판사가 말했다. "청구인 측 대리인, 법정에 주의를 환기하고 싶은 사안이 있습니까?"

할러가 일어섰다.

"좋은 아침입니다, 재판장님." 할러가 말했다. "네, 있습니다. 저희 청구인 측은 이해관계 충돌을 이유로 맥퍼슨 검사의 피청구인 팀 합류에 이의를 제기합니다."

모리스가 다시 일어섰다.

"잠깐만요, 피청구인 측 대리인." 코엘로 판사가 말했다. "무슨 이해관계가 충돌한다는 거죠, 청구인 측 대리인?"

"맥퍼슨 검사와 저는 한때 부부였습니다." 할러가 말했다.

보슈는 고개를 돌려 판사의 반응을 살폈다. 판사는 자기 앞에 있는 두 법률대리인의 결혼사에 대해서는 몰랐던 것이 분명했다.

"흥미롭군요." 코엘로가 말했다. "몰랐어요. 두 사람 언제 부부였죠?"

"꽤 오래전이었습니다, 재판장님." 할러가 말했다. "하지만 성인이 된 딸이 있고 서로 오가며 관계를 유지하고 있죠. 파경과 그 결과에 대한 원한도 여전히 존재하고요."

"어떻게 그렇죠, 청구인 측 대리인?" 판사가 말했다.

"재판장님, 맥퍼슨 검사는 로스앤젤레스카운티 지방검사라는 자신의 경력이 저와의 관계 때문에…… 타격을 입은 것에 원한을 갖고 있다고 저는 믿습니다. 그리고 저는 이 청구소송의 사실들에 대해 공정한 심리를 받을 제 의뢰인의 권리가 그런 마음 때문에 침해되는 것을 원하지 않고요."

판사가 모리스 검사를 돌아봤다.

"피청구인 측 대리인, 외부의 갈등을 이 심리에 주입하려고 하는 건가요?"

"전혀 그렇지 않습니다, 재판장님." 모리스가 말했다. "공식적으로 이미 말씀드린 바와 같이, 맥퍼슨 검사는 캘리포니아주 검찰청에서 휴대전화 데이터에 관한 전문가로 통합니다. 사실 작년에 이 분야의 전문가적 지식 덕분에 벤투라카운티 지방검찰청에서 차출돼 온 겁니다. 휴대전화 데이터는 상당히 새로운 법률 분야이고, 항소와 인신보호 사건에서 '새로운 증거'로 자주 등장하고 있습니다. 청구인 측이 이 자료를 지난주에 저희에게 던져줬고, 재판장님께서 심리를 연기해 주셔서, 저는 이 자료를 가지고 전문가인 맥퍼슨 검사를 찾아갔습니다. 맥퍼슨 검사는 이 증인의 반대신문을 준비하면서 이 자료를 분석했고요. 이해관계의 충돌도 없습니다, 재판장님. 저 두 사람이 결혼해 함께 산 기간보다 이혼 후 떨어져 산 기간이 더 긴 걸로 알고 있습니다. 외동딸은 성인이 돼 독립해서 살고 있기 때문에 양육권 분쟁도 없고요. 정말 분쟁 요소가 전혀 없습니다, 판사님. 사실 2년 전 할러 변호사가 범죄 혐의로 기소됐을 땐 맥퍼슨 검사가 벤투라카운티 지방검찰청에 휴가를 내고 달려가서 할러 변호사에게 법률적 조력을 제공하기도 했고요."

"피청구인 측 대리인의 말이 전부 사실입니까, 청구인 측 대리인?"

코엘로 판사가 물었다.

“양육권이나 다른 법적 분쟁이 없는 것은 사실입니다, 재판장님.” 할러가 말했다. “하지만 제가 맥퍼슨 검사의 경력에 차질을 빚고 좌천을 초래했으며 변화를 가져왔다고 비난을 받은 적이 한두 번이 아닙니다. 말씀드렸다시피, 저는 맥퍼슨 검사가 혹시 품고 있을지 모르는 원한 때문에 이 인신보호 구제청구소송에서 공명정대한 심리를 받을 루신더 샌즈의 권리가 침해되는 것을 원하지 않습니다.”

판사가 얼굴을 찌푸렸고 그 이유는 보슈도 알 것 같았다. 공명정대해야 하는 사람은 판사였다. 할러의 주장이 방향을 잘못 잡은 것이다. 그러나 판사가 무슨 말을 하기 전에, 매기 맥피어스가 나섰다.

“재판장님, 제가 한 말씀 드려도 되겠습니까?” 맥퍼슨이 말했다. “모두가 저에 대해 말하고 있는데요. 제가 답변할 기회를 주셔야 한다고 생각합니다.”

“말씀하세요, 맥퍼슨 검사.” 코엘로 판사가 말했다. “하지만 짧게 하세요. 여긴 가정법원이 아닙니다. 이 심리가 이혼에 따른 원한에 대한 조사로 변질되는 건 원하지 않고요.”

“짧게나마 발언 기회를 주셔서 감사합니다.” 맥퍼슨이 말했다. “사실 저는 전남편에 대해 어떤 악감정도 가지고 있지 않습니다. 저희의 결혼은 검사와 변호사의 복잡한 결합이었지만, 오래전에 끝났습니다. 저는 제 길을 찾아갔고, 전남편도 자기 길을 찾아갔습니다. 딸도 훌륭하게 성장해서 자기 길을 가고 있고요. 지난주에 모리스 검사가 저를 찾아와서 증거개시 절차를 통해 받은 자료를 한번 봐달라고 요청했을 때, 모리스 검사는 제 결혼사에 대해 전혀 몰랐습니다. 저는 자료를 읽기 시작하고 나서야 이것이 전남편의 사건이고 제가 종종 만난 적 있는 보슈 형사가 증인이라는 것을 알았습니다. 그래서 모리스 검사에게 즉시 이 사실을 알렸고, 그렇지만 할러 변호사와 저는 이해관계의 충돌이 전혀 없다고 말했습니다. 젊은 여성의 부모로서 우리의 관계는 아무런 갈등이 없고, 저는 전남편이나 그의 의뢰인이나 증인에 대해서 아무런 악감정도 가지고 있지 않습니다."

"짧았는지는 잘 모르겠지만, 솔직하게 말씀해 주셔서 감사합니다." 코엘로가 말했다. "더 할 말 있습니까, 청구인 측 대리인?"

"아뇨, 없습니다." 할러가 말했다.

할러는 풀이 죽은 목소리로 말했다. 이 심리가 어떻게 흘러갈지 아는 듯했다.

"아주 좋습니다." 판사가 말했다. "공명정대하게 증언을 듣고 사건의 진실을 결정하는 것이 본 판사의 책임이고, 본 판사는 그 책임을 다할 것입니다. 이의 제기는 기각합니다. 자, 청구인 측 대리인, 증인신문을 진행하기 전에 제기할 다른 문제가 있습니까?"

"현재로서는 없습니다, 판사님." 할러가 말했다.

코엘로 판사는 잠시 말을 멈추고 할러를 바라봤다. 보슈는 할러가 검사에게 전달할 새로운 증거개시 자료가 있다고 말하기를 판사가 기대하고 있다는 것을 알았다. 그러나 전주에 시작된 DNA 분석 결과가 아직 나오지 않았다. 그 말은 할러가 어플라이드 포렌식스에 가서 검사 작업을 지켜보고 있는 샤미 아슬래니안으로부터 소식을 듣기 전에는 루신더 샌즈의 주장을 도울 새로운 증거가 나왔는지 여부를 알 수 없다는 뜻이었다.

“아주 좋습니다.” 판사가 다시 말했다. “그럼 시작합시다. 맥퍼슨 검사, 반대신문 하세요.”

39

보슈는 맥퍼슨의 반대신문을 통해 그가 사명에서 얼마나 멀리 떨어져 나갔는지 실감했다. 매기 맥피어스는 진정한 신봉자였고, 사법 정의 실현이라는 목표를 버리고 고액 연봉을 받는 민간 분야에 합류하라는 유혹을 분연히 물리친 경륜 있는 검사였다. 그녀는 사명 완수에 매진했고, 직책과 기관은 바뀌었어도 그녀의 대의명분은 한 치도 흔들리지 않았다. 그리고 여기 보슈가 있었다. 이제까지는 진정한 신봉자였지만, 두들겨 맞는 것을 수도 없이 목격했던 그 수많은 형사피고인 측 증인들처럼 지금은 그 자신이 증인석에 앉아 두들겨 맞으려 하고 있었다.

맥퍼슨은 보슈가 살인청부업자이고 매수된 거짓말쟁이로서 절차를 무시하고 진실을 가리거나 완전히 숨길 방법만을 찾고 있음을 증명해 보이려고 걸어오고 있었다. 그녀는 보슈에 대한 조사라는 숙제를 마쳤고 그의 취약점을 잘 알고 있는 것이 틀림없었다. 반대신문을 시작하자마자 취약점을 이용하려고 들었다.

"증인, 변호사의 조사관으로 일하신 지는 얼마나 되셨죠?" 맥퍼슨이 물었다.

"어, 사실, 변호사의 조사관으로 일한 적은 없습니다." 보슈가 말했다.

"증인은 할러 변호사 밑에서 일하고 계시잖아요, 아닙니까?"

"변호 업무를 포함하지 않는 특정 프로젝트를 맡고 있을 뿐입니다."

"할러 변호사가 범죄 혐의로 기소됐을 때 그의 본인 변호를 돕기 위해 일하지 않으셨나요?"

"자문역에 가까웠습니다. 맥퍼슨 검사와 마찬가지로요. 검사님 자신은 변호인 측을 위해 일한 적이 전혀 없다고 믿으십니까?"

"지금 답변해야 하는 사람은 제가 아닙니다."

"죄송합니다."

"그러니까 증인은 죄를 인정하고 유죄판결을 받은 살인범인 루신더 샌즈의 변호를 위해 일하고 있다고는 생각하지 않으신다는 거죠?"

"할러 변호사는 결백을 주장하는 기결수들의 사건을 검토해 달라고 저를 고용했습니다. 사건 기록을 보면서 주장이 설득력이 있어 보이거나 다시 한번 살펴볼 가치가 있는 사건이 있는지 찾아봐 달라고 했죠. 루신더 샌즈 사건도 그런 사건 중 하나였고……."

"감사합니다, 증인. 사건을 살펴보게 된 역사를 다 읊어달라고 부탁드린 건 아닙니다. 어쨌든 루신더 샌즈 사건을 조사한 것이 변호 업무는 아니라는 말씀이죠?"

"맞습니다. 변호 업무는 아닙니다. 진실을 찾는 일이죠."

"멋진 표현이네요. 그럼 누군가 유죄판결을 받았던 범죄에 대해 유죄임을 입증하는 증거를 발견하면 증인이 말하는 그 진실을 찾는 일은 어떻게 되죠?"

"할러 변호사에게 그 사건은 접근 금지구역이니 지나가자고 말하죠. 저는 다음 사건을 검토하고요."

"그럼 방금 말씀하신 것과 같은 시나리오가 실제로 일어난 적이 있습니까?"

"어, 네, 두 달 전에 있었습니다."

"그 일에 대해 말씀해 주시겠습니까?"

"콜드웰이라는 남자가 사업투자 동업자를 죽여달라고 살인청부업자를 고용한 혐의로 유죄평결을 받았습니다. 그가 유죄평결을 받는 데는 살인청부업자의 증언이 크게 작용했는데요, 그 청부업자도 기소됐지만 검찰에 협조하고 있었죠. 그 살인청부업자는 살인의 대가로 현금 2만 5천 달러를 받았다고 증언했습니다. 또 다른 증거는 콜드웰의 은행 거래내역이었죠. 검찰은 ATM기 인출과 콜드웰이 친구들에게 써준 개인 수표를 통해 정확히 2만 5천 달러가 모였다는 것을 보여줄 수 있었습니다. 개인 수표를 받은 친구들이 현금으로 바꿔서 그에게 줬거든요."

"증인은 왜 그가 결백하다고 생각하셨죠?"

"결백하다고 생각하지 않았습니다. 다시 살펴볼 가치가 있겠다고 생각했을 뿐이죠. 제가 콜드웰을 만났는데, 그 2만 5천 달러의 행방을 설명할 수 있다고 했고, 감옥에서 들었다면서 그 살인청부업자를 고발할 정보를 제공할 수 있다고 했습니다. 구구절절 말씀드리지는 않겠습니다만, 어쨌든 저는 콜드웰이 유죄라고 판단했고 그래서 그 사건을 포기했죠."

"아뇨, 구구절절이 말씀해 주세요. 증인은 왜 그가 유죄라고 판단하셨죠?"

"콜드웰은 그 돈을 애인에게 줬다고 했고, 재판에서 그 이야기를 할 수 없었던 것은 그 당시엔 결혼한 상태였고 아내가 소송 비용을 대고 있었기 때문이라고 하더군요. 애인 이야기를 꺼냈다면, 아내가 재정지원을 중단했을 거라면서요. 나중에 안 사실이지만, 콜드웰의 아내는 그가 유죄평결을 받고 2년 후에 그와 이혼했더군요. 그래서 지금은 애인 이야기를 기꺼이 끼내려고 했던 거고요. 콜드웰은 또 살인청부업자가 복역하던 솔대드 교도소에서 이감된 수감자한테 들었는데, 그 살인청부업자가 콜드웰에게 살인청부 누명을 씌운 것을 자랑스럽게 떠벌리고 다녔다고 했답니다."

"좋아요, 그쯤 하시죠. 이제 우리 사건 이야기를 해야 할 것 같군요."

할러가 일어서서 이의를 제기했다.

"재판장님, 이 문을 연 것은 피청구인 측 대리인입니다." 할러가 말했다. "그런데 갑자기 문을 쾅 닫고 싶어 하는 것은 이야기를 끝까지 들으면 증인의 말이 진실이라는 것이 드러나고 그것은 증인의 신뢰성을 공격하려는 피청구인 측 계획에 맞지 않기 때문이라고 생각합니다."

판사는 주저하지 않고 이의 제기를 받아들였다.

"청구인 측 대리인의 말이 옳습니다." 코엘로 판사가 말했다. "이 문을 활짝 열어젖힌 것은 피청구인 측이에요. 이야기를 끝까지 듣고 싶군요. 증인은 더 할 말이 있으면 하세요."

할러는 보슈를 향해 고개를 끄덕이고는 판사에게 감사의 말을 한 후 자리에 앉았다.

"제가 교정국에 전화했습니다." 보슈가 말했다. "솔대드 교도소의 정보담당 교도관의 도움으로, 그 살인청부업자와 콜드웰이 말한 이감된 수감자는 솔대드에서 함께 복역할 때 같은 수용동에 있었던 적이 한 번도 없었고, 서로 지나쳐 간 적도 없었을 것임을 확인할 수 있었습니다. 그래서 콜드웰의 이야기 중 그 부분은 사실이 아닌 것을 확인했죠. 그런 다음 콜드웰의 애인을 만났는데 거짓말을 잘 못하더라고요. 진실을 말하게 하는 데 20분 정도 걸렸습니다. 콜드웰이 자신에게 2만 5천 달러를 주지 않았다고, 그건 자기가 거짓말한 거라고 인정하더군요. 콜드웰이 출소해서 잘못된 유죄평결과 투옥에 대해 국가를 상대로 손해배상청구소송을 제기할 것이고 배상금을 받으면 사례를 크게 하겠다고 약속했답니다. 그래서 거짓말을 했다고 하더라고요. 그 이야기 듣고 미키와 저는 그 사건을 포기했습니다."

"그렇군요." 맥퍼슨이 말했다. "그러니까 증인은 보고 들은 대로 솔직하게 말하고 있다는 걸 판사님이 알아주시기를 바라시겠네요."

"그게 질문인지는 모르겠지만, 네, 저는 정직하고 솔직하게 말씀드리는 겁니다."

"좋습니다. 그럼 샌즈 사건에 대해서, 증인이 그 사건을 어떻게 보셨는지에 대해서 이야기해 볼까요? 어때요, 증인?"

"그러라고 저를 부르신 것 같은데요."

"가상울타리가 무엇인지 아십니까, 증인?"

"네, 휴대전화 데이터를 통해 전화기의 위치를 추적하는 것을 뜻하는 멋진 신조어죠."

"가상울타리가 법집행관들에게 유용한 도구가 됐습니다, 그렇죠?"

"네."

"증인은 직접신문에서 수백 건의 살인사건을 수사했다고 말씀하셨습니다, 맞습니까?"

"네, 맞습니다."

"그중 가상울타리를 사용한 사건은 몇 건이나 됩니까?"

"한 건도 없습니다. 제가 은퇴할 때까진 그 기술이 세상에 나오지 않았거든요."

"좋습니다, 그러면 사실탐정으로서 가상울타리를 사용하신 적은 몇 번이나 되죠?"

"한 건도 없습니다."

"할러 변호사 밑에서 변호 업무가 아닌 일의 조사관으로 일하시면서는요?"

"이 사건이 처음이었습니다."

"딱 한 건이군요. 그걸로 가상울타리에 관한 전문가라고 말씀하실 수 있을까요?"

"전문가요? 전문가의 자격조건이 무엇인지는 모르겠습니다만, 데이터를 읽고 지도를 그리는 방법은 압니다."

"데이터를 읽고 지도를 그리는 방법을 어떻게 배우셨죠?"

"예전에 맡았던 사건들 때문에 가상울타리에 익숙한 할러 변호사로부터 약간의 도움을 받았습니다. 하지만 가장 많이 배운 것은 이 분야에 관해 FBI가 펴낸 직원용 기술 설명서를 통해서입니다. FBI 휴대전화 분석 조사팀이 만든 온라인 자료인데요, 요원들을 위한 기본적인 가이드북이죠. 가상울타리에 대해 아주 상세하게 서술돼 있습니다. 백 페이지가 넘죠. 저는 이 사건에서 우리가 받은 데이터를 연구하기 전에 그 가이드북을 두 번 읽었습니다."

그렇게 완벽한 답변을 예상하지 못했던 맥퍼슨은 자신의 질문 실수를 덮기 위해 빈정거림을 선택했다.

"엄청 간단하네요." 맥퍼슨이 말했다. "온라인 수업 하나 들으면 전문가가 되는 거니까요."

"제가 전문가인지 아닌지는 제가 말할 수 있는 일이 아니죠." 보슈가 말했다. "하지만 FBI의 온라인 수업이었던 것은 맞습니다. 어떤 요원이 든 이동통신 기기의 동선을 추적하고 지도를 그릴 수 있도록 설계됐죠. 제가 그걸 잘못했다거나 잘못 이해했다는 뜻으로 말씀하신 거라면, 저는 동의할 수 없습니다. 제대로 이해해서 동선을 추적했고 루신더 샌즈의 혐의에 대해 많은 의문이 생……."

"증인의 답변을 무응답 처리해 주시기 바랍니다."

맥퍼슨이 판사석을 올려다봤다. 판사가 답변하기 전에 할러가 일어섰다.

"무응답 처리요?" 할러가 말했다. "증인은 답변을 끝내지도 못했습니다."

판사는 양측 대리인들과 입씨름하고 싶은 생각이 없는 모양이었다.

"다음 질문으로 넘어갑시다." 코엘로 판사가 말했다. "계속하세요, 피청구인 측 대리인."

할러는 자리에 앉았다. 보슈는 반대신문이 시작되고 처음으로 할러를 돌아봤다. 할러는 고개를 끄덕이며 한 손을 주먹 쥐어 가슴 가까이에 대고 약간 흔들었다. 보슈는 그것을 '쫄지 말고 밀어붙이라'는 뜻으로 이해했다.

"증인." 맥퍼슨이 보슈의 관심을 자신에게로 돌렸다. "병이 있으시죠?"

할러가 자리에서 벌떡 일어났다.

"재판장님, 이게 도대체 뭡니까?" 할러가 분개해서 말했다. "피청구인 측 대리인은 증인의 건강에 대해 질문할 하등의 이유가 없습니다. 증인의 건강이 이 법정에서 나오는 질문과 무슨 상관이 있죠?"

판사가 엄격한 눈으로 맥퍼슨을 내려다봤다.

"피청구인 측 대리인, 지금 뭐 하시는 거죠?" 판사가 물었다.

"재판장님." 맥퍼슨이 말했다. "조금만 지켜봐 주시면, 제가 무엇을 하는지 분명히 알게 되실 것입니다. 청구인 측 대리인은 제가 무엇을 하는지 잘 알고 있고요. 증인의 건강이 그의 업무에 영향을 미친다면 중요한 문제가 됩니다."

"진행하세요." 판사가 말했다. "조심스럽게."

"감사합니다, 재판장님." 맥퍼슨이 말했다. 그러고는 다시 증인석을 바라보며 물었다. "증인, 현재 질병으로 치료를 받는 중이죠?"

"아뇨." 보슈가 말했다.

맥퍼슨은 놀란 표정을 지었다가 금방 숨겼다.

"그럼 최근에 질병으로 치료받으신 적은 있죠?" 그녀가 물었다.

보슈는 어떻게 대답할까 고민하는 듯 잠시 망설였다.

"올해 초에 치료를 받았습니다." 마침내 그가 말했다.

"무슨 질병으로 치료를 받으셨죠?" 맥퍼슨이 물었다.

이 질문이 어디로 향하는지를 감지한 할러가 다시 일어서서 이의를 제기했다.

"재판장님, 지난주엔 제가 증인에게 휴대전화 번호를 물었더니 피청구인 측 대리인이 펄쩍 뛰었습니다." 할러가 말했다. "그런데 지금 증인의 병력을 재판에 끌어들이고 있는 것은 괜찮나요? 이 법정에서는 사생활 침해에 대한 제한이 없습니까?"

“청구인 측 대리인 말에도 일리가 있네요, 피청구인 측 대리인.” 코엘로가 말했다.

“재판장님, 증인의 건강 상태는 이 사건에 중요한 의미를 갖습니다. 신문을 계속하도록 허락해 주신다면 왜 그런지 증명해 보여드리겠습니다.” 맥퍼슨이 말했다. “청구인 측 대리인은 이 사실을 알기 때문에 저렇게 펄쩍 뛰고 있는 겁니다.”

“빨리하세요, 피청구인 측 대리인.” 판사가 말했다. “인내심이 줄어들고 있어요.”

할러는 자리에 앉았고 판사는 보슈에게 질문에 답변하라고 지시했다.

“항암 치료를 받았습니다.” 보슈가 말했다. “임상실험에 참여했는데 6개월 전쯤 끝났고요.”

“치료는 성공적이었습니까?” 맥퍼슨이 물었다.

“의사들은 그렇게 생각하는 것 같았습니다. 약간 차도가 있다고 하더군요.”

“그리고 그 임상실험은 약물 요법을 검사하는 것이었고요?”

“네.”

“무슨 약을 사용해서요?”

“실은 동위원소였습니다. 루테튬177이라고 했던 것 같습니다.”

“이 사건을 조사하면서 그 동위원소 치료를 받고 계셨군요?”

“네. 12주 동안 일주일에 한 번씩 오전에요.”

“그럼 루테튬177 치료와 관련된 부작용은 어떤 것들이 있죠?”

“오심, 이명, 피로요. 그 밖에도 많이 있는데, 방금 말씀드린 것들 빼고 다른 부작용은 겪지 않았습니다."

"혼란과 기억 상실은요?"

"그것도 부작용 목록에는 있었지만 제가 겪진 않았습니다."

"이 사건을 조사하면서 인지 손상을 경험하신 적이 있습니까?"

할러가 간청하듯 두 팔을 벌리면서 일어섰다.

"재판장님…… 정말 이렇게까지 해야 하는 겁니까?"

판사가 할러의 빈 의자를 가리켰다.

"이의 제기를 기각합니다." 판사가 말했다. "앉으세요, 청구인 측 대리인."

할러가 천천히 앉았다.

"다시 질문할까요?" 맥퍼슨이 물었다.

"아뇨." 보슈가 말했다. "기억나요, 감사합니다. 제 대답은 '없다'입니다. 저는 인지 손상을 경험한 적이 없습니다."

"지난 6개월간 의사에게 인지 손상에 관해 물어보거나 인지능력 검사를 받으신 적 있습니까?"

"없습니다."

맥퍼슨은 발언대로 가져온 서면을 내려다봤다.

"증인은 올해 초에 가택 침입 신고를 하셨네요?" 그녀가 물었다.

"네, 했습니다." 보슈가 말했다.

"그리고 그때가 동위원소인 루테튬177로 치료받는 중이었고요?"

"네."

맥퍼슨은 피청구인 측 증거물 1이라고 부르는 그 서면을 들고 증인에게 가까이 가게 해달라고 판사에게 허락을 구했다. 그녀는 먼저 할러와 판사에게 사본을 전달했다. 보슈는 할러가 그 서면을 읽고 놀라서 눈이 커지는 것을 지켜봤다. 할러가 일어서서 증거개시 절차를 통해 그 서면을 전달받지 못했다고 말하면서 이의를 제기했다.

"반박 자료로 제출하는 것입니다, 재판장님." 맥퍼슨이 말했다. "조금 전 증인이 인지능력에 문제가 없다고 증언했기 때문에요."

"그래요, 허락합니다." 코엘로가 말했다.

보슈는 맥퍼슨이 다가와서 서면 복사본을 주고 발언대로 돌아가는 것을 지켜보며 마음을 다잡았다.

"증인, 그것은 우드로윌슨 드라이브에 있는 증인의 자택에 괴한이 들었다는 증인의 신고를 받고 출동한 경찰관이 작성한 보고서입니다, 맞죠?"

"어, 그래 보이는군요." 보슈가 말했다. "제 주소 맞습니다. 처음 보는 거네요."

"증인은 경찰관이었습니다. 이 서면이 공식적으로 보이나요?"

"네."

"그럼 제가 노란색 형관펜으로 줄쳐 놓은, 신고를 받고 출동한 경찰관의 사건 요약 문단을 읽어주시겠습니까?"

"어, 네. 이렇게 적혀 있군요. '조사를 시작하자 피해자는 혼란스러워 보이고…… 침입이 진짜로 있었는지에 대해서도 확신하지 못함. 피해자는 병에 걸려 치료받고 있는 상태. 치매 가능성 있음. 자택을 샅샅이 둘러봄. 절도 증거 없음. 추가 조사 불필요.'"

보슈는 목과 등이 따가워지기 시작하는 것을 느꼈다. 그는 출동한 경찰관이 쓴 내용에 충격을 받았다.

"제가 혼란스러워하다뇨." 그가 말했다. "가져간 것이 아무것도 없었기 때문에, 과연 침입이 있었는지 확신하지 못했을 뿐입니다. 그게 다예요. 그리고 '치매'라는 건 그 경찰관의 표현이지, 내 표현이……."

"재판장님, 증인의 마지막 말을 무응답 처리해 주시기 바랍니다." 맥퍼슨이 말했다.

"인정합니다." 코엘로가 말했다. "다른 질문이 더 있습니까, 피청구인 측 대리인?"

"없습니다, 재판장님."

맥퍼슨은 발언대에서 물러나 피청구인석으로 걸어가서 모리스 옆에 앉았다.

법정 안이 찬물을 끼얹은 듯 조용해졌고 보슈는 아무도 자기를 보고 있지 않다는 것을 알아차렸다. 할러조차도. 모두가 보슈를 부끄러워하는 것 같았다. 그는 '나 안 미쳤어!'라고 외치고 싶어도 그러면 매기 맥피어스가 넌지시 한 말이 사실임을 증명하는 말처럼 들릴 수 있다는 것을 알고 있었다.

"청구인 측 대리인, 재직접신문 하실래요?" 판사가 물었다.

할러가 일어서서 발언대를 향해 천천히 걸어갔다.

"감사합니다, 재판장님." 그가 말했다. "증인, 이 사건을 조사하면서 우리의 의뢰인인 루신더 샌즈를 접견하러 치노 주립 교도소에 몇 번이나 가셨습니까?"

보슈는 아직도 자기 앞에 놓여 있는 경찰의 사건 조서에서 고개를 들었다.

"네 번요." 그가 말했다. "한 번은 변호사님과 함께, 세 번은 저 혼자

갔습니다."

"여기서 한 시간쯤 걸리죠?"

"네."

"거기까지 가는 길을 찾기 위해 GPS 앱을 사용하십니까?"

"어, 아뇨, 어디 있는지 아니까요."

"그러니까 길을 잃거나 진출로를 지나쳐서 더 가신 적이 한 번도 없다는 말씀인가요?"

"네, 한 번도 없습니다."

"업무 시간엔 증인이 제 차를 운전하시죠?"

"네."

"그러고 보니 저도 증인이 GPS 앱을 사용하는 걸 본 적이 없는 것 같네요. 왜죠?"

"GPS 앱을 안 씁니다. 길을 다 아니까요."

"감사합니다. 더 이상 질문 없습니다."

제10부

교활한 연막술사

40

보슈가 증인석에서 내려오자마자 나는 판사에게 오전 휴정을 요청했다. 판사는 15분의 휴식 시간을 줬다. 매기 맥피어스는 얇은 가죽 서류 가방을 집어 들고 내가 다가가기도 전에 빠르게 법정을 나가버렸다. 상관없었다. 지금은 보슈가 더 걱정이었다. 나는 난간 앞에서 그를 만났다.

"여기선 아무 말 하지 마." 내가 말했다. "나가서 회의실로 가자."

우리는 법정을 나갔다. 복도는 비어 있었다. 매기의 모습도 보이지 않았다. 우리는 법정 하나를 지나 법률대리인 회의실로 들어갔다. 창문 하나 없이 사방 벽으로 둘러싸인 작은 공간에 탁자와 의자 몇 개만 덩그러니 놓여 있었다. 나는 들어가자마자 밀실공포증을 느꼈다.

"앉아, 형." 내가 말했다. "무슨 생각을 하는지 모르겠지만 잊어버려. 그 조서를 쓴 경찰은 머리에 똥만 들었나 별 시답잖은 말을 하고 그래. 매기와 모리스도 마찬가지고. 엿 먹으라 그래."

"UCLA 임상실험은 매기가 어떻게 알았지?" 보슈가 말했다. "증거개시 자료는 아닐 테고. 매기가……."

"미안해, 형. 그건 나 때문이야. 지난번에 매기, 헤일리와 함께 저녁을 먹으면서 얘기했거든. 형이 나를 위해 일해주고 있고 내가 형을 임상실험에 참여하게 했다고. 매기가 주 검찰청에서 일하기 전이었어. 그걸 이용했다는 게 도무지 믿어지지 않아. 미안해, 형."

보슈가 고개를 가로저었다.

"타격이 클까?" 보슈가 물었다.

"모르겠어." 내가 말했다. "형한테 아무 문제도 없다는 걸 판사가 알 거야. 말도 안 되는 소리를 하고 있어, 진짜. 피청구인 측의 존경하는 가상울타리 전문가님은 가상울타리에 관한 형의 직접 증언에서 잘못된 점을 하나도 찾을 수 없었던 거야. 그러니까 개인 병력까지 물고 늘어진 거지. 그걸 판사가 놓쳤을 리 없어."

나는 휴대전화를 꺼내 전원을 켜고 부팅이 되기를 기다렸다.

"생사람 잡는 건 항상 변호사들이었는데." 보슈가 말했다. "지방검사나 주 검사가 아니라."

"아주 저급한 행동이었어." 내가 말했다. "매기가 그걸 반드시 깨닫게 할 거야."

"신경 쓰지 마. 다 끝난 일인데. 그건 그렇고 어플라이드 포렌식스에서는 연락 왔어?"

"샤미가 거기 있어. 마지막으로 들은 바로는 아직도 검사 중이래."

나는 매기와의 문자 메시지 창을 열어 타이핑을 시작했다.

당신이 헤일리를 법정에 초대 안 한 이유를 알겠어. 저급했어, 매기. 어떻게 그럴 수 있어?

나는 타이핑한 메시지를 다시 읽은 후 전송했다. 그러고는 손목시계를 봤다. 5분 후엔 법정으로 돌아가야 했다.

"괜찮은 거지?" 내가 물었다.

"괜찮아." 보슈가 말했다. "하지만 운전하면서 길을 잃지 않는다는 말만으로는 피해 복구가 완전히 안 될 것 같은데."

"그 자리에서 바로 떠오른 것 중엔 그게 최선이었어. 하지만 그건 중요하지 않아. 지난주에 형이 철저하게 전문가답게 증언했잖아. 휴대전화 기지국 데이터에 대해서 완벽하게 이해하고 있었고, 판사도 그걸 보고 들었지. 판사가 조금 전에 일어난 일을 토대로 판결하진 않을 거야. 그래서 우리 괜찮을 거라고 생각해. 그러니까 형이 지금 할 일은 프랭크 실버를 찾아서 법정으로 데려오는 거야. 샤미가 결과를 보내면 증인석에 앉혀야 하니까."

"생어는 어떡할 거야?"

"생어는 마지막이야. DNA 결과를 받은 후에."

"그리고 맥아이잭은?"

"맥아이잭은 안 불러. 그쪽으론 안 갈 거야."

"뭐? 난 이 모든 게 판사를 그쪽으로……"

"상황이 바뀌었어. 맥아이잭을 증인석에 앉히지 않을 거야. 그러니까 맥아이잭 없이 가야 해."

"판사가 맥아이잭을 증인으로 소환하지 않을 거라는 건 어떻게 자신해?"

"어젯밤에 맥아이잭이 나를 찾아왔었거든."

"뭐라고?"

"저녁 먹고 집에 갔더니, 맥아이잭이 데크에 앉아 있었어. 국가안보 관련 일로 잠복 수사를 하고 있어서 법원 근처에도 얼씬거리면 안 된대."

"웃기는 소리 하고 있네. 빽하면 국가안보 업무래."

"난 맥아이잭의 말을 믿었어."

"왜?"

"나에게 뭔가를 줬거든. 생어에 맞설 수 있는 무기를."

"뭔데?"

"지금은 말 못 해. 몇 가지 알아낸 다음에 얘기해 줄게."

보슈는 내가 자기를 믿지 않는다고 말한 것처럼 나를 쳐다봤다.

"알아내자마자 바로 얘기할게. 지금은 난 법정으로 돌아가고 형은 은메달 실버를 찾아야 해."

보슈가 고개를 끄덕였다.

"알았어." 그가 말했다.

그가 일어서서 문을 향해 돌아섰다.

"미안해, 형." 내가 말했다. "매기가 꺼낸 얘기 말이야."

"네가 미안할 게 뭐 있냐." 보슈가 말했다. "실버 데려오면 연락할게."

복도에서 보슈와 나는 헤어졌다. 법정 앞에 다다르기 전에, 매기가 답장을 보냈다.

예전에 법정이라는 증명의 장에서는 모든 것이 정당하다고 했던 변호사가 누구였더라? 아, 맞다, 당신이었네.

나는 답장하지 않기로 결심했나. 대신 샤미 아슬래니안에게 전화를 걸었다.

"어떻게 됐어요?" 내가 물었다.

"방금 결과가 나왔어요." 아슬래니안이 말했다. "지금 보고 있어요."

나는 마음을 다잡았다. 올 게 왔다.

"그래서요?" 내가 재촉했다.

"검체 패드에서 DNA가 검출됐어요." 아슬래니안이 말했다. "루신더의 것은 아니에요."

나는 복도를 따라 길게 놓인 대리석 벤치로 가서 털썩 주저앉았다. 그 순간 우리가 이기겠다는, 루신더 샌즈가 무죄 석방되겠다는 느낌이 들었다.

"미키, 듣고 있어요?" 아슬래니안이 말했다.

"어, 네." 내가 말했다. "난 그저…… 도무지 믿어지지 않아서."

"그런데 좀 복잡해요."

"뭐가요?"

"거기서 두 사람의 DNA가 나왔어요. 하나는 누구 것인지 아직 몰라요. 하지만 다른 하나는 일치하는 사람을 알아냈는데, 어플라이드 포렌식스 실험실에서 예전에 근무했던 연구원이에요. 여기 사람들은 오염을 막기 위해서 항상 여기 직원들 DNA와 대조한대요."

"그게 무슨 의미가 있는 거죠, 샤미?"

"일치하는 결과로 나온 연구원은 4년 전에 여길 그만뒀어요. 그 말은 증거가 여기 전달되고 나서 어느 시점엔가 잘못 다뤄지고 연구원의 DNA가 섞여서 오염이 됐다는 뜻이에요. 터치 DNA 이야기를 하는 건데, 당시에는 그걸 다루는 규정이 없었다더군요."

나는 눈을 질끈 감았다.

"빌어먹을. 이젠 성공했나 보다 싶으면, 꼭 뭔가가 잘못돼서 원점으로 돌아가네요."

"미안해요, 미키. 하지만 중요한 건 루신더의 DNA는 발사 잔여물 검체 패드에서 검출되지 않았다는 사실이에요. 이건 당신의 범죄 시나리오가 사실임을 입증해 주죠. 그런데 이걸 법정에서 활용할 수 없다는 말인가요?"

"모르겠어요. 정말 모르겠어요. 하지만 최대한 빨리 법정으로 돌아와요. 보고서든 뭐든 있는 건 다 가지고. 전에 일했다던 그 연구원 이름 알아 오시고, 오염에 관한 보고서 있으면 다 갖고 오세요. 증거 심리 때 판사 앞에서 당신이 모든 걸 설명해야 할 것 같아요. 지금 증거 심리 신청하러 가려고요."

"알았어요, 미키. 우버 타고 갈게요."

나는 전화를 끊고 나서 리걸 시걸이 했던 말을 떠올리며 마음을 가라앉히려고 노력했다.

숨을 깊이 들이마셔라. 지금은 너의 시간이다. 여기는 너의 무대다. 승리를 원해라. 승리를 쟁취해라. 승리를 가져라.

나는 벤치에서 일어서서 법정으로 돌아갔다.

41

코엘로 판사는 나의 반대에도 불구하고 증거 심리를 비공개로 열었다. 비공개를 뜻하는 라틴어 표현은 '인 카메라(in camera)'였는데, 오히려 정반대로, 밀실 회의와 반대되는 뜻으로 들렸다. 내가 비공개 심리에 반대한 것은 판사가 DNA 검사 결과를 증거로 인정하지 않기로 판결하면, 온 세상이 그 사실을 알고 나와 함께 분노해 주기를 바랐기 때문이다. 그러나 공개 심리를 요구하는 내 주장을 판사는 못 들은 체했고, 결국 나는 판사실의 거대한 책상을 가운데 두고 코엘로 판사의 맞은편에서 헤이든 모리스 검사와 나란히 앉아 있었다. 내 의뢰인은 이 심리에는 출석할 필요가 없다고 하여 법정 구치감에서 내가 나타나 소식을 전해주기를 기다리고 있었다.

"시작하기 전에, 지난 닷새 동안 무슨 일이 있었는지 모리스 검사에게 알릴 필요가 있겠네요." 코엘로가 말했다. "지난 수요일에 할러 변호사가 찾아와서 이미 판결이 난 루신더 샌즈 1심 사건의 증거물을 찾아냈다고 하더군요. 그 증거물을 검사할 수 있도록 봉함 명령을 요청했고요."

"그 증거물이 뭐였습니까?" 모리스가 물었다. "그리고 무슨 검사를 하겠다는 거죠?"

"이야기가 복잡해요, 모리스 검사." 판사가 말했다. "자세한 건 할러 변호사가 설명할 겁니다."

판사가 나에게 고개를 끄덕였고 내가 이야기를 시작했다.

"알겠습니다, 재판장님." 내가 말했다. "5년 전 루신더 샌즈가 전남편을 살해한 혐의로 기소됐을 때, 피고인 측 변호인은 프랭크 실버라는 변호사였는데요, 그가 독자적으로 검사할 수 있도록 증거물을 나눠달라고 요청했어요. 루신더 샌즈의 두 손과 두 팔 그리고 옷을 문질러 시료를 채취한 것으로 추정되는 발사 잔여물 검체 패드가 두 개 있었거든요. 아시다시피, 발사 잔여물이 검찰 측 변론의 핵심이었잖아요. 법원은 발사 잔여물에 대해 독자적인 검사를 할 수 있도록 변호인에게 검체 패드 두 개 중 한 개를 줬죠."

"유죄 인정 거래가 성사되기 전의 일인가요?" 모리스가 물었다.

"맞아요." 내가 말했다. "그 검체가 밴나이스의 어플라이드 포렌식스라는 민간 실험실에 전달됐어요. 아직도 운영하는 곳이죠. 검체가 그곳으로 전달되는 동안, 유죄 인정 거래 협상이 시작됐고, 우리가 잘 알다시피, 루신더 샌즈는 그 거래를 받아들였어요. 루신더는 불항쟁 답변을 한 후 감옥에 갔고, 실버는 증거물을 수거하러 어플라이드 포렌식스를 찾아가는 수고를 굳이 하지 않았죠. 지난 수요일에 이 소식을 듣고 확인해 봤더니, 그 증거물이 아직도 그 실험실에 보관돼 있더라고요. 그 이유는 실버가 검사비를 지불하지 않았기 때문인 것 같고요."

"웃기는 소리 하지도 말아요." 모리스가 고개를 절레절레하며 말했다. "완전히 꾸며낸 이야기구먼, 뭐. 재판장님, 우리가 왜 이런 이야기를 듣고 있어야 합니까?"

"할러 변호사 말을 더 들어봅시다." 코엘로가 말했다.

"마음대로 생각해요." 내가 말했다. "하지만 난 지난 수요일에 판사님을 뵈러 와서 남아 있는 검체로 DNA 검사를 할 수 있게 해달라고 법원 명령을 요청했어요. 그 검체가 정말로 제 의뢰인의 손과 옷을 문질러 닦은 거라면, 그 검체 패드에서 그녀의 DNA, 정확히 말하자면 터치 DNA가 검출될 거라는 논리에서죠. 내게는 이 시나리오가 맞는다는 걸 증명해 줄 법의학 전문가도 있어요. 그러자 판사님은 연방보안관들에게 샌즈의 DNA 검체를 채취해서 어플라이드 포렌식스에 보내라고 명령하셨죠."

"시나리오가 맞는다는 걸 누가 증명하든 관심 없어요." 모리스가 말했다. "이건 상상도 할 수 없을 정도로 이례적이고 잘못된 규약입니다. 이 일은 보안관국 실험실이나 주 법무부 과학수사 실험실에서 다뤘어야 했어요. 밸리에 있는 돈에 환장한 민간 실험실이 아니라."

그는 마치 산페르난도밸리가 돈에 환장한 기업들과 사람들을 위한 안식처라도 되는 양 말했다.

"할러 변호사가 나에게 봉함 명령서를 요청했어요." 판사가 말했다. "정부 기관들로부터 방해를 받을 우려 때문에 은밀하게 증거를 분석하고 싶다면서요. 나는 물론 동의했죠. 결과가 나올 때까지 명령서는 봉인됐고요. 이 일이 진행되면, 피청구인 측도 원하는 실험실에서 증거물을 검사할 기회를 주겠습니다. 자, 할러 변호사, 증거 심리를 요청한 것을 보니 결과가 나왔나 보네요?"

"네, 재판장님." 내가 말했다. "검사 결과가 나왔습니다. 발사 잔여물 검체 패드에서 발사 잔여물이 검출됐습니다. 그리고 독특한 DNA 프로필 두 개가 검출돼 제 의뢰인의 DNA 프로필과 비교해 봤는데, 일치하지 않았다고 하네요. 그 검체 패드의 시료는 제 의뢰인의 몸에서 채취한 것이 아니라는 얘기죠. 이것은 제 의뢰인이 전남편 살인 누명을 썼다는 증거이고요."

"그게 무슨 증거가 된다고 그래요." 모리스가 말했다. "도무지 믿어지지 않는 일이군요. 재판장님이 이…… 이 교활한 연막술사에게 조종당하시다니요. 재판장님, 이 증거는, 이걸 증거라고 부를 수 있는지 모르겠지만요, 분명히 증거능력을 인정할 수 없는 것입니다."

"그건 본 재판장이 내려야 할 결정인데요, 모리스 검사." 판사가 말했다. "그리고 본 재판장이 어떻게 조종당했는지 설명해야 할 것 같군요. 할러 변호사는 지난 닷새에 걸쳐 행한 이 절차의 단계마다 증인을 확보하고 서면 작업을 한 걸로 압니다. 이미 우리가 증언을 들은 바 있는 법의학 전문가도 대기하고 있을 거고요. 한 사람의 신체와 옷을 닦은 검체 패드에는 그 사람의 DNA가 묻어 있어야 한다는 전문가의 의견을 피력하려고 말이죠. 어느 부분에서 본 재판장이 조종당했다는 거죠?"

"재판장님, 제 발언이 재판장님의 진실성을 의심하는 것처럼 들렸다면 죄송합니다." 모리스가 재빨리 사과했다. "그런 의도는 아니었습니다. 하지만 너무 황당하고 신빙성이 없는 이야기군요. 이것은 할러 변호사가 설계한 막판 불꽃놀이에 불과합니다. 항상 이곳에 있었던 직접적인 유책 증거에서 재판장님의 관심을 딴 데로 돌리기 위해 설계한 불꽃놀이요."

"그게 막판 불꽃놀이인지 아닌지는, 피청구인 측 실험실에서 확실히 증명할 수 있겠네요." 코엘로가 언짢은 목소리로 말했다.

"그런데 좀 복잡한 일이 있습니다." 내가 말했다.

코엘로 판사가 언짢은 표정으로 나를 돌아봤다.

“어떤 복잡한 일이죠?” 그녀가 물었다.

“말씀드렸다시피, 그 발사 잔여물 검체 패드에서 두 사람의 DNA가 발견됐는데요.” 내가 말했다. “한 명은 신원이 밝혀지지 않았고요. 다른 한 명은 예전에 어플라이드 포렌식스에서 일했던 연구원인 것으로 밝혀졌습니다.”

모리스 검사가 분노하여 두 주먹을 불끈 쥐었다.

“그러면 검체 전체가 오염된 거잖아요.” 그가 말했다. “증거능력이 없습니다. 의문의 여지가 없어요.”

“다시 말하지만, 의문의 여지가 있느냐 없느냐를 결정하는 건 본 재판장입니다. 본 재판장은 의문의 여지가 있다고 생각하고요.” 코엘로 판사가 말했다.

“저는 오염된 것이 아니라고 생각합니다.” 내가 말했다. “그 증거물은 발사 잔여물 분석을 위해 제출됐고, 실험실 연구원은 DNA 규약이 아니라 발사 잔여물 검사 규약에 따라 검체를 다뤘습니다. 터치 DNA 검사 규약이 아니라요. 5년 전엔 터치 DNA 검사 규약을 마련한 실험실이 거의 없었죠. 그리고 프랭크 실버가 그 검체를 제출한 목적도 터치 DNA 검사가 아니었고요.”

“상관없어요.” 모리스가 말했다. “오염된 건 오염된 거 아닙니까. 증거로 받아들일 수 없습니다. 인정할 수 없습니다, 재판장님.”

나는 판사를 쳐다봤다. 내 주장은 모리스가 아니라 코엘로 판사에게 한 거였다. 그러나 나는 판사가 아직은 판결을 내리지 않기를 바랐다.

“재판장님.” 내가 말했다. “법원에 제출할 신청서가 있습니다.”

모리스가 눈을 부라렸다.

"또 시작이네요." 그가 말했다.

"모리스 검사, 빈정거리는 말을 듣고 있기도 이젠 지치네요." 코엘로 판사가 말했다. "무슨 신청이죠, 할러 변호사?"

나는 판사의 책상 앞으로 몸을 기울여 판사와의 거리를 좁히고 모리스는 내 시야에서 쫓아냈다. 이것은 나와 판사의 일이었다.

"판사님, 우리가 진실을 원한다면, 이 심리가 진정으로 진실을 추구하는 것이라면, 그 발사 잔여물 검체 패드에서 발견된 신원미상의 DNA를 생어 경사의 DNA와 비교하라는 법원 명령서를 발부해 주시기 바랍니다."

"당치도 않습니다!" 모리스가 외쳤다. "그런 일이 있어서는 안 되죠. 그리고 비교해 본다고 해도 아무것도 증명하지 못할 것이고요. 생어의 DNA가 거기 묻어 있다면 뭐 어떻다는 겁니까? 자신이 시료를 채취했다고 본인 입으로 증언했잖아요."

"그건 모든 게 조작이었음을 증명하는 거죠." 내가 말했다. "생어가 샌즈의 손을 문지르지 않은 더러운 발사 잔여물 검체 패드를 인도했다는 뜻이고요. 샌즈는 결백하고 생어가 범인임을 보여주는 증거가 되죠."

"재판장님." 모리스가 말했다. "저 말에……."

"그만하세요, 모리스 검사." 코엘로 판사가 말했다. "이렇게 할게요. 할러 변호사의 신청 건과 그 검체 패드의 증거력에 관한 문제는 심사숙고한 후 결정을 내릴게요."

나는 얼굴을 찌푸렸다. 판사가 모든 것에 대해 지금 당장 판결해 주기를 바랐다. 판사와 배심원은 똑같았다. 결정하는 데 시간이 오래 걸릴수록 그 결과는 피고인 측에 불리할 가능성이 더 컸다.

"지금 점심시간을 갖고 1시에 심리를 속개하겠습니다." 판사가 말을 이었다. "할러 변호사, 그때 다음 증인을 부를 수 있게 준비하세요."

"재판장님, 다음 증인을 부를 수가 없습니다." 내가 말했다.

"왜죠?" 코엘로 판사가 물었다.

"이 문제들에 관한 판사님의 결정을 알기 전에는 누구를 앉힐지 결정할 수 없어서요." 내가 말했다. "판결에 따라 다음 행동이 달라질 것이거든요."

코엘로가 고개를 끄덕였다.

"좋아요." 판사가 말했다. "그럼 점심시간을 2시까지 갖죠. 그땐 이 문제들에 대해 판결할게요."

"감사합니다, 판사님." 내가 말했다.

"감사합니다, 재판장님." 모리스가 말했다.

"두 분은 가셔도 됩니다." 판사가 말했다. "난 할 일이 있네요. 지안한테 와서 내 점심 주문 좀 받아 가라고 전해주시겠어요? 판사실을 떠날 시간은 없을 것 같아서."

"네, 알겠습니다, 판사님." 내가 말했다.

모리스와 나는 동시에 일어섰고 모리스가 앞서고 나는 그 뒤를 따라 나갔다. 복도로 나간 후 나는 그의 등에 대고 말했다.

"이 일이 어떻게 결론이 날지는 모르겠지만, 난 어떤 일에도 준비가 돼 있어." 내가 말했다. "그러니 생어 경사를 2시까지 법정에 데려다 놔."

"내가 왜요?" 검사가 말했다. "생어는 당신 증인인데."

"당신 쪽에서 일하고 당신의 지시를 받잖아. 불러놔, 아니면 생어를 소환하겠다고 알렸는데도 당신이 협조를 거부했다고 판사한테 다 일러바칠 테니까. 그럼 판사한테 경위를 설명해 보든가."

"마음대로 하세요."

우리가 법정 문 앞에 이르렀을 때, 모리스 검사가 어깨 너머로 조심스럽게 나를 돌아봤다. 나는 지난번처럼 그를 벽으로 몰아붙여 누르지 않았다. 내가 그렇게 하도록 자극하는 말을 모리스가 하지도 않았다. 그러나 그 순간 나는 깨달았다. 나는 손을 뻗어 문을 짚고, 그가 문을 열지 못하게 막았다.

"뭐 하는 거야?" 모리스가 말했다. "또 나를 폭행하려고?"

"당신은 알고 있었어, 그렇지?" 내가 말했다.

"뭐를 알고 있었다는 거야?"

"내 전처에 대해서. 우리 관계를 알고 전처를 일부러 끌어들인 거잖아, 나를 뒤흔들려고, 내 일을 방해하려고."

"무슨 말을 하는지 모르겠네. 당신들이 결혼했었다는 걸 내가 어떻게 알았겠어."

"아냐, 알았어. 알고 있었다고. 와, 대체 누가 교활한 연막술사라는 거야, 모리스?"

내가 문에서 손을 떼자, 모리스는 문을 열고 더 이상 아무 말도 없이 안으로 들어갔다.

42

루신더 샌즈 팀은 드라고 센트로에서 여유 있게 점심을 먹으면서 전략회의를 했다. 내가 비공개 심리에 대해 보고한 후, 우리는 심리 종반전을 계획했다. 전략은 판사의 판결에 따라 달라질 것이다. DNA 검사 결과가 증거로 인정되면 전략은 분명했다. 실버와 아슬래니안을 불러서 시각표와 증거를 소개하고, 생어를 다시 불러 그녀가 제출한 발사 잔여물 검체 패드가 루신더 샌즈의 손을 닦은 것이 아니었다는 견고한 증거를 들이밀어 승리를 거머쥘 것이다. 그러나 코엘로 판사가 검사 결과의 증거능력을 인정하지 않으면, 내게는 오로지 생어만 남아 있고 상반되는 검사 결과를 뒷받침할 증거가 거의 없었다. 맥아이잭 요원이 내게 힌트를 주긴 했지만, 그건 그냥 암시에 지나지 않았다. 생어는 얼굴 주위를 맴도는 파리를 쫓듯 그 말을 쳐낼 수 있을 것이다.

"내기를 한다면, 판사가 어느 길로 가는 것에 걸 거야?" 보슈가 물었다.

"우선, 내기를 안 할 거야." 내가 말했다. "너무 막상막하거든. 판사가 법의 말을 듣느냐 도덕의 말을 듣느냐가 될 거니까. 법은 그녀에게 어떻게 하라고 말할까? 양심은 어떻게 하는 것이 옳은 일이라고 말할까?"

"빌어먹을." 시스코가 말했다. "그럼 생어를 괴롭힐 게 아무것도 없는 거네. 게임 끝났구먼."

"그렇지 않을 수도 있어." 내가 말했다. "어젯밤에 맥아이잭 요원이 내 집으로 찾아왔었어. 자긴 절대 증언 안 한다고, 연방검사장이 자기 뒤를 봐줄 거고 연방판사에게서 소환장을 받더라도 거부할 거라고 말하러 왔더라고. 그렇다고 빈손으로 오진 않았어. 로베르토 샌즈가 왜 FBI에 가서 도청 장치를 달고 돕겠다고 자원했는지 그 이유를 말해줬어. 그건 생어가……."

나는 맥아이잭에게 받은 정보를 알려줬고, 우리는 식사를 계속하면서 그 정보를 법정에서 공개할 방법을 논의했다. 결국 내가 생어를 신문하면서 그녀의 주장에 맞설 방법을 찾아야 한다는 걸로 결론이 났다. 말은 쉬웠다.

파스타를 다 먹은 후 우리는 보슈가 운전하는 내비게이터에 끼어 타고 법원으로 돌아갔다. 엘리베이터에서 내려 코엘로 판사의 법정으로 향하는데, 복도에 있는 벤치에 생어가 앉아 있는 것이 보였다. 우리가 지나가는 동안 그녀는 도발하듯 눈 하나 깜빡하지 않고 나를 노려봤다. 그때 나는 알았다. 판사가 판결을 내린 후에 나는 생어를 쓰러뜨리기 위해 할 수 있는 모든 일을 다 하리라는 것을.

나는 청구인석에 앉아 루신더가 법정으로 끌려오고 판사가 그 뒤를 따라 들어오기를 기다렸다. 서류 가방은 열지 않았다. 먼저 내가 어느 길로 가야 할지부터 알고 싶었다. 나는 화난 독수리를 올려다보며 마음을 다잡고 기다렸다.

구치감에서 법정으로 끌려온 루신더의 입에서 성난 질문이 쏟아졌다.

"미키, 어떻게 된 거예요?" 루신더가 물었다. "무슨 일이 있는지도 모른 채로 구치감에서 얼마나 기다렸는지 알아요?"

"미안해요, 신디." 내가 말했다. "곧 답을 알게 될 거예요. 판사실에 가서 발사 산여물 검사가 잘못됐다는 사실을 보여주는 증거를 제시했어요. 사실은 함정이었다는 걸 보여주는 증거요."

"누가 내게 함정을 판 거예요?"

"당신 전남편이 소속된 팀의 누군가가요. 아마도 생어일 가능성이 높아요, 당신한테서 검체를 채취한 사람이 생어니까."

"그럼 생어가 로비를 죽였다는 뜻이에요?"

"그건 모르겠어요, 신디. 하지만 이렇게 말해두죠. 범인은 당신이 아니라 다른 사람이라고 판사를 설득할 필요가 있으면, 난 생어를 지목할 거예요. 생어가 이 모든 일의 한가운데에 있거든요. 생어가 범인이 아니라고 해도, 누가 범인인지는 생어가 알고 있을 거예요."

루신더의 표정이 분노로 굳어졌다. 다른 사람이 저지른 범죄로 5년을 감옥에 있었는데, 이제야 그 분노를 쏟아부을 이름과 얼굴을 알 수 있게 된 것이다. 그녀의 마음을 이해할 수 있었다.

"들어봐요." 내가 말했다. "우리가 폭로한 증거에 복잡한 문제가 있어요. 판사가 그 증거를 자신이 고려할 증거로 인정할 것인지 아닌지 기다려 봐야 해요. 그래서 심리가 이렇게 지연된 거예요. 판사가 자기 방에서 심사숙고하고 있거든요."

"그랬군요." 루신더가 말했다. "판사가 옳은 결정을 하기를 바라요."

"나도요."

나는 입을 다물고 판사가 내릴 판결에 대응할 방법을 고민했다. 그러자 판결이 내가 원하는 대로 나오지 않을 경우에도 내가 이길 수 있는 계획이 떠올랐다. 나는 해리 보슈와 샤미 아슬래니안에게 지시를 내리는 문자 메시지를 여러 개 보냈다. 보슈는 프랭크 실버가 증언을 하지 않고 달아나기로 결심할 경우를 대비해 복도에서 그를 지키고 있었다. 아슬래니안도 복도에 있었는데, 자신이 증인으로 다시 불려 들어올 수도 있어 대기 중이었다.

보슈가 내 계획을 이해했다고 답장을 보내기도 전에, 판사가 법정으로 들어와서 나는 휴대전화를 꺼야 했다. 코엘로 판사는 곧바로 본론으로 들어갔다.

"'샌즈 대 캘리포니아 주' 인신보호 구제청구소송 심리를 속개합니다. 여러 신청 건에 대해 판결하기 전에 논의해야 할 새로운 안건이 있습니까?"

판사는 이미 모든 입장을 정리하고 판결할 준비가 된 것이 거의 분명해 보였다. 그와중에 모리스 검사가 판사실에서 했던 주장을 계속하지 않을까 하는 생각도 들었다. 그러나 모리스는 기록에 무언가를 덧붙이기를 거절했고, 나도 마찬가지였다. 나는 루신더를 보면서 격려의 미소를 지었다. 그녀는 다음 몇 분이 얼마나 중요한 순간인지를 알지 못할 터였다.

"좋아요." 판사가 말했다. "오늘 오전 법정에 제출된 신청 건들 중에서, 우선 발사 잔여물 검체 패드의 증거능력을 인정할 수 없다는 피청구인 측의 주장부터 시작합시다. 피청구인 측은 과거 피고인 측이 제출한 발사 잔여물 검체 패드를 분석한 실험실에서 검체를 오염시키고 잘못 다루었기 때문에 그 증거능력을 인정할 수 없다고 주장했습니다. 사실관계를 살펴보면 실험실 연구원에 의한 오염은 몇 년 전 그 증거가 다른 환경과 규약하에서 제출됐을 때 일어난 것이 분명해 보입니다. 최근에 실시한 분석 때는 오염이 발생하지 않았고요. 또한 그 연구원의 DNA 샘플이 있어서 비교가 가능했다는 점에도 주목해야 합니다. 그것은 공인된 DNA 실험실에서는 실험실 직원에 의한 오염 결과를 확인하는 것이 표준적인 절차이기 때문이죠."

모리스의 오염 주장은 성공하지 못할 것 같았다. 판사가 그 주장을 쳐내려 하고 있었다. 내 마음속에서 희망과 흥분의 싹이 트기 시작했다.

"여기서 가장 중요한 사실은 그 증거물에서 누구의 DNA가 발견됐느냐가 아니라 누구의 DNA가 발견되지 않았느냐 하는 점입니다." 코엘로가 말했다. "청구인의 DNA가 그 증거물에서 발견되지 않았고, 그 사실은 청구인에게는 결백을 증명하는 증거가 되겠지만, 본 재판장에게는 고민거리를 안겨주는 문제입니다."

나는 루신더를 쳐다봤다. 그녀는 법률용어가 많이 섞인 판사의 말을 전부 다 이해하지는 못하는 것 같아 보여 나는 그녀를 안심시키기 위해 엷은 미소를 지어 보였다. 지금까지는 우리가 원하는 대로 가고 있었다.

"이 사건의 수사는 처음부터 뭔가 잘못됐습니다." 판사가 말을 이었다. "그래서 이 심리절차가 끝난 후 초동수사에 관해 적절한 수사가 이뤄지기를 바랍니다. 그러나 본 법정은 청구인에게 적용된 원래 협의에 관한 청구인 측의 주장에도 문제가 있다고 믿습니다."

이제 나는 알았다. 결국 우려했던 일이 일어날 듯했다. 판사는 인신보호 구제청구소송에 대한 최종 판결을 내릴 때 발사 잔여물 검체 패드를 증거로 고려하지 않을 작정인 것이 분명했다.

"이 인신보호 구제청구소송의 토대는 청구인의 불법 구금을 입증할 새로운 증거를 제출하는 것입니다." 코엘로 판사가 말했다. "유감스럽게도, 청구인 측이 제출한 증거는 새로운 증거가 아니군요. 5년이나 실험실에 고이 모셔져 있었고, 분명히 기소 초기 단계에 청구인의 DNA를 채취해서 검사해 볼 수 있었을 것입니다. 당시에는 터치 DNA를 검사할 수 없었다는 청구인 측의 주장은 사실이 아닙니다. 터치 DNA를 활용한 주목할 만한 형사사건들이 이 사건보다 훨씬 이전에도 있었으니까요. 플로리다의 케이시 앤서니 사건[39]과 콜로라도의 존베넷 램지 사건[40]도 그런 경우죠. 그러므로 본 법정은 이 증거가 새로운 증거인지, 혹은 5년 전에도, 청구인이 범죄 혐의에 대해 불항쟁 답변을 하기 전에도, 이 증거를 구해서 분석할 수 있었겠는지를 결정해야 합니다."

도무지 믿을 수가 없었다. 나는 고개를 숙였다. 차마 고개를 돌려 의뢰인을 바라볼 수도 없었다.

"본 법정은 후자로 판단합니다." 코엘로가 말했다. "이 증거는 5년 전 피고인 측이 찾아서 검사해 볼 수 있었을 것이고 또 그렇게 해야 했습니다. 청구인은 이 사건 초기의 유죄 인정 거래와 관련해 변호인의 무능한 조력을 주장할 수도 있겠습니다만, 그것은 본 심리와는 무관한

39 2008년 두 살 여아 케일리 앤서니가 실종된 후 살해된 시신으로 발견되자 케일리의 어머니 케이시 앤서니가 살인범으로 기소돼 재판을 받았다. 결국 DNA 검사를 통해 증거 불충분으로 무죄평결을 받았다.

40 1996년 일곱 살 여아 존베넷 램지가 성폭행당한 후 목이 졸린 채 시신으로 발견됐다. 부모와 오빠, 마을의 부랑자 등이 용의자로 지목돼 DNA 검사를 받았지만 일치하는 사람이 없어 미해결 사건으로 남았다.

것입니다."

내가 자리에서 벌떡 일어섰다.

"재판장님, 방금 말씀하신 사건들은 논외로 해야 합니다." 내가 말했다. "시간과 경비가 많이 들어간 대형 사건들이었으니까요. 이 DNA 기술은 당시 대다수의 일반적인 사건에서는 사용되지 않았습니다. 루신더 샌즈 살인사건의 변호인이 무능했던 것은 사실이나 DNA 기술의 사용과 관련해 무능했던 것은 아닙니다. 당시에는 그 기술을 아무도 사용하지 않았으니까요."

"하지만 누군가는 사용할 수 있었겠죠, 청구인 측 대리인." 코엘로가 말했다. "그게 핵심입니다."

"안 됩니다, 판사님! 이러시면 안 된다고요."

판사는 나의 감정 분출에 놀라 잠깐 나를 쳐다봤다.

"뭐라고요, 청구인 측 대리인?" 마침내 판사가 말했다.

"이러실 수는 없다고요." 내가 말했다.

"방금 그렇게 했는데요, 청구인 측 대리인. 그리고 그 태도는……."

"판사님의 판결은 틀렸습니다. 이의를 제기합니다. 그것은 결백의 증거입니다, 판사님. 그것이 법 규정과 맞지 않는다는 이유로 그냥 던져버리시면 안 됩니다."

판사는 잠시 침묵하다가 침착한 어조로 말을 이었다.

"청구인 측 대리인, 조심하세요." 코엘로 판사가 경고했다. "판결은 이미 내려졌어요. 그 판결에 오류가 있다고 생각하면, 바로잡을 수 있는 해법이 있을 겁니다. 하지만 여기서 나에게 도전하진 마세요. 다른 증인이 있으면 부르세요. 심리 진행합시다."

"아뇨, 부르지 않겠습니다." 내가 말했다. "이건 말도 안 되는 일입니다. 범죄 재현 동영상을 증거로 받아주지 않으시더니 이젠 DNA 증거마저도 외면하시는군요. 제 의뢰인은 결백합니다. 그런데도 중요한 고비마다 매번 판사님은 그 결백을 입증하는 증거물의 증거능력을 인정하지 않으셨습니다."

판사는 잠깐 침묵했다. 나를 향한 분노는 수그러들지 않았다. 끓어올라 눈으로 들어간 것 같았다. 그녀가 나를 죽일 듯이 노려봤다.

"말 다했어요, 청구인 측 대리인?"

"아뇨." 내가 말했다. "이의를 제기합니다. 이 증거는 새로운 것입니다. 5년 묵은 증거가 아니라고요. 오늘 아침 실험실에서 결과가 나왔으니까요. 판사님은 어떻게 이 증거가 새로운 증거가 아니라고 주장하십니까? 어떻게 자신이 저지르지도 않은 범죄의 대가를 치르라고 어린 소년의 어머니인 이 여성을 감옥으로 돌려보내실 수가 있습니까?"

"할러 변호사, 앉아서 입을 다물 기회를 한번 드릴게요." 코엘로 판사가 말했다. "법정모독죄에 위험할 정도로 가까워졌어요."

"죄송합니다만, 판사님, 제게 재갈을 물리시지는 못할 겁니다." 내가 말했다. "이 법정이 진실을 말하지 않으니까, 저라도 진실을 말해야죠. 판사님은 범죄 재현 동영상의 증거능력을 인정하지 않으셨습니다. 그건 좋습니다, 받아들일 수 있어요. 하지만 DNA는…… DNA는 제 의뢰인이 살인 누명을 썼다는 것을 입증하고 있습니다. 그런데 판사님은 어떻게 거기 앉아서 증거능력을 인정할 수 없다고 말씀하실 수 있습니까? 이 나라에 있는 다른 모든 법정에서는 DNA가 증거로 인정되……"

"할러 변호사!" 판사가 외쳤다. "경고했죠. 할러 변호사를 법정모독죄로 체포하겠습니다. 보안관, 할러 변호사를 구금하세요. 여긴 연방법원입니다, 할러 변호사. 재판장에게 말대답하고 재판장의 판결을 모욕하는 행위가 주 법원에서는 통했을지 몰라도 여기서는 안 됩니다."

"판사님이 제 입을 막으실 수는 없습니다!" 내가 외쳤다. "이것은 잘못된 일입니다. 이 법정에 있는 모두가 그 사실을 알고 있고요."

네이트 연방보안관이 뒤에서 나를 밀치자, 나는 탁자 위로 엎어졌다. 보안관은 내 두 팔을 거칠게 뒤로 돌려 꽉 조이게 수갑을 채우더니, 한 손으로 내 옷깃 뒤쪽을 잡아당겨 나를 일으켜 세웠다. 그러고는 나를 돌려세워 법원 구치감 문을 향해 밀고 갔다.

"감방에서 하룻밤 자고 나면 법정을 존중해야 한다는 걸 배우게 될 겁니다." 코엘로 판사가 내 등에 대고 말했다.

"루신더 샌즈는 결백합니다!" 나는 문을 향해 밀려 가면서 외쳤다. "판사님도 아시고, 저도 알고, 이 법정에 있는 모두가 알고 있잖아요!"

문이 닫히기 전에 내가 마지막으로 들은 말은 코엘로의 휴정 선언이었다.

내가 바라던 대로 됐다.

제11부

경적의 합창

43

보슈가 내비게이터를 운전하고 있었고, 아슬래니안은 조수석에 타고 있었다. 차는 북쪽 방향 101번 고속도로에서 정체로 인해 천천히 움직이고 있었다.

"판사가 할러 변호사를 밤에도 안 내보내고 잡고 있을까요?" 아슬래니안이 물었다.

"그럴 것 같은데요." 보슈가 말했다. "들어보니까 판사를 엄청 열받게 한 것 같던데. 나도 봤으면 좋았을 걸 그랬어요."

"그 안에서 위험하지 않을까요?"

"따로 격리시킬 거예요. 자기가 집어넣은 변호사가 다치는 건 판사가 결코 원하지 않을 테니까."

"밤새도록 법원 구치감에 갇혀 있는 거예요?"

"아뇨, MDC로 데려갈 거예요."

"MDC가 뭔데요?"

"메트로폴리탄 구치소(Metropolitan Detention Center)요. 연방 감옥이죠. 하룻밤 재우는 구금자라도 법원 구치감에 수용하진 않아요. 업무 종료 시간이면 다들 버스에 태워 MDC로 데려가죠. 지금쯤 버스 탔겠네요. 아니면 VIP 대우해서 연방보안관들이 따로 모셔가고 있거나."

"그러길 바라요."

"괜찮을 거예요. 미친 척하고 판사한테 대들기 전에 모든 걸 계산했을 테니까. 몇 년 전에 살인죄로 기소됐을 때 카운티 구치소에서 석 달을 보내면서도 안전하게 살아남은 사람이에요. 그 얘기는 들었죠?"

"네, 그럼요. 필요하면 증언하러 오려고 준비하고 있었는데 당신하고 다른 팀원들이 잘 해결했더라고요."

"네, 그땐 매기 맥피어스도 우리 팀이었죠. 오늘 증인석에서 나를 너덜너덜하게 만든 검사요."

"사실 저도 변호사가 될까 생각했던 적이 있어요. 다른 몇 개의 학위에 법학사 학위도 보탤지 고민했죠. 그러다가 '아냐, 회색지대가 너무 많아. 배신이 비일비재하고. 과학계에 붙어 있어야겠다'라고 결론 내렸어요."

"잘 생각하셨네."

"그건 그렇고 과학에 대해 판사가 그런 판결을 내린 것이 도무지 믿어지지 않아요."

보슈는 대꾸하지 않았다. 할러가 점심 먹으며 했던 얘기 그대로였다. 판사는 옳은 일이 아니라 법을 따르기로 선택했다. 회색지대는 없었다.

"나가네요." 보슈가 말했다.

아슬래니안은 앞 유리창을 내다봤다. 보슈는 미행하는 차를 따라가기 위해 차선을 바꿨다.

"어디 가는 걸까요?" 아슬래니안이 물었다.

"글쎄요." 보슈가 말했다. "앤털로프밸리에서 이렇게 멀리 떨어진 곳에 살 것 같지는 않은데."

생어는 리비안 픽업트럭을 몰고 있었다. 도로에 리비안 트럭이 별로 없었기 때문에 보슈는 발각되지 않게 멀찌감치 떨어져 가면서도 쉽게 미행할 수 있었다. 그러나 벤투라 대로 진출구로 나가자 신호등에 걸리면 단 한 대의 차 앞에 그녀의 픽업트럭이 있게 될 것임을 깨달았다. 생어가 백미러를 확인하면 내비게이터와 그 안에 탄 두 명을 알아볼 수도 있었다.

좌회전 차선이 두 개 있는 도로였다. 리비안은 안쪽 차선에 있었고 다른 픽업트럭 한 대가 그 뒤에 서 있었다. 보슈는 두 번째 픽업트럭 뒤에 서서 차광판을 내렸다. 앞에 있는 트럭의 짐칸에 파이프 걸이와 다른 에어컨 보수 장비가 있어서 가림막 역할을 톡톡히 했다.

노숙자 한 명이 어떤 형태로든 도와달라는 글이 적힌 표지판을 들고 갓길에 서 있었다. 리비안에서 아무것도 나오지 않자 그는 손으로 쓴 글이 적힌 판지 표지판을 들고 갓길을 걸어 내려오기 시작했다.

신호등이 계속 빨간불이었다.

보슈가 앉은 자리에서는 바로 앞에 있는 트럭의 옆면뿐만 아니라 생어의 트럭도 잘 보였다. 그는 리비안 트럭의 운전석 쪽 창문이 내려가는 것을 봤다. 담배 연기가 퍼져 나왔고 생어가 창밖으로 팔을 뻗어 무언가를 갓길로 던지자, 그것은 노숙자의 배낭과 플라스틱 우유 궤짝 옆에 떨어졌다.

"방금 뭔가를 창밖으로 던졌어요." 보슈가 말했다. "담배꽁초 같은데. 그거면 되겠죠?"

"네!" 아슬래니안이 말했다. "되고말고요. 어디 있는지 보여요?"

"그런 것 같아요."

"가서 가져오죠."

"여기서 멈추면 생어를 놓칠 텐데."

"괜찮아요. 담배꽁초면 됐어요. 갖고 곧장 실험실로 가야 해요."

신호등이 초록불로 바뀌자 리비안 트럭이 출발했고 좌회전해서 고가도로로 올라가더니 벤투라를 향해 내려갔다. 보슈가 백미러를 보니 뒤에 차 두 대가 있었다. 그는 비상등을 켜고 내비게이터를 최대한 갓길로 끌고 나갔다. 차선에서 완전히 비켜줄 수는 없었다. 그래도 문을 열고 내릴 공간은 있었다.

경적의 합창이 이어졌다. 보슈는 아랑곳하지 않고 정차한 후 차에서 내렸고 내비게이터와 진출 램프를 따라 이어진 콘크리트 유지 벽 사이의 좁은 공간에 노숙자가 서 있는 것을 발견했다.

"뭐야, 이거?" 노숙자가 말했다. "나를 칠 뻔했잖아."

"미안." 보슈가 말했다.

그는 차 문을 닫고 휴대전화를 꺼내면서 우유 궤짝 옆 담배꽁초가 떨어진 지점으로 갔다. 그 지점에서 쭈그리고 앉자 무릎이 뇌에 스트레스 신호를 보냈다. 주변을 살피던 그는 작은 자갈 위에서 담배꽁초를 발견했다. 그는 카메라 앱을 켜고 사진을 먼저 찍었다. 증거 수집에 관해 어떤 식으로든 이의가 제기될 경우를 대비하기 위해서였다. 그는 전화기를 집어넣고 외투 주머니에서 지퍼락 봉투를 꺼냈다. 장갑처럼 그 봉투에 손을 넣어 버려진 꽁초를 집은 다음 봉투를 뒤집어 봉인했다.

보슈가 일어나서 내비게이터로 돌아갔다. 노숙자는 당혹스러운 표정을 지으며 아직도 거기 서 있었다.

"이봐, 친구, 그 담배 내 거야." 노숙자가 말했다. "여긴 내 자리라고. 내가 주인이라니까."

"꽁촌데 뭘." 보슈가 말했다. "필터 있는 데까지 다 피웠구먼."

"상관없어. 내 거라고. 살래, 그럼?"

"얼만데?"

"10달러."

"담배꽁초 한 개에?"

"10달러. 싫으면 말고."

보슈는 주머니에 손을 넣어 지폐를 꺼냈다. 20달러짜리 지폐 한 장과 10달러짜리 한 장이 있었다. 그는 10달러를 노숙자에게 건넸다.

"차에 타게 뒤로 좀 비켜주겠어?" 보슈가 말했다.

"그럼요, 사장님."

노숙자는 10달러를 쥐고 뒤로 물러섰다.

보슈는 내비게이터에 탄 후 문을 닫았다. 아슬래니안에게 지퍼락 봉투를 건넨 후, 차선으로 끼어들어도 괜찮은지 백미러를 살폈다. 그녀는 봉투를 열지 않은 채 안의 내용물을 관찰했다.

"완벽할 것 같아요." 아슬래니안이 말했다. "운이 좋았네요."

"운이 좋을 때도 됐죠." 보슈가 말했다.

"앤털로프밸리까지 계속 따라가야 할 거라고, 가서 쓰레기통을 뒤져야 할 거라고 생각했는데."

"나도요. 그래서 어플라이드 포렌식스로 갈까요?"

"네. 미리 전화해서 준비하라고 할게요. 지금 갖다주면 내일까지는 결과를 받아볼 수 있을 거예요."

신호등이 초록불로 바뀌자, 보슈는 차선에 서 있던 자동차 앞으로 끼어들었다. 그 차 운전자는 분노에 찬 경적을 울려댔다. 보슈는 손을 밖으로 내밀고 흔들어서 감사를 표시한 후 계속 달렸다.

밴나이스를 향해 달려가면서 보슈는 중요한 퍼즐 한 조각을 맞췄다.

"내 집에 침입한 사람이 그 여자였네요." 그가 말했다.

"누구요?" 아슬래니안이 물었다.

"생어."

"언제 그런 일이 있었죠?"

"일곱 달쯤 전에요. 지금까진 확신이 없었어요. 그때 집에 들어갔을 때 담배 냄새가 났고 문이 열려 있었어요."

"그 여자가 뭐라도 가져갔어요?"

"아뇨. 그냥 자기가 왔다 간 것을 내가 알기를 바란 것 같아요. 일종의 협박 전술이죠."

보슈가 미소를 지으면서 고개를 가로저었다.

"하지만 그 전술은 효과가 없었어요. 내가 문을 닫지 않아 놓고 잊어버리고 미쳐가고 있는 게 아닌가 생각했거든요." 그가 말했다. "치매나 뭐 그런 병으로. 담배 냄새는 그때 주사로 맞고 있던 동위원소의 부작용일 수도 있다고 생각했고요."

"그럼 진짜로 누가 침입했었다는 것을 알게 돼서 기분이 좋으시겠네요. 말해놓고 보니 좀 이상하게 들린다, 그죠."

"아뇨, 당신 말이 맞는 것 같네요."

보슈는 매기 맥피어스가 법정에서 그를 당황하게 만들고 그의 정신이 흐려지고 있다는 인상을 주기 위해 사용했던 경찰의 가택침입사건 조서에 대해 생각했다. 이젠 억울함이 풀린 것 같은 기분이 들었다.

제12부

입증의 공간

44

다음 날 아침, 연방보안관들은 나를 7시 호송버스에 태워 연방법원으로 데리고 갔다. 나는 법원의 대형 구치감에서 다른 수감자들과 함께 각각의 법정과 그에 딸린 구치감으로 호송되길 기다리며 두 시간을 보냈다. 청색 연방 구치소 수의를 입고 있었고, 내 옷과 지갑과 휴대전화가 어떻게 됐는지는 알지 못했다. 마침내 코엘로 판사의 법정 옆 구치감으로 이동했다. 루신더 샌즈는 벌써 내 옆 감방에 와 있었다. 우리는 서로를 볼 수는 없었지만 서로의 말을 들을 수는 있었다.

“미키, 괜찮아요?” 루신더가 속삭였다.

“괜찮아요.” 내가 말했다. “기분은 어때요, 신디?”

“좋아요. 변호사님을 하룻밤 잡아뒀다는 게 믿어지지 않아요.”

“판사가 내게 교훈을 주고 싶었던 거겠죠.”

네이트 연방보안관이 구치감으로 들어와 내 감방 문을 열고 갈색 종이봉투를 건넸다.

"당신 옷이에요." 그가 말했다. "옷 갈아입으세요. 판사님이 보자고 하십니다."

나는 봉투를 뒤졌다. 신발 위에 공 모양으로 돌돌 말리고 구겨진 정장이 놓여 있었다.

"휴대전화는 어딨죠?" 내가 말했다. "지갑하고 열쇠는요?"

"내 책상 서랍에 넣고 잠가놨어요." 네이트가 말했다. "판사님이 주라고 하시면 돌려줄게요. 자, 5분 줄 테니까 빨리 옷 입으세요."

"아뇨, 이런 옷은 못 입죠. 다 구겨졌잖아요. 판사님 앞에 이대로 갈 겁니다."

"마음대로 하세요. 말장난하는 거 아니고 진짜로[41]."

"방금 좋았어요, 네이트."

"허리에 사슬 매고 수갑도 다시 채울까요, 아니면 얌전히 행동할래요?"

"다시 채울 필요 없어요."

그는 나를 감방에서 데리고 나와 루신더의 감방을 지나서 법정 문을 향해 갔다.

"힘내요, 루신더." 내가 말했다.

연방보안관은 나를 이끌고 법정을 걸어갔다. 법정 서기 지안 브라운의 업무공간 위에 전등 하나가 켜져 있는 것을 제외하고는 법정 전체가 어두웠다.

"데리고 들어가도 돼요?" 네이트가 물었다.

---

41 앞서 할러가 옷(the suit) 이야기를 하자 네이트는 '마음대로 하라(suit yourself)'고 똑같은 suit라는 단어를 써서 위트 있게 받아치고는 말장난이 아니라고 한 것이다.

"기다리고 계세요." 브라운이 말했다.

브라운이 내 얼굴과 복장을 쓱 한번 훑어봤다.

"진짜 본인 옷으로 안 갈아입으실 거예요?" 브라운이 물었다.

"응." 내가 대답했다.

네이트 연방보안관이 서기의 업무공간을 둘러싼 낮은 울타리의 문을 열었다. 우리는 판사실로 이어지는 복도로 나섰다. 네이트가 코엘로 판사실 문을 노크하자 들어오라는 소리가 안에서 들렸다.

네이트가 나를 안으로 데리고 들어가 책상 앞에 있는 의자에 앉혔다. 반대편에는 코엘로 판사가 앉아 있었다.

"본인 옷으로 갈아입고 오라고 지시했는데요, 할러 변호사." 코엘로 판사가 말했다.

"정장이 엉망이라서요." 내가 말했다. "카날리 정장인데, 그 이탈리아 실크 정장이 하룻밤 사이에 구겨지고 공 모양으로 돌돌 말려 종이 봉투에 들어 있더라고요. 새 정장을 받으려면 제 휴대전화가 필요합니다."

"갖다줄게요. 네이트, 우리 이야기 끝나면 할러 변호사 휴대전화 갖다줘요. 법정으로 돌아가시고."

네이트는 망설이는 표정을 지었다.

"제가 없어도 정말 괜찮으시겠습니까, 판사님?" 네이트가 물었다.

"괜찮을 거예요, 물론." 코엘로가 말했다. "할러 변호사를 데려갈 때가 되면 부를게요. 나가보세요."

네이트 보안관이 방을 나간 후 문을 닫았다. 판사가 잠깐 나를 쳐다봤다. 나를 평가하며 무슨 말을 할지 생각하는 듯했다.

“일이 이 지경에 이르러서 유감이에요, 할러 변호사.” 코엘로 판사가 말했다. “하지만 어제 법정에서 당신이 보여준 본 재판장을 무시하는 태도는 용납할 수 없어요. 구치소에서 밤을 보내면서 어제 내 법정에서 한 행동을 반성했기를 바라요. 그리고 이런 일이 다시는 없을 거라고 말해주면 좋겠고요.”

나는 고개를 끄덕였다.

“반성 많이 했습니다, 판사님.” 내가 말했다. “어제 제가 한 말과 행동에 대해 사과드립니다. 깊이 뉘우치고 있습니다. 다시는 그런 일 없을 겁니다, 약속합니다.”

추운 독방에서 밤을 보내면서 결심한 것은 딱 한 가지, 다시는 코엘로를 재판장님이라고 부르지 않겠다는 것이다.

“아주 좋아요.” 코엘로가 말했다. “사과를 받아들입니다. 법정모독죄에 대한 구금을 풀고 석방합니다. 오전 시간을 다 허비하지 않도록 빨리 옷을 가져다 입으세요. 11시에 심리를 속개한다고 양측에 알릴게요.”

“감사합니다.” 내가 말했다. “저도 최대한 빨리 이 옷을 벗고 싶습니다.”

“지안을 불렀어요. 법정에 돌아가면 네이트가 당신 물건을 꺼내놓았을 겁니다.”

“심리 속개를 알리실 때, 생어 경사도 법정으로 돌아오라고 통지해 주시겠습니까? 제가 다음 증인으로 부를 것 같아서요.”

“그렇게 지시할게요.”

5분 후 나는 법정에 앉아서 비닐봉투에서 내 휴대전화기를 꺼내고 있었다. 제일 먼저 보슈에게 전화를 걸었다.

"믹, 풀려났어?"

"응, 방금. 일은 어떻게 돼가? 지금 어딘데?"

"어플라이드 포렌식스. 생어의 담배꽁초를 주워다 줬는데, 15분 전에 샤미 말로는 두 시간 더 있어야 한다고 했대."

"알았어. 그동안은 내가 어떻게 해볼게. 결과가 나오는 대로 문자 보내줘."

"알았어."

나는 전화를 끊고 로나 테일러에게 전화를 걸었다.

"오 하느님, 미키, 괜찮아?"

"응, 괜찮아."

"지금 어디야?"

"법정. 정장 한 벌하고 셔츠, 넥타이를 골라서 여기로 좀 가져다줘야 할 것 같아."

"그럴게. 어떤 정장?"

"휴고 보스. 가는 세로줄 무늬가 있는 회색 정장. 옅은 청색 옥스퍼드 와이셔츠에 넥타이는 아무거나. 열쇠 어디 있는지 알지?"

"맨날 놓던 데?"

"맨날 놓던 데."

나는 다음 말을 지안과 네이트에게는 들리지 않도록 작은 목소리로 속삭였다.

"로나, 잘 들어, 서두르지 마. 정장 가지고 적어도 12시 30분은 지나서 와야 해. 해리와 샤미가 시간이 필요하대."

"알았어."

나는 목소리를 정상 수준으로 높여서 말했다. "좋아, 난 아마 구치감으로 돌아가 있을 것 같으니까, 정장은 연방보안관에게 전해줘. 보안관 이름은 네이트야."

"알았어. 지금 당장 당신 집으로 출발할게."

"고마워."

나는 전화를 끊고 일어섰다. 네이트에게 다가가서 내 의뢰인과 이야기도 나누고 새 정장이 도착하면 옷도 갈아입게 구치감으로 돌아가서 기다리고 싶다고 말했다.

네이트에게 이끌려 구치감으로 돌아가면서 나는 아무것도 먹지 않았다는 사실을 깨달았다. 로나에게 단백질 바라도 하나 갖다 달라고 말하지 않은 것이 후회가 됐다. 어플라이드 포렌식스에서 벌어지고 있는 일에 대한 걱정 때문인지 심한 허기를 느꼈다. 나는 지난 이틀간 써왔던 술수가 막바지에 이르렀다는 것을 알았다. 죽기 살기로 혈전을 벌일 시간이 다가오고 있었다.

45

인신보호 구제청구소송 심리는 내 정장을 가져다주기로 한 로나가 늦장을 부린 덕분에 오후 2시가 다 돼서야 속개됐다. 판사는 개정 시간이 늦어진 것을 그리 기뻐하지 않았다. 반면 나는 다시 증인석에 앉은 스테파니 생어와 대결하는 데 필요한 모든 것을 확보했기 때문에 매우 기뻤다. 보슈와 아슬래니안이 돌아왔다. 아슬래니안은 법정 밖 복도에서 증언 준비를 하고 있었고, 보슈는 방청석 맨 앞줄, 5번 방송 소속 법정 스케치 화가 옆에 앉아 있었다.

코엘로 판사가 개정을 알리고 나에게 증인신문을 진행하라고 말한 후, 나는 스테파니 생어 경사를 증인석으로 다시 불러냈다. 판사는 그녀에게 전에 한 증인 선서가 아직 유효하다고 말했다.

"다시 만나니 반갑습니다, 증인." 내가 말문을 열었다. "오늘은 지난주에 나왔던 증언과 증거에 대한 질문으로 시작하고 싶군요. 구체적으로는 제 조사관이 조사했던 휴대전화 데이터에 관해서요."

"지금 하신 말씀 중에 질문이 있습니까?" 생어가 물었다.

"아직은 없습니다. 자, 이 질문부터 할게요. 로베르토 샌즈 부관이 전처의 집 앞마당에서 살해된 날, 증인은 그를 미행하고 있었습니까?"

생어는 날카로운 눈으로 한참이나 나를 노려봤다.

"네, 그렇습니다." 그녀가 대답했다.

나는 고개를 끄덕이고는 리걸패드에 메모를 했다. 매기 맥피어스가 증인석에 앉은 보슈의 신뢰성을 떨어뜨리기 위해 무슨 짓을 했든 휴대전화 데이터는 반박할 수 없는 사실들을 담고 있었고, 생어는 그것들을 부인할 입장이 아니었다. 그러나 내 첫 질문을 받고 생어가 너무 솔직하게 대답해서 놀랐다. 자신이 로베르토 샌즈를 미행했노라고 생어가 인정하게 만들기까지 여러 개의 질문을 던져야 할 거라고 예상했기 때문에 순순히 나온 대답이 적잖이 당황스러웠다. 내 리걸패드에는 더 이상 필요 없게 된 추가 질문이 잔뜩 적혀 있었다. 그래서 나는 절대로 물어보지 말았어야 하는 즉흥적인 질문을 몇 개 던졌다.

"증인은 로베르토 샌즈가 사망한 날 그를 미행하고 있었다고 인정하시는 겁니까?"

"네, 방금 인정했습니다."

"왜 미행하셨죠?"

"그가 부탁했기 때문입니다."

큰일 났다. 경솔하고 즉흥적인 질문 하나로 우리는 지도에 그려져 있지 않은 영토로 밀려났고, 이젠 논란의 여지가 없는 휴대전화 데이터를 설명하려고 꾸며낸 이야기가 생어의 입에서 나올 것이 틀림없었다. 내가 그 이야기를 끌어내 통제하지 않는다면, 헤이든 모리스 검사가 재반대신문을 하면서 그렇게 할 터였다. 이 문제를 지금 여기서 처리한 후 내가 의도했던 길로 돌아가야 했다.

"로베르토 샌즈는 왜 증인에게 자신을 미행해 달라고 요청했죠?" 내가 물었다.

"그가 FBI 요원을 만날 예정이었고 자신이 함정에 빠진 것 같다고 걱정했기 때문입니다." 생어가 말했다. "일이 잘못될 수도 있으니까,

저한테 지켜보고 있다가 구해달라고 했습니다."

생어와 모리스 검사는 심리 내내 내가 해왔던 일을 그대로 따라 하고 있었다. 부정적인 요소들을 집어내 통제하고 있었다. 살인사건 피해자를 미행한 것이 수상하게 보인다면 그 피해자가 미행을 부탁했다고 말하라. 어차피 반박할 사람도 없다.

"자기를 FBI 요원에게서 구해달라고 했다고요?" 내가 물었다.

"바로 그 순간이 아니라 나중에요." 생어가 말했다. "자기가 FBI를 만났고 FBI가 원한 것이 무엇이든 거절했다는 사실을 누군가가 보증해야 할 필요가 있을 때 말해달라는 뜻이었습니다."

"그는 FBI가 무엇을 원했는지 증인에게 말해줬습니까?"

"말할 기회가 없었습니다."

"그렇다면 그가 그 만남에서 FBI의 청을 거절했다는 걸 어떻게 아시죠?"

"자기가 그렇게 할 계획이라고 저에게 미리 말했거든요."

자세히 들여다보면 별로 타당하지 않은 이야기였다. 그러나 그 늪으로 조금만 더 걸어 들어가면 그 어두운 늪 속에 내 발을 옭아맬 온갖 덫이 숨겨져 있을지도 몰랐다. 휴대전화 데이터와 미행의 경위를 설명할 기회를 생어에게 줌으로써 이미 충분히 피해를 자초했다. 나는 그 순간 할 수 있는 최선을 다해 즉흥적으로 질문을 만들어 냈다.

"그리고 증인은 이 사실에 대해 보고서를 제출하지 않았고, 샌즈 피살사건 담당 수사관들에게 알려주지도 않았고요?" 내가 물었다.

"네, 그렇습니다." 생어가 말했다.

"샌즈는 FBI 요원과 은밀하게 만난 뒤에 피살됐는데, 살인사건 담당 수사관들이 그 사실을 알고 싶어 할 거라는 생각이 안 들었다고요?"

"네, 그렇습니다."

"어째서 그렇죠?"

"그 사실이 로비 샌즈의 명예를 더럽힐 거라고 생각했습니다. 그는 죽었고, 전처가 그를 살해했는데, FBI 요원을 만났다는 사실까지 보태고 싶지 않았습니다."

이번에도 나는 생어를 위해 비상구 문을 열어줬다. 이 늪에서 빠져나갈 방법을 찾아야 했다.

"좋습니다, 다음 질문으로 넘어갈까요?" 내가 말했다. "청구인 루신더 샌즈의 전남편이 살해된 날 밤 증인이 루신더 샌즈에게 실시한 발사 잔여물 검체 채취의 절차를 설명해 주시겠습니까?"

"사실 굉장히 간단합니다." 생어가 말했다. "검체 패드가 두 개씩 한 세트로 나오는데……."

"여기서 잠깐 방해를 하겠습니다. 말씀하신 '검체 패드'가 무엇인지 설명해 주실 수 있을까요?"

"원 모양의 발포고무 패드인데요, 사람의 손과 팔을 닦으면 발사 잔여물을 빨아들이는 탄소 접착제가 도포돼 있습니다."

"그래서 루신더 샌즈를 검사하실 때 패드 두 개가 든 세트를 열었단 말씀인가요?"

"맞습니다."

"검체를 채취하실 때 장갑을 끼셨습니까?"

"네, 꼈습니다."

"왜 끼셨죠, 증인?"

"제가 검체를 오염시키지 않기 위해서죠. 저도 무기를 소지하고 다루기 때문에 제 손에도 발사 잔여물이 묻어 있을 수 있거든요. 용의자에 대해 발사 진여물 검사를 실시할 때 장갑을 끼는 것이 보안관국을 비롯한 모든 법집행기관의 표준 규약입니다."

"그럼 당시에 루신더 샌즈는 이미 용의자였다는 말씀인가요?"

"아뇨, 일반 규칙에 대해 말씀드린 겁니다. 변호사님이 구체적으로 언급하시는 그 사건에서 샌즈 부인은 당시 용의자가 아니었습니다. 우리는 샌즈 부인을 목격자로 간주했습니다. 모든 사실을 취합할 때까지는요."

"샌즈 부인이 단순히 목격자였다면 발사 잔여물 검사를 왜 그렇게 빨리 하셨죠?"

"첫째, 발사 잔여물은 피부에서 떨어지기 때문입니다. 그래서 총격 사건은 두 시간 안에 발사 잔여물 검체를 채취하는 것이 가장 좋습니다. 네 시간이 지나면 다 떨어져 나가고 없기 때문에 채취할 필요가 없고요. 둘째, 우린 사건 정황을 정확히 파악하지 못하고 있었기 때문에 모든 가능성을 열어두고 증거를 확보하고 싶었습니다. 그래서 제가 루신더 샌즈에게서 발사 잔여물 검체를 채취했고 나중에 검사 결과가 양성으로 나왔습니다. 이 모든 내용은 이미 증언한 바 있는데요."

"괜찮습니다, 증인. 우리가 그 내용을 제대로 이해했는지 확인하는 것이니까요. 검사 결과가 양성인 것은 어떻게 아셨죠?"

"수사책임자가 전화해서 검체를 신속하게 채취해 줘서 고맙다고 하더군요. 발사 잔여물에 대해 확실한 양성반응이 나왔다면서요."

나는 코엘로 판사에게 생어의 답변 중 뒷부분을 무응답 처리 해달라고 요청했지만, 판사는 기각한 후 내게 신문을 계속하라고 지시했다.

"그러니까 증인은 표준 규약에 따라 모든 것을 하셨군요, 그렇죠, 증인?"

"맞습니다."

"장갑을 끼고 검사 도구 세트를 열어 검체를 채취한 후 실험 봉투에 검체 패드 두 개를 넣고 재봉인했습니다, 맞죠?"

"맞습니다."

"오염은 없었고요."

"맞습니다."

"그런 다음 증인은 그 실험 봉투를 키스 미첼 부관에게 주어 살인사건 담당 수사관들한테 넘기도록 했고요, 맞습니까?"

"네."

모리스 검사가 일어서서 이의를 제기했다.

"재판장님, 청구인 측 대리인은 본인의 직접신문 때 이미 이 부분을 다뤘습니다." 모리스가 말했다. "왜 똑같은 이야기로 법정 시간을 낭비하는 걸까요?"

"나도 그게 궁금했어요, 청구인 측 대리인." 코엘로 판사가 말했다.

"판사님, 다음에 제가 할 질문들이 우리를 새로운 영역으로 데려가 줄 겁니다." 내가 말했다.

"좋아요." 판사가 말했다. "하지만 내가 줄을 짧게 잡고 있다는 것 명심하세요. 진행하세요."

나는 리걸패드를 내려다보면서 마음을 다잡고 다음 질문을 생각했다.

"증인, 증인은 터치 DNA에 대해 잘 알고 계십니까?"

모리스가 다시 벌떡 일어섰다.

"재판장님, 별도 협의를 하실까요?" 검사가 말했다.

코엘로가 한 손을 들어 우리를 손짓해 불렀다.

"이리로 오세요." 판사가 말했다.

모리스와 내가 판사석으로 다가갔고, 판사는 검사의 이의 제기를 듣기 위해 앞으로 몸을 숙였다.

"재판장님, 청구인 측 대리인은 어제 재판장님이 증거능력 부족이라고 판결하신 것을 신문하는 영역으로 넘어가고 있습니다." 모리스가 말했다. "재판장님께 질책을 받았다고 또 난동을 부리려는 의도인지는 모르겠습니다만, 금지된 영역으로 향하고 있는 것만은 분명해 보입니다."

"아닙니다, 판사님." 내가 재빨리 말했다. "증인에게 루신더 샌즈의 DNA가 발사 잔여물 검체 패드에 묻어 있지 않은 것에 대해 질문하려는 의도는 전혀 없습니다. 어제 판사님이 내리신 판결에 대해서는 아주 분명하게 이해했습니다."

"구치소에서 하룻밤 자기까지 했으니까 어제 내가 내린 판결을 무시하는 일은 하지 않을 거라고 믿습니다, 청구인 측 대리인." 코엘로가 말했다.

"그럼요, 판사님." 내가 말했다. "그리고 제가 청구인의 DNA에 대해서나 DNA가 검출되지 않은 일에 대해서 다시 이야기를 꺼내면 저를 다시 구금하시면 되지 않습니까?"

"그래요, 좋습니다, 조심해서 진행하세요." 코엘로가 말했다. "이의 제기는 기각합니다."

우리는 각자의 자리로 돌아갔고 나는 메모를 확인했다.

"다시 묻겠습니다, 증인, 증인은 터치 DNA에 대해 잘 알고 계십니까?" 내가 물었다.

"그게 무엇인지는 압니다." 생어가 대답했다. "하지만 전문가는 아니고요. 소방관국에 터치 DNA 실험실이 있긴 합니다."

"전문가가 아니더라도 제 질문에 대답할 수 있습니다. 증인이 루신더 샌즈에게서 발사 잔여물 검체를 채취할 때 표준 규약을 따랐다고 하셨는데, 증인이 루신더 샌즈의 손과 팔을 문질러서 채취한 발사 잔여물 검체 패드 중 적어도 한 개에서 증인의 DNA가 나왔다는 사실은 어떻게 이해하면 좋을까요?"

모리스는 전기충격을 받은 것처럼 의자에서 벌떡 일어섰다. 그러고는 두 팔을 크게 벌렸다.

"재판장님, 청구인 측 대리인은 조금 전 하지 않겠다고 본인 입으로 맹세한 일을 했습니다." 모리스가 말했다.

"아뇨, 그렇지 않습니다." 내가 재빨리 말했다. "제가 증인에게 한 질문은……."

"그만 하세요." 코엘로가 말했다. "두 분 지금 당장 판사실로 오세요. 다른 분들은 15분간 휴정하겠습니다."

코엘로 판사는 검은 법복을 휘날리며 판사석을 떠났다. 모리스와 내가 그 뒤를 따랐다.

46

코엘로 판사는 법복을 입은 채로 책상 뒤에서 우리를 쳐다봤다.

"앉으세요." 판사가 지시했다. "할러 변호사, 또 인내심을 잃게 만드는군요. 메트로폴리탄 구치소라는 숙박시설이 그렇게 마음에 들었나 봐요?"

"아닙니다, 판사님." 내가 말했다. "전혀요."

"그런데 도대체 왜 이러는지 도무지 이해가 안 되네요." 판사가 말했다. "모리스 검사가 이미 지적했듯이, 당신은 지금 위험할 정도로 불에 가까이 가고 있어요. 어제 제출된 검사 결과를 증거로 인정할 수 없다고 내가 분명히 판결했는데, 지금 또 검사 결과에 대해서 묻는 건 뭐죠?"

나는 판사의 말에 고개를 끄덕이며 동의를 표시했다.

"판사님, 판사님은 이 사건의 최초 기소 당시 피고인 측이 발사 잔여물 검체 패드를 가지고 피고인 루신더 샌즈의 DNA를 검사해 볼 수 있었을 거라고 판결하셨습니다." 내가 말했다. "인신보호 구제청구소송이 요구하는 새롭게 조명된 새로운 증거가 아니라, 사건 발생 후 피고인 측 변호인이 잘못 취한 조치의 결과이므로 증거능력을 인정할 수 없다고 판결하셨고요. 아까 별도 협의 때 말씀드린 것처럼, 저는 그 방향으로 가고자 하는 것이 아닙니다."

"그럼 어느 방향으로 가는 거죠?" 코엘로가 물었다.

"증인은 루신더 샌즈에게서 발사 잔여물 검체를 채취할 때 표준 규약을 따랐다고 증언했습니다. 자신이 장갑을 끼고 검사 세트를 열었고 샌즈에게서 검체를 채취한 후 실험 봉투에 담아 재봉인했다고 말했죠. 그런데 5년 전 피고인 측에 인도된 증거물 검체 패드에 생어 경사의 DNA가 묻어 있고 그 후로 어플라이드 포렌식스에 줄곧 보관돼 있었다는 증거를 확보했습니다."

"청구인 측 대리인이 증인의 DNA를 비교해 봤다고요?"

"그렇습니다, 판사님."

"증인의 DNA를 어떻게 구했죠? 분석해 보라고 법정 명령을 내린 적이 없는데."

"생어는 흡연자입니다. 어제 심리가 끝난 후 그녀가 버린 담배꽁초에서 그녀의 DNA를 채취했습니다. 제 조사관과 법의학 전문가가 그 꽁초를 수거해서 어플라이드 포렌식스에 가져가 샌즈 사건의 검체 패드에서 발견된 정체불명의 DNA와 비교를 의뢰한 겁니다. 판사님도 아시겠지만, 이 분석은 발사 잔여물 패드에 대한 검사가 필요하지 않았습니다. 검체 패드는 증거물이고 검사하려면 판사님의 명령이 필요했겠지만요. 이것은 수거한 담배꽁초에서 나온 DNA와 증거물의 초기 분석에서 발견된 불상의 DNA 프로필을 비교한 것입니다. 오늘 심리가 속개되기 전에 검사 결과가 나왔는데, 생어의 DNA라고 하네요. 그러므로 저는 증인에게 어떻게 그 검체 패드에 증인의 DNA가 묻어 있는지 물어볼 자격이 있다고 생각합니다."

모리스가 낮은 신음 소리를 내더니 이의를 제기했다.

"어제와 마찬가지로 증거능력을 인정할 수 없습니다." 그가 말했다.

"게다가 24시간도 안 돼 DNA 분석을 완료하는 것은 불가능하고요."

"검사료를 지불한다면 불가능하지 않죠." 내가 말했다. "그리고 전국적인 인지도를 가진 우리의 법의학 전문가가 그 검사 과정을 감독한다면 충분히 가능합니다."

"청구인 측 대리인, 이걸 가지고 어디로 가고 있는 거죠?" 판사가 물었다.

"저희가 지금까지 줄기차게 가고 있었던 방향으로요." 내가 말했다. "루신더 샌즈는 전남편을 살해했다는 누명을 썼습니다. 이 함정의 핵심 증거는 그녀의 손을 닦은 검체 패드에서 검출된 발사 잔여물이었죠. 그것은 그녀가 총을 쐈다는 사실을 시사했을 뿐만 아니라, 거짓말을 했다는 증거이기도 했습니다. 그때부터 수사관들은 다른 사람은 쳐다보지도 않았고요. 저희 청구인 측은 생어가 샌즈에게서 검체를 채취하고 미첼이 그 증거물을 살인사건 담당 수사관들에게 넘기기 전 어느 시점엔가, 그 검체 패드가 발사 잔여물이 묻은 오염된 패드와 바뀌었다고 믿고 있습니다. 저희가 어디로 가고 있는 거냐고요? 저는 생어를 향해 가고 있는 겁니다. 그녀의 DNA가 어떻게 그 검체 패드에서 검출됐는지 알고 싶습니다."

코엘로는 말없이 내 주장을 곱씹고 있었다. 나는 모리스가 끼어들기 전에 덧붙여 말했다.

"이건 새로운 증거입니다, 판사님." 내가 말했다. "로베르토 샌즈 피살사건의 변호인이 생각해 냈을 수 있는 그런 증거가 아니죠. 그 사건 조서에는 생어의 이름조차 올라가 있지 않으니까요. 판사님은 범죄 재현 동영상의 증거능력을 인정하지 않으셨고 어제는 DNA도 인정하지 않으셨지만, 이 모든 걸 종합해 보면 무슨 일이 있었는지는 자명해집니다. 게다가 스테파니 생어는 로베르토 샌즈가 FBI 요원을 만나는 걸 봤지만 수사당국에 신고하진 않았다고 인정했습니다. 왜 그랬을까요? 로베르토 샌즈를 살해하고 전처에게 살인 누명을 씌운 사람이 바로 자기 자신이기 때문이죠."

판사는 계속 나를 노려보고 있었지만 진짜로 나를 보고 있지는 않았다. 머릿속으로는 내 시나리오의 논리를 단계별로 점검하고 있는 듯했다. 모리스는 내 주장이 헛소리라고 단정하고 더 이상 생각도 안 하는 것이 분명해 보였다. 그 주장이 변호사에게서 나왔고 변호사의 의견에는 절대로 동의하지 말라고 배웠기 때문일 것이다.

"정말 뜬구름 잡는 소리네요." 모리스가 말했다. "재판장님, 이 주장을 타당하다고 생각하진 않으시겠죠. 아주 교묘한 연막작전입니다. 원래 할러 변호사가 그걸로 아주 유명하지 않습니까."

코엘로는 분석을 멈추고 나를 쳐다봤다.

"정말 그걸로 유명합니까, 할러 변호사?" 그녀가 물었다. "교묘한 연막작전으로?"

"그 이상의 무언가가 있기를 바랍니다, 판사님." 내가 말했다.

판사는 알 수 없는 오묘한 표정으로 고개를 끄덕였다. 그러고는 내가 기다리고 있었던 마법의 말을 했다.

"그 부분에 대한 증인신문을 허락하겠습니다." 그녀가 말했다. "청구인 측 대리인, 신문하세요. 그래서 어디로 가는지 봅시다."

"재판장님, 이의 있습니다." 모리스가 말했다. "이건 순전히……."

"피청구인 측 대리인이 이미 이의를 제기했고 내가 방금 기각했어요.” 코엘로 판사가 말했다. “상황 파악이 잘 안 됩니까?”

“네, 알겠습니다, 판사님.” 검사가 풀 죽은 목소리로 말했다.

“감사합니다, 재판장님.” 내가 말했다.

내 눈에는 판사가 조금 전의 판결로 구원을 받은 것으로 보였다.

우리가 판사실을 나갔고 판사는 뒤에 남았다. 나는 모리스를 쫓아 법정으로 갔다. 검사는 입을 꾹 다물고 마치 나에게서 도망치려는 것처럼 빠른 걸음으로 걸었다.

“갑자기 꿀 먹은 벙어리가 됐어, 모리스?” 내가 말했다. “아니면 이번 건은 망했다고 생각하니까 마음이 무거운가?”

그는 아무 대꾸 없이 주먹을 들더니 가운뎃손가락을 치켜세웠다. 법정 문을 열고 들어가더니 나를 위해 문을 잡아주는 수고는 하지 않았다.

“매너 봐라.” 내가 중얼거렸다.

법정에 들어가 보니 보슈가 앉았던 자리가 비어 있었다. 나는 판사가 들어와 심리를 속개하기 전에 보슈와 아슬래니안을 찾기를 바라면서 복도로 나갔다.

샤미는 법정 문 옆 벤치에 앉아 있었다. 보슈는 보이지 않았다.

“판사가 생어의 DNA를 증거로 인정할 거예요.” 내가 말했다. “담배꽁초에 관해서, 채집부터 시작해 모든 걸 증언해 줘야 겠어요.”

“미키, 정말 잘됐네요.” 아슬래니안이 말했다. “난 준비됐어요.”

“해리는 어디 있죠? 판사가 담배꽁초 사진을 보여달라고 하면 해리가 보여줘야 하는데.”

“생어가 법정을 나가니까, 따라갔어요. 혹시 도망갈지 모르니까 감시하겠대요."

"진짜요?"

"경찰관의 직감이 발동했나 봐요."

나는 보슈의 직감을 의심해 본 적이 없었다. 아슬래니안의 대답을 듣고 나는 생어가 사라지면 심리를 어떻게 진행할까를 잠깐 고민했다.

제13부

검은 옷을 입은 남자

47

보슈는 그들의 대화를 들을 수 있도록 더 가까이 가고 싶어도 발각될 위험까지 무릅쓸 수는 없었다. 생어는 보슈를 알고 있을 것이 분명했고 남자는 법정 맨 뒷줄에 앉아 있는 것을 보슈가 본 적이 있었다. 둘 중 하나라도 보슈를 보면 열띤 대화로 보이는 것을 그만둘 가능성이 높았다. 그래서 보슈는 스프링스트리트 쪽 법원 문 앞에 있는 버스정류장 쉼터를 가림막 삼아 멀리서 지켜보고 있었다.

생어와 남자는 법원 북쪽에 있는 지정된 흡연구역에 있었다. 생어는 재떨이 역할을 하는 쓰레기통 크기의 콘크리트 항아리 옆에 서 있었다. 생어는 담배를 피우고 있었고 남자는 피우지 않았다. 보슈 눈에는 남자가 라틴계처럼 보였다. 키가 땅딸막하고 갈색 피부에 새까만 머릿결을 가졌고 콧수염은 양쪽 입가를 넘어서 둥그렇게 말려 올라가 있었다. 그들은 언쟁을 벌이는 것처럼 보였다. 남자는 성직자처럼 온통 검은색으로 차려입었고 생어쪽으로 약간 몸을 숙인 채로 말했다. 그리고 생어도 그에게로 몸을 기울이고, 남자의 말에 찬성하지 않는다는 듯 단호하게 고개를 가로저었다.

보슈는 손목시계를 확인했다. 휴정 시간이 끝나가고 있었고 보안검색대를 통과해 엘리베이터를 타고 올라가려면 적어도 5분은 필요했다. 그가 흡연구역을 돌아봤을 때, 남자가 생어에게로 몸을 더 기울이더니 한 손으로 그녀의 제복 앞자락을 잡았다. 그 일이 순식간에 일어나서 생어가 저항을 거의 하지 못했다. 남자는 자유로운 한 손으로 생어의 권총집에서 권총을 빼내 그녀의 허리에 총구를 대고 빠르게 세 발을 쏘았다. 그녀의 몸에 총구를 대고 쏘아서 총성이 아주 작게 들렸다. 그런 다음 남자는 그녀를 항아리 쪽으로 밀쳤고 그녀는 항아리 위로 고꾸라져 땅에 쓰러졌다. 인도를 지나가던 여자가 비명을 지르더니 법원에서 멀어지는 방향으로 달려가기 시작했다.

총을 든 남자는 고개를 들지도 않았다. 그는 항아리를 돌아가서 팔을 뻗어 생어의 머리를 향해 다시 한번 총을 쏘아 확인 사살을 했다. 그러고는 돌아서서 침착하게 걸어 흡연구역을 벗어났다. 법원 앞 계단을 가로질러 내려와 재빨리 인도로 내려서더니 스프링스트리트 남쪽으로 걸어갔다. 총은 옆으로 내려 들고 있었다.

보슈는 버스정류장 쉼터에서 나와서 계단을 뛰어 올라가 흡연구역으로 들어갔다. 생어는 눈을 뜨고 멍하니 하늘을 바라보며 죽어 있었다. 마지막 탄환이 그녀의 이마 정중앙을 맞혔다. 그녀가 입은 제복과 옆의 콘크리트 바닥에 피가 흥건했다.

보슈가 돌아섰다. 살인범은 벌써 한 블록 떨어진 곳에 있었다. 제복을 입은 연방보안관이 총성과 행인의 비명을 듣고 법원의 육중한 유리

문을 통과해 걸어 나왔다. 보슈는 그를 향해 걸어갔다.

"보안관 부관이 총에 맞았어요." 보슈가 말했다. "스프링스트리트를 걸어 내려가는 저 남자가 범인이고요."

보슈는 검은 옷의 남자를 가리켰다.

"부관은 어디 있습니까?" 연방보안관이 물었다.

"흡연구역에요." 보슈가 말했다. "사망했어요."

연방보안관은 벨트에서 무전기를 꺼내 입에 대고 외치면서 흡연구역을 향해 뛰어갔다.

"총격 사건 발생, 경찰관 피격! 북쪽 흡연구역! 반복한다, 총격 사건 발생, 경찰관 피격."

보슈는 스프링스트리트를 내려다봤다. 살인범은 시청을 지나 퍼스트스트리트에 가까이 가고 있었다. 아무런 제지도 없이 무사히 빠져나가고 있었다.

보슈는 추격을 시작했다. 스프링스트리트를 걸어 내려가면서 휴대전화기를 꺼내 911에 전화를 걸었다. 상담원이 즉시 전화를 받았다.

"911입니다. 어떤 긴급상황인가요?"

"연방법원 밖에서 총격 사건이 발생했어요. 남자 한 명이 보안관 부관을 부관의 권총으로 쏴 죽였어요. 나는 스프링스트리트 남쪽으로 그를 쫓고 있고요. 나는 비무장상태입니다."

"알겠습니다, 선생님, 좀 천천히 말씀해 주세요. 누가 총에 맞았다고요? 보안관 부관이라고 하셨습니까?"

"네, 보안관 부관이요. 스테파니 생어 경사. 연방보안관들이 현장에 있고, 나는 살인범을 쫓고 있어요. 스프링스트리트와 퍼스트스트리트에 지원 인력이 필요합니다. 살인범은 지금 경찰국 본부 건물 앞을 지나가고 있어요."

경찰국 본부는 스프링의 동쪽 편에 있었다. 보슈는 살인범을 쫓아가면서 그가 길을 건너 스프링스트리트의 서쪽 편으로 가서 오래된 로스앤젤레스 타임스 건물 앞을 지나 세컨드스트리트를 향해 가는 것을 봤다. 살인범은 거리를 건너가면서 차가 오나 살피는 것처럼 스프링을 뒤돌아봤다. 보슈는 그가 미행을 당하고 있는지 살피는 것임을 알고 있었다. 보슈는 한 블록 이상 떨어져 있었기 때문에 살인범의 관심을 끌지 못했다.

"범인이 세컨드에서 서쪽으로 방향을 틀 것 같아요." 보슈가 말했다.

"선생님, 혹시 경찰관이십니까?" 상담원이 물었다.

"로스앤젤레스 경찰국에서 은퇴했습니다."

"그럼 멈추셔서 경찰관들이 도착할 때까지 기다려 주세요. 지원 인력을 급파했습니다."

"안 돼요. 이러다가는 놓쳐요."

"선생님, 그러지 마시고……."

"내 생각이 틀렸네요. 범인은 세컨드에서 방향을 틀지 않았어요. 아직 스프링에 있는데 서드스트리트를 향해 남쪽으로 가고 있어요."

"선생님, 제 말씀 잘 들으세요, 지금 하시는 일을 멈추시고……."

보슈는 전화를 끊고 전화기를 주머니에 넣었다. 살인범을 시야에서 놓치지 않으려면 속도를 높여야 했다. 보슈가 스프링과 세컨드스트리트가 만나는 사거리에 이르렀을 때 살인범은 서드스트리트에 이르러 모퉁이를 돌아 사라지고 있었다. 보슈는 달리기 시작했고 차들 사이에

공간이 있을 때 길을 건너 서쪽으로 갔다.

서드에서 보슈는 오른쪽으로 방향을 틀었고 살인범이 브로드웨이로 가는 블록의 중간 정도를 걸어가고 있는 것을 봤다. 그는 거리의 남쪽으로 길을 건너가 있었다. 보슈는 북쪽에 있는 인도를 따라 속도를 줄이고 걸으면서 호흡을 가다듬으려고 애를 썼다. 서드스트리트가 약간 오르막이어서 숨이 찼다. 백주 대낮에 생어가 살해되는 것을 봤을 때 솟구쳤던 아드레날린이 사그라들기 시작하고 있었다.

살인범은 신호등을 무시하고 브로드웨이를 건너서 왼쪽으로 방향을 틀었다. 보슈가 그 모퉁이에 이르렀을 때 신호등이 바뀌어 보행신호가 들어와 있었다. 보슈는 길을 건너가면서 살인범이 그랜드 센트럴 마켓으로 숨어드는 것을 봤다.

이제야 사이렌 소리가 들렸다. 지원 차량이 가까이 있지는 않았다. 보슈가 요청한 지원 인력은 그가 911 상담원에게 알려준 위치가 아니라 총격 사건 현장으로 출동한 모양이었다.

시장은 식료품을 사는 사람들과 각종 음식 노점에서 주문하려고 줄을 선 사람들로 북새통을 이루고 있었다. 시장에 들어섰어도 처음에는 검은 옷을 입은 남자가 보이지 않았다. 잠시 후 계단식 시장의 계단 중간쯤을 올라가는 그가 보였다. 계단 꼭대기에 다다른 그가 뒤를 돌아봤다. 다행히 쇼핑객의 바다에서 보슈에게 초점을 맞추지는 않았다. 보슈는 그가 정장을 입은 노인이 아니라 제복을 입은 경찰관을 찾는 거라고 추측했다.

살인범은 권총을 손에 들고 있지 않았고 셔츠 자락이 바지 밖으로 나와 있었다. 그것은 그가 총을 버리지 않았다는 뜻이었다. 총은 셔츠

속 바지춤에 잘 꽂혀 있을 터였다.

살인범은 한 블록에 걸쳐 있는 시장을 통과해 힐스트리트로 나와서 주저 없이 차들 사이로 들어가 도로를 건넜다. 시장에서 나온 보슈는 그가 에인절스 플라이트의 회전문을 통과해 대기 중이던 기차에 타는 것을 봤다.

보슈는 기다려야 했다. 그 기차에 타면 자신을 살인범에게 노출할 수밖에 없었다. 보슈는 도로 건너편에 서서 기차 문이 닫히고 벙커힐 꼭대기에 있는 종착역을 향해 천천히 올라가는 것을 지켜봤다.

에인절스 플라이트는 세계에서 가장 짧은 철도라고 불리는 케이블카였다. 두 대의 고풍스러운 열차가 45미터 정도 되는 언덕의 선로를 오르내렸다. 한 대는 올라가고 한 대는 내려오면서 균형을 맞추고 있었고 선로의 중간 지점에서 서로를 지나갔다. 두 번째 열차가 아래쪽 회전문 앞에 이르렀을 때 보슈가 힐스트리트를 건넜다. 그는 다른 승객 대여섯 명과 함께 기차에 타서 나무 벤치 좌석에 앉았다. 보슈가 초조하게 기다리는 가운데 기차가 덜컹거리는 소리를 내며 선로를 오르기 시작했다.

선로 꼭대기에는 광장이 있었고 금융가의 유리로 된 고층 건물들이 그 광장을 에워싸고 있었다. 보슈는 기차의 위쪽 문을 향해 걸어가서 기차가 종착역에 도착했을 때 제일 먼저 내렸다. 에인절스 플라이트 매표소가 거기 있었고, 회전문을 통과하기 위해서는 1달러를 내야 했다. 보슈가 돈을 꺼내보니 갖고 있는 가장 작은 단위의 지폐가 20달러짜리였다. 그는 매표소 유리 밑의 공간으로 그 지폐를 밀어 넣었다.

"거스름돈은 가져요." 보슈가 말했다. "그냥 통과만 시켜줘요."

회전문을 통과한 보슈는 광장으로 나와서 360도 돌아가며 매의 눈으로 주위를 훑어봤지만, 검은 옷의 남자는 보이지 않았다.

보슈는 오른편에 있는 어느 고층 건물과 현대미술관 사이에 공간이 있는 것을 봤다. 그는 빠른 걸음으로 이동했다. 그랜드애비뉴에 다다른 그는 다시 한번 주위를 빙 둘러봤지만, 검은 옷의 남자 모습은 보이지 않았다. 그는 완전히 사라졌다.

"빌어먹을." 보슈가 중얼거렸다.

그는 숨을 헐떡이고 있었다. 허리를 굽히고 두 손으로 무릎을 짚은 채 호흡을 가다듬었다. 땀이 비 오듯이 쏟아졌다.

"저기, 괜찮으세요?"

보슈가 고개를 들었다. 여자가 미술관 기념품점 로고가 찍힌 쇼핑백을 들고 있었다.

"네, 괜찮아요." 그가 말했다. "약간 숨이 차서. 잠시 쉬면 될 겁니다. 어쨌든 고맙습니다."

여자는 가던 길을 갔고 보슈는 몸을 일으켜 똑바로 서서 다시 한번 거리를 좌우로 살피면서 검은 옷의 남자를 찾아봤다. 그의 관심을 끄는 것은 아무것도 없었다. 보행자도 없었고 차도 없었다. 살인범은 에인절스 플라이트에서 내린 후 십여 개의 다른 길 중 어디론가 갔을 것이다.

보슈의 휴대전화가 울려서 보니 할러였다.

"믹."

"형, 도대체 어디야? 빨리 돌아와. 일이 생겼어. 서기가 전화를 받았는데……."

"생어가 죽었어."

"뭐?"

"생어가 죽었다고. 법원 밖 흡연구역에서 어떤 놈이 그 여자를 쐈어. 그 여자 총으로."

"오, 하느님."

"놈을 쫓아왔는데 벙커힐에서 놓쳤어."

"그 일이 벌어지는 걸 봤어?"

"멀리서. 경찰 만나서 목격자 진술을 해야 해."

"그래야지."

"거긴 지금 상황이 어떤데? 심리 말이야."

"잘 모르겠어. 판사가 오늘은 휴정할 것 같아. 정말 믿어지지 않는 일이 생겼군."

"판사가 또 DNA 증거를 차버렸어?"

"아냐, 받아줬어. 우리 손을 들어줬어. 하지만 생어가 없으면 일이 어떻게 될지 모르겠네."

보슈는 할러가 법정에 있었기 때문에 휴대전화를 쓸 수 없었을 것임을 깨달았다.

"지금 어디야?" 보슈가 물었다.

"법정 밖 복도." 할러가 말했다. "판사가 형하고 생어 찾아오라고 나를 내보냈어. 생어를 쏜 놈은 누구였어?"

"모르겠어. 오늘 법정에 있었던 놈이야. 뒷줄에. 내가 봤어."

"라틴계 남자?"

"응."

"나도 봤어. 처음 보는 얼굴이던데."

"나도. 어쨌든 돌아가긴 갈 건데 한동안 경찰하고 얘기하느라 바쁠 거야."

"알았어. 판사한테 소식 전하고 어떻게 할 건지 봐야겠다."

보슈는 전화를 끊고 그랜드애비뉴를 북쪽으로 걸어가, 퍼스트스트리트에서 오른쪽으로 방향을 꺾어 관청가로 향했다. 대체로 내리막길이어서 다행이었다. 그가 연방법원으로 돌아와 보니 법원 건물의 스프링스트리트 쪽은 범죄 현장 테이프로 완전히 봉쇄됐고, 로스앤젤레스 경찰국과 보안관국, 연방보안관국에서 나온 법집행관들이 한데 섞여 북적이고 있었다.

보슈는 노란색 범죄 현장 테이프 앞에 서 있는 로스앤젤레스 경찰관을 향해 걸어갔다. 명찰을 보니 이름이 '프렌치'였다.

"법원은 문을 닫았습니다, 선생님." 프렌치가 말했다.

"목격잡니다." 보슈가 말했다. "누구와 얘기해야 하죠?"

"무엇을 목격하셨는데요?"

"보안관 부관이 총에 맞는 거요. 범인을 쫓아갔지만 놓쳤어요."

경찰관이 갑자기 긴장하는 표정이 됐다.

"알겠습니다. 여기서 잠깐 기다려 주시겠습니까?"

"그럽시다."

프렌치가 한 걸음 뒤로 물러서서 무전기에 대고 보고하기 시작했다.

기다리는 보슈 앞으로 5번 방송의 중계차 한 대가 멈춰 섰다. 머리를 완벽하게 매만진 여자가 벌써부터 마이크를 손에 들고 조수석에서 내렸다.

제14부

엘 캐피탄

48

지난 금요일 오전, 나는 코엘로 판사의 법정으로 오라는 연락을 받았다. 스테파니 생어의 피살 소식을 듣고 판사가 인신보호 구제청구소송 심리를 휴정한 후 사흘이 지난 뒤였다. 나는 그 사흘 동안 피살사건에 관한 뉴스 보도를 보고 듣고 읽으면서 언론이 상황을 종합해 어떤 결론을 내주기를 기다렸다. 마침내, 금요일 아침 〈로스앤젤레스 타임스〉의 범죄 담당 베테랑 기자 제임스 퀴엘리가 생어의 배경과 활동을 심층 조사해서 기사를 냈다. 판사가 나를 호출한 것도 이 기사 때문일 가능성이 컸다.

퀴엘리 기자는 생어가 '로스 꾸꼬스'라는 보안관국 사조직의 일원이었으며, 그녀의 피살사건 담당 수사관들이 그녀와 어느 멕시코 카르텔 간의 관계를 알아냈다고 보도했다. 그 멕시코 카르텔이 생어를 회유, 협박해서 그들의 명령에 따르게 했고, 캘리포니아에서 활동하는 그 카르텔의 경쟁자들을 청부 살인하는 일도 시켰을 것으로 보인다고도 했다. 기사는 또한 로베르트토 샌즈 사건을 그의 피살에서부터 전처가 현재 무죄 석방을 위해 벌이는 인신보호 구제청구소송에 이르기까지 상세히 보도했다. 〈타임스〉의 그 기사는 생어가 법원 밖에서 살해되기 몇 분 전까지 샌즈의 전처가 청구한 인신보호 구제청구소송 심리에서 증언했다는 사실을 최초로 보도했다.

그 신문기자는 익명의 소식통의 말을 빌려 현재 생어 피살사건 담당 수사관들이 생각하는 가장 신빙성 있는 시나리오는 생어가 더 자세히 증언하고 사법당국에 협조하도록 내몰리는 일을 막기 위해서 살해됐다는 것이라고 전했다.

나는 퀴엘리를 만나 내가 알고 있는 사실과 믿고 있는 내용을 비공개를 전제로 말해 줬다. 맥아이잭이 그 주 초에 내 집에 찾아와서 해준 이야기를 맥아이잭이라는 이름은 밝히지 않은 채 들려줬다. 즉 로베르트토 샌즈가 살해된 날, 꾸꼬스에 소속된 생어와 다른 부관들이 로스앤젤레스에서 활동하는 시나로아 카르텔 조직원들에게 조종당하고 있다는 사실을 샌즈가 그 FBI 요원에게 전했다는 내용이다. 또한 퀴엘리에게 내가 생각하는 신빙성 있는 시나리오도 들려줬다. 생어가 로베르트토 샌즈를 미행했고 샌즈가 FBI 요원과 함께 있는 것을 봤다는 사실을 근거로, 생어가 로베르트토 샌즈를 죽였다는 시나리오였다. 퀴엘리 기자는 거기에서 시작해 사실들을 확인하고 새로운 사실들을 끌어모아 기사를 썼다. 그 기사는 인쇄판 신문을 반으로 접었을 때 위로 드러나는 부분에 실렸고, 디지털판에서는 머리기사로 떴다.

코엘로의 법정에 들어가 보니, 모리스 검사가 먼저 와서 기다리고 있었다. 그는 내게 알은체를 하지 않았다. 무겁게 침묵하며 검사석에 앉아 있었고, 내가 법정 서기와 속기사 밀리뿐만 아니라 그에게도 일상의 인사말을 건넸지만 한마디 대꾸도 하지 않았다.

법정 서기 지안 브라운이 판사실에 있는 코엘로 판사에게 전화해서 양측 대리인이 출석했다고 전했다. 판사는 우리를 속기사와 함께 자기 방으로 보내라고 지시했다. 우리는 조용히 판사실로 갔다. 모리스 검사는 잠 못 드는 며칠 밤을 보낸 것 같은 얼굴이었다.

판사의 법복은 판사실 문 뒤쪽 옷걸이에 걸려 있었다. 그녀는 검은 바지에 흰 블라우스를 입고 있었다.

"두 분 어서 오세요. 와주셔서 감사합니다." 판사가 말했다. "밀리가 준비를 끝내면 샌즈 사건에 관해 공식적인 발표를 하려고 해요."

"청구인도 와야 할까요?" 내가 물었다.

"이 회의에는 참석할 필요가 없을 것 같군요." 코엘로가 말했다. "하지만 연방보안관들에게 청구인을 메트로폴리탄 구치소에서 여기로 데려오라고 일러두기는 했어요. 오후에 심리가 있으니까."

그 말은 사건 심리가 끝나지 않았다는 뜻이다. 아직은.

우리가 조용히 기다리는 동안, 속기사는 판사의 책상 뒤 모퉁이로 걸어가 이미 그곳에 놓여 있는 푹신한 걸상에 앉아서 속기 기계 위에 손가락을 올려놓았다.

"좋습니다. '샌즈 대 캘리포니아주' 관련 회의를 시작하겠습니다." 코엘로가 말했다. "청구인 측 대리인, 증인 신문 건은 어떻게 할 거죠?"

나는 판사가 이 질문을 할 것을 알고 있었기 때문에 미리 준비가 돼 있었다.

"재판장님, 최근에 발생한 일로 생어 경사가 증인으로 나설 수 없다면 증인신문을 계속할 수 없는 상황임을 고려하여, 저희 청구인 측은 증인신문을 마치고 최종 변론을 진행할 준비가 돼 있습니다. 최종 변론이 필요하다면 말이죠."

코엘로는 그 대답을 예상했다는 듯 고개를 끄덕였다.

"피청구인 측 대리인은요?" 판사가 말했다.

모리스 검사는 이 심리에서 질 수도 있다는 위기감을 느낀 듯했다. 그의 어조는 처음부터 방어적이었다.

"저희 피청구인 측은 증인신문을 진행할 준비가 돼 있습니다, 재판장님." 모리스가 말했다. "루신더 샌즈가 전남편을 살해했다고 자백하는 것을 들었다고 증언할 증인을 포함하여 다수의 증인을 확보한 상태이고요."

나는 어이없다는 듯 웃으면서 고개를 가로저었다.

"설마 진심은 아니겠죠?" 내가 말했다. "당신 증인은 떠버리 푼수잖아요, 헤이든. 그 여자는 유죄평결을 받은 살인자입니다. 남동생을 시켜서 시내 도서관에서 신문 기사들을 찾아서 복사했죠. 그런 다음 남동생이 전화로 읽어주는 기사를 듣고 사건 내용을 파악한 후 그런 자백을 들었다고 거짓 증언을 한 거잖아요."

모리스의 표정을 보니 남동생 이야기는 처음 듣는 듯했고, 자기 팀이 증인을 제대로 조사하지 못했다는 것을 이제야 깨달은 모양이었다.

"그 남동생을 찾아내는 데 딱 하루 걸렸어요." 내가 말했다. "당신 증인을 증인석에서 박살 낼 계획이었죠. 하지만 이젠 굳이 그렇게 할 필요를 못 느끼겠네요. 오늘 신문 기사 읽어봤습니까? 생어가 진범이었어요. 생어가 로베르토 샌즈를 살해했다고요. 의문의 여지 없이 확실하고요. 그리고 내 조사관이 생어가 살해되는 걸 목격했어요. 그녀는 잘 아는 남자와 언쟁을 벌이고 있었답니다. 자기 총을 뺏어 들 만큼 가까이 접근하게 허용했으니 분명히 잘 아는 남자겠죠. 내 조사관 보슈 씨는 밤새도록 경찰국, 마약단속청 등 여러 기관의 법집행관들에게 조사를 받았고 머그샷을 봤답니다. 그가 범인으로 지목한 남자는 시나로아 카르텔을 위해 일하는 시카리오였어요. 청부살인자!"

모리스는 진실을 거부하는 것처럼 고개를 가로저었다.

"루신더 샌즈는 불항쟁 답변을 하지 않았습니까." 모리스가 말했다.

그는 늘 외쳐대는 단골 레퍼토리로 돌아갔다. 루신더가 전남편 살해 혐의에 대해 다투지 않고 유죄를 인정했다. 결백한 사람들은 그러지 않는다. 이것이 그의 주문이었다.

"다른 선택지가 없었으니까요." 내가 말했다. "그래서 여기까지 오게 된 거죠. 루신더 샌즈는 부당하게 유죄판결을 받았습니다. 변호인의 능력이 형편없었고, 생어가 핵심 증거를 조작해서 그녀를 범인으로 몰아갔죠. 우리가 그 사실을 입증하는 중에 생어가 피살되는 일이 일어난 것이고요."

모리스는 내 말을 못 들은 척하며 판사를 쳐다봤다.

"판사님, 저희 피청구인 측도 저희 주장을 할 권리가 있습니다." 그가 말했다. "청구인 측도 변론을 하지 않았습니까. 이젠 저희 차례죠."

"피청구인 측은 어떤 권리도 갖고 있지 않습니다, 피청구인 측 대리인." 코엘로가 말했다. "내 법정에서는요. 피청구인 측이 어떤 권리를 갖고 있다고 내가 말하기 전까지는."

"죄송합니다, 재판장님." 모리스가 말했다. "말이 잘못 나왔네요. 제 말은 그러니까…….”

“변명은 들을 필요 없고요.” 판사가 모리스의 말을 잘랐다. “난 이 청구소송 건에 대해 판결을 내릴 준비가 됐습니다. 여러분께 미리 알려드리고 싶어서 불렀어요. 오늘 2시에 법정에 모이면 판결할 겁니다. 자, 용무 끝났어요. 가셔도 됩니다.”

“이러실 수는 없습니다.” 모리스가 말했다. “저희 피청구인 측은 저희의 주장을 펼치기 전에 재판장님이 판결하시는 것에 대해 강력히 이의를 제기합니다.”

“피청구인 측 대리인, 내 판결에 동의하지 않으면 항소하세요.” 코엘로 판사가 말했다. “하지만 내 생각에 항소법원은 이 사건을 면밀히 보고 스스로에게 부끄럽지 않은 판결을 내릴 것 같군요. 이제 휴정합니다. 2시에 법정에서 봅시다. 그 전에 가서 점심 맛있게 드시고 오세요.”

“감사합니다, 재판장님.” 내가 말했다.

나는 일어섰다. 모리스는 마비된 것처럼 보였다. 의자에서 일어날 수도 없는 것 같았다.

“모리스 검사, 안 나갈 거예요?” 코엘로 판사가 물었다.

“어, 네, 나갑니다.” 모리스가 말했다.

그는 몸을 뒤로 젖혔다가 앞으로 숙였고 그 반동을 이용해서 의자에서 일어섰다.

이번에는 내가 앞장서서 법정으로 갔고, 법정 문 앞에 이르렀을 때 모리스가 먼저 들어가도록 문을 활짝 열어 잡고 있었다.

“먼저 가.” 내가 말했다.

“개새끼.” 그가 말했다.

나는 고개를 끄덕였다. 그 말이 나올 줄 알고 있었다.

법정에서 시계를 보니 심리가 속개되고 코엘로 판사가 판결할 때까지 족히 두 시간은 남아 있었다. 그러나 연방보안관들이 루신더 샌즈를 법원으로 호송하는 절차를 시작하기 전에 메트로폴리탄 구치소에 가서 루신더를 준비시키기에는 시간이 충분하지 않았다. 나는 보슈에게 법원 앞으로 나를 태우러 오라고 문자 메시지를 보냈다.

내가 엘리베이터를 타고 내려가 육중한 로비 문을 열고 나갔을 때 보슈는 내비게이터에 앉아 있었다. 나는 그를 향해 걸어가면서 북쪽에 있는 지정 흡연구역을 흘끗 돌아봤다. 아직도 접근금지 테이프가 쳐져 있었다. 걷어내는 것을 잊은 건지 아니면 생어가 피살된 현장에서 아직도 현장 조사가 이루어지고 있는 것인지 궁금했다.

내가 내비게이터의 조수석 문을 열고 올라탔다.

"형, 우리 조금 전에 엘 캐피탄에 올라갔어." 내가 말했다. "식사하러 가자."

"어디로?" 보슈가 물었다. "그리고 그게 무슨 말이야?"

"엘 캐피탄 암벽에 올랐다니까. 판사가 오늘 오후에 인신보호 구제 청구소송 건에 대해 판결할 건데 우리 손을 들어줄 거야. 닉앤드스테프스에 가서 스테이크 먹자. 난 승소하면 항상 스테이크를 먹거든."

"승소인지 어떻게 알아? 판사가 그랬어?"

"꼭 그렇게 말한 건 아니지만 느낌이 와. 내 법정 분위기 탐지기가 이건 끝났다고 말하고 있다고."

"그리고 루신더는 석방될 거고?"

"그건 상황을 봐야 해. 판사가 유죄판결을 무효화하고 석방할 수도 있어. 하지만 사건을 지방검찰청으로 돌려보내 검찰이 재심을 할 건지 말 건지 결정하게 할 수도 있지. 그러면 판사는 지방검찰청이 재심 여부를 결정할 때까지, 혹은 주 검찰청이 항소 여부를 결정할 때까지 루신더를 계속 구금할 수도 있어. 정확한 것은 2시에 판결을 들어봐야 알아."

보슈는 내비게이터를 출발시키면서 휘파람을 불었다.

"그리고 이 모든 것은 형이 건초더미에서 바늘을 찾아줬기 때문에 가능했어." 내가 말했다. "정말 놀라워. 우린 좋은 팀이야, 형."

"그래, 뭐……."

"왜 그래, 형. 분위기 망치지 말라고."

"그런 거 아냐. 하지만 난 공식적으로 판결이 날 때까지 기다릴래. 난 법정 분위기 탐지기가 없거든."

"샤미에게도 전화해야겠다. 법정에 와서 판결을 직접 듣고 싶어 할 것 같아."

"실버는?"

"은메달 실버는 신문 기사로 읽으라고 해. 그 인간한테는 호의를 베풀고 싶지 않아. 루신더의 인생을 5년이나 빼앗았잖아."

보슈는 동의의 뜻으로 고개를 끄덕였다.

"엿 먹으라 그래." 보슈가 말했다.

"엿 먹으라 그래." 내가 그의 말을 따라 했다.

"루신더 아들은?" 보슈가 물었다. "법정에 데려가야 하나?"

"응, 좋은 생각이야." 내가 말했다. "점심 먹으면서 뮤리얼한테 전화해서 올 수 있는지 물어볼게. 루신더 옷도 좀 가져와야 하는데. 혹시 모르니까."

보슈가 식당으로 운전해서 가는 동안, 나는 휴대전화를 켜고 제임스 퀴엘리와 브리타 슈트와 내가 아는 다른 모든 기자들에게 2시 결심공판을 알리는 문자 메시지를 발송했다. 나는 모두가 그 자리에 있기를 바랐다.

49

오후 2시, 법정에는 방청객들이 꽉꽉 들어차 있었다. 방청석 맨 앞 두 줄에는 기자들이 어깨를 맞대고 끼어 앉아 있었다. 스테파니 생어의 피살사건을 둘러싼 미스터리가 가장 큰 화젯거리였고, 〈타임스〉 기사 덕분에 그 사건과 관련이 있는 곳이 미 연방지방법원 3호 법정이라는 것이 분명해졌다.

기자들 뒤 두 줄에는 루신더 샌즈의 어머니와 아들, 남동생을 비롯한 가족들이 앉아 있었고, 이 법정이야말로 뜨거운 화제의 장소라는 것을 아는 시민 방청객들과 변호사, 검사 들도 앉아 있었다. 맨 마지막 줄 벽 쪽으로 가장 끝자리에는 매기 맥퍼슨이 우리 딸 헤일리와 함께 앉아 있었다. 딸은 반가웠지만 내 의뢰인의 소망을 꺾기 위해 그토록 열심히 노력해 놓고도 여기 와서 앉아 있는 전처를 보는 것은 당혹스러웠다.

법정에는 팽팽한 긴장감이 감돌았다. 루신더가 처음으로 수의가 아닌 사복을 입고 구치감에서 나와 법정으로 들어섰을 때 무언가 이례적인, 심지어 위대한 일이 일어나려 한다는 느낌이 한 단계 더 강해졌다. 루신더의 어머니가 그녀의 옷을 가져왔고 나는 심리 전에 갈아입을 수 있도록 구치감에 있는 그녀에게 옷을 가져다줬다. 루신더는 옅은 청색의 반소매 멕시코 홈드레스를 입고 있었는데 치맛단을 따라 꽃무늬 자수가 이어지고 있었다. 평소에는 뒤로 넘겨 하나로 꽉 묶었던 머리를 풀어서 얼굴선을 따라 동그랗게 테를 두르고 있었다. 네이트 연방보안관이 그녀를 청구인석으로 데려와, 바라건대 마지막으로 탁자 고리에 수갑을 연결할 때 방청석은 쥐 죽은 듯이 조용해졌다.

"아주 멋져요." 내가 속삭였다. "오늘은 기쁜 날이 될 거예요. 당신 아들과 어머니와 다른 가족들이 기쁨을 함께하러 여기 와 있어요."

"뒤를 돌아봐도 돼요?" 루신더가 물었다.

"물론이죠. 다들 당신을 위해 여기 와 있는 거예요."

"네."

루신더가 뒤를 돌아 방청석을 바라보자마자 그녀의 눈에 눈물이 맺혔다. 그녀는 자유로운 손으로 주먹을 꽉 쥐고 자기 가슴에 갖다 댔다. 내가 법정에서 본 장면 중 이보다 더 감동적인 장면이 있었을까 싶었다. 루신더가 가족에게 눈물을 보이지 않기 위해 다시 앞으로 몸을 돌렸을 때, 나는 한 팔로 그녀의 두 어깨를 감싸안고 그녀에게 몸을 기울이고 속삭였다.

"당신은 사랑을 많이 받았군요."

"맞아요. 다들 절대 나를 포기하지 않았어요."

"그들은 진실을 알고 있거든요. 그리고 오늘 그 진실이 말로 표현되는 것을 들을 거예요."

"그러길 바라요."

"그럴 거예요."

방청석의 고요가 법정 안의 긴장감을 높여주는 듯했다. 2시가 됐는데도 판사가 나타나지 않자 긴장감이 두 배로 증가했다. 1분이 한 시간 같았다. 2시 25분, 마침내 네이트 연방보안관이 모두 일어설 것을 지시했고 코엘로 판사가 들어와 착석했다. 코엘로는 얇은 파일을 가져왔고 처음부터 완전히 사무적인 태도를 취했다.

"모두 착석하세요." 판사가 말했다. "'샌즈 대 캘리포니아주' 사건 결심공판을 속개합니다. 오늘은 방청석이 꽉 찬 것 같군요. 심리를 진행하는 동안 방청객들로부터 큰 소리나 어떤 종류라도 감정 표현이 나오는 것을 본 법정은 용납하지 않을 것임을 미리 알려드립니다. 여긴 법정입니다. 저 법정 문을 통해 들어오신 모든 분들의 예의와 존중을 기대합니다."

판사는 잠시 말을 멈추고 마치 반대자를 찾으려는 듯 방청석을 둘러봤다. 나는 그녀의 눈길이 매기 맥퍼슨이 앉아 있는 곳에 이르렀을 때 잠시 머무는 것을 봤다. 곧 다시 눈길을 돌렸고, 자신의 권위에 도전하는 사람이 없음을 확인한 코엘로는 마지막으로 나를 내려다보다가 눈길을 돌려 모리스를 내려다봤다. 그녀는 인신보호 구제청구소송 사건에 대해 판결하기 전에 논의할 새로운 사안이 있는지 물었다.

모리스가 일어섰다.

"네, 재판장님." 그가 말했다. "캘리포니아 주민들을 대리하는 캘리포니아주 검찰은 이 사건의 피청구인 측인 주 검찰의 변론을 건너뛰려는 법정의 결정에 대해 다시 한번 이의를 제기합니다."

나는 필요하다면 반박하려고 일어섰다.

"건너뛴다고요?" 판사가 말했다. "재미있는 단어 선택이군요, 피청구인 측 대리인. 하지만 아까 판사실에서도 말했듯, 여기서 피청구인 측이 할 수 있는 일은 이 법정의 판결에 대해 항소하는 것입니다."

"그러면 피청구인 측은 항소법원의 판결이 나올 때까지 이 심리를 연기해 주시기를 요청합니다." 모리스가 말했다.

"그런 일은 없을 겁니다, 모리스 검사." 코엘로가 말했다. "항소하세요. 하지만 나는 판결할 준비가 됐고 오늘 판결할 겁니다. 또 다른 사안 있습니까?"

"없습니다, 재판장님." 모리스가 말했다.

"없습니다, 재판장님." 내가 말했다.

"아주 좋습니다." 코엘로가 말했다.

판사는 갖고 온 파일을 펼치고 안경을 낀 후, 판결문을 큰 소리로 읽기 시작했다. 나는 내 옆에 앉은 루신더를 돌아보며 고개를 끄덕였다.

"인신보호영장은 우리 사법제도의 핵심 기둥이다." 코엘로 판사가 말했다. "2백 년 전 존 마셜 대법원장은 '인신보호는 충분한 명분 없이 투옥될 수 있는 사람들의 자유를 지키는 성스러운 수단'이라고 썼다. 인신보호는 우리의 자유를 지키고, 국가의 자의적이고 무법한 행동으로부터 우리를 보호한다. 오늘 본 법정이 할 일은 국가가 로베르토 샌즈 살인 혐의로 루신더 샌즈를 구금하는 데 있어 무법한 행동을 했는가의 여부를 판단하는 것이다. 문제는 청구인인 루신더 샌즈가 고의적 살인 혐의에 대해 불항쟁 답변을 했다는 사실로 인해 복잡해진다. 이 심리가 진행되는 동안 제시된 증거와 증언을 신중하게 검토하고 이번 주에 법원 밖에서 일어난 사건을 고려한 결과, 본 법정은 청구인이 제안받은 유죄 인정 거래를 어두운 터널 끝의 유일한 빛으로 봤다고 판단한다. 청구인이 당시 변호인에 의해—할러 변호사, 당신 아니에요—유죄 인정 거래를 받아들이는 것밖에는 달리 도리가 없다고 강요당했는가 아니면 스스로 그런 결론에 도달했는가는 본 법정에서 중요한 고려 대상이 아니다. 중요한 것은 주 법원의 판결이 불합리한 법 적용일 경우

인신보호를 허용하는 것이 헌법과 권리장전의 분명한 명령이라는 점이다. 본 법정은 청구인이 자신에게 불리한 증거가 조작됐다는 분명하고도 새로운 증거를 제출함으로써 그 사실을 입증했다고 판단한다."

나는 주먹을 불끈 쥐고 루신더를 돌아보며 속삭였다.

"집에 가게 됐어요."

"재판은 어떡하고요?"

"증거가 조작됐을 땐 안 해요. 다 끝났어요."

내가 루신더를 보고 있었기 때문에 모리스가 이의 제기를 위해 일어서는 것을 보지 못했다.

"재판장님?" 모리스가 말했다.

코엘로 판사가 읽고 있던 판결문에서 고개를 들었다.

"피청구인 측 대리인, 나를 방해하면 안 된다는 걸 잘 알 텐데요." 판사가 말했다. "착석하세요. 피청구인 측 대리인이 무엇에 대해 이의를 제기하는지 이미 알고 있고 기각합니다. 착석하세요. 지금 당장!"

모리스는 더러운 빨래가 잔뜩 든 가방처럼 자리에 풀썩 주저앉았다.

"더 방해할 사람이 없을 것으로 기대하면서 계속하겠습니다." 코엘로가 말했다.

그녀는 판결문을 내려다봤고 읽다가 멈춘 곳을 찾는 데 잠깐 시간이 걸렸다.

"보안관국이 취한 조치들은, 특히 고인이 된 스테파니 생어 경사가 한 행동들은 이 사건의 수사와 그에 따른 기소의 진실성을 너무나 심각하게 훼손시켜서 그 수사와 기소에 합리적인 의심을 영구히 새겨넣었다. 그러므로, 본 법정은 청구인에게 인신보호를 허용한다. 루신더 샌즈의 유죄판결을 취소한다."

판사는 파일을 덮고 안경을 벗었다. 법정에서는 숨소리조차 들리지 않았다. 판사가 루신더를 똑바로 쳐다봤다.

"샌즈 부인, 당신은 이제 살인죄로 유죄판결을 받은 수감자가 아닙니다. 당신의 자유와 시민권이 복원됐으니까요. 당신이 잃어버린 5년이라는 세월에 대해 판사로서 유감을 표명합니다. 항상 행복하시기를 바랍니다. 이제 가셔도 됩니다. 본 법정은 이제 휴정합니다."

판사가 법정을 나가고 나서야 남아 있는 모두가 숨을 쉬었다. 그러나 곧 흥분한 목소리가 여기저기서 터져 나왔다. 루신더가 돌아서서 자유로운 한 팔로 내 목을 끌어안았다.

"미키, 정말 고마워요." 루신더가 말했다. 그녀의 눈물이 새로 드라이클리닝한 내 카날리 정장에 얼룩을 만들었다. "믿어지지가 않아요. 정말 믿을 수가 없어요."

그녀가 나를 안고 있는 동안, 네이트 연방보안관이 다가와 손목을 채운 수갑을 자물쇠로 열었다. 그러고는 수갑을 벗기기 시작했다.

"여기서 바로 가도 돼요?" 내가 물었다. "아니면 메트로폴리탄 구치소에 갔다가 다시 나와야 되나요?"

"아뇨, 판사님이 석방하셨잖아요." 네이트 연방보안관이 말했다. "여기서 가셔도 됩니다. 구치소에 있는 소지품을 챙겨가야 하는 것이 아니라면요."

루신더가 돌아서서 네이트를 올려다봤다.

"아뇨, 가져갈 것은 아무것도 없어요." 그녀가 말했다. "그리고 친절하게 대해줘서 고마워요."

"무슨 말씀을." 네이트가 말했다. "행운을 빕니다."

그가 돌아서서 구치감 문 옆에 있는 자기 책상으로 돌아갔다.

"루신더, 연방보안관 말 들었죠?" 내가 말했다. "당신은 이제 자유예요. 가족을 만나봐야죠?"

그녀는 내 어깨 너머로 방청석에서 기다리고 있는 자신의 가족을 바라봤다. 아들과 어머니, 남동생 그리고 사촌들. 모두의 눈에서, 심지어 화이트 펜스에 대한 충성을 맹세하는 문신을 옷으로도 가릴 수 없는 사람들의 눈에서도 눈물이 흘러내리고 있었다.

"그냥 가도 돼요?" 루신더가 물었다.

"그냥 가도 돼요." 내가 말했다. "아들과 다른 가족들을 만난 후에 기자들에게 할 말이 있으면, 법원 밖에서 카메라 설치해 놓고 기다리라고 할게요."

"그래야 한다고 생각해요?"

"그래요, 그래야 한다고 생각해요. 지난 5년 반 동안 당신이 어떤 일을 겪었는지 기자들에게 말해줘요."

"알았어요, 미키. 하지만 먼저, 가족들부터."

나는 고개를 끄덕였다. 루신더가 일어서서 방청석과 재판정을 나누는 문을 통과해 방청석으로 들어서자 아들을 비롯해 가족들 모두가 한꺼번에 달려들어 그녀를 껴안았다.

그 장면을 흐뭇하게 바라보고 있는데 앞줄에서 내 이름을 부르는 소리가 들렸다. 퀴엘리 기자였다. 내가 난간으로 걸어가자 내 이야기를 듣기 위해 기자들이 몰려들었다.

"영상 찍을 분들을 위해 미리 말씀드리는데, 제 의뢰인과 제가 법원 밖 스프링스트리트 쪽에서 기자회견을 열 겁니다. 카메라와 질문을 가져오세요. 거기서 뵙겠습니다."

피청구인석을 돌아보니 모리스는 벌써 가고 없었다. 루신더와 내가 얼싸안고 우리의 승리와 그의 패배를 축하하는 동안 슬그머니 빠져나간 듯했다. 법정 뒤쪽을 보니 딸과 전처가 아직도 마지막 줄에 앉아 있었다. 나는 문을 통과해 중앙 복도를 걸어가 지금은 비어 있는 그들 앞의 줄로 들어갔다.

"축하해, 아빠." 헤일리가 말했다. "정말 멋졌어."

"나는 이런 승리를 부활의 발걸음이라고 불러." 내가 말했다. "자주 보는 일은 아니지. 와줘서 고맙다, 헤이."

"엄마가 전화하지 않았으면 놓칠 뻔했어." 헤일리가 말했다.

나는 어떻게 대해야 할지 몰라 난감해하며 매기를 바라봤다. 다행히도 매기가 먼저 다가왔다.

"축하해." 그녀가 말했다. "이 사건에선 내가 틀린 쪽에 있었던 게 분명하네. 해리에게 미안하다고 전해줘."

"여기 어딘가에 있어." 내가 말했다. "당신이 직접 얼굴 보며 얘기하지 그래."

"뭐가 미안해?" 헤일리가 물었다.

"차에서 얘기해 줄게." 매기가 말했다.

나는 그래도 괜찮다는 뜻으로 고개를 끄덕였다.

"이제 어떡할 거야?" 매기가 물었다. "카운티 정부에 수백만 달러의 배상금을 청구할 거야?"

"의뢰인이 원한다면. 얘기를 해봐야지."

“왜 이래, 정말. 소송할 거고 이길 거라는 거 자기도 알면서.”

매기의 목소리에 날이 서 있었다. 내가 승리했는데도 여전히 나를 비판하고 싶은 거였다. 나는 못 들은 척 넘어갔다. 매기는 예전처럼 내게 큰 영향력을 행사하지 않았다. 이젠 그녀가 나에게 실망할까 봐 전전긍긍하지 않았다.

“두고 봐야지.” 내가 말했다. “상대방이 증거를 조작한 것이 우리에게 도움이 됐긴 해.”

헤일리가 내 뒤를 가리켜서 뒤돌아보니 지안 브라운이 난간 뒤에 서 있었다.

“판사님이 판사실에서 보자고 하시는데요.” 법정 서기가 말했다.

“지금?” 내가 물었다.

그가 고개를 끄덕였고, 나는 바보 같은 질문이었다는 것을 깨달았다.

“바로 갈게.”

나는 딸을 돌아봤다.

“오늘 밤에 축하 파티할까?” 내가 물었다.

“그럼, 해야지.” 헤일리가 말했다. “어디 갈 건데?”

“글쎄. 댄타나스? 무쏘스? 모짜? 네가 골라.”

“아냐, 아빠가 골라. 시간과 장소만 문자로 알려줘.”

나는 매기를 바라봤다.

“당신도 와.” 내가 말했다.

“딸하고 축하 파티 해.” 그녀가 말했다. “즐거운 시간 보내. 당신은 그럴 자격이 있어.”

나는 고개를 끄덕였다.

"자, 이제 가서 판사님이 뭘 원하시는지 알아봐야겠다." 내가 말했다.

"판사님을 오래 기다리게 하지 마." 매기가 말했다.

내가 중앙 복도로 나가는 순간 보슈가 복도에서 문을 열고 들어왔다.

"어디 갔다 온 거야?" 내가 물었다. "우리가 이겼어. 루신더는 자유야."

"봤어." 보슈가 말했다. "뒤에 서 있었어."

"샤미는 어디 있어? 샤미도 봤어?"

"여기 있었는데 호텔로 돌아갔어. 오늘 밤에 뉴욕행 야간 항공편을 타겠대. 내가 공항까지 태워줄 거야."

갑자기 불가사의한 욕구가 나를 사로잡았다. 나는 팔을 뻗어 그를 끌어안았다. 그는 몸이 굳어졌지만 나를 밀어내지는 않았다.

"우리가 해냈어, 형." 내가 말했다. "우리가 해냈어."

"네가 해냈지." 보슈가 말했다.

"아냐, 승리를 위해서는 팀이 있어야 해." 내가 말했다. "그리고 결백한 의뢰인."

우리는 어색하게 떨어져 서서 루신더를 바라봤다. 그녀는 아직도 가족들에게 둘러싸여 있었고 수갑이 채워져 있던 손은 아들의 손을 잡고 있었다.

"아름다운 장면이군." 보슈가 말했다.

"그러게." 내가 말했다.

잠깐 동안 보슈와 함께 조용히 지켜보다가 고개를 돌렸더니 지안이 자기 업무공간에 서서 나를 노려보고 있었다. 나는 곧 가겠다는 뜻으로 그에게 고개를 끄덕여 보였다.

"판사를 만나러 가야 해. 그러기 전에 두 가지만 얘기할게, 형." 내가 말했다. "판사하고 이야기 끝나자마자, 법원 밖 스프링스트리트 쪽에서 기자회견을 열 거야. 그런 거 안 좋아한다는 건 알지만 되도록 와주면 좋겠어."

"그리고 또 하나는?" 보슈가 물었다.

"오늘 밤에 축하 파티 하자. 헤일리도 와. 원한다면 매디도 데려오라고."

"우와, 거긴 가야지. 매디에겐 한번 물어볼게. 언제? 어디서?"

"문자로 알려줄게."

나는 난간을 향해 걷기 시작했다.

"기자회견에 와라, 형." 내가 말했다. "형은 거기 있을 자격이 충분해. 샤미한테 전화해서 기자회견 하러 돌아오겠는지 물어봐 줘. 그리고 축하 파티도. 끝나고 나서 공항까지 태워주면 되지."

"전화해 볼게."

나는 보슈를 거기 두고 문을 통과해 입증의 공간을 가로질러 판사를 만나러 갔다.

판사실 문이 열려 있었지만 나는 팔을 뻗어 문을 노크했다. 코엘로 판사는 책상 뒤에 앉아 있었고 검은색 법복은 입고 있지 않았다.

"들어오세요, 할러 변호사." 그녀가 말했다. "앉으세요."

나는 판사의 지시에 따랐다. 판사가 리걸패드에 무언가를 쓰고 있어서 방해가 될까 봐 아무 말도 하지 않았다. 마침내 그녀가 자신의 이름이 새겨진 황동 명패가 붙어 있는 화려하게 장식된 문구세트의 펜꽂이에 펜을 꽂더니 고개를 들어 나를 쳐다봤다.

"축하합니다." 판사가 말했다. "이 사건의 청구인은 막강한 대리인을 뒀군요."

내가 미소를 지었다.

"감사합니다, 재판장님." 내가 말했다. "그리고 그 모든 혼란과 연막을 걷어내고 예리하고 공정한 판결을 내려주셔서 감사합니다. 사실 저는 연방 사건을 거의 맡지 않는데요, 왜냐하면, 연방 사건은 대체로 다윗 대 수많은 골리앗들과의 싸움이라……."

"당신이 무슨 짓을 했는지 알고 있어요, 할러 변호사." 코엘로 판사가 말했다.

나는 말을 멈췄다. 심리가 끝난 후 판사와 법률대리인이 회포를 푸는 자리라고 하기에는 판사의 어조가 너무 심각했다.

"제가 한 짓이라뇨, 재판장님?" 내가 되물었다.

"판결문을 쓰기 전에 아주 천천히 점심을 먹으면서 제출된 모든 서면을 다시 검토했어요." 판사가 말했다. "이전에 내가 내린 판결들과 조치들까지 포함해서요. 그리고 당신이 내 법정에서 무슨 짓을 했는지 깨달았죠."

나는 고개를 가로저었다.

"그러면, 판사님, 저에게도 말씀해 주시죠. 왜냐하면 저는 정말……."

"당신은 내가 당신을 법정모독죄로 구금하도록 의도적으로 나를 도발했어요." 코엘로 판사가 말했다.

"판사님, 지금 무슨 말씀을 하시는 건지……."

"심리를 속개하기 전에 스테파니 생어의 DNA 검사를 진행할 시간이 필요했던 거죠. 아니라고 하지 말아요."

나는 내 손을 내려다보면서 그녀를 쳐다보지 않고 말했다.

"어, 판사님, 그 문제에 대해서는 묵비권을 행사하겠습니다."

판사는 아무 말도 하지 않았다. 내가 다시 고개를 들어 그녀를 쳐다봤다.

"변호사의 품위를 손상시키는 행동을 한 것에 대해 캘리포니아 변호사협회에 공식적으로 항의를 해야 마땅한데, 그러면 당신의 경력과 명성이 심각한 타격을 입을 것 같네요. 아까도 말했지만, 당신은 막강한 변호인이고, 우리 사법제도 안에는 그런 막강한 변호인이 더 많이 있어야 하거든요." 판사가 말했다.

나는 숨쉬기가 좀 더 편해졌다. 판사는 나를 겁주려는 것이지 파괴하려는 것이 아니었다.

"하지만 당신의 행동을 아무런 대가 없이 그냥 눈감아 줄 수는 없어요." 판사가 말을 이었다. "당신을 법정모독죄로 구금합니다, 할러 변호사. 한 번 더. 서류 가방에 칫솔은 넣어 가지고 다니나요? 메트로폴리탄 구치소에서 하룻밤을 더 보내야 하는데."

코엘로 판사가 일반전화기를 집어 들고 숫자 한 개를 눌렀다. 지안 브라운이 전화를 받을 것이 분명했다.

"네이트 연방보안관을 들여보내 줘요." 코엘로가 말했다.

판사는 전화를 끊었다.

"판사님, 벌금을 내면 안 될까요?" 내가 말했다. "법원이 후원하는 자선단체에 기부하거나……."

"안 됩니다." 판사가 말했다.

네이트가 판사실로 들어왔다.

"네이트, 할러 변호사를 구금시켜요." 코엘로 판사가 말했다. "오늘 밤은 메트로폴리탄 구치소에서 보낼 거니까."

네이트가 당혹스러운 표정을 지으며 서 있었다.

"법정모독죄로 구금하는 거예요." 판사가 설명했다.

네이트가 다가와 내 팔을 잡았다.

"가시죠." 그가 말했다.

50

어느 동료 수감자의 끊임없는 울부짖음으로 기억되는 긴 밤이었다. 그 울부짖음에 가락이 있는 것도 아니고 이유가 있는 것도 아니었다. 정신병이 있음을 반복해서 선언하는 것일 뿐이었다. 나는 도저히 잠을 잘 수 없었기 때문에 어두운 독방의 얇은 매트리스 위에 앉아 등을 콘크리트 벽에 기대고 화장지로 두 귀를 막은 채로 내 인생과 일에서 과거에 한 행동들과 앞으로 할 행동들을 생각했다.

루신더 샌즈 사건은 일종의 회전축처럼 느껴졌다. 마치 지금이 새로운 방향으로 가야 할 때라도 된 것처럼. TV 뉴스에 얼굴을 내밀고 신문의 헤드라인을 장식하고 광고판과 버스 벤치에 실을 광고비를 대기 위해 사건을 좇는 일. 이젠 그것이 내 최종 목적지로 보이지 않았다. 심지어 정당한 일로도 보이지 않았다.

그렇다면 어느 방향으로 가는 회전축이란 말인가?

길고 길었던 불만과 불면의 밤은 동이 트기 한 시간 전 아침 식사가 배식되면서 끝이 났다. 사과 한 개와 흰 빵에 볼로냐소시지를 끼운 샌드위치. 전날 보슈와 점심을 먹은 후로 아무것도 먹지 않아서 그랬는지, 구치소에서 먹은 그 아침 식사는 듀파스나 포시즌에서 먹었던 그 어떤 음식에 절대 뒤지지 않았다.

내가 있던 독방에는 넓이가 7~8센티미터 되는 방범창이 있었다. 아침 햇살이 그 유리창을 통해 비치기 시작한 직후, 구치소 교도관이 감방 문을 열더니 내 정장이 든 봉투를 바닥으로 툭 던진 후, 옷을 갈아입으라고 말했다. 석방이었다.

이곳에는 수많은 남녀가 몇 주씩 혹은 몇 달씩 구금돼 있었지만, 내게는 불면과 고독의 열여섯 시간이면 충분했다. 이번에는 그 시간이 나를 바꿨다. 무언가가 호르헤 오초아로 시작해서 루신더 샌즈에서 절정에 이르렀다. 그것은 변화할 필요성이었다.

석방 수속실에서 내 지갑과 시계, 휴대전화가 든 지퍼백을 받았다. 문득 이것들이 이제 필요할까 하는 의문이 들었다.

잠시 후 나는 철문을 통과해 태양 속으로 걸어 나와 부활의 발걸음을 내딛기 시작했다.

끝.

작가의 말

나는 보통 이 지면을 빌려 이 작품을 위해 연구하고 집필하고 편집하는 데 도움을 주신 분들에게 감사의 말을 전한다. 샌즈 사건이 마무리될 때쯤 할러가 말했듯, 무슨 일을 하는 데는 팀이 필요하다. 나를 도와주신 분들은 자신들이 나를 도와주신 것을 알고 있다. 그들의 노력에, 팀의 일원이 돼주신 것에 감사드린다. 그러나 이번에는 내 작품을 읽어주신 독자들과 30년이 넘는 세월을 나와 함께해 준 전 세계의 출판사에 감사의 말을 남기고 싶다. 고맙습니다. 나는 스토리텔러로서 더없이 행복하게 살았다. 그 기억을 소중히 간직하고, 그 의미를 되새기고 있으며, 여러분이 없었다면 그 어느 것도 가능하지 않았을 것임을 잘 알고 있다.

옮긴이 한정아

서강대학교 영문학과와 한국외국어대학교 통역번역대학원 한영과를 졸업했고,
한양대학교 국제어학원에서 재직했으며 현재 전문 번역가로 일하고 있다.
옮긴 책으로 마이클 코넬리의 《버닝 룸》《배심원단》《블랙박스》《드롭: 위기의 남자》《다섯 번째 증인》《나인 드래곤》《혼돈의 도시》《클로저》《유골의 도시》《엔젤스 플라이트》《보이드 문》 등이 있으며, 안드레 애치먼의 《하버드 스퀘어》, 페데리코 아사트의 《다음 사람을 죽여라》, 나딤 아슬람의 《헛된 기다림》, 윌리엄 스타이런의 《소피의 선택》, 이언 매큐언의 《속죄》《견딜 수 없는 사랑》 등이 있다.

회생의 갈림길

1판 1쇄 발행 2024년 10월 7일
1판 2쇄 발행 2024년 11월 12일

지은이 마이클 코넬리
옮긴이 한정아

발행인 양원석 **편집장** 김건희
디자인 김현우
영업마케팅 조아라, 박소정, 한혜원

펴낸 곳 (주)알에이치코리아
주소 서울시 금천구 가산디지털2로 53, 20층 (가산동, 한라시그마밸리)
편집문의 02-6443-8902 **도서문의** 02-6443-8800
홈페이지 http://rhk.co.kr **등록** 2004년 1월 15일 제2-3726호

ISBN 978-89-255-7456-1 (03840)